돌풍

돌풍

박경수

대본집

민음사

차례

추천의 말

작가는 언제가 가장 괴로울까? 자신의 글이 세상을 변화시키지 못한다는 허무의 벽 앞에 서 있을 때이다. 「돌풍」은 작가 박경수가 그 거대한 댐 같은 벽을 홀로 박살내며 돌진한 기록이다.

모든 훌륭한 드라마는 정치적 드라마다. 정치인이 없는 멜로물이라고 할지라도 그러하다. 역으로, 「돌풍」은 정치인들을 온통 내세우면서 '인간이란 무엇인가'를 정치적으로 추적한다. 포화하고 폭발하는 서사, 반전과 반전, 질주하는 욕망의 퍼즐, 사랑이 사기 같고 삶이 협박 같은 현실을 다루는 「돌풍」은 우리 스스로 속기 쉬운 인간의 거짓과 변하지 않는 권력의 진실을 알려 준다. 세상과 인간에 대한 청량한 절망감을 제공한다. 악에 대항하는 선이 아니라, 선과 악이 한 몸인 주제에 자신만은 정의롭다고 우기고 착각하는 검은 영웅들과 이를 추앙하는 대중을 다룬다. 악의 평범성을 넘어서 악의 공평성을 나이스하게 증명한다.

「돌풍」의 빌런은 조커가 아니다. 정의로운 척하는 개인과 세대다. 이 냉철한 인식이 조명탄으로 솟아올라 어둠 속에서 권력의 말끔한 정장을 차려입은 짐승들을 환하게 드러낸다. 「돌풍」은 우상(偶像)을 파괴한다. 시대의 금기를 해체시킨다. 부분적 진실을 대부분의 거짓에 뒤섞어 대중을 기만하는 권력자들을 조롱하며 작가 박경수는 자신의 픽션으로 진실의 전모를 발견해 대중파시즘에 찬물을 끼얹는다.

새로운 시대의 징조가 되고, 낡은 시대에 균열을 내 새 길을 여는 작품들이 아주 드물게 있다. 그걸 알아보는 일은 즐겁고, 먼 훗날 지금보다 훨씬 더 「돌풍」의 이러한 영향력은 증강될 것이다.

실제 드라마에서 여러 사정상 제외된 부분들을 복원한 대본 『돌풍』을 읽는다는 것은 독자 스스로 감독이 되어 완전한 「돌풍」을 재창조하는 황홀일 것이다. 세상 약한 존재가 작가일 수 있지만, 그 작가가 이를 악물고 시대와 싸우면 시대를 이긴다. 이 소장본은 그러한 용기를 지닌 작가가 만들어 낸 '돌풍'이다.

—**이응준**(소설가)

일러두기

- 이 책의 편집은 박경수 작가의 집필 방식을 따랐습니다.
- 대사는 글말이 아닌 입말임을 감안해 한글 맞춤법과 어긋나더라도 표현을 살렸습니다. 지문은 한글 맞춤법을 따르되 어감을 살리기 위해 고치지 않고 그대로 둔 경우도 있습니다.
- 대사에 은어나 비속어, 표준어가 아닌 말이 포함되어 있습니다.
- 대사와 지문에 등장하는 말줄임표, 쉼표, 느낌표, 마침표 등의 문장 부호는 작가의 집필 의도를 살리기 위해 그대로 실었습니다.
- 이 책은 작가의 원 대본으로, 방송 편집에 의해 삭제된 부분까지 그대로 실었습니다.

등장인물 관계도*

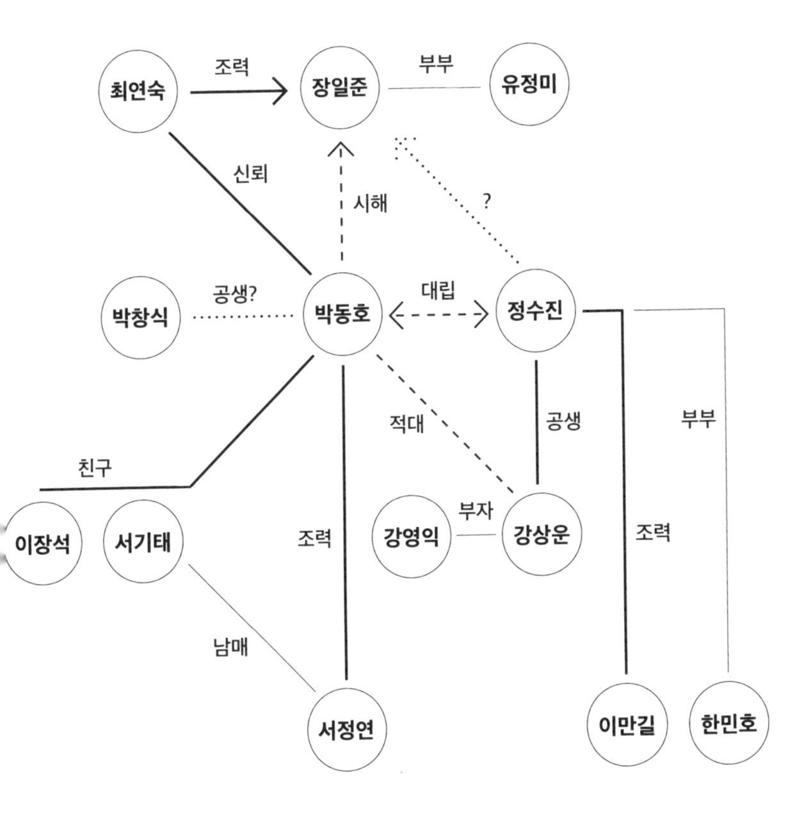

* 4화까지의 스토리를 기반으로 작성된 인물관계도.

등장인물 소개

박동호 40대, 남 | 대한민국 국무총리, 대통령 권한대행

형형한 눈빛에 꾹 다문 입술은 강인한 의지를 보여 준다. 그의 말을 그대로 옮겨 써도 명문장이 될 정도로 탁월한 논리력의 소유자. 대한민국 국무총리 박동호. 그의 신념은 태산처럼 무겁고, 그가 품은 정의는 장강처럼 깊다.

아버지는 고문형사였다. 열 살 어린 나이. 엄마의 심부름으로 속옷을 전해 주러 간 경찰서에서 박동호는 보았다. 시국사범을 고문하는 아버지의 모습을. 어린 동호를 따뜻하게 안아 주던 아버지의 손에 들린 각목을. 엄마의 흰머리를 뽑아 주던 자상한 아버지의 옷에 묻은 피. 피. 피. 그날 이후 박동호는 아버지와 멀어졌다. 아버지의 죄악으로 지은 밥을 먹고 자라며, 박동호는 결심했다. 식구를 먹여 살리기 위해 죄를 짓지 않아도 되는 나라를 만들겠다고.

비리를 파헤치는 검사가 되었고, 특수부의 에이스라는 칭송을 받으며 성장했다. 그러다 10년 전, 모두가 만류하던 대진그룹 비자금 사건을 건드리다가, 덫에 걸려 파면되었다. 그의 손을 잡아 준 것은 당시 유력 대선후보였던 장일준.

그에게 장일준은 희망이었다. 인권 변호사 출신의 서민 정치인. 세상을 바꿀 의지와 바뀐 세상의 리더가 될 소신이 있던 남자. 박동호는 기꺼이 장일준의 정치적 동업자가 되었고, 대선 홍보본부장이 되었고, 그리고 장일준 정권의 국무총리가 되었다.

하지만 충격! 장일준 대통령이, 대진그룹과 더러운 결탁을 하고 있었음을 알게 된 것. 내가 만든 장일준 대통령에 의해 뇌물 무고가 씌워지고, 내가 잡으려던 대진그룹에 의해 인생의 모든 순간이 모욕당하던 그날. 박동호는 되돌릴 수 없는 결단을 내린다.

대통령 시해!

박동호는 각오했다. 세상을 더럽히는 짐승들을 사냥한 뒤, 자신의 죄를 스스로 밝히겠다고. 두려울 것이 없었다. 미래를 포기했기에 망설임도 없었다. 남길 그 무엇도 없기에. 모든 것을 버릴 각오를 한, 박동호의 거침없는 진격은 거악에게는 공포였다. 그들이 접해보지 못한 새로운 형식의 반격. 박동호는 맞섰다. 불법에는 탈법으로 맞섰고, 음모에는 협잡으로 대응했다. 이기기 위해 그들보다 더 잔인해졌고, 승리를 위해 그들보다 더 추악해졌다.

박동호가 일으키는 돌풍에 세상은 환호했다. 하지만 박동호는 모르고 있었다. 함께 세상을 바꾸자고 결의한 동료들 사이에 일어나는 내분을, 그들 사이에 자라나는 탐욕을. 적은 사라졌지만, 또 다른 전쟁이 시작되고 있음을.

2022년. 위험한 인간 박동호가 일으킨 거대한 돌풍!
그 돌풍이 사라진 자리에서, 우리를 기다리고 있는 것은 무엇일까?

정수진 40대 중반, 여 | 대한민국 경제부총리, 당 대표

뛰어난 외모에, 더 섹시한 지성의 소유자. 그녀의 도발적 말투는 이 세상을 모두 이해하고 있다는 엘리트의 자부심을 느끼게 한다. 서울대 경제학과를 수석으로 입학했지만, 대학 시절의 대부분을 강의실이 아닌, 거리에서 보냈다. 'WTO 반대', '노동법 개악 반대' 등을 외치며 거리를 누비던 그녀는 당시 여학생들의 로망이었던, 전대협 의장 출신의 선배 한민호와 사랑에 빠졌다.

청년의 가슴을 뜨거워지게 만드는 선동적 구호를 외치던 한민호. 연단 위에서 수만 명의 학생들로부터 환호 받던 한민호가 그녀에게 청혼했을 때, 정수진은 세상의 절반쯤을 가진 기분이었다. 그렇게 정수진과 한민호는 결혼을 했고, 20년의 시간이 흘렀다.

학생운동 전력이 정치권의 최고의 스펙이 되어 버린 시대. 정수진은 3선 국회의원을 거치며, 경제부총리의 자리까지 오르는 등 승승장구하지만, 문제는 남편 한민호!

몇 번의 선거에서 떨어진 뒤, 자신보다 운동권 서열이 떨어지는 후배들의 승승장구를 보며 못 견뎌 하던 한민호는 사업을 한답시고 여기저기 일을 벌이던 중 대진그룹 강상운의 투자를 받게 된 것. 강상운은 남편을 통해 정수진에게 고리를 걸어 놓은 것이다. 정수진은 알고 있었다. 남편의 몰락은 가족의 몰락이며, 자신의 추락이라는 것을!

강상운이 원하는 것은 아버지 강영익 회장의 특별 사면! 정수진은 강상운과 대통령을 연결시켜 주었다. 어서 이 추악한 거래의 브로커 역할에서 벗어나고 싶었다. 강상운이 원하

는 것을 해결해 준 뒤, '원래의 나'로 돌아가고 싶었다. 하지만 그 앞을 막아서는 인물 박동호! 간절히 바랐다. 박동호가 눈을 감아주기를. 박동호가 입을 열지 않기를. 하지만 박동호는 저벅저벅 걸어오고 있었다. 대통령과 대진그룹의 앞에 놓인 판도라의 상자를 향해. 그 상자를 지키는 정수진을 향해. 어쩔 수 없었다. 박동호를 제거할 수밖에. 그를 구속시켜 세상의 중심에서 격리시키는 수밖에. 그러나 박동호는 구속 전날, 대통령 권한대행이 되어, 이 나라 권력의 정점에 서 버렸다.

적이 창을 들면, 나는 방패를 들어야 하는 것은 당연한 이치. 그날 이후, 정수진은 박동호에 맞서기 위해 음모를 꾸민다. 박동호를 제거하기 위해 협잡을 한다. 정의로운 나라는 잊은 지 오래. 평등한 세상을 잊은 지도 너무 오래. 정수진은 알게 되었다. 자신이 주장해 온 모든 구호는 세상을 위한 것이 아니라, 나를 증명하려는 목적이었음을! 박동호를 이기고 범죄를 덮어야 하는 것이 생의 목적이 되어 버린 지금. 정수진은 인간으로서 살아남아야 하는 것이 절체의 과제이므로.

정수진은 생각한다. 늪에서 벗어날 수 없다면, 늪의 주인이 되어야겠다고! 박동호를 제거하고 자신이 대통령 권한대행이 되어, 그 권력으로, 죄악을 지우겠다고!

범죄의 눈밭에 새겨진 발자국을 지우려면 힘이 필요한 법!
정수진은 그 힘을 향해 한 걸음 한 걸음 더 깊이 들어가고 있다.

최연숙 50대, 여 | 청와대 비서실장, 국무총리

온화하고 차분하다. 단아하게 내뱉는 한마디 말에 기품에 흐르고, 거역하기 힘든 카리스마가 있다. 노동 운동으로 시작한 현장파로, 3선 의원을 거쳐 청와대에 입성, 비서실장이 되었다.

기억하고 있다. 장일준이 대통령에 당선되던 그날의 감격을! 인권 변호사로 약자를 위해 헌신한 장일준 대통령의 시대는 정의가 강물처럼 흐르리라 믿었던 벅찬 그날의 환호를!

기억하고 싶지 않다. 대통령의 아들 장현수가 불법적인 사모펀드에 연루되었다는 전화를 받던 그 순간을! 그 범죄를 숨기기 위해 대진그룹의 손을 잡으려는 대통령을 말리지 못했던 그 치욕의 순간을…

그날 이후 최연숙은 견딜 수 없는 것을 견디고 있었다. 대통령의 멱을 잡은 대진그룹은 국정의 곳곳에 개입하기 시작했고, 추악한 거래를 캐던 자들은 소중한 것을 잃어가면서도 진실을 향한 진격을 멈추지 않고 있었다.

저에게 세상을 뒤집을 한 달의 시간을 주십시오! 대통령이 쓰러진 뒤, 시해 계획이 있었음을 알게 된 순간, 스스로 시해 음모를 자백한 박동호는 절규했다. 한 달의 시간만 달라고! 이 세상을 더럽히는 쓰레기들을 치워 버리겠다고!

최연숙은 박동호의 대통령 시해를 묵인하기로 한다. 야수의 힘을 빌려서라도 짐승이 지배하는 세상을 바꾸고 싶었기에. 박동호라는 인간의 멱을 자신이 잡고 있다고 믿었기에. 자신이 원하는 대로 박동호를 움직일 수 있다고 믿었기에.
… 비극은 그렇게 시작되었다.

최연숙은 그때까진 몰랐다.
박동호는 자신이 예상할 수 있는 범위의 인간이 아니라는 사실을.

박창식 60대, 남 | 대한국민당 대표

6선 국회의원답게 뻔뻔스럽고 능글맞다. 진지함과 호탕한 웃음을 순식간에 오가며 대화를 주도하고, 상대방의 말을 자기 편한 대로 해석하고, 불리한 말은 아예 기억을 못 하는 편리하고 고마운 두뇌를 가지고 있다.

한때는 여의도의 호랑이라 불릴 정도로 저돌적인 정치인이었지만, 지금은 여의도의 구미호라 불리며 조롱당하는 이빨 빠지고 털 뽑힌 신세! 10여 년 전. 유력 대선 후보로 부상했지만, 몇 번이나 당내 경선에서 탈락하고, 경쟁자들이 청와대의 주인이 되는 모습을 지켜보기만 했던 영원한 2인자! 심해지는 당뇨와 함께 이제 나의 시대는 끝인가 생각할 즈음…

박동호가 협조를 구하며 제안한다. 내각제 개헌을! 국민의 선택을 받을 자신은 없지만, 의원들의 지지는 자신이 있었다. 자신이 공천 준 의원만 수십 명이며 명절날 세배 오는 의원도 수십 명. 내각제 개헌으로 총리가 된 뒤, 청와대의 주인이 되어 만찬에 전직 대통령을 불러 덕담을 나누는 꿈을 꾸며, 박동호의 뒷배가 되어줬지만…

알게 된다. 박동호가 약속을 지킬 생각이 없음을.
이번에도 2인자로 밀릴 순 없다는 판단에, 박창식은 박동호

의 앞을 가로막지만,
그는 너무 늙었고, 박동호는 너무나 강했다.

| 박동호의 주변 |

이장석 40대, 남 | 서울중앙지검장

사람에 충성하지 않는다. 범죄 기록만 보고, 법전에 따라 수사하고 기소하고 구형을 하는 이 시대의 참검사. 검사 생활 10여 년. 아직 24평 아파트 전세에 살고 있지만, 가난은 수치가 아니라, 시류에 타협하지 않은 그의 자부심이었다.

서기태는 대학 시절 친구였다. 대진그룹과 대통령의 거래를 밝히려다가 뇌물 사건에 몰려, 스스로 목숨을 던진 친구 서기태!! 그의 유서를 읽어 내려가던 이장석의 손이 떨려온다. '난 여기서 멈춘다. 장석아. 넌 앞으로 가라.' 떠난 서기태는 뜻을 남겼고, 남은 박동호는 힘을 주겠다고 한다. 이장석은 권한대행 박동호의 권한으로 서울중앙지검장에 임명되었다!

하…지…만…

장일준 대통령과 대진그룹의 추악한 거래를 조사하던 중, 충격!! 새로운 사건의 그림자를 밟게 된다. 어쩌면 박동호가 대통령을 시해한 것인지도 모른다는 추측과 증거들을 입수한 것! 지금 박동호를 수사한다면, 그래서 대통령 시해가 진실로 드러난다면, 장일준 대통령과 대진그룹의 추악한 거래는 깊이 묻힐 것이며, 내 친구 서기태의 죽음은 무의미해질 것이다. 그러나 박동호에 대한 수사를 덮는다면, 후일 대통령 시해라는 거대한 범죄가 드러났을 때 그 후폭풍을 어떻게 감당할 수 있을까?

박동호가 일으키는 돌풍에 세상이 환호할수록,
이장석의 갈등은 더욱더 깊어만 가고 있다.

서정연 30대, 여 | **박동호의 수행비서**

똑부러진 성격과 말투. 하나를 말하면 열을 알아듣는 명석한 두뇌의 소유자! 오빠 서기태의 추천으로 박동호의 최측근 비서가 되었다. 하지만 충격적인 오빠의 죽음! 거기에 박동호의 몰락까지 지켜만 볼 순 없었다. 기꺼이 박동호의 계획에 동참했고, 대통령을 시해할 약물을 구해 온 것도 그녀였다. 두려웠지만 옳은 길이라 생각했기에…

박동호는 서정연의 나침반이었다. 그의 그림자를 따라가면 혼돈의 세상에서 길을 잃지는 않을 거라는 믿음이 있었다. 하지만 박동호가 대진그룹 부회장 강상운과 손을 잡게 된 뒤, 그녀는 인생을 건 시험대에 서게 된다.

부서진 나침반을 따라갈 것인가. 그녀 자신의 길을 갈 것인가.
인간 박동호와 자신이 믿는 가치.
서정연은 둘 중에 무엇을 선택하게 될까?

김도희 40대, 여 | 박동호의 아내

차분하고 따뜻하다. 생각이 깊고, 속은 더 깊다. 신림동 고시촌에서 박동호를 처음 만났다. 가난했던 고시생 커플이었던 두 사람! 박동호의 집안에 문제가 생겨 고시 공부를 계속하기가 힘들어지자 김도희는 자신이 고시 준비를 포기하고 번역 아르바이트를 하며 박동호를 뒷바라지했다. 박동호가 사시에 합격한 순간, 아이가 생긴 것을 알게 되어 곧바로 결혼했다. 그로부터 10여 년. 평범한 주부로 살고 있지만, 후회는 없다. 박동호를 사랑하기에.

그러나 아버지 김만석이 재건축 조합 비리로 야당의 공격을 받자, 남편 박동호가 엄중 수사를 지시, 구속까지 시키자 격분한다. 남편을 위해 모든 걸 포기했지만, 아내를 위해 작은 것 하나도 포기하지 않는 남편에 대한 분노가 커져가던 어느 밤. 그녀는 홀로 청와대를 떠나게 된다.

육영수의 죽음 이후 박정희가 밸런스를 상실했듯
김도희가 사라진 이후, 박동호의 폭주는 더욱 거칠어진다.

박한결 17, 남 | 박동호의 아들

막 사춘기를 시작했다. 박동호가 무슨 말을 하든 '내가 알아서 할게'라는 한마디로 대화를 차단한다. 박동호가 대통령에 당선된 뒤 박한결이 좋아하는 '블랙핑크', '러블리즈' 등의 걸그룹을 청와대로 초청, 만찬을 하자, 그때부터 아빠를 보는 눈이 초롱초롱해지고 대화에 흔쾌히 응하기 시작한다. 엄마인 김도희가 청와대를 나간 뒤 부쩍 성숙해져, 아버지 박동호를 안타깝게 생각하고 이해하려고 노력한다.

| 정수진의 주변 |

강상운 40대, 남 | 대진그룹 부회장

정수진의 대학 시절 친구. 대통령 시해 혐의로 체포, 구속되어 재판을 받고 있다. 강상운이 입을 열면 장일준 전 대통령과 대진그룹의 거래뿐만 아니라 정수진의 남편 문제까지 드러나기에, 정수진은 약속했다. 대선에서 승리한 뒤, 권력의 힘으로 시해 사건의 진실을 드러내겠다고! 그러니 재판 내내 묵비권을 행사하고 침묵하라고! 하지만 대선에서 박동호가 승리하자, 강상운의 참을성은 한계에 다다르고 있다. 정수진에게는 적인 박동호와 정수진 자신을 동시에 몰락시킬 위험한 시한폭탄인 셈이다.

강상진 30대, 남 | 대진그룹 전무

강상운의 동생. 자산만 수십 조인 국내 굴지의 대진그룹의 경영권이 형인 강상운에게 상속되기 직전, 뜻밖에도 기회가 생겼다. 그의 목표는 형이 교도소에서 영원히 출소하지 않는 것. 더 중요한 건, 자신의 목표를 형에게 들키지 않는 것! 그는 대진그룹의 주인이 되기 위해 무엇이든 한다. 박동호의 멱을 잡기 위해, 장인의 재건축조합에 들통날 게 뻔한 불법로비를 한 것도 강상진이었다.

강 회장 70대, 남 | **대진그룹 회장**

맨손으로 대진그룹을 일으킨 창업주. 비자금 사건으로 구속, 10년의 실형을 선고받고, 현재 2년째 복역 중이다. 특별 사면을 장담하는 아들 강상운을 믿었지만, 그의 어리석은 선택에 그룹은 큰 위기를 겪고 있다. 극 중반, 박동호가 제시하는 선택지! 강상운을 출소시키느냐, 아니면 자신이 출소하느냐. 그 갈림길에서 강 회장은 아들보다 그룹을 선택했다. 법정에 증인으로 출석, 아들의 대통령 시해 사실을 인정하고, 특별 사면을 받아 사회로 나온다. 무너져 가는 그룹을 살리기 위해!

이만길 30대, 남 | **정수진의 비서**

최고급 정장만을 고집하는 패션 피플. 로스쿨 1기로 변호사가 된 뒤, 정치권을 기웃거리다가 선거법 위반으로 10년의 출마 제한 상태가 되었다. 그런 그에게 손을 내민 것이 정수진. 정수진에게는 물불 가리지 않고 일을 해 줄 수족이 필요했고, 이만길에게는 출마 제한을 풀어 줄 힘이 필요했던 것. 남보다 10년 늦었으니 20년 더 빨리 갈 로얄로드를 만들기 위해 그는 정수진이 시키는 일은 무엇이든 한다.

한민호 50대, 남 | 정수진의 남편

서울대 총학생회장에 전대협 의장 출신이라는 화려한 경력으로 정치권에 레드카펫을 밟고 영입되었으나, 세 번의 선거에서 떨어지자 이제는 누구도 찾는 이 없는 처량한 신세가 되어 버렸다. 전대협 의장 시절, 자기를 옹위하던 부의장들도 3선 4선 경력의 국회의원이 되어 있고, 대학 시절 자신을 쳐다보지도 못했던 꼬맹이 정수진이 경제부총리까지 되자, 겉으로는 축하를 건네지만 속으로는 질투와 열등감이 폭발 직전이다. 이제 그에게 중요한 건 세상의 변혁이 아니라 자신의 존재 증명일 뿐! 한국판 워런 버핏이 되겠다며 사모펀드를 무리하게 조성하는 과정에서 대진그룹으로부터 자금 지원을 받아, 아내 정수진에게 벗어던질 수 없는 짐을 안긴다.

정필규 50대, 남 | 서울중앙지검 4차장

정수진의 사촌 오빠. 인정받지 못하는 검사로 지방을 전전하다가 옷을 벗기 직전, 여의도의 실력자로 떠오른 정수진 덕에 서울지검에 입성, 부장검사를 거친 뒤, 초고속 승진, 4차장의 자리에 올랐다. 서울중앙지검장인 이장석의 지시와 지휘에 사사건건 태클을 건다. 거의 정수진의 법률 담당 집사와 같은 역할을 한다. 정수진이 몰락하면, 자신의 인생도 끝장이라는 것을 너무나 잘 알고 있다.

한소연 17, 여 | 정수진의 딸

세상을 지배하려는 정수진이지만, 어린 딸 소연에게만큼은 말이 통하지 않는다. 엄마에게 한 마디도 지지 않는다. 언제나 주눅 들어 있고, 엄마에게 혼나는 아빠 한민호를 측은하게 생각해서 챙겨 주고 따른다. 박동호의 아들 박한결과 같은 반 친구이며, 최근 썸을 타고 있다.

| 그리고 |

조상천 60대, 남 | 야당 유력 대선 주자

보수의 마지막 자존심. 품격 있는 말투와 정세를 읽는 날카로운 눈을 지녔다. 납북 어부였던 아버지로 인해 사상을 의심받았던 1970년대. 살아남기 위해서는 국가에 대한 충성을 보여야 했기에 공안검사가 되었고, 국가보안법의 파수꾼이 되었다. 이때 조작 사건으로 체포, 구속된 사람이 최연숙이었기에, 최연숙은 조상천에게만큼은 적대감을 노골적으로 드러낸다. 반공주의와 성장주의의 마지막 화신! 20세기에 사라져야 했지만, 옳고 그름의 경계가 모호해진 21세기에 그의 삐뚤어진 신념은 다시 맹위를 떨치기 시작한다.

이중권 50대, 남 | 공수처장

뱀의 혀를 가지고 있다. 말로는 법과 원칙을 떠들지만 가장 중요한 것은 자신의 이익이며 국가기관인 공수처를 사적 이익을 위해 거리낌 없이 활용한다. 박창식의 고향 후배. 박창식에게 빠져나올 수 없는 약점이 잡혀 있다. 박창식은 이중권이 영원히 자신의 수족이 될 것이라 생각하지만, 천만의 말씀! 누군가 족쇄만 풀어 준다면, 이중권은 기꺼이 그의 편이 되어 박창식을 향해 법의 칼을 겨눌 마음이다. 하지만 지금은 발톱을 숨기고 있다. 아직은 때가 아니므로…

용어 정리

씬 장면(Scene)이라는 의미. 같은 장소, 같은 시간 내에서 이루어지는 일련의 행동이나 대사가 한 씬을 구성한다.

인서트 화면의 특정 동작이나 상황을 강조하기 위해 삽입한 화면. 인서트 화면이 없어도 장면을 이해하는 데에는 별다른 지장이 없으나 인서트를 삽입함으로써 상황이 명확해지는 한편 스토리가 강조된다.

플래시백 회상을 나타내는 장면. 지금 일어나고 있는 사건의 인과를 설명할 때 쓰이기도 하고 인물의 성격을 설명하기 위해 쓰이기도 한다.

플래시컷 화면과 화면 사이에 들어가는 순간적인 장면. 극적인 인상이나 충격 효과를 주기 위해 삽입되는 매우 짧은 화면을 지칭한다. 이 책에서는 플래시백과 플래시컷을 모두 '플래시'라 표기한다.

몽타주 따로따로 편집된 장면을 짧게 끊어서 붙인 화면을 말한다.

(소리) 대사와 음악을 제외한 효과음을 뜻하며, 보통 등장인물은 보이지 않고 소리만 나는 경우에 사용한다.

(F) 필터(Filter). 전화 수화기를 통해서 들려오는 소리.

(OL) 오버랩(Overlab). 현재의 화면이 사라지면서 뒤의 화면으로 바뀌는 기법이다.

1부

씬 1　몽타주 ·· 밤

// 비가 내리고 있다. 한적한 길을 달리는 승용차의 모습이 보인다.

// 그 차 안

굳은 얼굴로 운전하고 있는 박동호. 그 청동 동상처럼 삭막한 얼굴 위로.

라디오(뉴스)　박동호 국무총리의 소환을 하루 앞둔 오늘, 검찰은 휴일도 반납하고 수사팀 전원이 출근해 수사에 박차를 가하고 있습니다.

// 검찰청 어느 사무실

바쁘게 움직이는 수사요원들의 모습 위로.

라디오(뉴스)　검찰은 박동호 총리의 혐의 입증에 자신을 보이고 있으며, 내일 소환 조사가 끝나는 즉시, 구속 영장을 청구할 계획으로 알려졌습니다.

// 서울구치소 특별사동

간단한 보수 공사 중인 사동의 모습 위로.

라디오(뉴스)　서울구치소는 현직 총리의 구속이라는 초유의 상황에 대비, 박동호 총리가 수감될 특별사동의 보수 공사를 마친 것으로 알려졌습니다.

// 청와대가 보이는 뒷산

차가 멈춘다. 황폐한 얼굴의 박동호가 본다.

내리는 비 사이로 보이는 청와대의 모습을.

라디오(뉴스) 박동호 총리는 가상화폐 거래소 대표 최 모 씨로부터 세무 조사를 무마해 달라는 명목으로 수억 원의 금품을 수수한 혐의를 받고 있습니다.

씬 2 청와대 대통령 집무실 ·· 밤

끼이익··· 문이 열리고 박동호가 집무실로 들어온다. 웅장한 집무실. 가운데 소파. 육순의 대통령이 난초 화분을 앞에 두고, 벌레 먹고 상한 난초잎을 따고 있다. 박동호, 소파 쪽으로 가서 앉는다.

대통령 (난초잎을 따며) 아따 야는 어제까지 성하더마는. 내 식구다 생각한 놈이 애먹이는 거는 난초나 정치나 매한가지다. 그자?

박동호 저를 꺾은 건 대통령님입니다.

대통령 (난초잎을 따며, 가볍게) 먼저 시작한 거는 니 아이가.

박동호 대진그룹이 정관계에 살포한 비자금을 추적했습니다. 총리로서 해야 할 일을 하던 중, (대통령을 빤히 보며) 대통령으로서 받아서는 안 되는 돈을 발견했습니다.

대통령 (그 말에 난초잎을 따던 손이 멈춘다. 멈춘 채로, 난초를 보는 채로 한참 있다가) 내가 니를 서운케 한 적 있나?

박동호 아닙니다.

대통령 (난초를 보는 채로) 내가 니 따르는 식구들 자리, 안 챙기 준 적 있나?

박동호 (고개 가로젓는)

대통령 (다시 난초잎을 따며) 야무진 놈이다 싶어서 국무총리라는 옷을 입히 줬더이, 쯧쯧. 동호야. 내가 입히 준 옷으로 내 허물 덮어 주는 기 그래 어렵더나?

박동호 (보며, 굳은 얼굴로) 정경 유착을 끊겠다. 대통령님의 선거 공약이었습니다.

대통령 (그 말에 박동호를 보며, 느물거리듯) 공약이 하도 많아서…

박동호 (굳은 얼굴로) 재벌 개혁을 완수하겠다. 취임 선서문의 일성이었습니다.

대통령 (느물거리며) 그 선서문 니가 쓴 거 아이가.

박동호, 벽을 마주한 암담한 기분으로 대통령을 본다. 대통령, 피식 가벼운 실소 보이곤 앞에 놓인 전자 담배를 든다. 액상을 찾는 듯 주변을 살핀다. 저만치 협탁에 액상이 있다. 박동호, 자리에서 일어나 협탁 쪽으로 간다.

박동호 (협탁 쪽으로 가며) 5년 전, 오늘입니다. 대통령님이 심근경색으로 쓰러진 날. 제가 대통령님을 업고

대통령 (대사 이어받는, 소파에 깊숙이 앉으며) 병원까지 뛰갔다이가. 구급차 올 때까지 기다맀으믄 황천길 갔을 긴데. 그날 니가 내를 살맀다.

박동호, 대통령에게서 등을 돌린 채로 협탁 앞에 서 있다.
그 협탁 위에 있는 조그마한, 하지만 잠시 후 거대해질 액상을 본다.

대통령 후회하나? 내를 살린 거.

박동호 (액상을 집으며) 후회하지 않습니다. (그 액상을 오른쪽 주머니에 넣으며) 그날 일도. (왼쪽 주머니에서 다른 액상을 꺼내며, 낮게, 혼잣말처럼) 오늘 일도.

박동호, 돌아선다. 액상을 든 채 대통령을 향해 다가간다. 대통령의 앞에 그 액상을 놓으려는 순간, 대통령이 그 박동호의 손을 거세게 움켜잡는다. 둥! 긴장하는 박동호. 눈치챈 것일까? 대통령, 이글거리는 눈으로 박동호를 본다. 보다가…

대통령 동호야. 니는 늪에 빠졌데이. 살리 달라고 손 내밀지 마라. 니 손 잡는 놈도 같이 빠질 끼다.

박동호 (안도하는, 대통령을 보고 있는)

대통령 (대사 이어지는) 도와 달라고 비명도 지르지 마래이. 그 소리 들은 놈도 똑같이 다칠 끼다.

박동호 (그 경고에 대답하듯, 낮게 끄덕이는)

대통령 (비로소 잡고 있던 손을 놓고, 액상을 받아 가며) 잘 가래이.

박동호, 정중하게 고개 숙여 인사하고 나간다.

씬 3 청와대 대통령 집무실 앞 복도 · · 밤

박동호, 나오면 비서실장 최연숙, 문 앞에 서 있다.
난감하고 답답하고 안타까운 얼굴로 박동호를 보고 있다.
뭐라 말을 하려 하지만 선뜻 말이 나오지 않는 듯하다.

박동호 (차분한, 따뜻한) 돕고 싶은 마음. 압니다. (옅은 미소로)
도울 수 없다는 거. 이해도 하구요.

박동호, 낮은 목례를 하고는 복도를 걸어간다.
그 뒷모습을 안타깝게 보던 최연숙이 집무실 안으로 들어간다.

씬 4 청와대 대통령 집무실 ·· 밤

최연숙, 전자 담배에 액상을 채우는 대통령에게 다가간다.

최연숙 (소파에 앉으며, 힘없는 항변이지만… 해야만 하는 마음인)
박동호 총리, 증거도, 증인도 부실합니다. 검찰에서
구속은 시키겠지만, 재판에서 유죄 받는 건 힘들 거예요.
이렇게까지 하실 필요는 (하는데)

대통령 (전자 담배를 흡입하며, 연기를 뿜으며) 재판 내 맘에
들도록 할 놈으로 알아봐래이. (다시 연기를 뿜으며) 나가
드이 입맛이 변하네. 야당 때는 원칙을 지키는 판사가
좋더마는, 요 자리 오니까 내 맘 알아주는 판사가 젤로
(하다가 헉!!! 숨이 막히는 듯한 기분이 든다.)

대통령, 한 손으로 심장을 움켜쥔다. 극심한 고통이 오고 있다.
쥐고 있던 전자 담배가 툭 바닥에 떨어진다. 놀라서 다가오는 최연숙.

씬 5 청와대 대통령 집무실 + 청와대 일각 복도 ·· 밤

집무실. 대통령, 자리에서 벌떡 일어난다. 심장이 찢어지는 듯한 고통에 한 손으로는 심장을 잡고, 한 손은 도와 달라는 듯 최연숙에게 내밀고 있다.

청와대 일각 복도. 굳은 얼굴로 저벅저벅 걸어가는 박동호의 모습 위로.

박동호(소리) 살려 달라고 손 내밀지 마십시오.

// 집무실. 대통령, 쿵, 바닥에 쓰러진다. 양손으로 심장을 부여잡고 온몸을 뒤틀며 뭐라 말하려 하지만 입에서 말이 나오지 않는 듯하다.

// 청와대 일각 복도. 저벅저벅 걸어가는 박동호의 모습 위로.

박동호(소리) 도와 달라고 비명도 지르지 마십시오.

// 집무실. 대통령의 호흡이 가늘어지고 있다.

// 청와대 일각 복도. 저벅저벅 걸어가는 박동호의 모습 위로.

박동호(소리) 내가 다시 뛰게 만든 당신의 심장.

// 집무실. 대통령의 눈을 점점 감기고 있다. 그 위로.

박동호(소리) 내가 멈추게 해야겠습니다.

이윽고 대통령의 눈이 감긴다. 대통령님!!! 절규하는 최연숙의 다급한 모습.

// 청와대 일각 복도

비상벨이 울린다. 그 혼란스러운 권력의 심장부를 결단의 얼굴로 걸어 나오는 박동호의 모습에서 스틸. 타이틀 오른다. 돌풍 제1화.

씬 6 정부종합청사 앞 ·· 밤

청사 앞에 막 도착하는 박동호의 차량. 비는 아직도 거세게 내리고 있다.

씬 7 국무총리 수행비서실 ·· 밤

서류와 책자 들이 너저분하게 흩어져 있는 책상. 그 앞 의자에 앉은 서정연, 초조한 얼굴로 책자를 보고 있다. '헌법 제71조. 권한대행에 관한 조항'이다. 그 옆에 놓인 서류들 제목, '역대 권한대행 직무 사례'들이다. 순간, 고요한 실내에 인터폰 소리가 비명소리처럼 날카롭게 울린다. 그 소리에 화들짝 놀라는 서정연.

인터폰(안내 소리) 총리님 등청하셨습니다.

씬 8 정부종합청사 복도 ·· 밤

박동호가 집무실로 향하고 있다. 근처 갈림길에서 나와 뒤를 따르는 서정연.

서정연 (따라 걸으며, 긴장되는, 조심스러운) …대통령님은?

박동호 (앞만 보고 걸으며) 보내 드렸어. 지금쯤… 도착하셨겠지.

서정연 (의미를 안다. 걸으며, 눈을 질끈 감는다.)

박동호 (걸으며, 서정연에게 말하듯, 스스로에게 되뇌듯) 의혹은 없을 거야. 가장 신뢰하는 비서실장이 현장을 목격했으니까. 부검도 없을 거다. 심근경색으로 쓰러진 전력이 있으니까.

박동호, 문을 열고 집무실로 들어간다.

씬 9 국무총리 집무실 · · 밤

박동호 (들어선 그 속도로 책상 쪽으로 가며) 청와대에서 유고 전화가 오는 즉시, 비상 국무회의 소집해. 오전 중에 담화문을 발표할 거고. (하고 서정연을 보면)

서정연 (막상 닥친 상황이 두려워, 잠시 넋이 나간 듯, 먼 데를 보고 있는)

박동호 (마음을 느낀다. 다가간다.) 정연아.

서정연 (황망한 눈으로 박동호를 본다.)

박동호 (서정연에게 말하듯, 자신에게 되뇌듯) 우리는 대통령을 죽인 게 아니다.

서정연 …

박동호 이 나라를 살린 거야.

서정연 (아직도 겁에 질린 듯한 얼굴로) 총리님은… 두렵지 않습니까?

박동호 나는 (하다가 보면, 맞은편 상단에 대통령의 초상이 걸려 있다. 자신이 시해한 대통령의 초상을 잠시 보다가, 고개 돌리며)

…나도 …겁나.

서정연 (그 솔직한, 순간 보이는 박동호의 괴로움을 느끼곤, 마음이 무너지는 기분으로 보는)

박동호 망설였다. 다른 길은 없을까?

// 대진그룹 본사 앞 (밤)

다급하게 차에서 내려 건물로 들어가는 강상운의 모습 위로.

박동호(소리) 강상운 대진그룹 부회장. 그놈을 심판할 다른 방법은 없을까?

// 정수진의 자택 지하 주차장 (밤)

다급하게 걸어오는 정수진. 차 앞에서 운전기사와 특보 이만길이 대기 중이다. 정수진의 얼굴은 충격과 당황으로 물들어 있다.

박동호(소리) 정수진 경제부총리. 그 사람을 처벌할 다른 길은 없을까?

박동호 썩어 가는 이 나라를 늪에서 건질 다른 방법이… 제발… 있기를… 바랐다. 정연아. (하며 서정연을 보는)

서정연 (본다. 한참을 보다가… 자신과 같은 공포를 느끼지만, 버텨 내고 있는 박동호의 모습에 조금의 힘을 얻은) 담화문 초안 준비하겠습니다. 가이드라인을 잡아 주세요.

박동호 (묻은 감정을 털어 버리듯, 긴 한숨을 내쉬곤, 다시 단호한 얼굴이 되는) 일. 정권은 국민의 안전과 치안 유지에 만전을 기할 것이다. 일. 전군은 국방 경계 태세를 강화하고 (하는데 울리는 서정연의 핸드폰. 유고 전화이리라. 받으라는 고갯짓을 한다.)

서정연 (핸드폰 받는) 서정연입니다. (잠시 상대의 말을 듣다가 둥! 놀란 얼굴이 된다. 핸드폰을 끊는다.)

박동호 (무슨 일인가 보는데)

서정연 (조금 떨리는 목소리로) 대통령님이… 아직… 살아 계십니다.

둥!!! 그 충격의 박동호의 얼굴에서.

씬 10 국군수도병원 헬기장 ·· 밤

비는 아직도 쏟아지고 있다. 응급 의료 헬기가 착륙하고 있다. 대기 중이던 의료진, 헬기에서 내려진 대통령의 병상을 다급하게 이동시킨다. 뒤이어 헬기에서 내리는 최연숙이 창백하고 겁에 질린 영부인의 손을 잡아 부축하듯 내려 준다. 최연숙이 우산을 펼쳐 비를 가려 주려 하지만, 영부인, 저만치 가는 대통령의 병상을 뒤따른다. 비를 맞으며. 정신을 절반은 놓아 버린 듯한 얼굴로…

씬 11 국군수도병원 수술실 복도 ·· 밤

복도를 다급하게 달리는 대통령의 병상. 사잇길에서 다급하게 뛰어오는 집도의와 의사와 간호사들. 집도의, 병상에 걸린 차트를 보며 다급하게 걷는다. 수술실 문이 열린다. 모두가 들어간다. 방금 전의 다급함이 사라지고 고요해진 복도. 수술실 위 알림판에 불이 켜진다. '수술 중'.

씬 12 달리는 차 안 + 대진그룹 강상운 집무실 ·· 밤

// 밤의 도로를 달리는 차. 기사가 운전하고 있고, 조수석에 이만길, 뒷좌석에 정수진이 앉아 핸드폰 통화 중이다.

// 강상운은 집무실을 서성이며, 초조하게 핸드폰 통화 중이다.

강상운 (통화 중인) 대진의료원 심장 전문팀 보냈어. 10분 안에 도착 (하는데)

정수진 (통화 중인, OL) 국군수도병원 원장이 주치의야. 대통령 당선 때부터 체크해 온 심장 전담팀도 여기 있어.

강상운 (OL) 그놈들은 체크만 하라고 해. 수술은 우리 쪽에 맡겨. 수술, 임상, 그놈들하곤 비교도 안 되게 (하는데)

정수진 (OL) 수술 성공 확률은 높아지겠지. 대신 의심도 높아질 거야.

강상운 (그 말에 서성이던 발길이 멈춰지는)

정수진 (누르며, 확인시키듯) 대통령 뒤에 대진그룹이 있다는 국민들의 의심.

강상운 (머리 아프다. 이러지도 저러지도 못할 상황이다. 한 손으로 관자놀이를 누른다.)

정수진 새벽에 대통령이 쓰러졌어. 근데 대진의료원이 대통령 수술을 집도했어. 대통령은 왜 지정 병원을 두고, 민간 의료 기관에 자신의 심장을 맡겼을까? (잠시 대답을 기다리는 듯 있다가) 난 대답 못 하겠는데…

하는 순간, 차가 병원 주차장에 도착한다.

씬 13 국군수도병원 주차장 + 대진그룹 강상운 집무실 ·· 밤

먼저 내린 이만길이 우산을 펴고 뒷문을 연다. 정수진이 내린다. 그 순간, 정수진이 옆을 보다가 멈칫. 근처에 도착한 차량에서 박동호가 내리고 있다.

강상운 (집무실에서, 통화 중인, 긴장되는) 대통령이 유고되면, 수진아, 박동호 총리가 권한대행이 될 거야.

강상운의 대사가 끝남과 동시에, 박동호가 정수진을 본다.

강상운 그럼… 너하고 나… 같은 법정에 서게 될 거다.

정수진 (박동호를 보며, 통화 중인) 막을 거야. 너하고 같은 길 걷기 싫어서 시작한 일인데.

강상운 (그 말에 불쾌한 듯 미간이 잠시 꿈틀거린다.)

정수진, 핸드폰을 끊고는 박동호를 본다. 표정과 의미를 알 수 없는 얼굴로 서로를 보는 박동호와 정수진의 모습에서.

씬 14 국군수도병원 브리핑룸 ·· 밤

벽시계가 새벽 4시를 알리고 있다.

단상에 병원장이 서 있고, 영부인과 최연숙, 그리고 각료들이 심각한 얼굴로 앉아 있다.

병원장 대통령님은 5년 전, 스텐트 시술을 하셨습니다. 그런데 두 시간 전, 원인 불상의 이유로 평소 혈류의 두 배 가량이 진행됐습니다.

// 1부 씬 5 대통령 집무실

가슴을 부여안고 쓰러지는 대통령의 모습 위로.

병원장(소리) 좁아진 혈관에 순간적으로 많은 혈류가 몰려서, 혈액의 병목 현상이 생겼습니다. 노화된 혈관이 그 혈압을 이기지 못해서 그만…

병원장 심혈관 중재술을 고려했지만, 파손된 혈관으로 인해 예후를 장담하기 어렵다는 판단을 내렸습니다. 마지막 방법으로 직접 가슴을 열어, 관상동맥 대신 다른 부위의 혈관을 이식하는 관상동맥 우회술을 시술 중입니다.

영부인 (두려움을 누르며, 기품을 유지하며) 그이… 언제쯤 청와대로 돌아올 수 있나요?

병원장 (곤란한 듯) …학계에 보고된 바로는, 수술 후 생존 확률이… 20% 미만이라고… (하다가 믿음을 주려는 얼굴로) 최선을 다하겠습니다. 영부인님.

영부인 (그렁해진 눈으로) 최선을 다하면… 그 확률이 높아지나요?

병원장 (곤란하다. 시선 피하며 외면하는)

각료들, 최악의 상황을 예감한 듯 암담한 얼굴이 된다. 그 일각. 앉아 있던 박동호의 핸드폰 문자음이 진동으로 울린다. 확인한다. '커피 하죠. 우리.' 발신자 정수진이다. 박동호가 본다. 바로 옆에 앉아서 걱정스러운 얼굴로 앞을 응시하고 있는 정수진의 모습을…

정수진 (앞을 보는 채로, 낮게) 10분 뒤에.

씬 15 국군수도병원 기도실 앞 ·· 밤

지나가는 사람들이 드문드문 있는 복도의 일각.

서정연과 이만길이 어색하게 적당한 거리를 두고 외면하며 서 있다.

그들이 서 있는 문 앞. 기도실이라는 현판이 붙어 있다.

씬 16 기도실 안 ·· 밤

간단한 예배를 드릴 수 있는 작은 교회 같은 실내.

정수진, 종이컵에 든 커피를 마시곤, 주변을 둘러보며…

정수진 팩트는 하나죠. 대통령이 위독하다. 방금 전에 브리핑룸 모든 사람들이 느낀 절망, 그리고 총리님께 생긴 희망. 더하면… 제로. (픽, 엷은 미소 보이곤) 인생이 그러네요. 제로섬 게임.

박동호 (근처에 선, 손에 든 종이컵의 커피 마시곤) 당신이 지은 범죄, 처벌하지 않는 법정. (가볍게 고개 저으며) 아직 세상은 안 그러네. 제로섬 게임.

정수진 (미소로, 다가가선) 덮어요. 그쪽이 본 거. 그럼 우리도 덮죠. 총리님 검찰 소환.

박동호 (보며) 핵 협상 같은 건가? 서로가 가진 핵무기를 동시에 제거하자는…

정수진 (끄덕이곤, 보는 채로) 총리님하고 나. 둘 다 눈감으면 세상은 살짝 어두워지겠지만, 알잖아요. 사람들 어둠에 금방 적응하는 거.

박동호 (보며) 내가 물러나면 당신하고 강상운 부회장은 안전해지겠지.

정수진 총리님도 안전하실 거예요. 약속하죠.

박동호 (의미를 알 수 없는 얼굴로 보는데)

정수진 (옅은 미소로, 속삭이듯) 기자들한테 알릴까요? 총리님 사퇴하신다고.

박동호, 정수진을 보는 채로 종이컵의 커피를 다 마신다.

그러곤 종이컵을 손안에서 구긴다.

박동호 (정수진을 보는 채로) 너희 중에 죄 없는 자가 이 여인을 돌로 쳐라. 예수님 한마디에 다들 돌아갔지. 왜 들고 있던 돌을 (구겨진 종이컵을 정수진을 향하듯 던진다. 정수진의 얼굴 바로 옆을 지나쳐 저만치 휴지통에 들어가는 종이컵) 죄인에게 안 던졌을까?

정수진 (박동호의 선택을 느낀다. 어차피 대결이다. 시크하게) 남의 죄를 묻는 자는, 자신의 죄도 드러날 각오를 해야 하니까.

박동호 (단상 쪽으로 가며) 최세창 금융감독원장은 대진그룹의 비자금을 캐다가

정수진 (OL, 가볍게 튀는 듯한 말투로) 그분은 각오를 한 거구.

박동호 서기태 의원은 대진그룹과 관련된 사모펀드를 쫓다가 뇌물 혐의로

정수진 (OL, 가볍게) 총리님도 그 늪에 빠졌는데, 동아줄이 내려왔네. 대통령님이 저렇게… (가볍게 혀를 차는 시늉을 하곤) 운이 좋으세요. 총리님.

박동호, 십자가 아래 선다.

박동호 (낮게 뇌까리듯) 운… (하고는 정수진을 보며) 나한테 남은 운이 있다면…
당신을 잡는 데 써야지.

십자가 아래 선 박동호의 선전 포고다.

정수진 (본다. 보다가 아래를 보면, 바닥을 기어 자신에게 다가오는 작은 벌레가 한 마리 보인다.) 조심해요. 한 걸음만 더 다가오면, 이젠… (자신의 앞까지 다가온 벌레를 꾹 눌러 밟으며, 박동호를 보는 채로) 밟혀요, 총리님.

단호한 박동호와 시크한 정수진이 서로를 보는 모습에서.

씬 17 국군수도병원 복도 + 대진그룹 강상운 집무실 ·· 밤

빠르게 걸어가는 정수진의 옆을 이만길이 따르고 있다.

정수진 (핸드폰 통화 중인) 상운 씨. 검찰 움직여. 9시 정각에 검찰청에 출두 안 하면, 박동호 총리. 바로 긴급 체포해.

강상운 (집무실의 책상 앞 의자에 앉아 통화 중인, 뜻밖의 말에) 수진아!

정수진 (걸으며) 소환 불응에 대비해서 법원에서 발부한 긴급 체포 영장이 있어.

강상운 (그건 무리라는 듯, 통화 중인) 대통령 생존 확률 20%야. 9시 전에 수술이 끝나면 박동호 총리는 권한대행 직무를 수행 (하는데)

정수진 (걸으며, 단호한) 아니. (몇 걸음 더 걷다가) 수술은 안 끝날 거야.

뭔가를 결심한 얼굴로 빠르게 걷는 정수진의 모습에서.

씬 18 국군수도병원 주차장 + 차 안 ·· 밤

다급하게 차량으로 걸어가는 박동호와 뒤를 따르는 서정연.

서정연 (박동호가 방금 말했던, 박동호가 의심하는 그들의 계획을 차마 믿을 수 없는) 총리님. 설마… 그들이… 그렇게까지… 상식적으로 그건 (하는데)

박동호 (단호한) 최세창 금융감독원장, 서기태 의원, 배성철 장관, 상식적으로 대응하다가 무너졌어. (서정연이 열어 주는 차 문 앞에 서서) 살아 있는 대통령도 손에 넣은 놈들이야. 죽어 가는 대통령한텐 무슨 짓이든 할 거야. (차에 타는, 뒷좌석에 앉는, 앞에 타는 서정연에게) 가자. 국회로.

다급하게 출발해서 가는 차량의 모습에서…

씬 19 국군수도병원 수술 참관실 ‥ 밤

영부인, 참관실 의자에 앉아 유리창을 통해 보이는 수술실의 풍경을 안타깝게 보고 있다. 그 옆에 서 있는 최연숙.

정수진, 문을 열고 들어와 영부인 옆으로 다가간다.

영부인 (수술 장면을 안타깝게 보며) 경선 땐 캠프에 여성 의원들 모시느라 많이도 만났어요. 대선 땐 지원 유세를 하루에 열 곳도 넘게 다녔어요. 근데… 지금은 할 수 있는 일이 없네. 그이는 지금 혼자 싸우고 있어요. 얼마나 두려울까?

정수진 (수술실을 보며, 나직하게) 수술실에서 쓸쓸히 죽어 가는 거.

최연숙 (예의 없는 말에 힐긋 보는)

정수진 (수술실을 보는 채로, 나직하게) 아드님을 위해 부당한 돈을 받고

최연숙 (놀라서, 나직한, 하지만 엄한) 정수진 부총리님!

정수진 (개의치 않고, 대사 이어지는, 나직하게) 그 사실을 파고드는

국무총리에게 거짓 누명을 씌워 구속시키려 한 사실이 알려지는 것.

최연숙 그만하세요!!

정수진 (개의치 않고, 영부인을 보며, 따뜻한 말투로) 어느 쪽이 더 두려울까요? 대통령님은.

영부인 (자신도 모르게 침이 꿀꺽 삼켜진다. 알고 있는 일이다.)

정수진 (따뜻한 눈으로 영부인을 보며) 수술실의 대통령님을 위해서 할 수 있는 일은 없지만 (영부인의 손을 따뜻하게 잡아 주며) 조국을 위해 살아오신 대통령님의 명예는 영부인께서 지켜 드릴 수 있어요.

정수진, 위로와 격려의 느낌으로 영부인의 손을 꼬옥 잡아 주는 모습에서.

씬 20 국회의사당 근처 도로 ·· 새벽

비 내리는 도로를 달리는 박동호의 차. 저만치 국회의사당의 전경이 보인다.

씬 21 당 대표실 밖 ·· 새벽

국회의사당 복도 일각. 어느 문 앞. '대한국민당 당 대표실'이라는 현판이 붙어 있고, 그 앞에 서정연이 대기 중이다. 순간 안에서 들려오는 호탕한 사내의 웃음소리. 하하하하하. 서정연의 얼굴이 불길해진다.

씬 22 당 대표실 ·· 새벽

거구의 박창식, 소파 상석에 앉아, 호탕하게 위악적으로 파안대소를 하고 있다. 그 옆에 정중하게 앉은 박동호.

박창식 하하하하. 대통령이 쓰러지고, 나라가 휘청거리는데, 하하하 총리라는 놈은 지 살길만 찾겠다? 하하하. 이 나라가 가련해서 웃는다. 내가. 하하하 (하다가 손으로 입가를 닦는데, 그 손길에 웃음도 깨끗하게 닦인다. 일그러진 얼굴과 분노를 삭이는 말투로) 옥살이가 그리 겁나디?

박동호 (정중하게) 아닙니다.

박창식 그럼, 대통령 권한대행 자리가 그리 탐나디?

박동호 (빤히 보며, 정중하게) 네.

박창식 (허, 어이없는 얼굴로 보는데)

박동호 (정중하게) 10년 전, 대표님이 절 정치권에 부르셨습니다.

박창식 (분노를 삭이는 눈으로) 1년 전. 내가 닦아 놓은 총리 자리 슈킹해서 간 놈이 너야.

박동호 (정중하게) 저 박동호. 대표님이 심은 묘목입니다. 낙락장송으로 자라게 비료 한 번만 주십시오.

박창식 그 묘목, 니 놈 관 짜는 데 쓸란다. 가 봐. (일어나려는데)

박동호 (정중하게) 영원한 2인자 박창식 대표,

박창식 (역린이 건드려진) 이노옴!!!

박동호 (개의치 않고, 정중하게) 15년째 유력 대선 후보! 하지만 한 번도 대선 경선에서 이기지 못한 대표님의 한. 제가 풀어 드리겠습니다.

박창식 (화가 난 뒤끝의 헉헉. 약간은 거친 호흡으로 보는)

박동호 (정중하게) 외람되지만, 대표님을 모실 제 생각을 말씀드려도 되겠습니까?

박창식 (헉헉 거친 호흡으로 보다가 손으로 입가를 닦는데, 분노도 같이 닦인 평온한 얼굴이 된다.) 떠들어 봐.

박창식, 소파에 깊숙이 앉는 모습에서.

씬 23 국군수도병원 수술실 + 수술 참관실 ·· 새벽

수술실로 들어오는 간호사. 집도의의 귀에 대곤 뭔가 속삭인다.
흠칫 놀라는 집도의. 창밖. 참관실을 본다. 참관실의 영부인, 자신의 뜻이니 그렇게 하라는 듯 고개를 끄덕여 준다. 집도의, 당황한 얼굴로 보다가 어쩔 수 없이 알겠다는 듯 고개를 끄덕이는 모습에서.

씬 24 국군수도병원 주차장 ·· 아침

날이 밝았다. 비가 그쳤다. 젖은 도로를 달려와 멈추는 차. 서정연이 먼저 내려 열어 주는 문으로 박동호가 내린다. 걸어서 병원으로 들어가는 두 사람.

서정연 (걸으며, 걱정스러운) 박창식 대표가 총리님 제안을 받아들일까요?

박동호 (걸으며, 단호한, 믿는) 욕심이 많은 분이야. 능력은 없지만.

서정연 박창식 대표, 믿어도 될까요?

박동호 그분의 욕심을 믿는다. 나는.

박동호, 병원 안으로 들어가는 모습에서.

씬 25 국군수도병원 수술실 + 수술 참관실 ‥ 낮

참관실에 앉은 최연숙이 긴장된 얼굴로 보는 수술실 내부. 집도의의 표정이 일그러진다. 수술이 실패한 듯한 분위기. 스태프들이 서로를 보며 암담한 표정으로 고개를 가로저으며, 각각의 장비를 내려놓으려 구석으로 흩어진다.
스태프1, 돌아서려는데, 그 팔을 잡는 집도의, 창밖. 영부인을 본다.
영부인, 수술 실패의 분위기를 느낀 듯 눈을 잠시 감았다가 뜨곤, 수술실 안의 벽시계로 고개를 돌린다. 집도의, 그 영부인의 시선 따라서 시계를 본다. 오전 8시 30분이다. 집도의, 그 의미를 안다. 다시 의미 없는 시술을 반복하려는 듯 "메스!" 하며 손을 내민다. 의아한 스태프들이 다시 집도의 근처로 모여드는 모습에서.

씬 26 국군수도병원 기도실 ‥ 낮

박동호와 서정연, 조금 떨어진 자리에서 단상의 십자가를 보며 앉아 있다.

서정연 (기도하려는 듯 두 손 모으다가, 잠시 갈등하다가, 손을 내리곤) 십계명 제6조. 살인하지 말라. … 살인한 자의 기도. 들어주실까요?

박동호 (십자가를 보는 채, 가로젓는) 선한 자의 기도라도 들어주셨다면 이런 세상, 오늘 같은 일은 없었겠지.

서정연 (낮은 한숨 내쉬는) 걱정돼요. 총리님하고 나 어떻게 될까? 그리고… 후회돼요. 내가 왜 정치를 시작했을까?

박동호 (십자가를 보는 채, 단호하게) 세상을 바꾸려고!

서정연 (그 말이 허망하게 들린다. 허탈한 실소 보이곤) 그래서 세상이 바뀌었나요?

박동호 아니!

서정연 (그 단호한 말투에 박동호를 보면)

박동호 (십자가를 보는 채로, 스스로에게 다짐하듯) 그러니까! 이제부터! 바꿔야지!

씬 27 국군수도병원 옥상 + 그 아래 주차장 · · 낮

정수진, 난간 앞에 서서 바람을 맞으며 풍경을 보고 있다.

이만길 (옆에 서서 보고 중인) 긴급 체포 영장 효력이 발휘되는 9시까지 수술은 안 끝날 겁니다. (시계 보곤) 10분 남았습니다.

정수진 (풍경을 보며) 오전 중에 구속 영장 청구해요. 영장 담당 판사하곤 얘기 끝냈어요.

이만길 (알겠다는 듯 끄덕이다가 아래를 보면, 저 아래 주차장, 서너 대의 검은색 승용차가 도착하고 있다.) 검찰 수사관들이 도착한 모양입니다.

정수진 (그 아래를 보며) 보이네요. 박동호 총리의 최후가. (하다가 멈칫)

정수진이 보는 그 아래 주차장. 차 문이 열리고 내리는 사내. 박창식이다! 연이어 내리는 사내들, 50-60대의 정장의 사내들이다. 박창식과 함께 병원으로 들어서고 있다. 정수진, 뭔가 불길함을 느끼는 얼굴이다.

씬 28 국군수도병원 복도 ·· 낮

다급하게 걸어가는 정수진과 뒤를 따르는 이만길의 모습에서.

씬 29 국군수도병원 수술실 + 수술 참관실 ·· 낮

다급하게 걸어오는 정수진의 시선에, 저만치 수술 참관실의 모습이 보인다.
박창식과 사내들이 앉아 있는 영부인 근처에 서 있다.
최연숙, 일어나 자리를 비켜 준다.

박창식 (그 자리에 앉으며 영부인에게) 작년에요, 제가 허리 수술할 때 대통령님이 주치의를 보내 줍디다. 옛날로 치면 어의를 보내 준 건데, 아, 그냥 있을 수 있나? (사내들을 가리키며) 서울에 잘나가는 대학병원 심장외과 과장님들입니다.

정수진 (근처에 와선, 그 얘기를 듣자 멈칫하는)

박창식 (사내들에게) 자자. 앉아요들.

사내들 (의자에 앉아, 수술실 안을 유심히 보는)

박창식 나라님 심장 고치는 게 거 보통 일인가? (수술실 안 집도의를 가리키며) 저 친구. 긴장해서 실수하면 타일러 주고, 아, (사내 중 한 명 가리키며) 이분이 저 친구 대학

은삽니다.

// 수술실 안. 집도의, 창밖 은사를 본다.

이미 끝났지만 시간을 끌고 있는 수술이 맘에 걸려 외면한다.

박창식 수술 잘하면 어깨도 두드려 주고, 아, 이분이 저 친구 인턴 때 지도 교수랍니다. 참. 이분은요, 저 친구 전문의 달아 주신 분입니다. 자알 보시고, 지도 편달 해 주세요들.

// 수술실 안. 집도의의 손이 멈춘다. 창밖을 본다.

나란히 앉은 세 명의 은사가 의문과 질책의 눈빛으로 자신을 보고 있다.

다시 움직이려던 집도의의 손이 멈춘다. 그 갈등의 잠시가 흐른 뒤.

집도의 (스태프들에게) 그만하자.

집도의가 메스를 든 손을 툭! 떨군다. 동력 잃은 메스의 이미지컷!!!

수술 참관실에 앉아 있던 박창식이 고개를 돌려서 본다.

정수진이 다급하게 어디론가 걸어가고 있다.

씬 30 국군수도병원 기도실 ‥ 낮

서정연이 핸드폰을 끊으며 앉아 있는 박동호의 근처로 온다.

서정연 (다급한) 수술이 방금 끝났습니다. 결과는 곧 브리핑 (하는데)

열리는 기도실의 문. 검사와 수사관 네 명이 들어온다.

검사 (박동호의 앞으로 와선, 영장 내밀며) 서울지검 특수부 배한철 검삽니다. 긴급 체포 영장입니다.

박동호 (이 순간을 벗어나야 한다. 일어나며, 단호하게) 소환 일정 다시 잡아서 통보하지. 오늘은 (하며 비켜서 나가려는데)

검사 (그 앞을 막아서며) 조용히 모시고 싶습니다. 총리님.

팽팽하게 막아서는 검사와 수사관들. 박동호, 난감한 순간인데…
열리는 문. 정수진이 들어오고, 뒤를 따라 이만길이 들어온다.

정수진 법원에서 정식 절차를 밟아 발부한 체포 영장이에요. 나라가 흔들릴수록 법은 지켜야죠.

박동호 대통령님 수술은?

정수진 (가볍게) 총리님이 걱정하실 일 아니에요.

박동호 (본다. 보다가 설핏 보이는 옅은 미소) 당신이 걱정할 일이 생겼군.

정수진 (뭔가 빌미를 준 듯하다. 당황을 감추며 보는데)

박동호 (정수진을 보며) 헌법 제71조. 대통령이 직무를 수행할 수 없을 때에는 국무총리가 그 권한을 대행한다. 나라가 흔들릴수록 헌법의 가치를 지키는 게 우선인 거 같은데.

정수진 … (보는)

박동호 (검사를 보며) 헌법 제84조. 대통령은 재직 중 형사상의 소추를 받지 아니한다. 이는 권한대행에게도 동일하게 적용된다. 제대로 된 검사라면 그 정도는 알 건데.

검사 (당황스러운 얼굴이 되는데)

정수진 (단호한, 검사에게) 아직 유고 발표 전이에요. 어서 모셔요. 어서.

검사와 수사관들, 머뭇거리며 갈등하는데…

박동호 (검사를 보며) 대통령 권한대행은 법무부장관을 통해 검찰을 지휘하지. 만약에 말이야. 당신 취조실에서 내가 검찰을 지휘한다면, 그 첫 번째 명령은… 뭐가 될까?

박동호의 그 차분하지만 날 선 기세에 움찔 밀리는 검사. 박동호가 걸어가자 자신도 모르게 몸을 비켜 준다. 나가는 박동호와 뒤를 따르는 서정연. 최악의 상황을 예감한 듯 낮은 한숨을 내쉬며 굳어지는 정수진의 얼굴에서.

씬 31 몽타주 ·· 낮

// 기자 회견장

집도의를 향해 터지는 카메라 플래시들. 집도의, 단상에서 발표 중이다.

집도의 오늘 새벽 2시. 대통령님은 평소 지병이던 심근경색으로 쓰러지셨습니다. 응급 처치를 마치고 국군수도병원에 도착, 새벽 4시에 수술에 들어갔습니다.

// 병원 복도

저벅저벅 걸어가는 박동호와 그 옆을 따르는 비장한 얼굴의 서정연.

집도의(소리) 대통령님은 다섯 시간이 넘는 수술을 받았지만, 안타깝게도… 의식 불명의 코마 상태에 빠졌습니다.

// 병원 로비

저벅저벅 걸어가는 박동호의 모습 위로.

집도의(소리) 의료진은 국내외 전문 의료팀과 협력, 저체온 치료를 시행할 계획이지만, 대통령님의 회복 여부는 현재로서는 장담할 수 없습니다.

씬 32 국군수도병원 현관 앞 ·· 낮

나오는 박동호. 그 뒤의 서정연. 몰려드는 기자들.

박동호 (주변을 둘러보곤, 말을 고르고는) 대통령님은 쓰러졌지만 대한민국은 앞으로 나아가야 합니다. 저, 권한대행 박동호는 법과 원칙을 바로 세우겠습니다.

씬 33 대진그룹 강상운 집무실 ·· 낮

대형 티비 화면에 보이는 박동호를 보며 다급하게 주변의 리모컨을 집어 드는 강상운.

박동호 (티비 화면의, 대사 이어지는) 불의 위에 잠든 자를 처단하겠습니다. 법 위에 군림하는 자를 심판하겠습니다.

강상운, 리모컨으로 티비를 끄려 하지만 눌러도 눌러도 꺼지지 않는다.

박동호 (티비 화면의) 대통령님의 비극은 막지 못했지만, 대한민국의 비극은 제가 반드시 막아 내겠습니다. (하는 순간)

팍!!! 강상운이 던진 리모컨이 티비 액정에 맞는다. 순식간에 파삭 박살 난 액정, 지지직거리며 형체를 알아볼 수 없는 기괴한 형상과 알아들을 수 없는 기괴한 지지직 소리만이 들리는 대형 티비. 헉헉. 거친 숨소리의 강상운이 그 기괴한 티비를 기괴한 분노의 눈빛으로 바라보는 모습에서.

씬 34 도로 · · 낮

드넓은 대로. 신호등 옆에 선 교통경찰, 무전을 받더니 신호기를 조작한다. 차량이 통제되고, 신호가 파란불로 바뀐다. 잠시 후 나타나는 교통 사이드카, 그리고 뒤이어 달려오는 대여섯 대의 차량들. 교통경찰이 지나는 박동호의 차에 경례를 한다. 삼엄한 경호를 받으며 달리는 웅장한 차량의 행렬이 보이다가…

씬 35 박동호의 차 안 ·· 낮

달리는 차 안. 박동호의 옆에 앉은 서정연, 보고 중이다.

서정연 청와대 경호실 규정에 따라 대통령에 준하는 경호가 시행 중입니다. 병원에서는 한 달 동안 회복 여부를 지켜보겠다고 합니다.

박동호 (생각에 잠겨 창밖을 보고 있는)

서정연 (걱정스러운) 한 달 뒤에 대통령님 소생 불가 판정이 내려지면, 야당에서는 조기 대선을 요구할 겁니다.

박동호 (창밖을 보는 채로) 그렇겠지.

서정연 (걱정스러운) 총리님께 주어진 시간, 한 달뿐입니다.

박동호 (서정연을 보며) 국정원, 검찰, 경찰을 장악하는 데 일주일. 대통령 아들 장현수를 파헤치는 데 일주일. 대진그룹과 정수진의 멱을 잡는 데 일주일. 그리고 (잠시 말을 멈췄다가, 단호한 말투로) 쓰레기를 모아서 세상 밖으로 버리는 데 일주일!

서정연 (박동호의 결의를 느끼며 보는)

박동호 시간은 충분해. 그 친구와 같이할 수 있다면.

박동호, 결의에 찬 눈으로 창밖을 보는 모습에서.

씬 36 법무연수원 전경 ·· 낮

자막 : 법무연수원

씬 37 법무연수원 중정 옆 복도 ·· 낮

두꺼운 법전을 들고 저벅저벅 걸어오던 이장석이 앞을 보고 멈춘다.
맞은편. 박동호가 서정연과 몇 명의 경호원과 함께 걸어오고 있다.
박동호, 반가운 얼굴로 다가간다.

박동호 장석아…

씬 38 호텔 VIP용 개인 스시룸 ·· 낮

일본인 셰프가 초밥을 만들고 있다. 그 앞. 바에 앉아 하나씩 나오는 초밥을 먹으며 사케를 마시고 있는 강상운. 들어온 정수진이 그 옆에 앉는다.

정수진 (술 마시는 것이 맘에 안 드는) 아직 대낮이야.
강상운 (뒤틀린 미소로, 농담처럼) 앞날이 깜깜해서 밤인 줄 알았네. (옆에 놓인 신문 가져다가 정수진의 앞에 놓아 준다.)

그 신문의 기사 제목. '비리 혐의 권한대행, 혼란에 빠진 대한민국'.

강상운 (사케를 마시곤) 이건 시작이야. 저녁 뉴스엔 박동호가 가상화폐 거래소 대표한테 뇌물을 받은 사실을 진술할 증인이 등장할 거다.
정수진 (자신의 앞에 놓아 주는 초밥에서 밥을 떼고 회만 먹으며) 있지도 않은 일. 본 사람이 있네. 증인 구하느라 애썼어.
강상운 (분노를 누르는 기분으로) '뇌물 수수 권한대행 국민이

용납 못 한다'. 내일 아침 대한매일신문 논설 제목이야. '범죄가 판치는 나라, 범죄자가 지배하는 나라'. 경제신문 칼럼이고. 오늘부터 이 나라 모든 언론이 박동호를 물어뜯을 거야. 있는 사실은 부풀리고 없는 사실은 만들어 내겠지. (사케 한 잔 마시곤, 거칠게 입 닦으며) 해 봤잖아. 선거에서 뽑힌 대통령도 바보로 만들 수 있는 언론이야. 권한대행? 픽, 그 자식. 며칠이나 견딜지 (하는데)

정수진 그 며칠. 우리는 버틸 수 있을까?

강상운 (무슨 말인가 보면)

정수진 (다시 나온 초밥에서 밥을 떼고 회만 먹으며) 박동호 총리. 지금 이장석 검사를 만나고 있어.

그 말에 둥!! 놀라는 강상운의 모습에서.

씬 39 법무연수원 중정 ‥ 낮

이장석, 의자에 앉아 있고, 박동호, 뭔가 맘에 안 드는 얼굴로 근처에 서 있다.

이장석 (박동호의 시선을 외면하며) 집사람이 고향 내려가서 살자네. 애들도 같이 (하는데)

박동호 (만류하려는) 장석아!

이장석 (잠시 자조적인 헛웃음 보이고는) 검사질 20년에 남은 건 퇴직금뿐이다. 동호야. 여기서 멈출란다.

박동호 (본다. 보다가 다소 차가워진 말투로) 그래. 그렇게 해. 좋은 소식이네. (하며 맞은편에 앉는)

이장석 (무슨 의민가 보는)

박동호 대진그룹 수사하겠다고 좌천에 징계까지 감수하고 덤비던 검사가 공기 좋은 시골로 간다니. 좋아하겠다. 대진그룹 강상운 부회장이.

이장석 …그만해라.

박동호 대진그룹 자금을 청와대까지 운반한 혐의로 소환까지 했던 검사가 낙향을 한다? 축하할 일이네. 정수진 부총리.

이장석 (친구의 조롱 섞인 말투에 반격하듯, 자신도 비아냥거리는 느낌으로) 왜 내가 해야 되지? 대한민국 검사가 2천 명이야. 다들 적응하고 잘 살아. 근데 왜 내가 또 (하는데)

박동호 (OL, 단호한) 기태가 남긴 세상이니까.

이장석 (그 말에 멈칫해서 보는)

박동호 (이장석을 보는 채로) 어제 기태 49재였어.

그 말에 시간이 멈춘 듯한 기분으로, 아리는 마음으로 서로를 보는 박동호와 이장석.

박동호 장석아, 넌 견뎠고, 기태는 … 던졌어.

이장석 …

박동호 (가슴팍에서 편지 꺼내서 건네는) 유서를 남겼어. 나한테 비문을 써 달라고. 아직 시작도 못 했다.

이장석 …

박동호 뭐라고 쓸까? 불법 자금을 받은 추악한 정치인? 불의에 맞서다 산화한 신념의 인간?

이장석 …

박동호 (간절한, 진심의) 붓은 내가 들게. 먹은 갈아 주라. 장석아.

간절한 박동호의 모습을 보며, 갈등하는 이장석의 얼굴 위로.

정수진(소리) 이장석은 검찰에 따르는 후배들이 많아.

씬 40 호텔 VIP용 개인 스시룸 · · 낮

정수진 대통령 권한대행이라는 보호막 아래, 이장석이 다시 수사를 시작하면 어떻게 될까?

강상운 (긴장되는 얼굴인데)

정수진 오늘 어쩌면 내일. 박동호 총리가 진용을 갖추기 전에 사퇴시켜야지. 야당 쪽 접촉해서, 국회에 권한대행 사퇴 결의안 상정해 줘.

강상운 (그건 좀 아닌 것 같다는, 고개 가로저으며) 박창식 대표가 박동호 쪽에 서 있어. 어차피 표 대결에선 밀릴 (하는데)

정수진 (백 챙겨 일어나며) 정치는 산수가 아니야. 수학이지. 변수도 있고, 상대가 모르는 미지수도 있어. 통과될 거야. (나가려는데)

강상운 (보며) 아직 식사 안 끝났어.

정수진 (가볍게) 말했잖아. 당신하고 같이 있기 싫어서 시작한 일이라고.

정수진, 나간다. 강상운, 심각한 얼굴로 생각에 잠기는 모습에서.

씬 41 청와대 대통령 집무실 ·· 낮

끼이익 문이 열리고, 최연숙이 들어온다. 뭔가 납득할 수 없는 의문의 표정이다. 소파에 털썩 앉는다. 그 최연숙의 얼굴 위로 인서트되는.

// 인서트. 국군수도병원 VIP 병실

집도의가 서류를 최연숙에게 내밀고 있다.

집도의 (난감한) 대통령님 혈액 검사 결괍니다. 근데… 이상한 성분이…

그때 최연숙의 눈에 보이는, 바닥에 떨어진 전자 담배.
최연숙, 그 전자 담배를 집어 들다가 멈칫하는 표정 위로.

// 플래시. 1부 씬 4 청와대 대통령 집무실

전자 담배를 흡입하던 대통령이 헉!!!
숨이 막히는 듯한 얼굴로 심장을 움켜쥐는 모습 짧게.

최연숙, 긴장되고 떨리는 마음으로 다급하게 주변을 살핀다. 그 다급하게 뭔가를 찾는 최연숙의 모습과 1부 씬 4에서 쓰러진 대통령이 심장을 부여안고 한 손을 내밀다가 서서히 눈이 감기는 모습이 빠르게 교차되다가,

대통령의 눈이 감기는 순간, 최연숙이 집어 든다! 자그마한 액상병을!!!
최연숙이 그 액상병을 깊은 의문으로 바라보는 모습에서.

씬 42 국회의사당 전경 ·· 낮

웅장한 국회의사당의 모습이 잠시 보이다가…

씬 43 당 대표실 ·· 낮

정수진과 박창식이 소파에 마주 앉아 있다.

박창식 (소탈한 미소와 얼굴로, 이해가 안 된다는 듯 천진한 표정으로 고개 저으며) 야당 놈들이 말야. 왜 상정했는지를 모르겠어. 거 우리 당이 반대하는데 결의안이 통과 안 될 걸 뻔히 알면서 말이야.

정수진 (차분하게) 나라를 걱정하는 마음이겠죠. 권한대행 자격 없다가 85%, 여론 조사에 나타난 국민의 뜻을 받드는 것이기도 하죠.

박창식 (허허, 소탈한 웃음이 보이며) 전쟁 중에 누가 말을 갈아타나? (존대와 하대를 섞어 말하는) 대통령 자리가 유곱니다. 부총리님 맘엔 안 들겠지만 나라가 혼란스러운 이때, 썩은 허수아비라도 세워 놔야 논을 지킬 거 아닌가.

정수진 (빤히 본다. 보다가, 차분하게) 그 논. 제가 지킬게요.

박창식 (그 말에 보는. 소탈한 미소가 보이는 얼굴로)

정수진 (보며) 대통령 유고 시 권한대행 서열 두 번째. 경제부총리예요.

박창식 (소탈한 미소가 보이는 얼굴로 보고만 있는)

정수진 (차분한) 뇌물 수수 혐의로 검찰에 소환 예정이었던 총리에게 이 나라를 맡길 수 없다는 충정으로 이해해 주세요.

박창식 (소탈한 미소가 보이는 얼굴로 보고만 있는)

정수진 (걱정스러운 말투로) 당내 의원들이 흔들리고 있습니다. 이러다가 반란 표가 생겨서 가결되면 대표님 리더십이 (하는데)

박창식 하하하하… (웃음 터지는, 그 웃음의 끝자락에) 마누라도 안 하는 내 걱정을 자네가 해 주는군 (하다가 입가를 닦는다. 웃음도 같이 닦인다. 진지해진 얼굴로, 서늘하게) 반란은 없을 거야. 기명 투표를 결정했네.

정수진 (둥! 그 말에 멈칫 놀라는 시늉을 하는)

박창식 (매서운 말투로) 박동호 권한대행은 당론으로 결정된 사항이야. 당론에 반대하는 놈은 자기 이름을 걸고 하라고 해. 내가 그 이름을 기억해 두지. 대표의 리더십은 공천권에서 나오니까.

그때 문이 열리고 들어오는 비서, 차를 둘의 앞에 놓는다. 그 사이 한 치의 물러섬 없는 얼굴로 서로를 보고 있는 정수진과 박창식. 비서, 나간다.

박창식 (찻잔을 들고, 이내 소탈해진 얼굴로) 누구를 위해 일하는지 의심스러운 경제부총리에게, 이 나라를 맡길 수 없다는 충정으로 이해해 주게. 들지.

박창식, 찻잔으로 건배를 하듯 살짝 내밀어 보이는 소탈한 모습에서.

씬 44 국회 복도 ·· 낮

정수진, 옅은 미소가 설핏 보이는 얼굴로 걷고,
그 옆을 이만길이 따르고 있다.

이만길 기명 투표. 원하던 걸 얻었습니다. 하지만 권한대행은 법률상 기소할 수 없는 상탭니다. 건드릴 방법이 (하는데)

정수진 (걸으며) 외곽을 쳐야죠.

이만길 (난감하다는 듯) 권한대행의 주변을 건드릴 용기 있는 검사가 지금 있을지 (하는데)

정수진 (걸으며, 가볍게, 확신에 찬) 용기는 두려움에서 나오죠. 저자가 힘을 가지면 나는 끝이라는 두려움.

그 정수진의 얼굴 위로 짧게 플래시되는.

// 플래시. 1부 씬 30 국군수도병원 기도실

박동호 (검사를 보며) 헌법 제84조. 대통령은 재직 중 형사상의 소추를 받지 아니한다. 이는 권한대행에게도 동일하게 적용된다. 제대로 된 검사라면 그 정도는 알 건데.

검사 (당황스러운 얼굴이 되는데)

씬 45 서정연의 집 ·· 낮

위 씬의 검사, 수색 영장을 내밀고 있다.

검사 서정연 씨 자택에 대한 압수 수색을 실시합니다.

검사의 고갯짓에 수사관들이 바쁘게 움직인다. 평범한 서민 느낌의 분위기인 서정연의 집을 수색 중인 수사관들. 당황한 부모가 주춤거리고 있는 사이, 검사, 서정연의 방으로 들어간다. 벽에 걸린 서정연의 대학 졸업 사진을 흘깃 보고는 가슴팍에서 서류봉투를 꺼낸다. 주변을 살피다가 졸업 사진 틀 뒤에 서류봉투를 숨겨 두는 모습에서.

씬 46 청와대 복도 ·· 낮

최연숙, 굳은 얼굴로 복도를 걷고 있다. 저만치 의무실 현판이 보인다. 그 위로.

뉴스(소리) 박동호 권한대행의 수행비서 서정연 씨의 자택에서 수억 원의 양도성 예금 증서가 발견됐습니다.

씬 47 청와대 의무실 ·· 낮

최연숙이 들어오자, 티비 뉴스를 보고 있던 의무장교와 간호장교가 다급하게 일어나 거수경례를 한다.

뉴스 (티비 화면이 보이는) 검찰은 박동호 권한대행이 가상화폐 거래소 최 대표로부터 받은 자금의 일부를 수행비서 서정연 씨가 보관하고 있었던 것으로 추정 (하는 순간)

간호장교가 리모컨으로 티비를 끈다.

최연숙 (다가가선) 여기, 약품 성분을 분석할 수 있는 시스템 있나요?

최연숙의 그 심각한 얼굴에서…

씬 48 몽타주 · · 낮

// 국무총리 집무실

박동호, 굳은 얼굴로 책상 앞 의자에 앉아 있고, 서정연, 그 옆에 서 있다.

서정연 (당황스러운) 검찰에서 양도성 예금 증서의 출처를 밝히라고 요구하고 있습니다.

박동호 (굳은) 하지 않은 일을 증명할 방법은 없어. 국회 표결 시간은?

서정연 … 10분 남았습니다.

// 국회 본회의장 앞

본회의장으로 입장하는 국회의원들, 그중 의원1, 카메라 앞에서 흥분해서 인터뷰 중이다.

의원1 수행비서 집에서 나왔으면, 그게 누구 돈인지 뻔한 거 아닙니까? 이건요. 나라 망신입니다. (격분해서) 어떻게 세운 나란데!! 어떻게 지켜온 나란데!!!

// 정수진의 집무실

정수진이 여유로운 얼굴로, 차를 마시며 티비를 보고 있다.

의원2 (티비 화면 속의, 본회의장 앞에서 인터뷰 중인) 저는 당론을 거부하고, 국민의 편에서 표결하겠습니다. 여당의 일원으로서 국민 여러분께 사죄드립니다.

픽, 여유 있는 미소와 함께 티비를 끄는 정수진. 돌아보며.

정수진 국무위원 소집해요. (시계 보곤) 식사는 그렇고, 차 한잔은 되겠네.

이만길 (그 옆에 서 있는) 아직 국회 표결이 안 끝났습니다.

정수진 (OL, 가볍게) 끝났어요. 이 상황에서 누가 자기 이름을 내걸고 박동호를 지킬까?

// 국회 본회의장 전광판

전광판만이 보이는 상황. '권한대행 사퇴에 관한 결의안'.

가와 부 아래 숫자가 새겨지는 숫자.

가 201. 부 56.

// 국무총리 집무실

굳은 얼굴로 책상 앞 의자에 앉아 깍지를 낀 채 생각에 잠긴 박동호의 모습 위로.

국회의장(소리) 권한대행 박동호 사퇴 결의안이 가결되었음을 선포합니다.

씬 49 정부종합청사 복도 · · 낮

심각한 박동호와 걱정스러운 서정연이 걷고 있다.

서정연 (보고하는) 지시하신 대로 긴급 국무회의를 소집했습니다. 대북 특사로 평양에 간 안일수 국정원장을 제외하곤, 전원 연락했습니다.

박동호 (문 앞에 서는, 잠시 생각을 가다듬는 듯한)

서정연 (걱정스러운) 총리님. 국회가 등을 돌렸습니다. 국무위원마저 장악하지 못하면… 우린… (하는데)

박동호 (문을 보며, 스스로에게 되뇌듯) 우린 옳은 일을 하고 있어. (서정연에게) 웃어. 두려움은 그들의 몫이다.

박동호가 문을 열고 들어가는 모습에서.

씬 50 정부종합청사 국무회의장 ·· 낮

들어온 박동호가 멈칫 선다. 드넓은 국무회의장. 텅 비어 있다.

저만치에 홀로 서 있던 정수진, 양손에 커피를 들고 있다.

박동호, 자신의 자리인 상석으로 다가간다.

상석으로 다가오는 정수진. 커피 한 잔을 박동호의 앞 탁자에 내려놓고는…

정수진 (서정연에게) 어떡하죠? 커피가 둘뿐인데.

서정연, 의미를 알고는, 가볍게 목례를 하고는 나간다. 닫히는 문.

박동호 (상석에 앉는다. 마치 국무위원들을 기다리듯이)

정수진 (근처에 앉으며) 유토피아, 이 세상에 없는 장소라는 뜻이죠. 오지 않을 세상을 기다리던 총리님. 오지 않을 국무위원들을 기다리시네.

박동호 (그 말에 정수진을 보면)

정수진 (박동호의 탁자 앞에 놓여 있는 서류봉투를 툭 밀어 보이며) 국무위원 전원의 사퇴서예요.

박동호 (둥! 놀라는 마음을 감추려 하지만 꿈틀거리는 미간이 보인다.)

정수진 (가볍게, 커피 한 모금 마시곤) 말렸는데도 안 듣네. 부끄럽대나? 국민의 지탄을 받는 권한대행 밑에서 일하는 거.

박동호 …

정수진 오늘 밤 12시까지 총리님이 물러나지 않으면, 대한민국 국무위원 전원이 동반 사퇴하겠다는 (가볍게 서류봉투 툭 건드려 보이며, 고개까지 살짝 끄덕여 보이며) 뭐 그런 내용…

박동호 (분노를 누르며) 국정을 마비시키겠다는 뜻입니까?

정수진 (가볍게, 보는 채로) 당신을 몰아낼 수 있다면 기꺼이.

박동호 이 나라를 수렁으로 몰고 가겠단 말입니까?

정수진 (가볍게, 보는 채로, 끄덕이며) 안 그럼 내가 다치니까.

박동호 (터지는) 정수진 부총리!!!

정수진 (담담한 눈으로 보고 있는)

박동호 (분노를 누르며) 물러날 자리였으면, 올라오지도 않았어.

정수진 (가볍게) 훌륭한 결심이네요.

박동호 (팽팽하게 보며) 국회에 거국 내각을 제안할 거야. 장관 자리 몇 개 던져 주면 그들도 (하는데)

정수진 (OL, 가볍게) 실패한 계획이구요.

박동호 (멈칫. 그 말에 말을 멈추고 보는)

정수진 박동호 총리를 대통령 권한대행으로 인정할 수 없으며, 그와는 어떤 대화도 하지 않겠다.

박동호 …

정수진 야당 대표들의 공동 선언문이에요. 지금쯤 발표했겠네.

정수진, 일어난다.

정수진 (박동호를 내려다보며) 나라가 흔들려요. 당신 때문에.

박동호 …

정수진 (옅은 미소가 보이는 얼굴로) 이 나라를 생각해 주세요.

박동호 총리님.

박동호, 분노와 무력감을 누르며, 정수진을 바라보는 모습에서.

씬 51 청와대 비서실장실 ·· 낮

책상 앞 의자에 앉은 최연숙 앞에 선 의무장교가 보고 중이다.

의무장교 (사무적인, 내막은 전혀 모르는) 크로코딜과
메스암페타민 성분이 합성된 신종 마약입니다.

최연숙 (둥! 놀라는 얼굴이다. 자신도 모르게 침이 삼켜진다.)

의무장교 (사무적인) 혈류와 심장 부담을 두 배 이상
증가시키는 효능이 있습니다. 일반인의 경우에는 환각을
강화시키지만, 심장 기능에 이상이 있는 분에게는
치명적인 (하는데)

최연숙 (OL, 흔들리는, 복잡해지는 마음을 보일 수 없는, 사무적으로)
수고했어요.

의무장교, 거수경례를 하곤 나간다. 문이 닫히는 순간, 자신도 모르게 일어나는 최연숙, 정리되지 않는 생각과 복잡한 마음에 바빠지는 듯, 집무실을 잠시 서성이다가 멈춘다. 뭔가가 떠오른 얼굴.
그 최연숙의 모습 위로 플래시되는.

// 플래시. 씬 3 청와대 대통령 집무실 앞 복도

대통령 집무실에서 나오던 박동호를 보는 최연숙의 모습 짧게.

최연숙, 입술을 깨문다. 설마… 하는 마음과 그의 짓이야…라고 생각하는 마음이 교차하는 최연숙의 표정에서…

씬 52 국무총리 집무실 + 청와대 비서실장실 · · 낮

책상 앞 의자에 앉아 깊은 생각에 잠겨 있는 박동호. 그 옆의 서정연.

서정연 야당 대표들이 총리님 사퇴를 촉구하는 단식 농성에 들어갔습니다. 국무위원도 국정을 거부 중입니다. (침통한) 총리님 곁에는… 지금… 아무도 없습니다.

박동호 (생각에 잠긴 채로) 아니, 남아 있어.

서정연 (그 말에 보면)

박동호 (생각에 잠긴 채로) 내가 버릴 수 있는 한 가지.

박동호, 핸드폰을 든다. 어딘가로 전화를 건다.

// 청와대 비서실장실

복잡한 얼굴로 서 있는 최연숙의 핸드폰이 진동으로 울린다. 본다.
발신자 '박동호'다. 최연숙, 한참을 바라보다가 받는다.

최연숙 최연숙이에요.

박동호 (집무실의, 단호한) 드릴 말씀이 있습니다. 제가 가겠습니다.

최연숙 (그 말에 잠시… 의미심장한) 준비하고 있을게요.

단호한 박동호의 얼굴과 뭔가를 결정한 듯한 최연숙의 얼굴이 한 화면에 잡히는 데서.

씬 53 몽타주 ·· 낮

// 대로

달리는 박동호의 차. 교통 사이드카와 경호 차량들이 박동호의 차를 호위하며, 서울의 대로를 달리고 있다.

// 박동호의 차 안

박동호, 창밖을 보며 굳은 얼굴로 생각을 가다듬고 있다.

// 청와대 일각 복도

최연숙, 몇 명의 경호원 앞에 서 있다. 막 지시를 끝낸 상황.

경호원1 청와대 경호실은 대통령을 위해한 사람만 제압, 체포할 수 있습니다. 비서실장님. 긴급 체포해야 하는 사람 누군지는 알려 주셔야 (하는데)

최연숙 (차분히, OL) 대기하세요.

// 청와대 대통령 집무실 근처 복도

박동호, 홀로 저벅저벅 걸어가고 있다.

// 청와대 대통령 집무실 옆의 부속실 안

경호원들 서너 명이 대기 중이다. 누군가는 총기를 점검하기도 하고, 누군가는 수갑을 체크하기도 한다. 긴장된 상태로 대기 중인 경호원들의 모습이 보이다가…

// 청와대 대통령 집무실 근처 복도

경호원들이 대기하고 있는 부속실을 지나쳐 바로 앞 집무실 앞에 서는 박동호, 인생 최대의 승부가 벌어지기 직전의 순간이다. 심호흡을 하곤, 문을 열고 들어가는 모습에서.

씬 54 청와대 대통령 집무실 ·· 낮

박동호, 들어오면, 최연숙, 소파에 앉아 있다.
저벅저벅 걸어가 근처에 앉는 박동호.

최연숙 청와대 비서실은 정치에 개입할 수 없어요. 국회와의 문제, 국무위원과의 갈등, 권한대행으로서 곤란한 처지이신 거, 안타깝지만, 제가 해 드릴 수 있는 건 없어요.

박동호 (묵묵히 보는)

최연숙 (자신이 알고 싶은 것을 묻는) 서운했겠죠. 10년을 모신 대통령님께 모진 일을 당했으니…

박동호 (묵묵히 보고만 있는)

최연숙 (보며, 조금은 날카로운) 총리님. 그날 밤. 대통령님을 만나러 왔을 때 서운함 말고 또 가져오신 게 있나요?

박동호 (보는)

최연숙 (평소의 온화함과는 달리, 날카로운 눈길로 보는데)

박동호 (보는 채로, 담담하게) 제가 대통령님을 시해했습니다.

최연숙 (둥!! 놀란, 뜻밖의 자백이다.) 총…리님…

박동호 (담담하게) 이 손으로, 대통령님의 심장을 멈추고 싶었습니다.

최연숙, 그 말에 놀라 자신도 모르게 일어난다.

박동호 (담담하게) 대진그룹은 대통령님을 손에 넣었습니다.

최연숙 (날카로운) 그 어떤 이유도!!!

박동호 (보는)

최연숙 (선 채로, 박동호를 내려다보며) 살인을 정당화할 순 없어요. 법의 처벌을 피할 수도 없어요.

박동호 (차분한 말투로) 피할 생각 없습니다. 시간을 늦추고 싶을 뿐.

박동호, 안주머니에서 보이스펜을 꺼낸다. 재생 버튼을 누른다. 재생되는.

박동호(소리) 제가 대통령님을 시해했습니다.

최연숙(소리) 총…리님

박동호(소리) 이 손으로, 대통령님의 심장을 멈추고 싶었습니다.

박동호, 재생 버튼을 끄고는 보이스펜을 최연숙의 앞에 내려놓는다.

최연숙, 모든 것을 자백하는 박동호를 충격으로 보고 있다.

박동호 (차분한) 저를 선택한 국민이 스스로 자부심을 가질 수 있는 대통령이 되겠습니다. 취임 연설에서 그렇게 말씀하셨죠.

최연숙 (떨리는 눈으로 박동호를 보고 있는)

박동호 (차분한) 대진그룹을 흔드는 국무총리를 구속시켜라. 최근에 내린 지시겠죠.

최연숙 …

박동호 비서실장은 대통령의 뜻을 받드는 자립니다. 같은 대통령이 가진 두 가지 뜻. 어느 것을 따르겠습니까?

최연숙, 의미를 안다. 털썩 자리에 앉는다.

무엇을 따르겠다 말을 할 수 없는 마음인데…

박동호 (차분한) 갈등되십니까?

최연숙 …

박동호 (차분한) 그럼 대통령 비서실장 최연숙이 아닌, 약자의 눈물을 닦아 주느라 자신의 인생을 적셨던, 10년 전 초선의원 최연숙에게 부탁드리겠습니다.

최연숙 (떨리는 얼굴로 보는데)

박동호 (간절한 말투로) 한 달의 시간만.

최연숙 …

박동호 (간절하게) 세상을 뒤엎을 시간, 한 달만… 저에게 주시겠습니까?

최연숙, 그 간절한 박동호를 보다가, 앞에 놓인 보이스펜을 보다가, 갈등하는 그 모습에서.

씬 55 국군수도병원 복도 ·· 낮

최연숙이 걸어오고 있다. 잠시 벽을 잡고 기대선다. 갈등되는 얼굴이다.

씬 56 국군수도병원 VIP 병실 ·· 낮

들어온 최연숙, 창가에 서서, 환자실을 본다. 환자실 안. 영부인이 코마 상태의 대통령 곁에 앉아 있다. 그 혼수상태의 대통령의 얼굴을 보던 최연숙의 얼굴 위로.

박동호(소리) (1부 씬 54 대통령 집무실의) 같은 대통령이 가진 두 가지 뜻. 어느 것을 따르겠습니까?

갈등하던 최연숙, 뭔가를 결심한 얼굴이 되는 데서…

씬 57 국군수도병원 VIP 병실 안 환자실 ·· 낮

최연숙, 환자실 안으로 들어와, 영부인의 옆에 선다.

최연숙 (가라앉은 말투로) 대통령님은 호전되고 있습니다.

영부인 (무슨 말인가 보는)

최연숙 방금 전에는 잠시 정신이 드신 적도 있어요.

영부인 (그 말에, 여전히 혼수상태인 대통령을 한 번 보곤, 최연숙에게) 비서실장님?

최연숙 7년 전. 영부인님이 저에게 진 빚, 오늘 돌려받아야겠어요.

당황해하는 영부인에게 그렇게 하라는 듯 가라앉은 얼굴로 고개 끄덕여 보이는 최연숙의 모습에서.

씬 58 청와대 영빈관 앞 ·· 밤

10여 명의 장관들이 두셋씩 이야기를 나누며 로비를 지나 만찬장으로 들어가고 있다. 들어서던 정수진, 맞은편에서 최연숙과 함께 이야기를 나누며 오는 박동호를 보고 언뜻 불길한 느낌으로 바라보는 데서.

씬 59 청와대 영빈관 만찬장 ·· 밤

만찬 좌석이 세팅된 실내. 아직 식사는 나오지 않은 상태다.
상석에 영부인과 최연숙, 그 옆에 박동호가 앉아 있다.

영부인 (어색하게) 나랏일 애쓰시는 장관님들 대접하겠다 모셨는데, 급하게 준비한 자리라…

최연숙 (장관들을 보며, 기쁜 소식을 전하듯, 온화한 미소로)
대통령님의 예후가 많이 호전되고 있습니다.

장관들 (오… 다행이라는 표정을 짓기도 하고, 소리 없는 손뼉을 치기도 하는)

최연숙 잠시 정신이 드셨습니다. 영부인님께 중요한 말씀을 전하셨어요. (영부인을 보며) 대신 말씀드릴까요?

영부인 (그렇게 하라는 듯, 어색하게 고개 끄덕이는)

최연숙 (메모지를 들곤, 읽듯이) 국민들이 불안에 떨지 않도록 국방과 치안에 각별히 전념하고,

박동호 (가벼운 얼굴로 물잔 들어 마신다.)

최연숙 (주변을 일별하곤, 메모지를 보며 읽듯이) 박동호 국무총리의 지휘 아래, 한 치의 흔들림 없이 국정을 운영하라.

둥! 놀라는 정수진. 낮게 웅성거리는 장관들.

최연숙 (미소로 좌중을 보며) 한 달, 어쩌면 더 빠른 시간 안에 대통령님은 돌아오실 거예요. 그때까지 박동호 총리의 (하는데)

정수진 (일어나는) 확인해야겠어요. 한 시간 전, 병원장 보고로는 대통령님 상태가 (하는데)

최연숙 (일어서 있는 정수진을 보는 채로) 지금 이 자리에서 일어나는 분은, 대통령님 곁을 떠나겠다는 뜻으로 알게요.

정수진 (당황을 감추고, 예의를 갖추려 애쓰며) 확인이 필요하다는 뜻입니다. 사실 확인 전에는 그 지시를 따를 수가 (하는데)

최연숙 (단호한 말투로, 정수진을 보며) 정수진 부총리는 지금 영부인님을 믿지 못하겠다는 건가요?

정수진, 그 말에 대답이 막힌다. 영부인을 본다.

영부인, 정수진의 눈을 피하곤, 어색하게 박동호 쪽을 보며.

영부인 … 총리님… 대통령님 뜻대로, 국정 잘 부탁드려요.

박동호 (가벼운 목례로 영부인에 답하는)

정수진, 주변을 둘러본다. 모든 장관들이 이 상황을 이기지 못하는 듯하다. 어쩔 수 없다. 자리에 앉는다.

영부인 (최연숙이 눈빛을 보내자 그 뜻을 알고는) 식사 준비가 늦어지네요. 먼저 말씀들 나누세요.

영부인이 나간다. 모두가 일어났다가 영부인이 나가자 다시 자리에 앉는다.

박동호 (물을 한 모금 마시곤) 대한민국 대통령 권한대행으로서, (잠시 말을 멈추고, 주변을 일별하곤) 제85차 국무회의의 개의를 선포합니다.

정수진 (자신도 모르게 침이 삼켜진다. 권력이 적의 손에 장악되는 순간이다.)

박동호 첫 번째 안건은, 국무위원 해임의 건입니다. (보며) 정수진 부총리. 이 시간 부로 국무위원에서 해임합니다.

정수진 … (너무 돌발적 상황이라 생각이 정리되지 않는. 뭐라도

반발해야 할 것 같은) 그… 그건… (하는데)

박동호 (정수진을 보는 채로) 대통령의 인사권은 명령 즉시 효력이 발생되며, 국무위원이 아닌 자는 회의에 참석할 수 없습니다.

정수진 (뭐라 변명하고 싶지만, 길을 찾지 못하는 마음인데)

박동호 (단호한, 보며) 국무회의의 원활한 진행을 위해, 퇴장을 명합니다. (주변에 선, 서정연과 경호원을 보며) 모셔. 자택으로. 정중하게.

단호한 박동호와 당황한 정수진의 모습에서. 끝.

2부

씬 1　서울의 상공 ·· 저녁

노을이 지고 있다. 석양이 내려앉는 하늘을 날고 있는 패러글라이딩.
40대의 사내(서기태)가 메마른 얼굴로 패러글라이딩을 하며 서울의 상공을 날고 있다. 서기태가 바라보는 곳. 저만치 낮게 내려앉는 비행기가 보인다. 착륙을 위해 하강하는 듯하다. 그 비행기에 선명하게 보이는 태극 마크! 대통령 전용기다. 피식, 실소를 보이던 서기태가 오른손을 들어 주먹감자를 해 보인다. 비행기를 향해! 대통령을 향해! 대한민국을 향해! 잠시 서울을 묵묵히 내려다보던 서기태가 양손을 패러글라이딩에 대더니, 순간, 양쪽의 안전장치를 누른다. 동시에!!! 패러글라이딩에서 분리되는 서기태! 추락한다.
자신이 살아온 세상을 향해. 떨어진다. 자신을 버린 지상을 향해!
바람이 분다. 주인을 잃은 패러글라이딩만이 바람에 함부로 휘날리고 있다.
멀리서 들려오는 듯한, 군악대의 환영곡 연주가 선행되기 시작한다.

씬 2　성남 서울공항 청사 안 ·· 저녁

쿵! 지나가는 사람과의 가벼운 충돌도 개의치 않고 다급하게 달려오는 서정연. 게이트 안으로 들어가려 하지만, 출입 통제 중인 경호실 요원이 앞을 막아선다. 밀치고 들어가려는 서정연을 제지하던 경호실 요원이 흠칫하는 얼굴로 서정연을 본다. 서정연의 얼굴에는 눈물이 그렁해져 있다. 군악대의 환영곡 연주는 계속되고 있다.

씬 3　성남 서울공항 활주로 ·· 저녁

활주로에 도열한 각료들에게 손을 흔들며, 비행기 계단을 내려오는 대통령과 영부인. 대통령, 활주로 맨 앞에 선 박동호와 정수진에게 다가간다.
굳은 얼굴로 서 있는 박동호에게 가볍게 악수를 건네는 대통령.

박동호 (굳은 얼굴로) 도주의 우려는 없습니다. 증거 인멸의 가능성도 없습니다.

대통령 (살짝 인상을 찌푸리며, 손을 빼려는데)

박동호 (대통령의 손을 더 힘을 주어 쥔 채) 서기태 의원 수사, 중단해 주십시오.

정수진 (옆에 서 있다가, 다가와) 국회의원 뇌물 수뢰. 국민 여론이 안 좋아요.

박동호 (OL) 조작된 사건입니다. 이건 정치 보복입니다.

정수진 (OL) 수사는 검찰이 하겠죠. 판단은 법원이 할 거구요.

박동호 (불끈해서 정수진을 보는)

정수진 (미소로) 대한민국, 삼권 분립이잖아요.

박동호 (간절한 마음으로 대통령을 보며) 대통령님…

대통령 (주변의 시선에 난감해하는데)

영부인 (따뜻하게) 유엔 총회 연설 마치고 열 시간 넘게 비행하셨어요. 오늘은 쉬게 해 주세요. 총리님. (하며 박동호가 쥐고 있던 대통령의 손을 부드럽게 빼낸다.)

영부인, 대통령을 가볍게 이끌어 걸어간다. 대통령, 박동호를 외면한 채, 영부인과 함께 레드카펫을 향해 걷는다. 잠시 멈추었던 군악대의 연주가 의장대의 약식 행사와 함께 시작된다. 그 모습을 보며 서 있는 박동호와 정수진.

정수진 (대통령의 뒷모습을 보는 채로) 친구를 구하고 싶으면, 우리 옆으로 와요.

박동호 (환멸로 보는)

정수진 (그 마음 안다는 듯, 미소로) 자존심이 그래요. 버리는 데 시간이 필요하죠.

박동호 어디까지 갈 생각이지?

정수진 (미소로) 당신보다 한 걸음 더.

정수진, 대통령의 행렬을 뒤따른다.

저만치에서 서정연이 다급하게 달려와, 홀로 남은 박동호의 옆에 선다.

박동호 (분노를 누르며, 대통령의 뒷모습을 보는 채로) 서기태한테 연락해. 당장 총리 관저로 오라고. 그동안 확보한 자료 다 챙겨서 (하는데)

서정연 (떨리는 목소리로) 오빠가… 서기태 의원이… 사망했습니다.

박동호, 뜻밖의 말에, 상황 파악이 안 되는 얼굴로 서정연을 본다.

서정연 … 자살로 추정된다고 (차마 뒷말을 못 잇고, 터지려는 울음을 견딘다.)

둥! 박동호, 충격이다. 세상이 잠시 진공 상태에 빠진 듯하다.

판단 정지의 박동호가 앞을 본다. 대통령은 의장대의 사열을 받으며 레드카펫을 걷고 있다. 대통령의 만면에 가득한 미소! 레드카펫 옆을 걷는 정수진의 환한 얼굴! 친구는 떠났고, 그들은 웃고 있다.

씬 4 장례식장 앞 ·· 밤

도착하는 박동호의 차량. 몰려드는 기자들.

굳은 얼굴로 장례식장 안으로 들어가는 박동호. 터지는 카메라 플래시.

그 근처 카메라 앞에서 기자가 멘트를 따고 있다.

기자 가상화폐 거래소 대표에게 거액의 자금을 수수한 혐의로 검찰 조사를 받고 있던 대한국민당 서기태 의원이 시신으로 발견됐습니다. 경찰은 자택에서 발견된 유서를 근거로 수사에 압박을 느낀 서기태 의원이 스스로 극단적 선택을 했을 가능성이 높은 것으로 추정하고 있습니다.

씬 5 빈소 안 ·· 밤

무섭도록 고요한 빈소 안의 정적. 박동호, 충혈된 눈으로 서기태의 영정을 바라보며 서 있다. 박동호, 친구의 영정을 한참을 보다가 절을 한다. 무릎을 꿇고, 몸을 바닥에 숙인다. 그 모습 그대로 잠시. 박동호의 어깨가 조금씩 들썩이고 있다. 울고 있는 것이리라. 잠시 후 참았던 울음소리가 미약하게 새어 나온다. 박동호가 울고 있다. 이제 곧 그들이 울게 될 것이다.

씬 6 청와대 대통령 집무실 ·· 밤

대통령, 화가 난 듯, 소파 옆 팔걸이를 탁!!! 내리친다.

대통령 (소파에 앉은) 미국 가가 정상회담하고, 유엔 가서 연설하고, 세상 눈이 다 내만 쳐다보게 하믄, 그동안에 서기태 그놈아 입을 막겠다더마는, 숨을 끊어 노믄 우야노.

강상운 (소파에 앉은) 외람된 말씀입니다만

대통령 (보는)

강상운 혹시 대통령님. 저를 질책하는 겁니까?

대통령 (그 무례한 말투에 불끈하는)

강상운 저를 이 식탁에 초대한 건 대통령님. 당신입니다.

그때 탁자 위에 놓여 있던 대통령의 핸드폰이 진동으로 울린다.

발신자 '박동호'다.

강상운 계산은 제가 했습니다. (손으로 핸드폰 받으라는 듯 가리키며) 설거지는 해 주셔야죠.

대통령, 어쩔 수 없다는 듯 낮은 한숨을 내쉬고 핸드폰을 받는다.

대통령 (통화 중인, 쉽사리 입이 떼어지지 않는 듯, 한참을 말을 고르다가) 동호야. 우짜다 보이 일이 이래… 미안하데이.

씬 7 장례식장 복도 ·· 밤

조화가 즐비한 복도를 저벅저벅 걸어가는 박동호.

박동호 (통화 중인) 어떡합니까? 사과를 받을 친구는 이 세상에 없는데.

대통령(F) 일로 온나. 동호야. 일단 만나가 얘기를 (하는데)

박동호 (통화 중인) 당신은 대통령으로서 해서는 안 될 일을 했습니다.

대통령(F) 동호야.

박동호 (통화 중인) 저는 국무총리로서 해야 할 일을 하겠습니다.

대통령(F) …

박동호 (통화 중인) 쉬세요. 청와대에 머무실 날. 며칠 안 남았으니까.

박동호, 핸드폰을 끊고는 단호한 얼굴로 저벅저벅 걸어가는 그 모습에서 스틸. 서서히 암전된다. 타이틀 오른다. 돌풍 제2화.

씬 8 청와대 인근 도로 ·· 밤

자막 : 2개월 뒤

다급하게 달리는 차. 이만길이다. 마음이 급하다.
속도를 올려 달리는 이만길의 차에서.

씬 9 청와대 영빈관 만찬장 · · 밤 - 1부 씬 59 후반부 연결

박동호 정수진 부총리. 이 시간 부로 국무위원에서 해임합니다.

정수진 … (너무 돌발적 상황이라 생각이 정리되지 않는. 뭐라도 반발해야 할 것 같은) 그… 그건… (하는데)

박동호 (정수진을 보는 채로) 대통령의 인사권은 명령 즉시 효력이 발생되며, 국무위원이 아닌 자는 회의에 참석할 수 없습니다.

정수진 (뭐라 변명하고 싶지만, 길을 찾지 못하는 마음인데)

박동호 (단호한, 보며) 국무회의의 원활한 진행을 위해, 퇴장을 명합니다. (주변에 선, 서정연과 경호원을 보며) 모셔. 자택으로. 정중하게.

정수진, 어쩔 수 없다. 일어난다.

다가오는 서정연과 경호원을 손짓으로 제지한다. 알아서 나가겠다는 뜻.

퇴장의 순간에도 품위를 지키려는 듯 또각또각 걸어 나가는 정수진의 모습에서…

씬 10 청와대 영빈관 밖 · · 밤

정수진, 긴 한숨을 쉰다. 쏟아지는 포격의 전장에서 벗어난 기분이다.

그때 진동으로 울리는 핸드폰. 발신자 '이만길'이다.

정수진 (받는, 동시에)

이만길(F) (다급한) 부총리님. 대통령이 시해를 당한 것 같습니다.

둥!!! 멈칫하는 정수진. 자신이 들은 말을 잠시 생각하다가 그 의미를 느끼고는 눈동자가 흔들리는 모습에서…

씬 11 청와대 영빈관 근처 주차장 + 차 안 ·· 밤

정수진, 다급하게 걸어가며 핸드폰 통화 중이다.

이만길(F) (다급한) 대통령 체내에서 크로코딜과 메스암페타민이 발견됐습니다. 심장 혈류량을 폭발적으로 증가시키는 성분입니다. 외부에서 주입된 게 확실합니다.

정수진 (차를 향해 걸어가며, 통화 중인) 대통령의 식사와 약품은 경호실에서 검수하고 부속실에서 관리하고 있어요.

정수진, 차량 조수석에 탄다. 핸드폰을 끊는다. 운전석의 이만길을 보며.

정수진 (대사 이어지는) 외부인이 그런 짓을 하는 건 불가능해요.

이만길 (핸드폰 끊고는, 서류를 내밀며) 대통령 옆에 앉을 만큼 가까운 사람, 대통령을 시해할 만큼 절박한 사람. 단 한 명입니다. 박동호!

정수진 (서류를 보며) 이 정보가 사실이라는 확인이 필요해요.

이만길 수도통합병원 전산망에서 빼낸 자룝니다. 내부 인물을 통해서 크로스체킹도 했구요. (하다가) … 저를 못 믿으시는 겁니까?

정수진 (서류를 보는 채로, 끄덕이며) 이 세상 문제 절반은 사람을 믿어서 생기는 일이니까.

이만길 (허… 허탈한 얼굴로) …그럼… 이제… 저는… 뭘…

정수진 (서류를 보는 채로) 말했는데. 확인이 필요하다고.

정수진, 심각한 얼굴로 서류를 뒤적이는 모습에서.

씬 12 청와대 복도 ·· 밤

박동호와 최연숙, 나란히 걸으며 대화 중이다. 뒤를 서정연이 따르고 있다.

최연숙 야3당 대표에게 만찬을 제안할게요. 여의도와의 관계를 원활하게 (하는데)

박동호 (걸으며) 두세요. 지금 제가 해야 할 건 정치가 아니라, 통치입니다.

최연숙 그래도 일단 국회를 정상화시켜야 (하는데)

박동호 (걸으며) 1948년. 제헌의회 이래, 단 하루라도 국회가 정상이었던 적이 있습니까?

최연숙 …

박동호 공석 중인 서울중앙지검장부터 임명하겠습니다. (서정연에게) 이장석 검사한테 연락해. (하고는)

박동호, 집무실로 들어간다.

최연숙, 이장석이라는 말에 잠시 멈췄다가 박동호의 뒤를 따라 들어간다.

씬 13 청와대 대통령 집무실 ·· 밤

박동호, 책상 위 서류를 들어 뒤적이는데, 뒤따라 들어온 최연숙.

최연숙 (걱정되는, 만류하는) 반발이 심할 거예요. 기수와 서열을 중시하는 검찰로서는 이장석 검사를 지검장으로 임명하는 건 (하는데)

박동호 (서류를 보는 채로, 차분한) 기수는 파괴할 겁니다. 서열은 무시할 거구요.

최연숙 (그 차분하지만 서늘한 말투에 박동호를 보는데)

박동호 (서류를 보는 채로, 차분한) 또 뭐가 남았습니까?

최연숙 …

박동호 (비로소 최연숙을 보며, 차분한) 대한민국 검찰이 지키려고 하는 모든 것. 부숴 버리겠습니다. 이 모든 것. (벽에 걸린 대통령의 초상화를 보며) 무너져야 할 것이 무너지지 않았기에 생긴 일. 아닙니까?

최연숙, 박동호의 결의를 서늘한 기분으로 보는 데서.

씬 14 주상 복합 건물 주차장 · · 밤

주차장에 들어서는 군용 차량. 번호판에 별 하나가 붙어 있다. 부관이 열어 주는 문. 내리는 병원장. 경례를 받고는 엘리베이터를 향해 걸어간다.
엘리베이터 앞. 병원장의 앞을 막아서는 남자. 이만길이다.

이만길 국군수도병원장 강병호 준장님. 맞습니까?

병원장 (경계하듯) … 누구야? (하는데)

이만길이 몸을 비키자, 그 뒤에서 나타나는 사람. 정수진이다.

씬 15 주상 복합 엘리베이터 안 ·· 밤

엘리베이터는 올라가고 있다.

정수진과 병원장, 둘이 타고 있다.

정수진 (고급스러운 엘리베이터 안을 둘러보며) 1979년 10월 26일 밤. 당시 대통령이 궁정동 안가에서 시해를 당했죠. 여섯 명이 사형 선고를 받았는데, 참 (정말 궁금하다는 듯 말간 얼굴로) 군인이 총살당할 때, 소총수는 어디를 겨누죠? 이마? 아니면 심장?

병원장 (마치 정수진의 시선이 총구가 되어 자신을 겨누는 느낌이다. 공포로 침을 삼킨다.)

정수진 알고 싶어요. 우리나라에 시해를 당한 대통령이 한 분인지, 아니면 두 분인지.

병원장 ···

정수진 높은 곳에 사시네요. 더 높이 올라가셔야 할 텐데. 차 한 잔 줄래요?

병원장, 어쩔 수 없다는 듯 고개를 끄덕인다. 정수진, 미소로 바라본다.

엘리베이터는 최고 층을 향해 올라가고 있다.

씬 16 서기태의 무덤 언덕 아래 ·· 낮

검은색 차량 대여섯 대가 주차되어 있고, 경호원들이 주변에 산재해 있다. 서정연, 차량 옆에 선 채 흘러나오는 라디오 뉴스를 듣고 있다.

라디오(소리) 법무부는 오늘 오전, 이장석 법무연수원 연구위원을 신임 서울중앙지검장으로 임명한다고 공식 발표했습니다. 이장석 검사는 올해 검찰 정기 인사에서 한직으로 알려진 법무연수원으로 좌천된 지 3개월 만에 검사장급인 중앙지검장으로 파격적인 승진을 했습니다. 전례가 없는 파격 인사에 검찰 내부는 동요하고 있는 것으로 알려지고 있으며…

서정연, 시계를 본다. 출발할 시간이다. 저만치 언덕 위. 두 남자의 뒷모습이 보인다. 서정연, 언덕을 향해 걸어가는 모습에서.

씬 17 서기태의 무덤 앞 ·· 낮

봉분을 세운 지 오래지 않은 무덤. 그 앞에 비석. 아무 글자도 새겨지지 않은 무자비(無字碑)다. 박동호와 이장석이 무덤 앞에 서 있다.

박동호 기태 자식. 그 와중에도 장지는 준비해 뒀더라. 조경은 내가 했어. 비문은 장석아. 니가 써 주라.

이장석 (친구의 무덤을 바라보며 서 있는)

박동호 기태가 남긴 사건이다. 장석아, 성역 없이 수사해.

이장석 (낮게 뇌까리듯) 살아 있는 권력도 엄정하게 수사해라. 성역 없이 파헤쳐라.

박동호 (그 말에 보는)

이장석 (박동호를 보며) 그런 말 하는 놈들이 성역이던데.

서로를 보는 박동호와 이장석.

이장석 기태한테 들어온 제보. 초기 수사를 막은 건 너였어.

박동호 (OL) 정권이 무너지는 건 막아야 했으니까.

이장석 … 지금은 왜…

박동호 (OL) 나라가 무너지는 건 막아야 하니까.

서로 보는 잠시. 그때 언덕을 올라와 박동호의 곁으로 다가오는 서정연.

서정연 현충원 참배 떠나실 시간입니다.

박동호 (이장석을 보는 채로) 취소해.

서정연 (당황한) … 권한대행으로서 첫 공식 행삽니다. 각료들이 현충원에서 대기 중입니다.

박동호 (이장석을 보는 채로, 단호한) 여기가 나의 현충원이다.

이장석이 본다. 자신의 현재 결의와 진심을 전하는 박동호의 얼굴을.

박동호 (이장석을 보는 채로) 강상운을 잡고 정수진을 심판하는 데 내 피가 필요하다면

이장석 …

박동호 장석아, 나부터 먼저 베어라.

그렇게 서로를 보는 박동호와 이장석, 두 친구의 모습이 잠시 보이다가…
진동으로 울리는 박동호의 핸드폰. 발신자 '최연숙'이다.

박동호 (받는) 박동홉니다.
최연숙(F) (다급한) 수도통합병원 서버가 해킹당했어요.

박동호, 그 말에 미간이 살짝 찌푸려지는 데서…

씬 18 몽타주 ·· 낮

// 청와대 복도

최연숙이 다급하게 걸어가며 핸드폰 통화 중이다.

최연숙 국정원과 정보사령부에서 확인된 사항이에요. 대통령 의료 기록이 유출됐습니다. 북측의 소행인지 확인 중이에요. (하는데)

// 서기태의 무덤

박동호가 심각한 얼굴로 핸드폰 통화 중이다.

박동호 의지는 있지만, 능력은 없는 자들입니다. 국내 소행일 겁니다. 대통령 가족들, 언론 접촉 차단하세요.

// 청와대 복도

최연숙 (다급하게 걸어가며, 통화 중인) 진해 별장으로 모셨어요.
경호팀에서 관리하고 있습니다. (하며)

최연숙이 다급하게 문을 열고 들어가는 곳. 청와대 의무실 현판이 보인다.

// 청와대 의무실

최연숙, 미간이 굳어진 얼굴로 보는 곳. 내부 금고가 열려 있고,
그 안이 비어 있다. 곤란한 얼굴로 옆에 서 있는 간호장교.

간호장교 (난감한) … 방금 전까지… 계셨는데…

최연숙, 예상보다 빠르게 다가온 위기에 굳어지는 그 얼굴에서.

// 청와대 후문 이면도로

지이잉… 내려가는 자동차 창문. 열려진 창문 안에서 내미는 정수진의
손. 밖에서 건네어지는 비닐 안의 전자 담배와 액상병. 그 전자 담배와
액상병을 건네는 남자. 긴장으로 손을 떨고 있는 의무장교다.

씬 19 호텔 레스토랑 복도 ·· 낮

정수진, 핸드폰 통화를 하며 걸어가고 있다.

정수진 (시계 보곤) 중앙 일간지, 주요 방송국에 연락해요, 한 시간 뒤에 긴급 기자 회견을 한다고.

이만길(F) 너무 촉박합니다. 준비할 시간을 조금 더 주시면 (하는데)

정수진 (살짝 찌푸리곤) 어떡하죠? 저한테 없는 건 드릴 수가 없는데.

정수진, 핸드폰을 끊고는 문을 열고 VIP룸 안으로 들어간다.

씬 20 호텔 레스토랑 VIP룸 ·· 낮

들어서던 정수진이 멈칫한다. 랍스터를 먹던 한민호가 환한 얼굴로 손을 흔들며 정수진을 맞이한다. 한민호의 맞은편에 앉아 있던 강상운이 미소로 응대한다. 정수진은 한민호의 옆에 앉는다.

한민호 (업된, 정수진을 보며) 이 랍스터가 말야. 어제저녁에 시베리아에서 잡힌 놈들이야. 부회장님 전용기로 방금 도착했다네. 캬아. 시베리아 하니까 레닌이 생각난다. (강상운을 보며) 레닌이 말입니다. 시베리아 수용소에서 서른둘에 담배를 끊었는데요. 왜냐? (하는데)

정수진 (한민호를 보며, 조금은 차가운) 웬일이야? 여긴.

한민호 아. (만면에 번지는 미소를 참으며) 부회장님이 우리 사모펀드에 오늘 또 거액의 투자를 (하는데)

강상운 (OL, 정수진을 보며 의미심장한) 이거 사람들이 오해하겠습니다. 제가 부총리님을 뵙는 날마다 우연히도 부군께 투자가 들어가니…

정수진, 눈을 잠시 감는다. 벗어날 수 없는 덫에 걸린 기분이다.

한민호 (랍스터 먹으며, 아는 걸 얘기하고 잘난 척하고 싶어 못 견디겠는) 레닌이 왜 담배를 끊었냐면요. 글쎄 어머니가 (하는데)

정수진 (OL) 오늘 소연이 치과 예약이야. 당신이 데려가.

한민호 (멈칫하는데)

강상운 (핸드폰 거는, 상대가 받은) 한민호 대표님, 차량 대기시켜. (끊는)

한민호, 어쩔 수 없이 손을 닦고 주춤주춤 일어난다.

한민호 (강상운에게 인사하는) 저를 믿고 투자해 주신 거. 고맙습니다.

강상운 (미소로) 제가 고맙죠. (정수진을 보며) 덕분에 귀하신 분이 제 식탁에 앉게 됐는데.

한민호 (정수진에게) 갈게. (하며 식탁에 올려진 정수진의 손을 잡는데)

정수진 (쓰윽 손을 빼서 아래로 내린다.)

한민호, 머쓱한 채로 나간다. 쿵. 닫히는 문.

정수진 (강상운을 보며) 저 사람한테 처음 투자하던 날. 대통령을 연결시켜 달라고 했었지. 두 번째 투자 때는 (생각하기도

싫은 듯, 말을 멈춘 채 핸드백에서 비닐 속의 전자 담배와 액상병을 꺼내 건네는)

강상운 (비닐 속의 전자 담배와 액상병을 힐긋 바라볼 뿐, 랍스터를 맛나게 먹고 있다.)

정수진 헌법 제84조 대통령은 내란 외환의 죄를 범한 경우를 제외하고는 재직 중 형사상의 소추를 받지 아니한다. 하지만,

강상운 (랍스터를 맛나게 먹고 있을 뿐)

정수진 박동호는 현직 대통령을 시해하려고 했어. 이건 내란이야. 박동호는 오늘 안에 체포될 거야.

강상운 (랍스터를 먹으며) 그래서?

정수진 조기 대선이 시작되겠지. 차기 대권도 우리 쪽에서 가져올 거고.

강상운 (랍스터를 먹으며) 그러면?

정수진 (강상운이 원하는 대답을 느끼고는) 대진그룹 상속 문제 해결해 줄게.

강상운 (랍스터를 먹으며) 그리고?

정수진 (원하는 대답을 느끼며) 회장님 특별 사면도 … (잠시 말 고르다가) 노력해 볼게.

강상운 (먹던 랍스터를 내려놓고, 빤히 보며) 노력?

정수진 재벌 가문 특별 사면에 대한 국민적 저항 알잖아. 분위기부터 조성한 뒤에 (하는데)

강상운 남편 문제로 덜미 잡힌 니가 노력해 줄 수 있다면…

정수진 (보는)

강상운 대통령을 시해한 놈은 해결해 주지 않을까?

정수진 (멈칫, 잠시 보다가, 그 말의 의미를 깨닫고는) 상운 씨!!!

씬 21 청와대 대통령 집무실 ·· 낮

박동호와 최연숙, 소파에 앉아 있다.

그 옆에 선 서정연.

서정연 (당혹스러운) 수도통합병원장도 그들과 같이 있습니다. 증거도 그들이 확보했구요. 한 시간 뒤에 기자 회견입니다. 대책을 세워야 (하는데)

최연숙 (낮은, 마음이 복잡한) 기자 회견은 없을 거예요.

서정연 (? 해서 보는)

최연숙 강상운 부회장은 사건을 요리하지 않아요. 사람을 요리하죠.

그 말의 의미를 아는 박동호, 무섭도록 굳은 얼굴로 생각에 잠긴 모습에서.

씬 22 호텔 레스토랑 VIP룸 ·· 낮

강상운, 비닐 속의 전자 담배와 액상병을 들어 이리저리 돌려보며…

강상운 재료가 아주 좋아. 요리는 내가 하지.

정수진 (설득하려는) 대진그룹 상속 문제, 회장님 구속, 모두 박동호가 재벌 개혁 한답시고 묶은 밧줄이야.

강상운 (낮게 끄덕이곤) 잘됐네. 밧줄은 묶은 사람이 가장 잘

풀겠지.

정수진 (언성이 높아지는) 박동호는 대통령을 시해하려고 했어. 이건 국가 반란 행위야. 상운 씨! 진실을 알려야 돼.

강상운 (차갑게 보며, 서늘한 말투로) 너의 진실도 알려질 각오가 있다면.

정수진, 심장이 얼어붙는 듯한 차가움을 느낀다. 더 이상 설득도 겁박도 할 수 없는 마음이다. 강상운, 핸드폰을 들어 버튼을 누른다. 상대가 받았다.

강상운 (통화 중인) 강상운입니다.

씬 23 청와대 대통령 집무실 ·· 낮

박동호가 굳은 얼굴로 핸드폰 통화를 하고 있다.

강상운(F) 도움이 필요할 거 같은데, 제가 갈까요? 니가 올래요?

박동호, 승기를 잡은 듯한 강상운의 건방진 말투에 미간이 꿈틀거리는 모습에서…

씬 24 도로를 달리는 박동호의 차 안 ·· 밤

서울의 밤을 달리는 차량 안. 뒷좌석에 박동호와 서정연이 앉아 있다.

서정연 (후회 어린 말투로) 검찰에 소환되고, 구속 영장이 청구되더라도, 법정 투쟁을 했어야 했습니다.

박동호 (창밖을 보며) 법정은 그들의 정원이야.

서정연 그래도 재판 과정을 통해서 끝까지 (하는데)

박동호 (창밖을 보며, OL) 검사는 그들의 정원사, 판사는 그들의 집사다.

서정연 …

박동호 (창밖을 보는 채로) 해야 할 일을 다 해도 넘지 못할 벽 앞에서

서정연 …

박동호 (비로소 서정연을 보며, 담담하게) 해서는 안 되는 일을 선택했을 뿐.

박동호, 다시 창밖으로 시선을 돌린다. 차분한 결의가 보이는 얼굴이다.

씬 25 청와대 인근 안가 앞 ·· 밤

자막 : 청와대 안가

도착하는 박동호의 차. 거대한 정문이 열리고, 박동호의 차가 그 안으로 들어가는 모습에서…

씬 26 청와대 인근 안가 응접실 ·· 밤

박동호가 들어온다. 이미 도착해 있던 강상운이 벽에 걸린 그림을 보고 있다. 오래도록 모신 대통령을 늪에 빠뜨린 사내 강상운! 친구 서기태를

죽음으로 내몬 강상운! 박동호가 그 강상운의 뒷모습을 묵묵히 바라본다.

강상운 (돌아보며) 구속 전날 대통령이 쓰러져서 대운이 든 분인가 했는데, 알고 보니 재주가 좋은 분이셨네.

박동호 그 많은 허물 몸에 지고 어떻게 사나 궁금했는데, (픽, 짧은 실소 보이곤) 오해까지 많은 분이셨네. (말도 안 된다는 듯 고개 저으며) 대통령 시해라… 허.

강상운 (말의 의도를 안다는 듯 미소 지어 보이며 다가오는)

박동호 한 달 전 국무회의 때 뵙고 못 뵌 대통령입니다. 청와대 정례보고도 거부 (하는데)

대통령(소리) 고마 가 봐라. 인자 박동호 금마 올 끼다.

멈칫해서 보는 박동호.

강상운, 들고 있던 핸드폰의 녹음 파일이 재생되고 있다.

// 인서트. 청와대 대통령 집무실. 1부 씬 2 이전 상황

대통령이 난초잎을 다듬고 있다. 그 옆에 앉은 강상운.

강상운 박동호 총리. 내일 오전이면 구속될 사람입니다. 이 밤에 왜…

대통령 (난초잎 다듬으며) 온다는 놈을 우예 막겠노. 그라고 옥살이 보내는 놈, 어깨는 함 두드리 주야 안 되겠나.

강상운 (녹음 파일을 끄곤) 만나는 분 절반은 잡놈에, 나머진 못

믿을 놈이라 생긴 습관인데, 꽤 도움이 되네.

박동호 (생각지 못한 변수다! 강상운이 그날 밤. 박동호의 청와대 방문을 알고 있다!!!)

강상운 청와대 CCTV도, 출입 기록도 지웠겠지만, (핸드폰 살짝 흔들어 보이며) 이건 어쩌나? (하고는)

강상운, 먼저 소파에 앉곤, 호스트인 것처럼 박동호에게 손으로 앉기를 권한다. 박동호, 어쩔 수 없다. 소파에 앉는다.

강상운 청와대에 나무 한 그루 심었는데, 열매도 맺기 전에, 어느 놈이 베어 버렸네. 청와대에 심은 나무가 되어 줬으면 하는데…

박동호 …

강상운 열매 절반은 나한테 주시고, 나머진 그쪽이 드시든지.

박동호 (보며) 부끄럽군. 그런 협박이 통할 사람으로 보였다는 게.

강상운 (재미있는 농담을 들었다는 듯, 소리 없는 웃음을 보이곤) 시해 사실이 드러나면 평생을 사형수로 감옥에서 보내겠지. 죽음으로 고통이 끝날까? 대통령을 살해한 반역자로 영원히 역사에 기록될 텐데.

박동호 …

강상운 그쪽 아내 김도희.

박동호 (그 말에 미간이 동요하는)

강상운 아이 박한결.

박동호 (미간이 꿈틀거리는)

강상운 (미소로 보며) 이 땅에서 살 수 있을까?

박동호 …

강상운 (미소로 보며) 이런 협박은 맘에 드나?

박동호, 숨길 수 없는 분노로 강상운을 본다.

강상운 (보며, 미소로) 내 손 잡으세요.

박동호 …

강상운 그날 밤 당신이 한 일, 아무도 모를 겁니다. 남는 건 우리 둘의 우정뿐.

강상운, 자리에서 일어난다.

강상운 (정중하게 고개 숙여 인사하는) 연락 기다리겠습니다. 권한대행님.

강상운, 응접실을 나간다. 홀로 남은 박동호, 청동처럼 굳은 얼굴로, 오래도록 미동도 없이 앉아 있는 그 모습에서…

씬 27 청와대 인근 안가 복도 ‥ 밤

서정연, 참담한 얼굴로 걸어와 응접실로 향한다.

씬 28 청와대 인근 안가 응접실 ‥ 밤

서정연, 들어와 보면, 박동호, 굳은 얼굴로 소파에 앉아 있다.

서정연, 근처에 앉는다. 뭔가 위로해 주고 싶은 마음이다.

서정연 (말을 고르다가) 후회하지 마십시오. 대행님은 최선을 다하셨습니다.

박동호 (보는)

서정연 많은 사람들이 두려워 침묵할 때, 대행님은 끝까지 싸우셨습니다.

박동호 (그 말에 쓸쓸한 미소 살짝 보이곤) 내가 지면 더 많은 사람들이 그들을 두려워하게 될 거야.

서정연 …

박동호 그게 두려워.

서정연 …

박동호 (낮은, 그러나 단호한) 정연아, 나는 이겨야겠다.

서정연 … 대행님…

박동호 대통령을 찾아간 그날 밤. 나는 선을 넘었다.

서정연 …

박동호 선을 넘은 자에게 한계는 없어.

서정연, 박동호의 변하지 않는 결의를 바라보는 모습에서…

씬 29 지방 국도를 달리는 정수진의 차 안 ·· 낮

뒷좌석에 앉은 정수진, 저만치에서 들리는 탕!!! 총소리.

정수진, 소리가 나는 쪽을 천천히 돌아본다.

씬 30 야외 사냥터 ·· 낮

강상운, 하늘을 나는 새를 향해 총구를 당긴다. 탕. 탕. 맞지 않았다.
다시 겨누는데, 다가오는 정수진.

정수진 (다가오며) 박창식 대표가 청와대로 갔어. 박동호와 오찬 약속을 한 거 같아.

강상운 (계속 총구만 겨누고 있는)

정수진 (다급한) 박창식 대표, 청와대로 가기 전에, 긴급 의원총회를 소집했어.

강상운, 그 말에 고개 돌려 정수진을 보다가
검지를 들어 입가에 대고는 조용히 하라는 듯 '쉿' 하고는
다시 하늘을 향해 태평스럽게 총구를 겨누는 모습에서…

씬 31 청와대 상춘재 ·· 낮

박동호와 박창식, 원형 식탁에 앉아 식사 중이다.

박창식 (맛나게 먹으며) 요샌 서울에 곰칫국 하는 데가 드물어. 고향에 갔을 때나 1년에 두어 번 먹는데, 덕분에 맛을 보네. 크크.

박동호 강원도 출신 최초로 청와대의 주인이 되시면, 만찬 때 불러 주십시오. 저도 덕분에 이 맛을 보게. (하고는 수저를 내려놓고는 저만치 서 있는 서정연을 본다.)

서정연, 서류봉투를 들고 와 박창식 앞에 내려놓는다.

박창식 (맛나게 먹으며, 힐긋 보곤) 식사도 안 끝났는데 디저트를 주는 걸 보니, 급한 일인가.

박동호 대표님. 제가 드린 약속 기억하십니까?

그 박동호의 얼굴 위로 짧게 플래시되는.

// 플래시. 1부 씬 22 당 대표실

박동호 (정중하게) 영원한 2인자 박창식 대표,

박창식 (역린이 건드려진) 이노옴!!!

박동호 (개의치 않고, 정중하게) 15년째 유력 대선 후보! 하지만 한 번도 대선 경선에서 이기지 못한 대표님의 한. 제가 풀어 드리겠습니다.

박창식 (화가 난 뒤끝의 헉헉. 약간은 거친 호흡으로 보는)

박동호 (정중하게) 외람되지만, 대표님을 모실 제 생각을 말씀드려도 되겠습니까?

박동호 (서류봉투를 손으로 가리키며) 대표님을 청와대로 이끌 동아줄입니다.

박창식 (그 말에 수저가 멈추고 보는)

박동호 대통령 아들 장현수가 연루된 사모펀드 자료입니다.

박창식 (그 말에 잠시 멈칫. 수저를 내려놓는다.)

박동호 익명의 소수 인원이 모은 돈으로, 부동산 개발, 태양광

사업 등 미리 정보를 알아낸 국책 사업에 투자, 거액을 가로챈 초대형 권력 비리입니다.

박창식 (알겠다는 듯, 고개 낮게 끄덕이며) 그래서 긴급 의원총회 소집을 요구했다? 국정 조사라도 하라는 말인가?

박동호 (끄덕이곤) 여의도의 구미호라고 조롱받는 대표님께 개혁의 기수가 될 기회를 드리는 겁니다.

박창식, 그 말에 웃는다. 파안대소를 하듯 웃으며 핸드폰을 건다. 상대가 받았다.

박창식 (통화하는, 금방 굳어진 얼굴로, 무거운) 의원총회 취소해.

박동호 (둥! 예상 밖의 반응에 놀라서 보는)

박창식 (통화 중인) 지역구 일정 있는 놈들 다 지방으로 가라고 하고, 여의도 일 신경 끄고 지들 일 보라고 해.

박동호 대표님!!!

박창식 (개의치 않고, 국그릇째 들고 마시곤) 크… 국물 조오타.

당황한 박동호의 얼굴 위로 선행되는 총소리 탕!! 탕!!!

씬 32 야외 사냥터 ·· 낮

명중했다. 날아가던 새가 떨어지자, 옆에 있던 사냥개가 달려간다. 강상운, 만족스러운 얼굴로 총구를 후 부는데…

정수진 박창식 대표. 국민당 의원 절반을 움직일 수 있는

사람이야. 그 사람이 움직이면 (하는데)

강상운 (총구를 닦으며) 여의도의 구미호 박창식 대표.

정수진 (보는)

강상운 정치하는 놈들 사건이 생기면 다들 꼬리를 자르지. 근데 박창식 대표는 꼬리를 안 잘라. 자기 식구는 끝까지 챙기지. 그래서 아직도 꼬리가 아홉 개나 달려 있어. (정수진을 보며) 30년 안 자른 꼬리. 오늘 자르겠냐?

그 강상운의 자신만만한 모습에서…

씬 33 청와대 상춘재 ·· 낮

박창식, 벌컥벌컥 마시던 국그릇을 탁 내려놓는다.

박창식 대통령 아들 장현수가 연루된 사모펀드라면 (하다가 만족스러운 트림을 꺼어억 하고는) 그 주변 사람들이 우리 쪽일까? 저쪽일까?

박동호 고름을 둔다고 살이 되진 않습니다. 썩은 자들을 도려내야 (하는데)

박창식 정치를 혼자 하나? 세력이 하지. 흠 있는 놈들 쫓아내고 구린 놈들 도려내면 우리 세력은 (하는데)

박동호 (OL) 우리의 치부를 드러내고 심판하면, 국민이 알아줄 겁니다.

박창식 (픽, 짧은 실소 보이곤) 포카 할 줄 알지? 난 자네한테 (엄지를 검지로 튀기며 동전 던지는 시늉을 하며) 뻥을 했어.

올인은 요구하지 마.

박동호 대표님…

박창식 (서류봉투 툭 밀며) 디저트는 됐고, (국그릇 들어 보이며) 국이나 한 사발 더 하자.

박동호, 굳은 얼굴로 박창식을 바라보는 그 모습 위로.

정수진(소리) 그래도 포기할 사람 아니야.

씬 34 야외 사냥터 ·· 낮

정수진 (대사 이어지는) 박동호는 대통령도 길들이지 못한 위험한 짐승이야. 그 사냥개가 물면 (하는데)

강상운 (짜증 섞인) 그놈, 나 못 물어.

정수진 상운 씨 (하는데)

탕!!! 탕!!! 강상운이 발사한 총탄에, 새를 물고 달려오던 사냥개가 쓰러진다.

강상운 (미소로, 정수진을 보며) 봐. 못 물잖아.

정수진 (통제되지 않는 강상운을 서늘한 기분으로 보는데)

강상운 (죽어 가는 사냥개를 보며, 안타까운 듯 쯧쯧 혀를 차고는) 남은 사냥감이 있었는데, (정수진을 보며) 수진아, 니가 물어와야겠다.

저 멀리 먹구름이 밀려오고 있다.

정수진, 밀려오는 먹구름을 불안하고 불길한 눈으로 바라보는 데서…

씬 35 청와대 상춘재 ·· 낮

박창식의 자리는 비어 있다. 이미 떠난 듯하다.

홀로 앉은 박동호의 곁으로 다가오는 서정연.

박동호 몇 년 전, 저축은행 사건, 이장석이 며칠 만에 털었지?

서정연 … 열흘 정도… 당시에도 초고속 수사라고 (하는데)

박동호 (OL) 그것보단 간단한 사건이야. 일주일이면 끝내겠지. 내일 시해 사실이 폭로된다 해도, 일절 대응하지 않고, 버틴다. 이장석이 강상운, 정수진에 대한 수사를 마칠 때까지.

그때 진동으로 울리는 박동호의 핸드폰. 발신자 '이장석'이다.

박동호 (받는) 장석아.

이장석(F) (다급한) 동호야… 사모펀드 사건. 공수처에서 사건 이첩을 요청했어.

박동호 (둥! 놀란)

// 인서트. 서울중앙지검장실

이장석 (일어선 채, 통화 중인) 이 사건에서 손을 떼라는 검찰총장 수사 지휘가 내려왔다.

이장석(F) … 방금… 총장이 수사팀도 해체시켰다.

박동호, 핸드폰을 끊는다. 온몸이 조여드는 기분이다. 해야 할 모든 일을 했고, 해서는 안 될 일까지 하며 저항했지만, 벽에 가로막힌 기분이다.

박동호 공수처장 들어오라고 해. 어서!!!

씬 36 청와대 복도 ·· 낮

공수처장(이하 이중권), 무거운 몸을 이끌고 손수건으로 연신 땀을 닦으며 저벅저벅 걸어와 똑똑 노크를 한 뒤, 집무실로 들어간다.

씬 37 청와대 대통령 집무실 ·· 낮

박동호와 이중권이 소파에 앉아 있다.
박동호의 앞에는 커피가, 이중권의 앞에는 투명 물잔이 놓여 있다.

이중권 (물을 벌컥벌컥 마시곤) 커피는 당뇨에 안 좋고, 맥주는 고지혈증에 안 좋대서, 여기저기 다니면서 물만 얻어 마십니다. 대행님도 이제 건강 챙기실 나이 (하는데)

박동호 (한 손 들어 말을 제지하곤, 보며) 이장석 검사가 오래전부터 파헤치던 사건입니다. 검찰로 다시 이첩하도록 하세요.

이중권 (손수건으로 이마의 땀 닦으며) 청와대가 수사에 개입하는 것은 법률상 위배되는 일입니다.

박동호 수사 기관끼리 충돌할 때 조율하는 것은, 법무부와 청와대의 고유 권한입니다.

이중권 (금시초문이라는 듯 갸웃하며) 청와대의 권한이라… 선례를 찾아보겠습니다. (남은 물잔 들어, 벌컥벌컥 다 마시곤, 내려놓곤, 꺼억 작은 트림까지 한다. 박동호를 무시하는 의도가 역력하다. 말투는 공손하게) 제가 일손이 좀 느려서 두어 주 걸릴 거 같습니다.

이중권, 일어나는데.

박동호 이중권 공수처장님!!!

이중권 (그 말에 보다가, 아직도 모르겠냐는 눈으로 보며) 과녁은 위에서 정합니다. 전 방아쇠만 당길 뿐.

박동호 (보며) 대한민국 공수처장 위에 누가 있단 말입니까?

이중권 (입가를 손수건으로 닦고는) 디저트를 싫어하시는 분.

박동호 (그 말에 멈칫)

이중권, 가볍게 목례하고는 나간다.

서정연 (근처에 서 있는) 초대 공수처장 지명 당시, 박창식 대표 사람이라는 이야기가 돌았습니다.

박동호 …

서정연 … 소문인 줄 알았는데…

박동호, 굳은 얼굴로, 깍지를 낀 손으로 턱을 괸다.

박동호 (낮은, 결연한) 정연아, 우리는

서정연 (보는)

박동호 플랜 B로 간다.

서정연, 둥! 긴장되는 얼굴로 바라보는 모습에서…

씬 38 청와대 비서실장실 ·· 낮

정수진과 최연숙, 소파에 앉아 있다.

정수진 정부 기관에서 지원도 하고, 기업 후원도 받고. 강단에 계실 때부터 꿈이었잖아요. 고향에 장학 재단 만들어서 운영하는 거. 그 꿈. 제가 이뤄 드릴게요.

최연숙 니 생각이니? 강상운 부회장 뜻이야?

정수진 (자극하는 말투에 보는)

최연숙 아, 두 사람 뜻이 다른 적이 없었지.

정수진 (본다. 보다가) 대통령을 구하기 위해 시작한 일이었어요.

최연숙 (언제나 듣던 핑계다. 가소롭다는 듯 보는데)

정수진 누군가 제보만 하지 않았다면 서기태 의원의 죽음도, 박동호 대행을 향한 압박도, 대통령의 불행도 없었겠지요. 얼마 전 알게 됐어요. (최연숙을 보며) 누가 제보했는지.

최연숙 (그 말에 눈빛이 흔들리는)

정수진 (미소로 보며) 스스로 사건을 터뜨릴 용기가 없으셨네요. 침묵할 자신도 없으셨구요.

최연숙 (정수진의 시선을 받아 내고 있는)

정수진 비서실장에서 물러나 주세요.

최연숙 (고개 가로저으며) 대학 시절 꽤 똑똑한 학생이었지. 그때 가르치지 못한 것. 이제라도 가르쳐야지.

정수진 (미소로) 지금 연세에 용기는 아주 위험해요. 실장님.

최연숙 (그 예의 없는 말투에) 수진아.

정수진 (OL) 이제 침묵해 주세요.

최연숙 …

정수진 죄송합니다. 시간이 많았다면 좀 더 예의를 갖췄을 거예요.

최연숙 (본다. 보다가) 박동호 대행은 어떻게 되는 거지?

정수진 (가볍게) 걸어가겠죠. 대통령님이 걸어갔던 그 길 그대로.

최연숙, 그 말에 뭔가 뜨거운 것이 가슴속에서 치밀어 오르는 기분이 된다.
자신도 모르게 소파 팔걸이에 올린 주먹이 쥐어지는 최연숙의 모습에서…

씬 39 청와대 여민관 앞길 ·· 낮

최연숙, 빠르게 걸어가고 있다.
뭔가를 하지 않고는 견딜 수 없는 마음이다.

씬 40 청와대 대통령 집무실 ·· 낮

최연숙, 다급하게 걸어와 소파 상석에 앉은 박동호에게 다가간다.

최연숙 정수진 부총리가 찾아왔었어요.

박동호 (OL) 안전을 약속했겠죠. 퇴진을 요구했을 거고.

최연숙 (소파 옆자리에 앉는)

박동호 저와 비서실장님. 같은 마음일 거라고 생각합니다. 끝까지 가실 수 있겠습니까?

최연숙 (뭔가를 결단한 박동호의 얼굴을 보며, 고개를 끄덕이는) 뭘 하면 되죠?

박동호 얼마 전 이 자리에서 대통령의 심장이 멈췄습니다.

최연숙 (보는)

박동호 (결연한) 오늘 밤. 이곳에서 또 하나의 심장이 멈출 겁니다.

그 말에 둥!!! 놀라는 최연숙의 모습에서…

씬 41 교도소 특별 면회실 ·· 낮

죄수복을 입은 강 회장, 탁자 위에 놓인 견과류를 집어 먹고 있다.
맞은편에 앉은 강상운.

강상운 아버지 팔순과 그룹 창립 기념일 행사를 같이 치를 계획입니다. 해외 인사도 초청할 거구요. 이번 달 안에 특별 사면 될 겁니다.

강 회장 (견과류 오물오물 먹으며) 그래야지. 너한테는 그룹을 물려줄 아버지가 나 하나뿐이니까.

강상운 …

강 회장 (견과류 먹으며) 명심해라. 나한테는 그룹을 물려줄 아들이 둘이나 더 있어.

강상운, 언제나 경계해 왔던 일이다. 그때 울리는 강상운의 핸드폰. 발신자 '박동호'다. 받는다.

강상운 (통화하는) 강상운입니다.

박동호(F) 박동홉니다. 청와대에서 봅시다. 오늘 밤.

강상운, 원하는 대로 되어 간다. 미소가 번지는 모습에서…

씬 42 청와대 헬기장 ·· 밤

정복 차림의 헬기 승무원들이 도열해 있고, 그 앞에 선 서정연.

서정연 오늘 밤 9시 전후. 전용 헬기 운항 준비해 주세요. 목적지는 추후에 고지하겠습니다.

서정연, 돌아서 가며 시계를 보며 시간을 확인하는 모습에서…

씬 43 도로를 달리는 강상운의 차 안 ·· 밤

달리는 차. 뒷좌석에 앉은 강상운, 흡족한 얼굴로 서울의 야경을 보고 있다. 저만치 청와대의 모습이 보인다. 그 위로.

최연숙(소리) 서울중앙지검에서 신청한 압수 수색 영장이 발부됐어요.

씬 44 청와대 비서실장실 ‥ 밤

10여 명의 경호원들, 도열해 있고, 최연숙, 그 앞에 서 있다.

최연숙 강상운 부회장의 자택, 사무실, 기타 연고지에 대한 동시 압수 수색이 실시될 거예요. 검찰 1개조당 경호팀 2인이 동행합니다.

경호원1 … 압수 수색은 검찰 업문데, 왜 우리가 동행을…

최연숙 대통령 안위와 연관된 사안입니다.

그 말에 긴장하는 경호원들, 목례를 하곤 나가는데.

최연숙 (부르는) 김일환 팀장!

그 말에 나가려다가 다가오는 경호원2.

최연숙, 경호원2의 가까이 서서, 뭔가 귓속말로 밀담을 건네는 데서…

씬 45 청와대 복도 일각 ‥ 밤

벽에 붙어 있는 역대 대통령의 영정들. 초대 대통령, 쿠데타를 일으킨 대통령, 민주화의 화신인 대통령, 탄핵된 대통령 등등, 그 영정들이 걸려 있는 역사의 길을 강상운과 그를 안내하는 서정연이 걷고 있다.

저만치 집무실 문이 보인다. 서정연, 집무실의 문을 열어 준다.

새로운 역사의 시작이 될 문이다.

씬 46 청와대 대통령 집무실 ·· 밤

강상운, 들어오면, 박동호, 소파 상석에 앉아, 위스키병을 따고 있다.

탁자 위에는 간단한 다과와 두 개의 잔이 놓여 있다.

강상운 (다가가며) 이번 크리스마스 전에 아버지와 같은 식탁에 앉고 싶은데…

박동호 (술병을 따며) 내가 묶은 밧줄. 내가 풀어 드려야지.

강상운 (다가가며) 국세청에서 상속세 문제를 건드리고 있는데…

박동호 (술병을 따며) 경영권 방어는 해야 할 거고, 낼 수 있는 금액. 먼저 말하면, 맞춰 드려야지.

강상운, 흡족하다. 마음에 드는 듯, 박동호의 어깨를 툭 두드린다.

강상운, 박동호에게 술잔에 술을 따르라는 손시늉을 하고는, 저만치 보이는 족자를 향해 걸어간다. 벽에 걸린 족자. '정의가 강물처럼 흐르는 세상'이라는 한자 표구이다. 박동호, 술잔에 술을 따르기 시작한다.

강상운 (족자를 보며) 정의가 강물처럼 흐르는 세상. 강물이란 게 골치 아파요. 어떨 땐 가물고, 어떨 땐 홍수가 나서 넘치고. 그래서 내가 만들려고 해. 저수지.

박동호, 술병을 내려놓고는 본다. 강상운은 등을 돌린 채 족자를 보고 있다.

박동호, 주머니에서 꺼내는 것. 투명한 소형 앰플이다.

앰플을 열고, 그 안의 방울을 술잔 위에 떨어뜨린다.

강상운 세상에 필요한 만큼 정의를 흘려보내는 저수지. 나한테 불리한 정의는 수문을 막고, 나한테 유리한 정의는 방류하는 저수지를 만들었다고… (하는 순간)

강상운, 바로 옆의 액자에 반사된 박동호를 보았다. 술잔에 앰플 방울을 떨어뜨리는 박동호의 모습을. 순간 무섭도록 일그러지는 강상운의 얼굴. 강상운은 보았고, 박동호는 알아차리지 못했다.

씬 47 청와대 비서실장실 ·· 밤

책상 앞 의자에 앉은 최연숙. 그 앞에 선 서정연.

서정연 아코니틴! 투구꽃이라는 꽃에서 추출한 성분입니다. 치사량 2밀리그램 복용 시 5분 안에 사망하는 극약입니다.

최연숙 …

서정연 희석액을 사용했습니다. 30분 안에 위세척을 하면 생존이 가능합니다.

최연숙 오늘 일. 실패하면?

서정연 (이미 각오한, 담담하게) 법정에서 뵙겠습니다.

서정연, 가볍게 고개 숙여 인사하고 나간다.

최연숙, 주사위는 던져졌다. 결의를 다지는 듯한 모습에서…

씬 48 청와대 대통령 집무실 ‥ 밤

소파에 앉은 박동호와 강상운, 앞의 술잔을 든다.

가볍게 허공을 사이에 두고 건배를 한다.

박동호 (건배사를 하는) 긴 시간 적이었지만, 더 오랜 시간 친구이길.

강상운 (술잔을 든 채, 보며) 박동호는 대통령도 길들이지 못한 위험한 짐승이다.

박동호 … (보는)

강상운 박동호라는 사냥개가 나를 물 거다.

박동호 …

강상운 정수진 말이 맞았어. 젠장. (하고는)

강상운, 들고 있던 술잔을 서서히 거꾸로 든다. 술이 바닥에 주르륵…

떨어진다. 박동호, 전혀 표정 변화 없이 담담한 얼굴로 보고 있다.

강상운 이기지 못할 싸움 왜 멈추지 않았지? 마시지 못할 잔 왜 들고 있지?

박동호 …

강상운 (조소 어린 실소 픽! 보이곤) 박동호. 어디까지 갈 생각이었지?

박동호 (담담하게 보며) 당신보다 한 걸음 더. (하고는)

박동호, 들고 있던 술잔을 입안에 들이붓듯 술을 들이켠다.

강상운, 둥!!! 놀라는 모습에서…

씬 49 청와대 복도 ·· 밤

서정연 앞에 서고, 뒤를 따르는 대여섯 명의 경호원들.

서정연의 얼굴, 결연하다. 서정연의 발걸음이 조금씩 빨라지고 있다.

씬 50 청와대 대통령 집무실 ·· 밤

박동호, 얼굴이 뒤틀리며 일그러지고 있다.

고통을 온몸으로 견디고 있다.

두 손은 소파 팔걸이를 잡은 채 안간힘으로 버티고 있다.

박동호 다…행…이야.

강상운 (당황과 경악으로 보고 있는)

박동호 …내가 이대로 떠나든, 돌아오든, 내가 있는 세상에 …넌 없을 거니까.

강상운 박동호!!!!

박동호 (잠시 비틀. 쓰러지려는 것을 견디며) … 약속은 지키지. … 당신 아버지 강영익 회장과 같은 식단을… 교도소에서. (하다가 쓰러지는 순간)

벌컥! 집무실의 문이 열리고, 달려드는 서정연과 경호원들.

"대행님." 부르며, 쓰러질 듯 달려가는 서정연. 박동호를 부축한다.

두어 명의 경호원, 박동호를 들춰 업는다.

나머지 경호원들, 강상운을 제압한다.

"아니야. 난 아니라구." 제압당한 강상운의 공허한 외침이

집무실에 울려 퍼지는 데서…

씬 51 몽타주 ·· 밤

// 청와대 복도

최연숙, 결연한 얼굴로 저벅저벅 걸어간다. 그 위로.

최연숙(소리) 청와대 경호실은 대진그룹 부회장 강상운을 대통령 시해 미수범으로 현장에서 긴급 체포했습니다.

// 청와대 춘추관 브리핑룸

최연숙 (단상에서 브리핑 중인) 경호실은 이틀 전 청와대 경내에서 있었던 장일준 대통령의 변고가 지병으로 인한 심장 이상이 아니라, 외부에서 투입된 약물에 의한 것으로 보고, 사건을 수사하던 중, 유력한 용의자로 강상운 부회장을 지목했습니다.

터지는 카메라 플래시들, 놀라서 웅성거리는 기자들…

// 대진그룹 강상운 집무실

검찰 수사관들이 집무실을 압수 수색하고 있다. 금고가 열린다.
그 안에서 검찰 수사관이 꺼내 드는 것.
비닐 봉투 속에 든 '전자 담배와 액상병'이다!!!

최연숙(소리) 서울중앙지검과의 협조로, 압수 수색을 실시한 결과, 대진그룹 집무실에서 대통령 시해에 사용된 것으로 보이는 증거품을 확보했으며,

// 달리는 정수진의 차 안

뒷좌석의 정수진과 운전석의 이만길,
차 안 태블릿으로 생중계를 보고 있다.

최연숙 당일 밤, 강상운의 청와대 출입 기록 또한 확보했으며, 수도통합병원 서버에 접속, 의료 기록을 해킹한 사실도 확인했습니다.

굳어지는 정수진의 얼굴.

// 청와대 춘추관 브리핑룸

최연숙 금일 밤, 강상운은 자신의 안전을 도모하고자 박동호 대행마저 시해하려 했으나, 현장에서 체포됐습니다.

// 국군수도병원 헬기장

막 착륙한 헬기에서 후송되는 박동호의 병상.
서정연이 그 옆에서 다급하게 뒤따르고 있다.

최연숙(소리) 박동호 대행은 지금 수도통합병원으로 긴급 이송 중이며, 위중 여부는 아직 확인되지 않았습니다.

씬 52 국군수도병원 복도 ·· 밤

복도를 달리는 박동호의 병상. 다급하다.
비상을 알리는 각종 신호들. 달려오는 의사들.
서정연, 달려가는 병상 옆을 따르며 "대행님. 대행님." 외치지만
박동호는 의식 불명의 상태다.
박동호의 병상이 다급하게 응급실로 들어가는 모습에서…

씬 53 국군수도병원 다른 복도 ·· 밤

병원장, 다급하게 걸어가며 핸드폰 통화 중이다.

병원장 (통화 중인) 상태는 아직 알 수 없습니다.

씬 54 도로를 달리는 정수진의 차 안 ·· 밤

정수진 (통화 중인) 확인하는 대로 연락하세요.

정수진, 핸드폰을 끊고는 심각한 얼굴로 창밖을 바라본다.

이만길 (운전 중인, 심각한) 박동호의 자작극입니다. 국민이 속지 않을 겁니다. 강상운 부회장이 대통령을 시해할 동기가 없는데…

정수진 동기를 수사하다 보면, 우리가 숨겨 왔던 것들이 드러날 거예요.

이만길 (운전하며, 그 말에 긴장하는)

정수진 막아야 해요. 박동호가 돌아오는 것도, 강상운을 수사하는 것도.

씬 55 청와대 경호실 어느 사무실 ·· 밤

강상운, 포승으로 포박된 채 의자에 앉아 있다. 홀로 남겨진 강상운, 빈 공간이 울리도록, 누군가 듣기를 바라며, 외치고 있다.

강상운 핸드폰!!! 내 핸드폰 어딨어!!!

씬 56 청와대 춘추관 브리핑룸 앞 ·· 밤

브리핑을 마치고 나오는 최연숙,
그 앞에서 대기하던 경호원2가 최연숙에게 은밀하게 건네는 것.
바로 강상운의 핸드폰이다.

씬 57 청와대 비서실장실 ·· 밤

최연숙, 핸드폰의 녹음 파일 재생 버튼을 누른다.

대통령(소리) 고마 가 봐라. 인자 박동호 금마 올 끼다.

최연숙, 핸드폰을 전자레인지에 넣고는 시작 버튼을 누른다.

전자레인지 안에서도 재생되고 있는 녹음 파일.

강상운(소리) 박동호 총리. 내일 오전이면 구속될 사람입니다.
이 밤에 왜…

대통령(소리) 온다는 놈을 우예 막겠노. 그라고 옥살이 보내는 놈,
어깨는 함 두드리 주야 안 되겠나.

전자레인지가 돌아감에 따라 소리가 뭉개지듯 웅웅거리다가 이윽고

파바박 불꽃이 튀기 시작한다. 그때 진동으로 울리는 최연숙의 핸드폰.

발신자 '서정연'이다.

최연숙 (받는) 최연숙이에요.

서정연(F) 위세척 중입니다. 기상 상황이 좋지 않아 헬기 도착이
늦었습니다.

최연숙 (통화 중인) 한강병원에 지원 요청했어요. 약물에 관한
최고 전문의들이 곧 합류할 거예요.

서정연(F) 지금… 위독한 상황입니다.

최연숙 (스스로에게 말하듯) 박동호 대행은 꼭 돌아올 거예요.

다짐하듯 말하는 최연숙이 바라보는 전자레인지 안.

핸드폰이 시커멓게 타 버린 채 돌아가고 있다.

씬 58 국군수도병원 응급실 앞 ·· 밤

다급하게 걸어오는 병원장, 응급실 앞에 막 닿으려는데
뒤에서 달려오던 진료부장이 "원장님." 하고 다급하게 부른다.
멈추는 병원장. 진료부장, 병원장의 귀에 대고 뭔가를 보고한다.
병원장, 놀라는 모습에서…

씬 59 도로를 달리는 정수진의 차 안 ·· 밤

정수진, 충격적인 소식을 들은 듯, 판단 정지의 얼굴로 있다가,
핸드폰을 내린다.

이만길 (운전하며, 심각한) 박동호 대행, 떠났습니까?
정수진 (천천히 고개 가로젓는)
이만길 (아쉬운, 입술 깨물곤) 그럼 호전되고 있다는 연락…
정수진 (천천히 고개 가로젓고는) 대통령이… 깨어났어요.

그 말에 둥!!! 놀라는 이만길의 모습에서.

씬 60 국군수도병원 VIP 병실 ·· 밤

다급하게 들어오는 병원장과 진료부장, 이미 병실에 있던 여러 의사들이 맞이한다. 병원장이 바라보는 곳. 바이오그래프가 호전되고 있다. 안구를 확인한다. 차트를 살펴본다. 그때 진료부장이 외친다. "원장님." 병원장, 본다.

대통령이 서서히… 눈을 뜨고 있다.

씬 61 수도통합병원 응급실 ·· 밤

병상의 박동호, 주변을 둘러싼 의료 인력들, 위세척 중이다.

상황이 좋지 않은 듯하다. 바이오그래프가 점점 위태로워지고 있다.

의사2, 주변 동료들에게 힘들겠다는 듯 고개를 가로저어 보인다.

씬 62 편집 화면 ·· 밤

의식 불명 상태의 박동호와

이윽고 눈을 완전히 뜬 채 허공을 바라보고 있는 대통령의 모습이

한 화면에 잡히면서. 끝.

3부

씬 1 몽타주 ·· 낮

// 오슬로 시청 복도

노벨 위원회 대변인이 발표문을 들고 고풍스러운 복도를 걸어가고 있다.

// 오슬로 시청 홀

끼이익 문이 열리고, 시청 홀로 들어서는 대변인.

동시에 터지는 카메라 플래시들.

단상에 선 대변인이 발표문을 펼치고 발표를 시작한다.

대변인 (영어) 노르웨이 노벨상 위원회는 각국 정부와 인권 단체의 추천을 받은 후보들을 대상으로 엄정한 선정 작업을 진행했습니다. 노벨 평화상은 국가 간의 분쟁을 해결하고 세계인의 인권 신장에 기여한 업적을 주로 시상하며,

// 청와대 복도

박동호, 뭔가 결단을 내린 단호한 표정으로 저벅저벅 걸어가고 있다.

그 위로.

대변인(소리) 1901년 제정된 이래, 120여 년 동안, 세계의 평화와 차별 없는 세상, 인류의 형제애를 위해 헌신한

사람에게 주어졌습니다.

// 청와대 대통령 집무실 (해 질 녘)

대변인 (티비 화면 속의) 노벨 평화상은 신의 손길이 닿지 않는 차가운 곳을, 따뜻한 손길로 어루만져 준, 위대한 인간에게 주어지는 인류 최대의 찬사이며, 존경입니다.

책상 앞 의자에 앉은 대통령, 깍지를 낀 손을 어루만지며 긴장된 얼굴로 티비를 보고 있다.

대변인 (티비 화면 속의) 발표하겠습니다.
대통령 (긴장되는 듯, 침을 삼키는데)
대변인 (티비 화면 속의) 2022년 노벨 평화상 수상자는 (잠시 좌중을 둘러보다가) 대한민국 대통령 장일준입니다.

대통령, 벌떡 일어난다. 평생을 꿈꾸던 목표이며, 간절히 기다려 온 순간이다.

대변인 (티비 화면 속의) 노벨 위원회는 노벨 평화상이 가장 위대한 인간에게 주어진 것을 자랑스럽게 생각합니다.

기쁨과 환희가 벅차오르는 대통령의 모습에서…

// 청와대 복도 (해 질 녘)

박동호가 저벅저벅 걸어와 집무실 문 앞에 선다.

대변인(소리) 대한민국 대통령 장일준이 꿈꾸는 미래가, 인류의 자랑스러운 역사가 되기를 바랍니다.

박동호, 잠시 호흡을 고른 뒤, 문을 열고 들어가는 모습에서.

// 청와대 대통령 집무실 (해 질 녘)

들어서는 박동호. 대통령이 환희에 찬 발걸음으로 저벅저벅 다가가 뜨거운 포옹을 한다. 반응 없이 안겨 있는 박동호.

대통령 (포옹한 채로, 벅찬) 동호야. 니가 내를 업고 요까지 왔데이. (포옹을 풀고, 보며) 인자 내가 니를 업어 주꾸마.

박동호 (보며) 부탁이 있습니다.

대통령 (힘차게 끄덕이곤) 내가 가진 기 다 니 껀데 머가 아깝겠노? 말해 봐라. 뭐를 해 주꼬?

박동호 (묵묵히 보는)

대통령 (미소 가득한 얼굴로 보는)

박동호 (보며, 단호하게) 대한민국 대통령의 직에서, 물러나 주십시오.

둥! 아직 그 의미를 이해하지 못하겠는 듯 의아하게 바라보는 대통령. 단호하게 바라보는 박동호. 그 두 남자의 모습 위로 선행되는.

최연숙(소리) 며칠 전, 장일준 대통령이 유고 상황에 처했습니다.

씬 2 청와대 비서실장실 ·· 밤

자막 : 2개월 뒤

최연숙 (심각한) 오늘 밤. 박동호 권한대행도 유고 상황입니다.

최연숙의 앞에 선, 세 명의 참모총장. 제복 차림의 육해공군 참모총장이다.

최연숙 지금 즉시 전군 주요 지휘관 회의를 소집하세요.
휴전선은 준전시 태세로 돌입합니다. 동해 1함대 서해
2함대는 전시 상황에 준하는 경계 태세로 대비해
주세요. 지금은 국가 비상 상황입니다.

긴장된 총장들, 경례를 하곤 다급하게 돌아서 나가는데.

최연숙 육군 참모총장님.
육군총장 (그 말에 돌아보는)
최연숙 긴급 인사 명령 하나, 부탁드려도 될까요?

거부할 수 없는 카리스마로 바라보는 최연숙의 모습에서.

씬 3 국군수도병원 주차장 ·· 밤

요란한 사이렌 소리와 함께 달려와 끼익, 다급하게 주차되는 응급 차량.
차량 문이 열리고, 의료 가운을 입은 네 명의 사내가 다급하게 내려서 병원 안으로 달려 들어간다.

씬 4 도로를 달리는 정수진의 차 안 ‥ 밤

달리는 차 안. 뒷좌석의 정수진이 심각한 얼굴로 핸드폰 통화 중이다.

정수진 (통화 중인) 한강병원 약물센터 전문의 네 명이 갈 거예요. 박동호 치료를 위해 청와대 비서실에서 내린 오더입니다. 막으세요.

// 인서트. 국군수도병원 복도

달려오는 네 명의 의료진, 막아서는 헌병들. 의료진들은 뭐라 항의하지만 단호하게 앞을 막아선 헌병들은 동요하지 않는다. 저만치서 바라보며 핸드폰 통화 중인 병원장.

병원장 (통화 중인) 조치했습니다.

정수진 (통화 중인, 잠시 안도하고는) 명심하세요. 박동호의 심장을 다시 뛰게 만들 그 누구도 응급실에 들어가서는 안 됩니다.

정수진의 그 초조한 얼굴에서…

씬 5 응급실 안 + 청와대 비서실장실 ·· 밤

서정연 (다급하게, 통화 중인) 한강병원 의료진들은 억류 중입니다. 외부 인력 출입은 통제하는 게 원칙이라며, 병원장이 지원을 거부하고 있습니다.

최연숙(F) 박동호 대행은?

서정연 (통화 중인) 아직 혼수상탭니다.

// 청와대 비서실장실

최연숙 (통화 중인, 혼잣말처럼 낮게 뇌까리는) 그가 나를 깨웠으니… 이젠 내가 그를 깨워야죠. (단호하게) 서정연 비서관. 병원장실로 가세요.

씬 6 국군수도병원장실 ·· 밤

병원장, 소파 상석에 앉아 있다. 그 옆에 앉은 진료부장(대령 견장). 부관이 긴장된 얼굴로 전화기를 병원장에게 건네준다.

부관 (긴장으로 건네며) 참모총장실입니다.

병원장 (통화 중인, 관등성명 대는) 국군수도병원 준장 (하다가, 상대의 말에 놀란) 네, 총장님. (긴장으로 듣는) 네. 알겠습니다. (전화를 끊는 순간)

문이 열리고 서정연이 들어온다.

서정연 (병원장에게, 담담하게) 영전 축하드립니다. 지금 즉시 의무사령부에 가서 업무 인수인계하세요. (옆에 앉은 진료부장에게) 진료부장님. 이 시간 부로 국군수도병원의 전권을 이양받으셨습니다.

진료부장, 서정연이 바라보는 의도를 알고는,
어쩔 수 없다는 듯 끄덕이는 모습에서.

씬 7 국군수도병원 복도 ·· 밤

네 명의 의료진, 다급하게 뛰다시피 걸어가 응급실로 들어간다.

씬 8 국군수도병원 응급실 ·· 밤

다급하다. 위세척기를 준비한다. 심장 충격기를 준비한다. 의료진1, 심장 충격을 실시한다. 쿵. 쿵. 반응이 없다. '30줄, 50줄' 더 강도를 높여 다시 심장 충격을 실시한다. 박동호의 몸이 기절한 활어의 충격처럼 잠시 튀어 오르는 듯 보이는 순간, 선행되는.

앵커(소리) 노르웨이 오슬로에 위치한 노벨상 위원회는 오늘 노벨 평화상 수상자로 장일준 대통령을 선정했다고 발표했습니다.

씬 9 청와대 대통령 집무실 ·· 낮 - 씬 1 후반부의 연결 느낌

앵커 (티비 화면의) 이로써 장일준 대통령은 대한민국 역사상 두 번째 노벨 평화상 수상자가 되었으며 (하는 순간)

티비 화면, 묵음이 된다. 대통령이 리모컨으로 소리를 끈 것.

대통령 (리모컨을 소파 쪽으로 툭 집어 던지고는, 마른세수를 한다. 답답한 마음인 듯) 내가 요서 무너지면 조상천이 세상이 될 끼다. 동호야, 그놈들이 다시 청와대 주인이 되는 거를 보고 싶나?

박동호 (보며) 그게 두려웠다면…

대통령 (보는)

박동호 (보며) 아드님 사모펀드 문제를 알았을 때 수사를 의뢰했어야 합니다.

대통령 …

박동호 (보며) 강상운이 건네는 손을 잡지 말았어야 합니다.

대통령 … (마음이 힘겨운 듯, 소파를 짚고 서 있다.)

박동호 (단호한) 구속은 막아 드리겠습니다. 정치적 책임을 지고 물러나 주십시오.

대통령, 소파를 짚은 채 돌린 시선에 묵음의 티비 화면이 보인다.
속보가 진행 중이다. '각국 축전 쇄도', '국가 위상 격상' 등의 자막이 보인다.
광화문에서, 서울역에서 박수치며 축하하는 시민들의 모습도 보인다.

대통령, 심호흡을 한다. 결정을 내렸다. 몸을 일으킨다. 박동호를 본다.

대통령 내년이 대선이데이. 내가 비운 이 자리. 니가 앉도록 해 주꾸마.

박동호 (단호한) 당신이 더럽힌 자리. 뒷청소를 해 드릴 생각, 없습니다.

대통령, 그 말에 고개 끄덕이고는, 옷깃을 여미고 넥타이를 바로 하고는, 박동호를 똑바로 본다.

대통령 내를 이길 수 있겠나?

박동호 (똑바로 보며) 이겨야죠. 당신이 만드는 미래가 역사가 되면 안 되니까.

이제는 적이 되기를 각오한 대통령과 박동호. 두 남자가 서로를 보는 모습 위로 쿵. 쿵. 전기 충격기 소리가 점점 커지다가 화면 전체를 울리는 '쿵' 소리와 함께, 이윽고 띠띠띠… 소리가 들리는 데서…

씬 10 국군수도병원 응급실 ·· 밤

바이오그래프가 요동친다. 박동호의 심장이 다시 뛰기 시작한 것이다.
의료진들 다급하게 움직인다. 의료진1, 안도의 한숨을 쉰다.
박동호의 눈동자가 미세하게 떨려오고 있다. 박동호가 다시 돌아왔다.
서서히 암전된다. 그 위로. 돌풍 제3화.

씬 11 국군수도병원 VIP 병실 ‥ 낮

자막 : 5일 뒤

산소마스크를 제거한 대통령이 평온한 얼굴로 잠들어 있다.
그 옆에 선 주치의와 최연숙.

주치의 어제부터 자발 호흡 중입니다. 심장 혈류량이 정상 수치로 회복되고 있습니다. 최대한 빨리 회복될 수 있도록(하는데)

최연숙 (OL, 차분하게) 서두르지 마세요.

주치의 (그 말에 보는)

최연숙 심장에 지병이 있던 분이에요. 안정적으로 회복하는 게 중요합니다. 천천히…

최연숙, 대통령의 복귀를 하루라도 늦춰야 하는 마음이다.

씬 12 국군수도병원 박동호의 병실 ‥ 낮

박동호, 와이셔츠 차림에 넥타이를 매고 있다. 그 옆에 선 서정연.

서정연 (만류하는) 간수치가 아직 위험합니다. 의료진이 며칠 더 안정을 취해야 한다고 (하는데)

박동호 (넥타이를 매며) 정수진은 여의도로 돌아왔어. 현역 3선 의원이야. 초재선들을 접촉하고 있다.

서정연 (마음은 알겠지만) 지금 퇴원하는 건 무립니다.

박동호 (상의를 걸치며) 강상운은 묵비권을 행사하며 기다리고 있어. 대통령의 복귀하는 날을.

서정연 배출되지 않은 극약 성분이 있어, 치명적 상황을 맞을 수도 있습니다.

박동호 (무엇이든) 그들이 바라는 일은 일어나지 않을 거야.

박동호, 문을 나서고, 서정연, 그 뒤를 어쩔 수 없다는 듯 따르는 모습에서.

씬 13 국군수도병원 복도 + 서울중앙지검장실 ·· 낮

박동호, 복도를 빠르게 걸으며 핸드폰 통화 중이다. 그 옆을 따르는 서정연.

이장석(F) 특수본 세팅 중이다. 지방에 간 애들 불러서 (하는데)

박동호 (걸으며, 통화 중인) 세팅에 며칠, 손발 맞추는 데 며칠. 장석아. 기존 인력으로 시작해.

이장석(F) 여긴 특수 수사 경력 있는 애들이 없어서 (하는데)

박동호 (통화 중인) 일주일이 지나면 의사소통이 가능해질 거야. 곧 업무에 복귀하겠지.

이장석 (의미를 몰라 듣고 있는)

박동호 (통화 중인) 장일준 대통령이 돌아오고 있어.

대통령이 돌아오면 수사는 가로막힐 것이다.
이장석, 멈칫하다가 심각해지는 그 얼굴에서…

씬 14 정수진 의원실 + 교도소 특별 면회실 ·· 낮

교도소 특별 면회실, 죄수복의 강상운, 앞에 놓인 노트북을 보고 있다.

의원실의 정수진, 앞에 놓인 모니터의 웹캠을 보고 있다.

웹캠을 통해 의원실의 정수진과 교도소의 강상운이 대화를 하고 있다.

강상운의 탁자 위에는 고급스러운 정찬 세트와 스테이크가 놓여 있다.

강상운 (나이프를 든 채 서늘한 눈으로 바라보며, 분노를 드러내는) 대통령이 회복되면 휠체어에 태워서라도 청와대로 끌고 가. 박동호 그 자식부터 해임하고 (하는데)

정수진 (자르는, 담담하게) 사건, 검찰로 이첩됐어. 국가 원수 시해와 관련된 사건이라, 공수처 케파로는 감당하기 힘들었겠지.

강상운 (짧은 실소 보이며, 나이프로 스테이크 자르며) 내 밥 먹고 큰 놈들, 검찰에만 수십 명이야.

정수진 (담담하게) 담당 검사장. 이장석 서울중앙지검장인데.

강상운 (그 말에 스테이크를 썰던 나이프가 멈추는)

정수진 (어떡할 거냐는 듯한 눈빛으로 보는)

강상운 (스스로에게 확신을 주려는 듯 고개 끄덕이곤, 다시 나이프로 스테이크를 썰며) 나를 치려면 장현수를 건드려야 돼. 현직 대통령 가족을 (하는데)

정수진 (담담하게) 이장석한테 성역은 없어.

강상운 … (그 말에, 스테이크를 써는 손길이 조금씩 느려지는)

정수진 (담담하게) 나한텐 물러날 곳이 없고.

강상운 … (포크로 스테이크 조각을 집어 드는)

정수진 (담담하게) 이번엔 내가 요리해 볼게. 계산부터 먼저 해.

강상운, 본다. 정수진이 원하는 것을 안다. 강상운, 스테이크 조각을 입에 넣는다. 박동호를 씹는 듯한 기분으로 잘근잘근 스테이크를 한참 동안 씹으며.

강상운 (정수진을 보는 채로, 스테이크를 씹으며, 단어도 하나씩 씹는 기분으로) 익성회계법인 파트너 배동수 회계사.

정수진 (자신도 모르는 낮은 안도의 한숨이 짧게 새어 나온다. 이제야 늪에서 벗어날 수 있게 되었다.)

강상운 (삼키곤, 다시 스테이크 조각을 자르며) 연락해 두지. 파일 준비하라고. 가져가든지, 파쇄하든지. 이걸로 한민호 대표와 나의 관계는 (하는데)

정수진 (OL, 담담하게) 정에 약한 사람이야. 돈에는 더 약하고. 다신 접근하지 마.

정수진, 옆에 놓인 법안 서류를 들어 보인다.

정수진 초재선 중심으로 50명이 발의할 거야. 우리 당 대부분은 찬성할 거구. 신한당 조상천 대표만 동의하면, 특검은 통과될 거야.

강상운 … (스테이크 조각을 자르고 있는)

정수진 특검이 논의되면 검찰 수사는 동력을 상실하겠지. 그사이 대통령은 복귀할거고.

강상운 … (포크로 스테이크 조각을 집어 든다.)

정수진 (옅은 미소로) 며칠만 기다려. 밥 먹을 때 말곤 입 열지 말고.

강상운 (허… 하는 얼굴이 된다. 하지만 지금 믿을 곳은 정수진뿐이다. 정수진의 말이 마음에 안 들지만 지금은 따르겠다는 듯, 입을 과장되게 열어 스테이크 조각을 입에 집어넣는다.)

그때 의원실 문을 밀치고 다급하게 들어오는 이만길.

이만길 (헉헉… 아직 숨을 고르지도 못한 채) 장현… 장현수한테 소환장이 발부됐습니다.

그 말에 정수진의 미간이 찌푸려진다. 예상보다 빠르게 다가온 공격이다.

씬 15 몽타주 ·· 낮

// 서울중앙지검 앞 도로

서울중앙지검 안으로 들어서는 차량. 짜증 섞인 얼굴의 장현수가 뒷좌석에 보인다. 기자들의 취재 차량이 뒤따르고 있고, 드론으로 상황을 촬영 중이다.

기자1(소리) 장일준 대통령의 장남 장현수 씨가 오늘 오전 검찰에 출두하고 있습니다.

정문 근처. 지지자들이 피켓을 들고 장현수를 응원하며 검찰을 규탄하고 있다.

기자1(소리) 장일준 대통령의 지지자들은 이른 새벽부터 중앙지검에 몰려와, 장현수 씨에 대한 수사는 검찰이 불순한 의도로 시작한 정치적 사건이라며, 수사 중단을 요구하고 있습니다.

// 청와대 복도

박창식, 화가 난 듯 굳은 얼굴로 빠르게 걸어가고 있다. 그 위로.

기자1(소리) 장현수 씨는 남산은행 매각, 태양광 전지 사업 등, 정부 시책과 연관된 사업에 투자, 수십 배의 수익을 거둔 사모펀드에 익명으로 투자했다는 의혹을 받고 있습니다.

// 서울중앙지검 로비

변호사와 함께 들어서는 장현수. 예우를 갖추느라 로비에서 맞이하는 이장석. 그러나 장현수, 불편한 기색을 감추지 않고, 이장석의 어깨에 툭 부딪히고도 그냥 스쳐지나가 버린다. 그 위로.

기자1(소리) 검찰은 장현수 씨에 이어 사모펀드에 연루된 정관계 고위 인사를 연이어 소환할 예정입니다. 검찰은 현재까지 진행된 수사 상황을 볼 때, 장현수 씨의 혐의 입증에 문제가 없다는 입장을 밝혔습니다.

씬 16 청와대 대통령 집무실 ·· 낮

박창식 (들어서는, 그 속도로 소파 상석에 앉은 박동호에게 다가가며) 임기 4년 차에 대통령 지지율이 50%야. 그뿐인가. 강상운 그놈의 시해 미수로 동정 여론까지 있어, 이 판에 장일준의 가족을 수사하는 건 (하는데)

박동호 (OL) 해야죠. 왜 강상운이 대통령을 시해하려고 했는지 동기를 알아야 하니까.

박창식 (답답하다는 듯 보다가 소파에 앉는, 보며) 대진그룹 강 회장이 구속됐어. 강상운은 사면을 요구했지. 장일준 대통령은 원칙으로 대응했다. 이에 불만을 품은 강상운의 충동적 범행이야. 이게 내가 그려 준 그림 아닌가.

박동호 (묵묵히 보는)

박창식 (설득하려는) 이봐. 박 대행. 길을 잃었을 때는 늙은 나귀 뒤를 따라가야 돼. 내가 그려 준 그림대로 (하는데)

박동호 (OL, 단호한) 수사는 검찰이 할 겁니다. 판단은 법원이 하겠죠.

박창식 (불끈 치미는 화를 삭이며) 어리석군.

박동호 (OL) 현명한 분들한테 구역질이 나서요.

한 치도 밀리지 않겠다는 결의로 팽팽하게 보는 박동호의 모습에서…

씬 17 국회의사당 일각 ·· 낮

차량에서 내리는 조상천. (자막 : 신한당 대표 조상천)

조상천, 계단을 오르려 한다. 몰려드는 기자들의 질문 공세가 이어진다.

기자2 특검법 발의에 대한 신한당의 입장을 말씀해 주십시오.

조상천 (걸으며, 여유 있게) 이 사람 저 사람 좀 만나 보고.

기자3 아직 입장을 못 정하신 겁니까?

조상천 (걸으며, 여유 있게) 이 얘기 저 얘기 좀 들어 보고.

그 여유 있는 조상천의 얼굴에서…

씬 18 신한당 당 대표실 · · 낮

여유 있게 소파에 앉아 있는 조상천의 얼굴 위로.

정수진(소리) 야당을 존중하는 뜻에서 특검 후보 추천 권한을 드리겠습니다.

조상천의 옆. 정수진이 앉아 있다.

정수진 (설득하는) 몇 년 전. 대표님도 검찰의 별건 수사로 곤경을 겪으셨습니다. 신한당의 검찰 개혁의 의지도 저희와 다르지 않다고 믿고 있습니다.

조상천 (세상에서 가장 온화한 얼굴로 정수진을 따뜻하게 바라보고 있다.)

정수진 검찰이 정치권을 좌우하는, 검찰 공화국이 되어서는 안 됩니다. 대표님.

조상천 (여전히 온화하고 따뜻하게 보고 있는)

정수진 (대답 없는 조상천을 독촉하듯) 대표님… (하는데)

보좌관, 들어온다. 조상천에게 보청기를 내민다.

보좌관 보청기 수리 끝났습니다. 대표님.

조상천 (미소로 보청기를 받아 착용하며) 아따. 이기 없으이 하루 종일 속 편하고 조용하더마는. (테스트하듯) 아, 아, (정수진을 보며) 인자 함 얘기해 보소.

정수진 (거절의 뜻임을 안다. 그러나 여기서 물러설 순 없는 마음인데)

조상천 (온화한 얼굴로) 우짠 일로 내를 찾아왔는교?

정수진 … 오늘 우리 당에서 상정한 특검 법안 (하는데)

조상천 (자르며, 귀에서 보청기 떼며) 아따. 이 자슥 와 이라노? 빳데리가 앵꼬네. (보좌관에게 건네며) 충전 이빠이 해 가꼬 다시 가온나.

정수진 …

조상천 (온화한 미소로) 우야믄 좋노? 지금은 내가 들을 귀가 없네.

조상천, 사람 좋은 미소로 바라보는 얼굴 위로.

박동호(소리) 신한당이 동의하지 않으면 특검법은 무산될 겁니다.

씬 19 청와대 대통령 집무실 ·· 낮

박동호 조상천 대표는 저와 정수진. 두 사람의 집안싸움을 즐기겠지요. (박창식을 보며) 현명한 분이니까.

박창식 (머리 아픈 듯, 마른세수를 해 보이곤, 설득하는) 박 대행. 정치는 농사짓는 거하고 매한가지야. 척박한 땅에는 감자를 심고, 기름진 땅에선 곡식을 거두고. 우리 대한국민당. 장일준이 만든 논밭이야. 여기서 농사를 지으려면 지지자들 입맛에 맞는 작물을 (하는데)

박동호 (OL) 평생 남의 밭에서 소작농으로 살아온 대표님의 생각이죠.

박창식 (무례함에 불끈하는) 박동호!!!

박동호 (담담하게) 저도 대표님께 뻥을 했습니다. 올인을 요구하지 마십시오.

단호한 박동호의 모습에서…

씬 20 국회의사당 복도 ·· 낮

정수진, 심각한 얼굴로 다급하게 걷고 있다. 특검이 무산되었다.

박동호의 공세는 빠르고 날카롭다. 상황이 급박하게 전개되고 있다.

정수진, 문을 열고 들어간다. 그 문 앞. '정수진 의원'이라는 명패가 보인다.

씬 21 정수진 의원실 ·· 낮

정수진, 들어서던 그 속도로 책상으로 다가가며,
일각에 서 있던 이만길에게 지시한다.

정수진 익성회계법인 파트너 배동수 회계사를 찾아가세요.
강상운 부회장이 맡긴 파일이 있을 겁니다. 그걸 찾아서
(하다가)

난감해하는 이만길의 얼굴에 멈칫. 이만길, 손으로 티비를 가리킨다.
묵음의 티비 화면을 보는 정수진. 둥!!! 놀란 얼굴이 된다.
티비 화면. 한 사내가 검찰 수사관에 끌려가는 모습이 보인다.
그 아래 자막, '배동수 회계사, 긴급 체포'.
정수진, 두 손으로 책상을 짚는다. 무너지고 있다.
지금까지 지켜 왔던 모든 것들이…

씬 22 청와대 대통령 집무실 ·· 낮

소파에 앉은 박동호와 최연숙, 묵음의 티비로 배동수의 체포 장면을 보고
있다.

최연숙 배동수 회계사. 강상운 부회장의 비자금을 관리하던
금고지기예요. 강상운의 저수지에서 비자금이 어디로
흘러갔는지 알고 있는 인물이죠.

박동호 장현수는?

// 인서트. 서울지검 취조실

검사 앞에 앉은 장현수, 팔짱을 낀 채 여유 있는 얼굴로 말한다.

장현수 형사소송법 제148조에 따라 진술을 거부하겠습니다.

최연숙 묵비권을 행사하고 있지만, 장현수, 오래 버티진 못할 거예요.

박동호 대통령이 복귀하면, (최연숙을 보며) 우리는 버틸 수 있을까요?

최연숙 …

박동호 장현수의 입을 열어야겠습니다.

박동호, 일어나는 모습에서…

씬 23 도로를 달리는 차 안 ‥ 낮

이만길이 운전하고 있고, 정수진이 뒤에 앉아 있다.

이만길 (심각한) 박창식 대표는 알 겁니다. 대통령 가족을 수사하면, 진영이 붕괴된다는 거. 그분은 박동호를 설득시킬 수도 (하는데)

정수진 (OL) 박동호를 설득시킬 수 있는 건, 박동호 자신뿐이에요.

이만길 …

정수진 (창밖으로 시선을 돌리며) 박동호를 막을 수 있는 사람은 있죠. 단 한 명.

정수진의 시야에 보이는 국군수도병원의 전경에서…

씬 24 국군수도병원 VIP 병실 ·· 낮

잠든 듯 누워 있는 대통령. 그 옆에 선 정수진과 이만길. 맞은편의 주치의.

정수진 회복 중인 환자에게 자극을 줘서, 회복 속도를 빠르게 할 수 있다던데. 쇼크 테라피인가?

주치의 (고개 가로젓는) 심장에 지병이 있어, 안정적 회복을 기하라는 지시가 있었습니다. (정수진을 보며) 최연숙 실장님의 뜻입니다.

// 인서트. 청와대 상춘재

박동호가 들어서고 있다. 단호한 박동호의 얼굴 위로.

주치의(소리) 대통령 권한대행의 지시도 있었습니다.

주치의 중요한 건 대통령님의 회복 속도가 아니라, 후유증 없는 안정적 회복이라고 (하는데)

정수진 (OL) 치료법에 대한 판단은 의사의 고유 권한, 아닌가요?

주치의 전 군인입니다. 현재 군 통수권자는 박동호 권한대행이십니다.

주치의, 절도 있게 인사하곤 나간다. 닫히는 문.

정수진, 사방이 벽으로 가로막힌 기분이다.

상상하고 싶지 않은 최악의 순간이 눈앞에 다가오고 있다.

씬 25 청와대 상춘재 ·· 낮

영부인이 상석에, 박동호가 그 옆에 앉아 있다.

각각의 앞에 커피 잔이 놓여 있다.

박동호, 영부인의 커피 잔을 자신의 앞으로 당겨 놓고,

가운데 놓인 프림과 설탕 케이스를 가져온다.

박동호 (스푼으로, 영부인의 잔에 프림을 타며) 강상운 부회장의 손을 잡으면, 아드님 문제를 덮겠다고 했겠죠? (영부인을 보며) 정수진 의원이 했던 1년 전 그 약속. 지켜졌습니까?

영부인 …

박동호 (스푼으로, 영부인의 잔에 설탕을 타며) 서기태 의원의 입을 막으면 아드님은 안전할 거라고 했겠죠? (영부인을 보며) 정수진 의원이 했던 6개월 전 그 약속. 지켜졌습니까?

영부인 …

박동호 (스푼으로 커피를 저으며) 검찰에서 묵비권을 행사하면 아드님은 무혐의로 풀려나올 거다… 정수진 의원이 말했겠죠. 어제 아니면 오늘. (영부인을 보며) 그 약속은 지켜질까요?

영부인 …

박동호 정수진 의원은 침몰하고 있습니다. (커피 잔을 영부인의

앞으로 정중하게 밀며) 저는 영부인님께 침몰하는 배에서 내릴 기회를 드리는 겁니다.

숨 막히는 기분으로 보는 영부인의 얼굴 위로,
요란하게 선행되는 핸드폰 벨소리에서…

씬 26 국군수도병원 VIP 병실 ‥ 낮

정수진, 핸드폰을 본다. 발신자 '한민호'다. 반갑지 않은 얼굴로 받는 순간.

한민호(F) (다급한) 수진아, 검찰이 치고 들어왔어,

둥! 정수진의 얼굴이 굳어진다. 그 위로 인서트되는.

// 인서트. 한민호의 사무실

대여섯 명의 직원이 웅성대고 있다.

한민호 (일각에 서서, 다급하게 통화 중인) 정문을 폐쇄했는데, 이놈들이 경찰에 소방관까지 동원해서 (하는 순간)

문을 박차듯 밀고 들어오는 검찰과 수사관들.

검사1 (영장을 내밀어 보이며) 서울중앙지검 반부패부 이한승 검삽니다.

검사1(F) (대사 이어지는) 남산 c&c에 대한 압수 수색을 실시합니다.

정수진 (핸드폰으로 들려오는 뭔가를 요란하게 뒤지는 소리와 집기가 넘어지는 긴박한 소리를 심각하게 듣다가) 회계 장부 처리해! 강상운 부회장이 투자한 돈, 흔적부터 없애. 어서.

한민호(F) (체념한 듯) 늦었어. 서버 교체를 했어야 되는데…

정수진, 눈을 질끈 감는다. 최악의 순간이 다가오고 있다.

그 정수진의 얼굴 위로 플래시되는.

// 플래시. 2부 씬 20 호텔 레스토랑 VIP룸

강상운 이거 사람들이 오해하겠습니다. 제가 부총리님을 뵙는 날마다 우연히도 부군께 투자가 들어가니.

한민호(F) 수진아, 나… 이제 어떡하냐.

정수진, 벼랑의 끝으로 점점 밀려나는 기분이다. 그 위로 플래시되는.

// 플래시. 2부 씬 22 호텔 레스토랑 VIP룸

정수진 박동호는 대통령을 시해하려고 했어. 이건 국가 반란 행위야. 상운 씨! 진실을 알려야 돼.

강상운 (서늘한 말투로) 너의 진실도 알려질 각오가 있다면.

정수진, 아랫입술을 깨무는, 그 절망적인 모습에서…

씬 27 청와대 상춘재 ·· 낮

박동호 (영부인을 보며) 아드님이 증언해 주셔야겠습니다. 강상운에게 얼마의 돈을 받았는지.

영부인 …

박동호 그 돈을 한민호의 사모펀드에 투자, 얼마의 수익을 얻었는지.

영부인 …

박동호 그 사실을 숨기기 위해 정수진이 무슨 일을 했는지.

조여 오는 박동호를 숨 막히는 기분으로 보는 영부인의 모습에서…

씬 28 국군수도병원 VIP 병실 ·· 낮

정수진, 대통령의 옆에 서서 뭔가 생각에 잠긴 채 내려다보고 있다.

이만길 … 박동호 대행이 영부인을 만나고 있습니다. 장현수의 자백을 요구하는 걸로 보입니다.

정수진 (병상의 대통령을 내려다보고 있다.)

이만길 (절망의) 이제 대통령이 깨어나도… 우리를 구할 수 없습니다.

정수진 (혼잣말처럼, 낮게) 깨어나서 구할 수 없다면… (고개 들어 이만길을 보며) 깨어나지 않는다면?

이만길 (? 의미를 알 수 없다는 얼굴로 보는)

정수진 (침을 삼킨다. 스스로도 긴장되는 듯하다. 결단을 내린 얼굴이 된다. 옆의 거즈 통에서 열 장 정도의 얇은 거즈를 집어 들며) 박동호가 시작한 일. 내가 마무리해야겠어요.

정수진, 정수기로 다가가 거즈를 물에 적신다.
돌아서 대통령의 병상으로 다가가는데…

이만길 … 의원님

정수진 (낮은, 단호한) 나가서 기다려요.

이만길 (둥!!! 이제야 의도를 알았다. 대통령의 얼굴 한 번, 정수진이 들고 있는 거즈 한 번 보고는, 이것만은 안 된다는 듯 고개를 가로젓는데)

정수진 (낮은, 단호한) 지켜볼 용기, 없는 걸로 아는데…

건너서는 안 되는 다리를 기꺼이 건너기로 결단한 정수진의 얼굴에서…

씬 29 청와대 상춘재 ·· 낮

영부인 … 이 사건이 알려지면, 나라가 흔들릴 거예요.

박동호 (OL) 아드님은 선처를 받을 겁니다.

영부인 (그 말에 보는)

박동호 (따뜻하게) 언제나 나라가 아닌 가족을 위한 선택을 해 오셨어요. 초지일관하시는 분으로 알고 있습니다. 이번에도 그렇게 하세요.

영부인의 그 갈등하는 모습에서…

씬 30 국군수도병원 VIP 병실 ·· 낮

헉헉… 병상에 누운 대통령의 호흡이 거칠어진다. 물에 적신 10여 장의 얇은 거즈가 얼굴을 덮고 있다. 호흡이 곤란한 듯하다.
그 옆. 대통령을 내려다보고 선 정수진.

정수진 … 죄송하다는 말. 안 할래요. 대통령님도 저와 같은 선택 하실 분이잖아요.

대통령 (호흡이 더욱 힘들어지고 있다.)

정수진 약속 (하다가 울컥하지만, 추스르곤) 약속드릴게요. 명예도, 가족도, 지켜 드리겠습니다… 우리가 함께 들었던 깃발도… 제가 끝까지 지키겠습니다.

정수진, 주머니에서 붉은 손수건을 꺼낸다. 정수기로 다가가 물에 적시려다가 멈칫. 그 붉은 손수건을 본다. 그 정수진의 모습 위로 인서트되는.

// 법정 (낮)

죄수복을 입은 대여섯 명의 학생들이 일어선 채 주먹을 흔들며 「임을 위한 행진곡」을 제창하고 있다. 법정 투쟁 중인 것. 법원 청원경찰들이 학생들을 제지하려 하고 있다. 변호인석에서 일어난 중년 시절의 대통령이 학생들에게 덤벼드는 청원경찰들을 몸으로 막아 내고 있다.

그 학생들 중, 20대 정수진의 모습이 보인다.

노래 (죄수복의 학생들이 제창하는)

// 교도소 밖 (이른 아침)

거대한 교도소의 문이 열리고 출소하는 학생들 중, 정수진이 보인다.
기다리던 가족과 동료들이 박수와 환호로 개선장군처럼 맞이한다.
정수진에게 다가와 환한 미소로 두부를 건네는 중년 시절의 대통령. 그 위로 들려오는.

노래 (노래 이어지는)

// 대한국민당 당사 (저녁)

티비 화면. 3, 2, 1이 되며, 당선 유력 '장일준'이 뜬다. 대선 출구 조사 발표 현장이다. 일제히 터지는 환호. 저만치 박동호가 흐뭇하게 이 모습을 보고 있고, 장일준의 근처에 있던 정수진이 감격의 눈물을 흘린다. 장일준이 주머니에서 손수건을 꺼내 정수진에게 건네곤 어깨를 두드려 준다.
장일준이 건네준 손수건, 바로 그 붉은 손수건이다. 그 위로 들려오는.

노래 (노래 이어진다.)

물에 적셔진 붉은 손수건이 대통령의 얼굴에 덮여 있다.
대통령, 경련을 일으키듯 몸을 뒤튼다. 호흡이 끝자락에 다다른 듯하다.

그 옆. 의자에 앉은 정수진.

정수진 (노래의 뒤를 이어 부르듯, 처연하게, 낮게, 메마른, 느리게, 대통령에게 보내는 작별곡의 느낌으로) … 앞…서서… 나가니… 산… 자여… 따…르…라… (하는 순간)

띠… 바이오그래프가 멈춘다. 대통령의 호흡이 멈춘 것.
순간, 정수진의 눈가에서 눈물이 떨어진다. 정수진, 터져 나오는 오열을 막느라, 손으로 입을 틀어막는다. 인간으로서 해서는 안 되는, 그러나 살기 위해선 해야만 하는 일을 한 것. 그렇게 대통령은 떠났다.
병실은 무섭도록 무거운 침묵에 빠져 있다.

씬 31 청와대 상춘재 · · 낮

요란하게 울리는 영부인의 핸드폰. 영부인, 전화를 받는다. 상대의 말을 들은 순간, 충격을 받은 얼굴이 된다. 그때 진동으로 울리는 박동호의 핸드폰.

박동호 (받는, 통화 중인) 박동홉니다.
서정연(F) (다급한) 서정연입니다. 대행님. 방금… 대통령님이… 서거하셨습니다.

둥!!! 영부인, 금세라도 터질 듯한 눈물 어린 분노로 박동호를 보고 있다.
박동호의 그 당혹스러운 모습에서…

씬 32 청와대 복도 ·· 낮

박동호, 다급하게 걸어온다.

대기하고 있던 서정연과 조우, 집무실을 향해 걸어간다.

서정연 15시 20분. 사망 선고! 사인은 급성 호흡 부전으로 추정됩니다. 장례 대책을 위한 비상 국무회의를 소집하겠습니다.

집무실 문을 열고 들어가는 데서…

씬 33 청와대 대통령 집무실 ·· 낮

서정연 정수진 의원이 임종을 했다고 합니다.

박동호 (책상 쪽으로 걸어가며) 주치의는?

서정연 서거 당시. 신임 병원장 취임식이 있어 자리를 비웠다고 (하는데)

탁!!! 박동호가 거칠게 두 손으로 책상을 내리치듯 짚고 선다.

박동호 … 잊고 있었어. 내가 한 일. 정수진도 할 수 있다는 걸.

서정연 (의미를 알고는) … 정수진 의원이… 설마…

박동호 구속 전날. 대통령이 쓰러지는 우연. 내가 만들었어. 체포 직전, 대통령이 서거했다.

서정연 …

박동호 (서정연을 보며) 우연일까?

정수진의 파괴적인 반격을 예측 못 한, 자책의 눈빛으로 바라보는 박동호의 모습에서…

씬 34 국군수도병원 VIP 병실 앞 복도 ‥ 낮

복도 양옆에 도열한 의료진과 헌병과 경비병들.
병실에서 병상이 나온다. 흰 천이 덮여진 대통령의 시신.

신임 병원장 부대 차렷!

구령에 맞춰 모두가 자세를 취한다. 병원장이 경례를 하자,
총기를 든 자는 총기 차렷을 하고, 제복은 거수, 의료진은 경례를 한다.
묵묵히 보고 있던 정수진, 멀어지는 병상을 향해 깊숙이 고개 숙인다.
대통령이 떠나고 있다. 측근 박동호에 의해 들어왔던 병원을,
또 다른 측근 정수진에 의해 영원히 떠나고 있는 것이다.

씬 35 국군수도병원 다른 복도 ‥ 낮

복도 가운데 벽에 기대 서 있는 이만길.
정수진, 또각또각 걸어와 이만길의 앞에 선다.

정수진 병실에서 나가는 걸로 동조했고, 헌병에 알리지 않은 걸로 공범이기를 선택했어. 내가 넘어지면 같이 쓰러질

사람이니까, 이만길! 앞으론 편하게 부를게.

이만길 … 네…

정수진 두려워하지 마. 내 몫이니까.

이만길 …

정수진 일하자. 갈 길이 멀어.

앞서 걷는 정수진.

아직 정리되지 않은 복잡한 마음의 이만길이 그 뒤를 따른다.

씬 36 국군수도병원 정문 앞 ‥ 낮

정문 앞에 대기 중인 수십 명의 기자들.

정수진, 걸어와 기자들 앞에 선다. 그 옆에 서는 이만길.

정수진 3공화국의 폭정도, 5공화국의 압제도 버텨 내신 분인데, 가족이 수사를 받고 있다는 충격은 견디지 못하셨습니다. (잠시 호흡을 고르고는) 아드님이 소환 조사를 받고 있다는 보고를 받은 뒤, 호흡 부전이 시작됐습니다.

기자1 무리한 검찰 수사가 사망 원인이라는 말씀입니까?

정수진 (끄덕이고는) 박동호 권한대행에게 묻겠습니다.

// 인서트. 청와대 대통령 집무실

소파 상석에 앉은 박동호, 굳은 얼굴로 티비를 보고 있다.

정수진 (티비 화면 속의) 현대사의 거인을 모욕하고, 가족까지 짓밟아, 최후를 맞게 했습니다. (마치 바로 앞에 있는 박동호를 보는 듯한 얼굴로) 이제 속이 시원하십니까?

정수진 이장석 서울중앙지검장에게 경고합니다. 검찰은 부당한 수사에서 당장 손을 떼야 합니다.

// 인서트. 서울중앙지검장실

책상 앞 의자에 앉은 이장석, 심각한 얼굴로 티비를 보고 있다.

정수진 장일준 대통령의 죽음은 이 사회의 강고한 기득권 세력과 추악한 검찰이 결탁한 사법 살인입니다.

기자2 대통령께서 마지막 남기신 말씀이 있습니까?

정수진 검찰 개혁의 꿈. 반드시 시민의 힘으로 이뤄 달라고… (하다가 울컥하는 듯 잠시 숨을 고르고는) 힘든 과제를 남겨서… 국민들에게 죄송하다고… 하셨습니다.

정수진이 그렁한 눈으로 서 있다. 터지는 카메라 플래시들에서…

씬 37 몽타주 ·· 낮

// 국무회의를 하는 모습, 국립 현충원 곳곳이 보이는 위로.

앵커(소리) 박동호 권한대행은 오늘 오전 국무회의를
열어 장일준 대통령에 대한 국가장을 의결했습니다.
장례는 오일장으로 치러지며, 국립 현충원 대통령
묘역에 안장될 예정입니다.

// 대통령의 과거 사진과 영상들이 짧게 짧게 보이는 위로.

앵커(소리) 장일준 대통령은 노동자 서민과 함께한 인권
변호사로서, 대한민국 역사상 두 번째로 노벨 평화상을
수상하였습니다. 정계에 입문한 뒤, 재벌 개혁에
매진했고, 대통령에 취임한 뒤에는 빈부 격차 해소와
서민 복지를 위해 혼신의 노력을 기울였습니다.

// 곳곳에 설치된 분향소, 길게 늘어선 시민의 행렬 등등의 모습 위로.

앵커(소리) 서민의 벗 장일준 대통령이 떠난 지 이틀이 지난
오늘. 전국 100여 곳에 설치된 시민 분향소를 찾은
조문객은 백만 명을 넘긴 것으로 추산됩니다. 오늘도
장일준 대통령을 조문하려는 시민들의 행렬은 끝없이
이어지고 있습니다.

씬 38 광화문 도로 + 박동호의 차 안 ·· 밤

교통경찰의 호위를 받으며 달리는 박동호의 차량 행렬.

차 안의 박동호가 본다. 줄지어 늘어선 조문객의 행렬을.

박동호, 뭔가 생각하다가, 뭔가를 지시하듯 유리창을 톡톡 두드린다.

앞좌석의 서정연이 돌아보는 모습에서…

씬 39 광화문 시민 분향소 안 ‥ 밤

천막으로 만들어진 분향소 안.

열 명 가량의 시민이 단체로 조문을 하고 있다.

조문을 마친 중년의 여성이, 상주석에 선 정수진에게 다가가 손을 잡으며 오열한다. 정수진, 그렁한 눈으로 중년의 여성을 안아 준다. 나가는 시민들.

다음 차례의 시민들이 들어올 것이라 생각하던 정수진이 멈칫.

경호원 두 명이 먼저 들어서고, 그 뒤를 따라 들어오는 박동호.

박동호, 고갯짓으로 경호원에게 나가라는 표시를 한다. 정수진, 눈빛으로 이만길과 분향소 내부 일을 돕던 이들에게 나가라는 눈짓을 한다.

모두가 나갔다. 박동호와 정수진, 둘만이 남았다.

박동호 (국화를 들어 영정 앞에 올린다. 묵념을 한다. 묵념을 하는 채로) 시민 분향소에서 이틀째 밤을 새는 건, 장일준 대통령의 정치적 적장자란 걸 보여 주려는 거겠지.

정수진 (상주석에 서서, 담담하게 보며) 장례식은 최고의 정치적 이벤트죠. 고종의 장례식 때는 3.1 운동이, 순종의 인산일에는 6.10 만세 운동이 일어났으니.

박동호 (묵념을 마치고, 정수진에게 다가간다.)

정수진 (담담하게) 거인이셨어요. 큰 그림자를 남기시겠죠.

박동호와 정수진, 조문객과 상주가 하듯, 서로에게 고개 숙여 목례를 한다.

박동호 (목례를 한 채로) 북쪽이나 여기나 정에 약한 백성들. 유훈 통치로 정국을 전환시킬 생각이겠지.

정수진 (목례를 한 채로) 브루투스. 너마저도.

그 말에 고개 들어서 보는 박동호. 마주보는 정수진.

정수진 카이사르가 죽은 뒤, 안토니우스를 제치고 권력을 잡은 건 아우구스투스였어요. (담담하게 보며) 시민의 선택이었죠.

박동호 히틀러를 총통의 자리에 올린 것도 시민의 선택이었어,

정수진 (보는)

박동호 (단호한) 내가 막을 겁니다. 그 선택.

씬 40 청와대 춘추관 브리핑룸 ·· 밤

최연숙 (연단에 서서 브리핑 중인) 장례위원회 집행위원장은 당연직으로 박동호 권한대행이 맡을 겁니다. 장례식 세부 일정은 유족의 의견을 최대한 존중해서 결정할 겁니다.

기자2 대통령 가족에 대한 수사는, 이제 중단되는 겁니까?

최연숙 … (대답하기 싫지만, 대답할 수밖에 없는) 추모와 수사는 별개의 문제입니다.

씬 41 광화문 시민 분향소 앞 ·· 밤

줄을 선 시민들이 곳곳에서 스마트폰으로 브리핑 생중계를 보고 있다.

최연숙 (화면 속의) 장례 절차가 끝난 뒤, 수사는 재개될 거예요. 이건 법 앞에 모두가 평등해야 한다는 박동호 권한대행의 의지입니다.

시민들, 웅성거린다. 누군가는 거친 욕설을 하고, 누군가는 이를 악물고 눈물을 흘리기도 하고, 누군가는 분노의 외마디 절규를 지르기도 한다. 분향소 앞에 서 있던 경호원들이 수상해지는 시민의 분위기에 동요한다.

씬 42 광화문 시민 분향소 안 ·· 밤

다급하게 들어오는 경호원 둘.

경호원1 (박동호에게) 안전을 확보하기 어렵습니다. 경호 인력 지원을 요청했습니다. 잠시 기다려 주십시오.

정수진 제가 모실게요.

박동호 (보는)

정수진 (담담하게, 보며) 일국의 수장이 시민들이 두려워 공권력을 동원하면, 국격이 추락할 텐데…

박동호 …

정수진 BBC, CNN, NHK, 외신들 앞에서, 시민들과 충돌하는 모습, 보일 건가요?

박동호, 어쩔 수 없다. 앞서는 정수진의 뒤를 따라 나가는 모습에서…

씬 43 광화문 시민 분향소 앞 ‥ 밤

시민들, 분노로 바라보고 있다. 금방이라도 박동호를 덮칠 듯한 분노를 누르며 시민들, 지나가는 박동호를 응시하고 있다. 누군가는 박동호가 지나간 자리에 침을 뱉기도 한다. 정수진, 그 박동호의 옆에서 시민들에게 따뜻한 눈빛과 온화한 고갯짓으로 응답하며 진정시키며 걷고 있다. 박동호, 기나긴 시민의 행렬 사이를 위태로운 분위기 속에 다 지나왔다. 대로변에 주차된 차량 앞에 서는 박동호와 정수진.

정수진 (담담한) 오늘은 제가 함께했지만, 내일부터 퇴로는 직접 확보해야 될 거예요.

박동호 그쪽은 퇴로가 없을 거야. 수사는 계속될 거니까.

정수진 (담담한) '박동호는 불가능을 꿈꾸는 게 장점이다.' 대통령님이 그러셨는데…

박동호 …

정수진 사람이 다 그래요. 자기가 가진 장점 때문에 몰락하죠.

정수진, 예를 갖추듯 살짝 고개 숙여 인사한다. 정수진이 고개를 숙인 뒤편. 수많은 지지자들이 폭발 직전의 분노로 박동호를 응시하고 있다. 이 드넓은 광화문 광장. 이 순간 박동호의 편은… 없다.

씬 44 서기태의 무덤 언덕 아래 ·· 낮

최연숙의 차가 도착한다. 내리는 최연숙. 올려다본다.

저만치 언덕 위. 박동호의 뒷모습이 보인다.

씬 45 서기태의 무덤 앞 ·· 낮

박동호, 서기태의 무덤 위, 잡풀을 손으로 털어 내고 있다. 다가오는 최연숙.

박동호 (잡풀을 털어 내며) 기태 녀석, 유서에도 남겼습니다. 현충원 안장을 거부하겠다고… 장일준과 같은 곳에 잠들기는 싫다는 뜻이었나…

최연숙 정수진 의원이 임종을 했다고 들었어요. 궁금했어요. 사망 경위에 대한 조사를 왜 포기했는지…

박동호 (보는, 고개를 가로젓는)

그 박동호의 모습 위로 인서트되는.

// 인서트. 씬 42 광화문 시민 분향소 안 바로 직전 느낌

정수진 (담담하게 보며) 하세요. 아, 사인의 명확한 규명을 위해 부검도 하죠.

박동호 (꿈틀하는 기분으로 보는)

정수진 왜 심장 이상이 생겼는지, 왜 쓰러졌는지 다 드러날 텐데… 원하면 말해요. 유족은 제가 설득할게요.

박동호 (받아들일 수 없는 제안이다. 시선을 돌리는데)

정수진 (담담한) 처음 보네요. 박동호 대행이 물러나는 모습.
(낮게 끄덕이며) 익숙해질 거예요.

최연숙 (뭔가… 말을 돌리는, 다른 대책을 세워 보려 하는 듯한) 그럼
정수진 의원과 그 남편 한민호에 관한 검찰 수사 정보를
언론에 흘려 보는 건 (하는데)

박동호 (OL, 상황을 느끼고는) 저한테 전할 나쁜 소식이 더
남았습니까?

최연숙 (난감한) 내일 영결식에서… 유족 측이 대행님의
추모사를 거부했습니다.

박동호 (후우. 자신도 모르게 낮은 한숨이 새어 나온다.)

최연숙 장례식에서 주목받는 인물이 차기 정권의 주인이 되는
게 정치의 이치예요. 추모사 낭독은 그런 자린데…

박동호 누굽니까? 저 대신 추모사를 낭독할 사람.

굳은 얼굴로 바라보는 박동호의 모습 위로 선행되는.

사회자(소리) 이어서 추모사 낭독이 있겠습니다.

씬 46 영결식장 ·· 낮

사회자 추모사는 전 경제부총리이자, 현 대한국민당 정수진
의원이 준비해 주시겠습니다.

단상 위의 정수진, 일어난다. 가운데 놓인 대통령의 영정에 고개 숙여 정중하게 목례를 하고는 연단 앞에 선다.

정수진 지켜 (하다가 목이 메는 듯, 잠시 말을 멈췄다가) 지켜 드리지 못해서 죄송합니다.

그 말에 낮은 흐느낌이 여기저기서 들려온다.

// 인서트. 서울광장

수만의 시민들이 모여 있다. 그들이 보는 전광판 티비에 정수진이 보인다.

정수진 (화면 속의) 당신의 국민이어서 행복했습니다. 당신이 만든 역사에 함께할 수 있어 영광이었습니다.

정수진, 손수건을 꺼내 보인다. 그… 붉은 손수건이다.

정수진 대선 승리의 그날. 대통령님께서 저의 눈물을 닦아 주셨던 손수건입니다.

// 인서트. 부산역 앞 광장

수천의 시민들이 모여 대형 화면을 보고 있다.

정수진 님은 30년 동안 인권 변호사로 우리 부모의 눈물을 닦아 주셨고, 우리 형제가 살아갈 희망찬 세상을 만들어 주셨고, 우리 자식의 미래를 준비해 주셨습니다.

정수진 이젠 저희가 지켜 드리겠습니다. (손수건 들어 보이며) 저의 눈물을 닦아 주셨던 이 손수건으로 영부인의 눈물을 닦아 드리겠습니다.

단상 위. 그 말에 박동호의 미간이 꿈틀한다. 의미를 알겠다.

정수진 (대사 이어지는) 아드님의 미래를 지켜 드리겠습니다. 대통령님의 명예를 더럽히고, 가족을 능멸하는 추악한 기득권 세력에 맞서 싸우겠습니다.

눈물을 닦는 영부인. 분노로 주먹을 꾹 쥐는 장현수.
굳은 얼굴의 박동호 등 단상 위 사람들의 모습이 보이는 위로.

정수진(소리) 이길 겁니다! 이겨야 합니다!! 이기겠습니다!!! 장일준 대통령님과 함께했던 우리 모두는 질 수 없습니다. 포기할 자격도 없습니다. 이 나라는 장일준 대통령님이 남긴 세상이기 때문입니다.

정수진 장일준 대통령님. 편히 쉬십시오. 남은 세상은 저희가 감당하겠습니다. 장일준 대통령님. 정말 (하다가 울컥하는) 정말… (울먹임을 견디며) 감사…했습니다.

정수진, 붉은 손수건으로 눈물을 닦고는 돌아선다. 동시에 시작되는 합창단의 추모곡. 정수진, 대통령의 영정에 고개 숙여 정중하게 목례를 하고는, 영부인에게 다가가 목례를 한다. 장현수에게 다가가 목례를 한다. 그러곤 박동호를 그냥 건너서 다음 사람에게 목례를 한다.
연단 위의 최연숙, 박창식, 조상천에게 목례하며 지나가는 정수진.
철저하게 외면당한 박동호… 정수진이 지지자들에게 보내는 메시지다.
합창단의 추모곡은 아직 울려 퍼지고 있다. 화면 서서히 암전된다.

씬 47 서울중앙지검 복도 ·· 낮

화면 밝아지면, 이장석, 신문을 한 손에 움켜쥔 채 저벅저벅 굳은 얼굴로 걸어가고 있다.

자막 : 3일 뒤

씬 48 서울중앙지검 4차장실 ·· 낮

정필규, 책상 앞 의자에 앉아 핸드폰 통화 중이다.
책상 위 '차장검사 정필규' 명패가 놓여 있다.

정필규 (통화 중인) 수사 검사들은 다 있던 데로 복귀했고, 수사팀엔 지금 파리나 두어 마리 (하는데 문이 벌컥 열리고, 이장석이 들어서자, 핸드폰을 책상 위에 내려놓곤 일어나며) 아유 지검장님 할 말 있음 부르시지. 여기까지 (하는데)

이장석 (신문을 책상 위에 내려놓는다. 그 신문에 제목 '사모펀드 수사 중단'.)

어제 부임한 분이 오늘 수사를 중단시키겠다? (보며, 단호한) 성역은 없습니다. 이번 수사 끝까지 간다는 게 제 신념입니다.

정필규 (머리 긁으며, 혼잣말처럼) 총장님이 영부인 만나서 무리한 수사를 했다고 사과까지 하는 판에 뭔 놈의 수사를…

이장석 (불끈하는데)

정필규 아, 사기꾼에 도둑놈만 살판이 났어요. 검찰이 흔들리니까 일선 검사가 일을 할 수가 없습니다. (조롱하는, 그러나 정중하게) 그놈의 신념 때문에…

이장석 (보며, 단호한) 기수는 선배지만, 직급상 제 지시를 받는 위치, 아닌가요?

정필규 (헤벌쭉 소리 없는 미소 보이며) 검찰총장님 지시를 거부하는 검사장님께. 좋은 거 많이 배우고 있습니다.

이장석 정필규 차장검사님!!!

정필규 사모펀드 수사 종결한다는 하명이 있었어요. 총장님 지시 따릅시다. 좀!!!

이장석, 여기선 더 이상 해 볼 것이 없다. 돌아서 나간다. 닫히는 문.
정필규, 다시 책상 앞 의자에 앉으며 내려놓았던 핸드폰을 든다.
통화가 계속되고 있었다.

정필규 (통화 중인) 심판이 휘슬을 불었으면 경기장에서 나가야지. 쯔쯔. 문제야. 이거. 우리나란 승복하는 문화가 없어요.

씬 49 정수진 의원실 · · 낮

탁자 위. 핸드폰이 스피커폰으로 켜져 있다.

소파에 정수진과 한민호가 앉아 있다.

정필규(F) 경기장에서 난동 부리는 놈들, 며칠 안에 싹 청소할게.

한민호 수고했습니다. 매형. 언제 식사라도 같이 (하는데)

정수진, 종료 버튼을 누른다.

한민호, 냉랭한 정수진의 얼굴에 눈치를 보다가…

한민호 …미안하다… 나 때문에…

정수진 (서류 들어서 보며) 지분은 철운이한테 넘겨. 당신은 남산 c&c에서 손을 떼고, 쉬어. 당신 좋아하는 낚시를 하든지.

한민호 (안 된다. 다급하게 설득하려는) 수진아, 나 진짜 제대로 (하는데)

정수진 (서류 보는 채로) 미안해. 이 모든 것. 내가 당신을 믿어서 생긴 일이야. (서류 내리고 한민호를 보며) 이젠 안 그럴게.

한민호, 뭐라 설득하려는데, 문이 열리고 들어오는 이만길.

이만길 (리모컨으로 티비를 켜며) 의원님. 여론 조사 결과가 나왔습니다.

앵커 (티비 화면의) 두 달 뒤에 실시될 대통령 선거 여론

조사 결과, 압도적 지지율로 정수진 의원이 1위를
차지했습니다.

정수진, 화면에 보이는 60%대의 자신의 지지율을 본다.
자신도 모르게 침이 삼켜진다.

앵커 정수진 의원은 대한국민당 내부의 다른 후보 모두의
지지율을 합친 것보다 높은 수치를 보여 주고 있습니다.

들뜬 이만길. 그러나 소파의 한민호, 탐탁지 않은 얼굴로 정수진을 보는
데서…

씬 50 청와대 대통령 집무실 ‥ 낮

책상 앞 의자에 앉은 박동호. 소파에는 최연숙과 서정연이 앉아 있다.

최연숙 (답답하다는 듯) 영부인이 사저로 옮기는데, 대한국민당
의원 60명이 배웅을 나왔어요. 장일준 전 대통령과의
인연으로 다음 총선을 치를 생각이겠죠.

서정연 (난감한) 사의를 표명한 장관이 절반이 넘습니다. 청사에
출근도 안 하고 있어요. 박동호 내각에서 일하는 것이
정치적 타격이라고 생각하고 있습니다.

박동호 (무겁게 입을 여는) 이대로는… 국정 운영이 불가능하겠군.

최연숙 (체념이 느껴져 보는)

박동호 (무겁게) 저는… 국무총리의 직과 권한대행의 자리에서…

물러나겠습니다.

최연숙 (둥! 놀란) 대행님!

박동호 … 이길 수 없는 싸움이니까.

무섭도록 무겁게 가라앉은 박동호의 모습에서…

씬 51 도로를 달리는 정수진의 차 안 ·· 낮

정수진과 이만길이 뒤에 앉아 있다.

이만길, 핸드폰 통화 중이다. 놀란 얼굴로 "네. 네." 하고는 끊는다.

이만길 (다급한) 박동호 대행이 긴급 기자 회견을 한답니다. 사퇴를 발표할 거라고 합니다.

정수진 (고개 가로젓는) 불가능한 꿈을 꾸는 사람이야. 언젠가 물러나겠지. 지금은 그럴 사람 아니야.

이만길 국무총리 공관에서 이삿짐이 나가고 있다고 합니다.

정수진 (그 말에 멈칫)

이만길 의원님. 청와대가 비었습니다. 새로운 주인을 기다리고 있습니다.

정수진, 설마 하는 마음과 혹시… 하는 기대가 뒤섞인 얼굴에서…

씬 52 청와대 춘추관 복도 ·· 낮

박동호의 옆을 따라 걷는 서정연, 출입문 앞에 선다.

서정연 (걱정스러운) 힘든 시간이 되실 겁니다. 왜 항상 힘든 길을 선택하는 겁니까?

박동호 (농담처럼) 쉬운 길에는 사람이 너무 많아서. (하다가) 아니. 사람 같지 않은 것들이 많아서…

박동호, 브리핑룸으로 들어서는 데서…

씬 53 청와대 춘추관 브리핑룸 ·· 낮

터지는 카메라 플래시들. 박동호, 연단 앞에 선다.

박동호 저는 국무총리의 직과 대통령 권한대행의 자리를 내려놓으려 합니다.

기자들 (웅성거리는)

박동호 국가적 혼란의 시기에 소임을 다하지 못하고 물러나는 것, 죄송스럽게 생각합니다. 저는 더 큰 꿈을 향해 걸음을 내딛겠습니다. (좌중을 일별하고는) 저 박동호는 차기 대통령 선거에 출마할 것을 선언합니다.

기자들 사이에 낮은 탄성이 터진다. 뜻밖의 발표인 것.
그 단호한 박동호의 얼굴 위로 인서트되는.

// 인서트. 청와대 대통령 집무실. 3부 씬 50의 연결 느낌

박동호 … 이길 수 없는 싸움이니까.

최연숙 (안타깝게 보는데)

박동호 (일어나며, 단호한) 전선을 바꾸겠습니다. 제가 싸울 새로운 전선은 대통령 선거입니다.

박동호 어둠은 빛을 이길 수 없다는 말이 있습니다. 하지만 이 나라에 빛은 없습니다. 어둠이 더 짙은 어둠에 맞서며 스스로 빛을 참칭하고 있을 뿐입니다.

// 인서트. 청와대 대통령 집무실. 3부 씬 50의 연결 느낌

최연숙 정수진의 당내 지지율 65%. 대행님은 6%, 이길 수 있나요?

박동호 (악수를 권하듯, 손을 내미는) 혼자서는 이길 수 없습니다.

최연숙 (결심한) 세상을 뒤엎을 시간을 달라 했던 그 순간 이후, 박동호 대행이 혼자였던 적은 없습니다.

최연숙, 박동호의 손을 굳건하게 잡고 악수를 한다.

박동호 저는 왼쪽의 어둠을 걷어 내고, 오른쪽의 어둠을 부수고, 새로운 빛을 만들겠습니다. 저 박동호는 오늘 밤 청와대를 떠납니다.

박동호, 주변을 일별한다.

기자들도 뜻밖의 상황에 긴장한 듯 침묵으로 보고 있다.

박동호 (선언하듯) 국민의 선택을 받은 대통령이 되어 다시 돌아오겠습니다. 반드시.

그 박동호의 루비콘을 건너는 단호한 결단의 모습에서. 끝.

4부

씬 1 방송국 앞 ·· 낮

후보들이 탄 차량들이 하나씩 도착하고 있다.
수십 명의 기자들, 후보가 내릴 때마다 마이크를 들이대고 있다. 곳곳에 각 후보의 지지자들이 피켓을 들고 구호를 외치는 등 소란스러운 분위기다.

기자1 (일각에 서서, 멘트를 따고 있는) 대한국민당 경선 티비 토론이 열리는 NTV 방송국 앞에는 각 후보의 지지자들이 이른 아침부터 열띤 신경전을 벌이고 있습니다. 최종 경선에 진출할 세 명의 후보를 선출하는 1차 경선의 열기가 점점 뜨거워지고 있습니다.

저만치 도착하는 차량에서 내리는 박창식.
기자들이 달려가 마이크를 들이댄다.

박창식 (지지자들의 환호에 손을 흔들어 보이고는) 제가 당선되면요, 그건 박창식 정권이 아니라, 장일준 정권 2기가 될 겁니다. 장일준 대통령이 닦아 놓은 길, 벗어나지 않고 똑바로 걸어가는 게 제 역할입니다.

씬 2 도로를 달리는 정수진의 차 안 ·· 낮

정수진과 이만길이 뒷좌석에 앉아 있다. 저만치 방송국 건물이 보인다.

이만길 모든 후보들이 장일준 대통령과의 인연을 강조하고 있습니다. 임기 초반, 대통령 탄핵을 주장했던 이동훈 의원도…

// 인서트. 방송국 앞. 기자들 앞에 선 후보1

후보1 (비장한) 장일준이 못다 이룬 꿈. 제가 현실로 만들겠습니다.

이만길 대통령은 정치적 저능아라며 막말을 일삼던 오진철 시장도…

// 인서트. 방송국 앞. 기자들 앞에 선 후보2

후보2 (처연한) 장일준 대통령은 저의 정치적 스승이셨습니다.

이만길 (어이없다는 듯 픽. 실소 보이고는) 이번 선거는 장일준 대통령 추모 선거입니다. 인연만 강조해도 기본 지지율이 나오는 상황입니다.

정수진 (토론 자료 들춰 보고 있는)

이만길 박동호도 대통령과의 인연을 강조할 겁니다. 10년 동안 모셨으니. 지지자들에게 동정표를 호소하는 전략이라도 (하는데)

정수진 (OL) 질문을 해야지. (이만길을 보며) 대답할 수 없는 질문!

그 정수진의 얼굴 위로 선행되는.

정수진(소리) 박동호 후보님께 묻겠습니다.

씬 3 방송국 스튜디오 · · 낮

사회자와 여덟 명의 후보가 있는 스튜디오. 토론이 진행 중이다.

정수진 검찰은 불확실한 루머로 대통령의 가족을 도륙했습니다. 그 아들 장현수 씨를 강압적으로 수사했고, 영부인에겐 기소권을 무기로 협박했습니다. 이 모든 만행을 주도한 검찰주의자 이장석을 파면하는 것은 검찰 개혁의 첫걸음입니다.

박동호 (묵묵히 보고 있는)

정수진 (보며) 저희가 준비한 이장석 검사장 파면 건의안. 서명하시겠습니까?

당당하게 바라보는 정수진의 얼굴 위로 인서트되는.

// 인서트. 달리는 정수진의 차 안. 씬 2의 후반부 연결 느낌

정수진 파면에 동의하면, 검찰의 강압 수사를 인정하는 것.

이만길 동의하지 않으면, 대통령 가족을 능멸한 검찰의 편을 드는 것이 될 거구요. (미소로) 박동호는 여기까지네요.

정수진 (본다. 차가 방송국 앞에 도착했다. 몰려드는 지지자들이 창밖으로 보인다.) 보여 주자. 장일준의 후계자가 누구인지.

열광하는 지지자들에게 손을 흔드는 정수진의 모습이 짧게 보이다가…

정수진 (침묵을 지키는 박동호를 보며) 박동호 후보님. 검찰 개혁에 동의하지 않는 겁니까?

박동호 (차분한) 저는 개혁을 개혁하겠습니다.

정수진 (? 무슨 말인가 해서 보는)

박동호 대통령 취임식을 마치고 청와대에 들어가는 즉시, 국가의 모든 수사 역량을 동원, 사모펀드 재수사를 지시하겠습니다.

정수진 (둥!!! 뜻밖의 반응이다.)

박동호 대통령의 아들 장현수 씨의 연루 의혹을 끝까지 파헤치고 (하는데)

정수진 (OL) 대통령 가족에 대한 모욕입니다. 이미 근거 없는 루머라고 (하는데)

박동호 (OL) 수사는 검찰이 합니다. 판단은 법원이 하겠죠.

팽팽하게 바라보는 박동호와 정수진.

정수진 … 돌아가신 분의 명예를 더럽히겠다는 말입니까?

박동호 (단호한) 죽음이 면죄부가 되어선 안 되니까.

정수진 박동호 후보님!!!!

박동호 (단호한 얼굴로 보고 있는)

정수진 … 장일준 대통령은 대한국민당의 상징이며, 개혁의 심장과도 같은 분입니다. 그런 분을 건드리는 건 (하는데)

박동호 (OL, 단호한) 전직 대통령을 성역화 하는 건, 살아남은 자들의 유산 싸움 아닙니까?

정수진 …

박동호 (후보들을 둘러보며) 그 유산, 여러분들이 사이좋게 나눠서 가지세요.

정수진 …

박동호 (단호한) 저는 장일준이 남긴 부채를, 감당해 보겠습니다.

그 단호한 박동호의 얼굴에서 서서히 암전. 타이틀 오른다. 돌풍 제4화.

씬 4 정수진 의원실 + 교도소 특별 면회실 ·· 낮

화면 밝아지면, 의원실의 정수진, 면회실의 강상운, 노트북의 웹캠으로 대화 중이다. 강상운의 탁자 앞에는 드립기구로 커피가 여과되고 있다.

정수진 (일정표를 체크하며, 귀찮은 투로) 기다려 줘. 조금만 더.

강상운 (조르르 여과되는 커피를 보며) 기다리고 있다. 내란죄로 취조당해도 아무 말도 못 해. 대통령 시해범으로 닦달당해도 묵비권을 행사하고 있어. 무기 징역? 사형? 내가 기다릴 게 참 많네. (마지막 방울이 떨어지자, 커피 잔을 들고 향을 맡으며) 이만큼 기다렸음 냄새라도 맡게 해 줘야지. 언제 나갈 수 있는지.

정수진 (달래야 함을 느끼곤, 웹캠을 보며, 차분한) 상운 씨

강상운 내일은 검찰청 커피 맛 좀 봐야겠다. 검찰에 가서 장일준이 왜 쓰러졌는지 박동호가 무슨 짓을 했는지 다 (하는데)

정수진 (차분한, OL) 그렇게 해. 사모펀드 발설하면 나도 감옥에서 보겠네. 거기서 만나면 많이 가르쳐 줘. 선배잖아.

강상운 (커피 잔을 양손으로 안 듯이 꼬옥 감싸 만지며) 수진아. 나. 살아야겠다.

정수진 (차분한) 좋은 생각이야. 회장님 의견은 어때?

그 말에 멈칫하는 강상운. 그 강상운의 모습 위로 짧게 플래시되는.

// 플래시. 2부 씬 41 교도소 특별 면회실

강 회장 명심해라. 나한테는 그룹을 물려줄 아들이 둘이나 더 있어.

정수진 당신 몸에 종양보다, 그룹에 난 생채기를 못 견디는 분인데.
상진이 많이 컸더라. 동생이 회장실에 앉은 모습 보고 싶진 않을 텐데.

강상운 …

정수진 상운 씨가 나와서 대진그룹을 손에 넣는 길은 하나.

강상운 …

정수진 내가 청와대의 주인이 되는 것뿐.

강상운, 들끓던 마음이 가라앉고 현실을 다시 인식하고 있다.

강상운 생각 중이다. 널 믿어도 될지.

정수진 생각만 해. 말은 하지 말고.

강상운, 정수진을 본다. 보다가 커피를 들이켠다. 벌컥벌컥…

강상운 (쓰다. 인상을 찌푸리며) 박동호는?

정수진 자주 보게 될 거야. 운동 시간이든, 면회 오가는 복도에서든.

강상운 (보는)

정수진 박동호 그 사람. 상운 씨가 있는 곳으로 보내 줄게.

정수진, 마치 아무렇지도 않은 말을 뱉은 듯, 담담한 얼굴로 리모컨을 들어 티비를 켠다. 티비에서 나오는 뉴스.

앵커 (티비 화면의) 서울중앙지검 정필규 4차장검사는 오늘 오후 긴급 브리핑을 갖고, 대한국민당 박동호 후보의 뇌물 수수 사건에 대한 추가 조사를 진행 중이라고 밝혔습니다.

정필규 (티비 화면의, 단상에 선) 장일준 전 대통령의 불행한 사태로 중단된 수사를 진행하는 것뿐. 정치적 의도는 없습니다.

기자1 (티비 화면의) 선거에 영향을 미치려는 의도라는 분석도 있습니다.

정필규 (미소로) 그… 참… 선거는 면죄부가 될 수 있습니까?

씬 5 박동호 선거 캠프 복도 · · 낮

선거 포스터가 붙은 복도를 다급하게 걸어가는 서정연. 다가오는 남1.

남1 (따라 걸으며) 상황실장님. NTV 인터뷰 요청이 왔습니다.

서정연 정리된 메시지가 나오기 전까지 캠프 인원 모두 언론 접촉 중단하세요.

더욱 빠르게 걸어가는 서정연의 모습에서…

씬 6 박동호 선거 캠프 후보실 · · 낮

서정연, 들어오면, 박동호와 최연숙, 소파에 앉아 있다.

서정연 (다급한) TBC에서는 추가 보도를 위한 심층 취재팀까지 가동하고 있습니다. 수사 정보가 시간 단위로 언론에 유출되고 있습니다. 검찰 쪽 소스는 서울지검 정필규 4차장입니다.

박동호 정필규…

최연숙 정수진과 사촌 관계예요. 한직을 떠돌다가 정수진이 중앙지검에 세팅한 인물이죠.

서정연 (소파에 앉으며, 답답한) 가상화폐 거래소 뇌물 수수는 그들이 조작한 사건입니다.

박동호 그 때문에 난 구속 직전까지 갔었어.

그 박동호의 얼굴 위로 플래시되는.

// 플래시. 1부 씬 1 청와대 뒷문 근처 도로

황폐한 얼굴의 박동호가 본다. 내리는 비 사이로 보이는 청와대의 모습을.

라디오(뉴스) 박동호 총리는 가상화폐 거래소 대표 최 모 씨로부터 세무 조사를 무마해 달라는 명목으로 수억 원의 금품을 수수한 혐의를 받고 있습니다.

박동호 구속 전날 해서는 안 될 일을 했었고.

그 박동호의 얼굴 위로 플래시되는.

// 플래시. 1부 씬 5 청와대 대통령 집무실

대통령, 자리에서 벌떡 일어난다. 심장이 찢어지는 듯한 고통에 한 손으로는 심장을 잡고, 한 손은 도와 달라는 듯 최연숙에게 내밀고 있다.

최연숙 오래전, 꺼진 불씨를 다시 살릴 정도로 정수진 쪽이 다급하단 뜻이겠죠.

서정연 (답답한) 이장석 검사장이 커버해 주겠지만… 경선 기간 내내 공격당할 겁니다.

박동호 진실은 이게 문제야. 너무 늦게 드러나거든.

서정연 (답답한) 정필규 차장이 최 대표와 거래를 시도하고 있을 거예요.

// 인서트. 서울지검 취조실

정필규와 죄수복의 최 대표가 마주 앉아 있다.

정필규 요샌 이놈이나 저놈이나 메일을 보내니까 어유, 삭막해. 우린 사람 냄새 나게 손편지 하나 씁시다. 좋은 기자 한 분 소개해 드리지. (최 대표가 고개 숙인 채 말이 없자) 내가 살아야 니가 살지요오오.

박동호 (담담하게) 기태를 보내면서 배운 게 있어. 누명은 말 한 마디로 충분하지만, 무죄를 입증하는 건 천 마디 말로도 부족하단 거. 그리고 또 하나.

서정연 (보는)

박동호 거짓을 이기는 건 진실이 아니야.

최연숙 (보는)

박동호 더 큰 거짓말이지.

뭔가 계획이 있는 듯한 박동호의 여유 있는 모습에서…

씬 7 몽타주 ·· 낮

// 달리는 정수진의 차 안. 태블릿으로 정수진이 뉴스를 보고 있다.

앵커 구속 중인 가상화폐 거래소 최 모 대표가 대종일보에 보낸 자필 편지가 입수됐습니다. 최 대표는 세무 조사 면제를 조건으로 박동호 후보에게 총리 시절 10억의 금품을 제공한 사실을 인정했습니다.

정수진, 만족스러운 미소를 보이는 모습에서…

// 어느 작은 식당

앵커 자필 편지에는 금품을 제공한 날짜, 장소 등이 기재되어 있어, 박동호 후보에 대한 직접 수사가 불가피한 것으로 보입니다.

시민들, "이놈이나 저놈이나.", "저딴 놈이 감히 장일준 대통령을 비판해?", "싹 다 집어넣어야 돼." 등의 말을 내뱉는 격앙된 분위기에서…

// 박동호 선거 캠프 후보실

묵음의 티비 화면 '박동호 범죄 혐의 구체적 적시'라는 자막이 보인다. 박동호의 앞에 최연숙과 서정연이 서 있다.

박동호 (결연한) 우리 세 사람. 아주 오랫동안 오늘을 기억하게 될 겁니다.

// 최연숙, 복도를 결연한 얼굴로 걸어가고 있다. 그 위로.

박동호(소리) 저는 승리의 날로 기억하고 싶습니다.

// 서정연, 로비를 또각또각 걷고 있다. 그 단호한 얼굴 위로.

박동호(소리) 정수진에겐 오늘이 악몽의 날이 될 겁니다.

씬 8 도로를 달리는 정수진의 차 안 ·· 낮

뒷좌석에 앉은 정수진과 이만길.

이만길 파주 출판단지 현장에 영부인이 오실 겁니다. 대통령 회고록 출간 협의차 오셨다가 우연히 만나는 걸로 세팅했습니다. 장일준 지지 그룹 중, 이탈 표를 결집시킬 수 있을 겁니다.

정수진 영부인 마케팅은 두 번 정도 더 준비해. 경선 끝날 때쯤 한 번, 그리고 (하는데)

진동으로 오는 정필규의 문자. 정수진, 문자를 확인한다. 둥!!!

문자 내용. '수진아, 이장석이 사건을 공수처로 이첩시켰다.'

뭔가 불길한 느낌에 찌푸려지는 정수진의 모습에서…

씬 9 도로를 달리는 박동호의 차 + 서울중앙지검장실 ·· 낮

박동호와 이장석이 핸드폰 통화 중이다.

박동호 어려운 결정인 거 안다. 검사장이 검찰을 못 믿고 사건을 공수처로 보내는 거.

이장석 고맙다는 인사는 결과로 받을게.

박동호 (고마운 마음에, 친근한 기분에, 자신도 모르게 픽… 기분 좋은 미소가 보이는)

이장석 (걱정스러운) 이중권 공수처장은 박창식 후보 라인이야. 거기서도 사건을 키울 거야. 너 덫에 걸릴지도 몰라.

박동호 어차피 걸릴 덫. 빨리 걸리려고.

이장석 (? 의미를 알지 못하는)

박동호 장석아. 나 지금 공수처에 간다.

씬 10 공수처 앞 ·· 낮

차량이 도착하고 내리는 박동호. 대기하던 기자들의 카메라 플래시가 터진다. 박동호, 웅장한 공수처를 올려다보는 그 당당한 모습에서…

씬 11 박창식 선거 캠프 후보실 ·· 낮

벽에 선거 포스터가 붙어 있고, 최연숙과 박창식이 소파에 앉아 있다. 비서가 차 두 잔을 들고 와, 각각의 앞에 한 잔씩 내려놓는다.

최연숙 (비서에게) 차 한 잔 더 부탁해도 될까요?

비서 (? 하다가, 예를 표하고 나가는)

박창식 (소파 상석에 깊숙이 앉아) 범의 아가리에 제 발로 들어간 놈이 왜 범의 주인을 만나라 했을꼬?

최연숙 (차분하게 보며) 수십 년 다져 온 지역구까지 물려주고, 초선 의원으로 만들어 주신 분이니, 그 정치 생명, 후보님께 맡긴다는 뜻, 아닐까요?

박창식 (픽, 가당찮다는 실소 보이곤) 청와대로 업고 가겠다던 놈이 탈상도 하기 전에 출마 선언을 했어. 박동호 그놈과는 더 이상 (하는데)

최연숙 (OL, 차분한) 협상은 믿을 수 있는 사람이 아니라. 필요한 사람과 하는 거. 아닌가요?

비서, 들어와 차 한 잔을 더 내려놓곤 나간다.

최연숙, 찻잔을 들어 자신의 앞에 놓인 찻잔에 조금씩 따른다.

최연숙 1차 경선은 당원 투표로 이뤄지죠. 정수진은 장일준 세력의 지지를 받고 있어요. 아마 이만큼.

박창식 (본다. 4/5만큼 찬 상대의 잔을)

최연숙 박창식 후보님은 전통적 당원들의 지지가 있어요. (박창식의 잔을 보며) 아마 그 정도.

박창식 (본다. 3/5만큼 찬 자신의 잔을)

최연숙 (따르던 잔을 들어 보이며) 박동호 후보에겐 반 장일준 당원들의 표가 있어요.

박창식 (의도를 안다. 생각에 잠겨 본다.)

최연숙 (잔을 살짝 흔들어 보이며, 차분한) 저희가 드릴 순 없지만, 후보님이 가져갈 기회는 생기겠죠.

최연숙, 잔을 들고 일어나 박창식에게 다가간다.

박창식 … 박동호가 버티고 있어야 나한테 기회가 생긴다?

최연숙 (잔 속의 차를 박창식의 찻잔에 따르며) 80년대 어느 분의 대선 전략이었던 거 같은데. 3자 필승론!!

박창식이 본다. 자신의 앞에 더 가득 찬 잔을…

씬 12 공수처 취조실 · 낮

박동호와 이중권(공수처장), 탁자를 두고 마주 보고 앉아 있다.

이중권 (의도를 가늠하는 투로) 특수부 검사로 10년. 검찰의 에이스 출신인 대단하신 분을 경험도 부족한 우리 애들이 감당할 수 있을지.

박동호 당뇨로 불편하고 고지혈증으로 피곤하신 분. 오래 잡고 있을 수 있나? 간단하게 끝냅시다.

이중권 …

박동호 최 대표가 편지에 쓴 11월 12일. 내가 10억을 받았다고 주장하는 그 시간. 나는 삼청동에 있는, 대통령 안가에 있었습니다.

이중권 (의도를 알겠다는 듯, 속아 주기 곤란하다는 듯, 이마를 살짝 긁고는) 죽은 자는 말이 없죠. 돌아가신 분은 알리바이가 될 수 없고.

박동호 (고개 가로젓고는) 그날 저와 식사를 한 사람은, (보며) 정수진입니다.

이중권 (뜻밖의 말에 멈칫해서 보는데)

박동호 (단호한) 정수진이 저의 알리바이입니다.

박동호의 그 단호한 모습에서…

씬 13 파주 출판단지 도로 ·· 낮

주변을 둘러싼 지지자들의 환호. 정수진, 영부인과 함께 걸어가며 지지자들의 손을 잡아 주고 있다. 지지자와 셀카를 찍으며 미소 짓던 정수진의 눈에 보인다. 저만치에서 다급하게 달려오는 이만길의 모습이.

// 시간 경과

저만치 영부인이 지지자들에 둘러싸여 있다.
조금 떨어진 일각. 정수진과 이만길이 심각한 얼굴로 서 있다.

이만길 총리실 일정도 확인하고, 박동호 개인 스케줄도 파악했습니다. 알리바이가 불가능한 날짜로 선택했는데…

그 심각한 이만길의 얼굴 위로 인서트되는.

// 인서트. 서울지검 취조실. 4부 씬 6 인서트의 연결 느낌

최 대표가 손편지를 쓰고 있고, 맞은편에 정필규가 땅콩을 먹으며 코치하고 있다.

정필규 날짜는 11월 19일. 그렇지. 필체 좋으시네.

이만길 (신문 내밀며) 편지에 날짜가 변경되어 있습니다.

정수진, 신문을 보며, 거의 전면에 가깝게 실린 자필 편지. 거기 붉은 펜으로 표시되어 있는 날짜. '11월 12일'이다.

정수진 (불길한 기분에) 이날은… (하는데)

정수진의 핸드폰이 진동으로 울린다. 받는다.

정수진 (통화 중인) 정수진입니다.
서정연(F) 박동호 캠프 상황실장 서정연입니다. 웃는 게 좋겠어요. 보는 눈도 많은데.

정수진, 그 말에 둘러본다.
저만치 서 있는 서정연이 고개 까딱하며 인사하는 모습에서…

씬 14 공수처 취조실 · · 낮

이중권, 믿을 수도, 믿지 않을 수도 없는, 곤란한 얼굴로 서 있다.

박동호 (앉은 채) 쉬운 일, 어렵게도 하시네.
이중권 …
박동호 내 알리바이를 믿을 수 없다면, 11월 12일 정수진의 일정, 확인해 보세요.

이중권 …

박동호 (미소로) 어서요.

여유 있게 바라보는 박동호의 모습에서…

씬 15 파주 출판단지 어느 사무실 ·· 낮

정수진과 서정연이 마주 서 있고, 이만길이 저만치 서 있다.

정수진 (미소 지으며, 여유 있게 보이려 하며) 서기태 의원 빈소에서 본 기억이 나요. 하나뿐인 동생이랬나. 그 일은 유감이에요.

서정연 (미소 지으며, 담담하게) 사과하지 마세요. 용서받을 수 없는 일인데.

정수진, 본다. 만만치 않다. 텐션 어린 미소로 마주 보는 두 여자.

서정연 오빠가 남긴 자료가 있어요. 그쪽 남편 한민호가 어떻게 사모펀드를 시작했는지… 그리고… 11월 12일. 무슨 일이 있었는지.

그 말에 눈빛이 잠시 흔들리는 정수진의 모습 위로 인서트되는.

// 인서트. 어느 일식집 밀실 (밤)

정수진, 강상운, 한민호가 앉아 있다.

강상운 대통령을 만났으면 합니다. 내가 청와대로 가도 좋고. 그분이 찾아오면 땡큐고.

정수진 기업인과 개인적 만남은 가지지 않는 게 현 정부 방침이에요.

강상운 (미소로) 어떡하지? 계산은 벌써 끝났는데.

둥! 그 말에 정수진, 옆에 앉은 한민호를 본다.

한민호, 고개를 반쯤 숙인 채 정수진을 보며 고개를 끄덕여 보인다.

강상운 (술잔 들며) 쯔쯔… 이래서 부부 사이에 대화가 필요하다니까. (술잔 들이켜는)

한민호를 분노와 원망의 눈으로 보는 정수진의 모습에서…

서정연 그쪽이 지핀 불. 이쯤에서 끄지 않으면, 공수처가 나설 거예요. 이번엔 밝혀질까. 11월 12일 그날부터 시작된 일.

정수진 …

서정연 참. 최연숙 선대위원장. 지금 박창식 후보를 만나고 있어요.

그 말에 정수진의 미간이 찌푸려지는 모습에서…

씬 16 박창식 선거 캠프 후보실 ·· 낮

박창식 최 대폰가. 그놈이 쓴 자필 편지로 박동호는 누더기가 됐어. 진흙탕 빠진 놈을 공수처가 풀어 줄 수가 있나?

최연숙 (차분하게 보며) 명분은 저희가 준비했습니다.

그 담담한 최연숙의 모습에서…

씬 17 파주 출판단지 어느 사무실 ·· 낮

정수진, 창가에 서서 창밖으로 보이는 영부인과 지지자들의 모습을 보고 있다. 서정연은 이미 나간 듯 보이지 않는다.

이만길 후보님…

정수진 (말없이 생각에 잠겨 창밖을 보고 있는)

이만길 어떻게 하실 겁니까?

정수진, 생각을 마친 듯, 문을 열고 나가는 모습에서…

씬 18 파주 출판단지 어느 사무실 앞 ·· 낮

정수진이 나오자, 대기하고 있던 기자들이 마이크를 들고 모여든다.

정수진 (호흡을 가다듬곤) 11월 12일 저녁. 삼청동 안가에서 박동호 당시 총리와 식사를 하고, 늦은 밤까지 국정 운영에 관해 논의한 것은, 사실입니다.

기자2 최 대표의 자필 편지는 거짓이란 말입니까?

정수진 최 대표라는 분. 사기, 배임, 횡령, 전과가 3범인 사람 아닌가요?

씬 19 박창식 선거 캠프 후보실 ·· 낮

정수진 (티비 화면의, 대사 이어지는) 이번 일은, 사기꾼의 말을 팩트 체크 없이 받아 적은 언론이 자성해야 할 문제입니다.

박창식, 전화를 건다. 상대가 받았다.

박창식 박동호 그 자식. 깨끗하게 씻겨서 내보내.

만족스러운 얼굴이 되는 최연숙의 모습에서…

씬 20 공수처 취조실 ·· 낮

이중권 (통화 중인) 알겠습니다. (하고 끊는)

박동호 과녁을 정하는 윗분 말씀. 잘 따르셔야죠. (하며 일어나는)

이중권 (따라 일어나며) 이거 이거, 정수진이 놓은 덫도 다 피하시고…

박동호, 그 말에 여유 있게 바라보는 모습 위로 인서트되는.

// 인서트. 교도소 특별 면회실

탁자를 사이에 두고 마주 앉은 서정연과 최 대표.

서정연 내일 언론에 보낼 편지. 날짜만 고쳐 주세요.

최대표 (난감하게 보는)

서정연 오빠하고 30년 우정. 조의금으로 생각할게요.

최대표 (그 말에 어쩔 수 없다는 듯, 고개 끄덕이는 모습에서)

이중권 정치판에 첨 들어와 걸음마 할 때가 엊그제 같은데…

박동호 (픽, 미소 보이며, 이중권의 어깨를 가볍게 두드리며) 지면서 배운 겁니다. 이기는 법을.

씬 21 도로를 달리는 정수진의 차 안 ‥ 밤

정수진, 태블릿으로 뉴스를 보고 있다.

박동호 (뉴스 화면의) 치열한 경선 중에도, 자신의 유불리를 따지지 않고, 진실을 말해 준 정수진 후보에게, 진심으로 감사의 말을 드리고 싶습니다.

화면 속, 박동호의 미소 짓는 모습을 참담한 얼굴로 보는 정수진.
그때 옆에 앉은 이만길이 핸드폰을 내민다.

이만길 (곤란한) 후보님… 남산 c&c에서 연락입니다.

정수진, 불길하다. 그 굳어지는 얼굴에서…

씬 22 정수진의 자택 거실 ·· 밤

한강의 야경이 보이는 고층 주상 복합 거실.

정수진이 화를 참는 얼굴로 빠르게 들어오자,

소파에 앉아 있던 한민호가 일어난다.

정수진 철운이한테 지분 넘기라고 말한 거. 한참 지났어.

한민호 … 수진아, 남산 c&c는 내가 만들고 키워 온 (하는데)

정수진 (OL) 부탁은 그만할래. (따라 들어온 이만길에게) 남산 c&c 정리해. 어려우면 청산해도 좋아. (하는데)

한민호 정수진!!!!

정수진 (얼굴이 붉으락푸르락해진 한민호를 보는)

한민호 (마지막 자존심을 붙드는 얼굴로) 나. 한민호야.

그 한민호의 얼굴 위로 인서트되는.

// 인서트. 전대협 출범식의 밤

수만 명의 학생들이 수백 개의 깃발 아래 모여 있는 운동장 (자료 화면)

사회자 (선동적인 어투로) 백만 청년학도의 단결의 구심! 구국의 강철대오 전대협! 한민호 의장님을 가열찬 결의로 옹립하겠습니다.

동시에 뜨겁게 연주되는 음악. 수만 명 학생들이 전대협 진군가를 제창한다.

학생들 (자료 화면. 비장한 얼굴로 노래하는)

노래와 함께 연단 위, 의장단이 등장한다. 그 가운데 선 남자. 청년 한민호다. 연단 위에선 문선대(문화선전대)가 노래에 맞춰 군무를 추고 있다.

학생들 (노래 이어지는)

청년 한민호, 연단의 한가운데서, 역사의 중심이 되어 비장하게 오른팔을 흔드는 모습에서…

한민호 부의장, 국장들, 쇠파이프 들고 나 따라다니던 애들까지 빽지 달았어. 정책국 애들은 청와대에서 나라를 움직이고, 조직국 애들은 시장에 도지사에, 하다 못해 구청장이라도 하면서 밥벌이 하고 있어.

정수진 (참담한 기분으로 보는)

한민호 전대협 의장 한민호. 정치판에선 밀려났지만, 아직 살아 있다는 거. 보여 주고 싶다. 수진아.

정수진 (보며, 차분하려 애쓰며) 그래서 강상운을 만났어?

한민호 … (뭐라 대답할 말이 없는)

정수진 (차분하려 애쓰며) 그래서 날 덫으로 끌고 갔니?

한민호 …그… 그건… 박동호 그 자식만 아니었으면 (하는데)

정수진 (낮게, 터지는, OL) 내가!!! 당신이!!! (보다가) 박동호여야 했어.

한민호 (둥! 처음 듣는 정수진의 진짜 속마음이다.)

정수진 (한민호를 참담하게 보며) 부끄럽다. 내 젊은 날이.

그 정수진의 얼굴 위로 인서트되는.

// 인서트. 전대협 출범식의 밤

문선대 중의 한 소녀, 무리 속에서 열심히 군무를 추고 있다.

학생들 (노래 이어지는)

노래의 마무리 순간. 한민호를 옹립하듯 그를 향해 두 팔을 펼치는 문선대. 한 소녀(스무 살의 정수진), 헉헉 거친 숨을 견디며 땀을 흘리면서도 두 팔을 벌리고 한민호를 바라보는 모습. 그 눈빛에 존경과 경외심이 가득하다.

정수진 왜… 이런 사람을… 바라봤을까?

한민호 … 수진아…

정수진 왜… 이런 사람을… 버리지 못할까?

정수진, 처연하게 서 있다. 한강은 흐르고, 야경은 빛나지만, 긴 침묵 속에 서 있는 정수진과 한민호, 그리고 이만길의 모습에서…

씬 23 서기태의 무덤 앞 ·· 낮

박동호, 무덤 앞에 신문을 내려놓는다. 마치 먼저 떠난 친구에게 보고를 하는 듯하다. 그 신문 전면! '대한국민당 1차 경선 결과'라는 제목이 보인다. 그 아래. 정수진, 박창식, 박동호의 사진이 커다랗게 박혀 있다.

서정연 (옆에 선) 최종 경선은 선거인단 투표로 진행됩니다. 정수진은 추모 정서로 바람을 일으킬 거고, 박창식은 조직을 이용할 겁니다.

박동호 (친구의 무덤을 바라보며) 우리도 조직을 이용해야지.

서정연 (? 해서 보며) 수십만의 선거인단을 등록시킬 조직을 가진 정치인은 박창식 후보 말고는… (하다가 뭔가를 깨닫고는 보는)

박동호 (보며, 끄덕이고는) 적벽대전의 공명은 적의 화살을 얻어 승리했다.

// 인서트. 광화문 태극기 집회 현장 (자료 화면)

수만의 군중이 태극기를 흔들고 있다. 그 연단 위에 선 조상천. 조상천, 두 팔을 높이 치켜든다. 열광하는 군중들의 모습 위로.

박동호(소리) 반공의 기수, 태극기 부대의 정신적 지주 조상천.

박동호 나는 신한당 조상천 후보의 화살을 빌려야겠다.

뭔가 계획이 있는 듯, 단호한 박동호의 모습에서…

씬 24 조상천의 집 거실 ·· 밤

조상천, 향을 피우고 있다. 제상이 차려져 있다.

제상 가운데 부친(40대)의 영정이 놓여 있다. 조상천, 술잔을 올리려는데,

다급하게 달려 들어오는 보좌관. 조상천, 불길한 느낌에 돌아보는 데서…

// 시간 경과

조상천과 가족들, 선 채로 거실 일각의 티비를 보고 있다.

앵커 (화면 속의) 신한당 조상천 후보의 부친 조달현 씨가 현재 북한에 생존해 있는 것으로 확인됐습니다.

둥!! 자신도 모르게 입술에 침을 적시는 조상천.

티비 화면은 북한 김정은의 현지 지도 영상으로 바뀐다.

앵커(소리) 7년 전, 북한 김정은 위원장이 자강도 초산군에 위치한 보천 잉어 양식장을 현지 방문한 당시, 조선중앙방송 영상입니다.

그 화면 속. 김정은의 앞에서 눈물 글썽이며 감격에 차서 내미는 손을 고개 숙여 잡는 80대 노인의 모습 위로.

앵커(소리) 화면에 등장하는 양식장 관리소장이 조상천 후보의 부친, 조달현 씨로 확인됐습니다. 조달현 씨는 1978년 서해 백령도 인근에서 조업 중 납북되었습니다. 그동안 사망한 것으로 알려졌으나

조상천, 40대 납북 전의 부친 사진(영정 사진과 같은)과 현재 80대의 부친 사진이 나란히 놓인 티비 화면을, 알 수 없는 표정 속 복잡한 얼굴로 바라보는데, 진동으로 울리는 핸드폰. 조상천, 티비 화면을 보는 채로 받는다.

박동호(F) 박동홉니다.

조상천 (미간이 꿈틀, 박동호의 짓임을 느끼곤) 아따. 이래 큰 선물을 보내 주시고, 이거 고마버서 우짜믄 좋노?

티비 화면 속. 부친의 사진을 바라보는 조상천의 그 모습 위로 선행되는.

청년 조상천(소리) 아버지!!! 아버지!!!!

씬 25 몽타주 ·· 밤 - 모노톤

// 어촌계 통신실

청년 조상천, 무전기 앞에 다급한 얼굴로 서 있고, 그 옆에 선 노인.

노인 니 학비 벌라믄 괴기 몇 마리라도 잡아야 쓰겄다고 이

풍랑에 배를 몰고 나갔는디… 우짜냐… 상천아…

// 밤바다

폭우가 쏟아지고 있고, 풍랑이 거세게 몰아치고 있다. 표류하는 자그마한 배 한 척. 서너 명의 어부들, 들이친 바닷물을 퍼내느라 정신이 없다. 그때 들려오는 요란한 사이렌 소리! 잠시 후 어부들을 향해 화염처럼 쏟아지는 라이트!!!

// 어촌계 통신실

노인1 엔진이 고장나 부렀는디. 조류가 북으로 향하고 있어야. 어째야 쓰까?

청년 (무전기에 대고, 애타게) 아버지!!! 아버지!!!

// 밤바다

다가오는 군함. 비로소 보이는 군함 상단의 깃발. 인공기다.
충격으로 인공기를 바라보는 어부들, 쏟아지는 공포 때문에 아래턱이 덜덜 떨리고 있는 40대 조상천 부친의 모습에서…

씬 26 외곽 한정식집 앞 · · 밤

굳은 얼굴의 조상천이 탄 차가 도착한다. 보좌관이 문을 열어 주자, 차에서 내린다. 한정식집으로 들어가는 조상천의 모습에서…

씬 27 한정식집 밀실 ·· 밤

조상천, 들어와 앉는다. 맞은편에 앉아 있는 박동호, 일어나 맞지도 않고, 앉은 채로 조상천의 잔에 술을 따른다.

조상천 버(벌써) 10년 전인가, 정치판에 곱상한 선비 하나가 들어왔다 캤더이. 고새 잡놈이 다 돼 뿟네.

박동호 (낡은 흑백 사진 한 장 올려서 조상천에게로 내민다.) 부친 조달현 씨. 납북 이후에 북한 정권에 충성한 대가로 1987년. 3대 혁명 붉은 기 훈장을 수여했습니다.

조상천, 사진을 본다. 인민복 차림에 훈장을 패용한 부친의 흑백 사진이다.

박동호 (미소로 보며) 내일 조간에 나갈 겁니다. 선물이 부족하시면 제가 좀 더 준비를 (하는데)

조상천 (OL) 이란다고 내가 흔들릴 거 같나?

박동호 (미소로) 당신과 함께 태극기를 흔들던 분들 마음은 흔들리겠죠.

조상천, 사진을 보다가 술잔을 들이켠다. 후우… 술기운을 뱉어 내고는…

조상천 선물을 고만 받고 싶으믄?

박동호 (담담하게) 대한국민당 최종 경선에서 저를 지지할 선거인단이 필요합니다. 그쪽은 수십만을 조용히 선거인단에 가입시킬 조직력이 있구요.

조상천 (허, 어이없다는 실소 보이곤) 먹이를 묵고 싶으믄, 꼬리를 흔들어야지. 손을 물믄 되겠나?

박동호 (담담하게) 벼랑에서 밀어야 내 손을 잡을 거 아닙니까.

조상천 (술병을 들어 자신의 잔에 따르며) 남의 당 경선에 개입하는 건, 범죄 행위 아이가?

박동호 (담담하게) 공작 수사로 승진하고, 간첩단 사건 조작으로 대검 공안부장까지 지내신 분입니다. 우리, 살아온 대로 (보며) 살아갑시다.

조상천, 술잔을 들이켠다. 박동호를 뚫어져라 쳐다보며…

조상천 니는 내를 잘 아는데, 내는 니를 모르겠네. 이 일을 우짜꼬?

박동호 사자가 사냥을 할 땐 가장 약한 먹잇감을 노리는 법입니다.

조상천 (보는)

박동호 조상천 후보님. 저를 링에 올려 주십시오.

서로를 팽팽하게 바라보는 박동호와 조상천의 모습에서…

씬 28 도로를 달리는 정수진의 차 안 · · 낮

뒷좌석에 정수진과 이만길이 앉아 있다.

이만길 조상천 후보 보수층의 지지가 흔들리고 있습니다.

캠프에서 논평을 준비 중입니다. 부친 문제에 대한 논란을 증폭시킬 (하는데)

정수진 (자료 보며) 흔들지 마.

이만길 (보는)

정수진 조상천이 무너지면 (고개 들어 이만길을 보는) 정수진이어야 하는 이유가 사라지니까.

달리는 자동차. 저만치 방송국 건물이 보인다. 그 위로.

정수진(소리) 오늘 오전 발표된 양자 대결 결과입니다.

씬 29 방송국 스튜디오 · · 낮

티비 토론장 대형 화면에 하나씩 나타나는 양자 대결 결과.

정수진 (화면을 보며) 정수진 52 대 조상천 38, 박창식 40 대 조상천 41, 박동호 31 대 조상천 45.

정수진, 둘러본다. 사회자가 있고, 박동호와 박창식이 근처에 서 있다.

정수진 이번 대선. 압도적 승리를 거둘 수 있는 단 하나의 필승 카드는 바로 저. 정수진뿐입니다. 박동호 후보에게 묻겠습니다. 정의가 지배하는 나라를 만들겠다 하셨죠? (짧은 미소 보이곤) 어떻게 가능할까요? 대선에서 패배한 뒤에.

박동호 (정수진을 똑바로 보며) 제 생각은 (하다가 잠시 말을 멈추곤 물로 목을 축이는 데서)

씬 30 조상천 캠프 후보실 ·· 낮

조상천, 소파에 앉아 심각한 얼굴로 티비 화면을 보고 있다.

박동호 (티비 화면의, 마치 조상천에게 이야기하듯) 제 뜻은 충분히 말씀드렸습니다.

그 모습을 보는 조상천의 얼굴 위로 짧게 플래시되는.

// 플래시. 4부 씬 27 한정식집 밀실

박동호 저를 링에 올려 주십시오.

박동호 (티비 화면의, 마치 조상천에게 이야기하듯) 이제 선택을 기다릴 뿐입니다.

그 모습을 보는 조상천의 얼굴 위로 짧게 플래시되는.

// 플래시. 4부 씬 27 한정식집 밀실

박동호 사자가 사냥을 할 땐 가장 약한 먹잇감을 노리는 법입니다.

티비 화면. 박동호 31 대 조상천 45의 양자 대결 결과가 보인다.

그 화면을 보던 조상천, 인터폰을 누른다.

조상천 (인터폰에 대고) 조직본부장 오라 캐라. 퍼뜩!!!

결단을 내린 듯한 조상천의 모습에서…

씬 31 몽타주 ·· 낮

// 콜센터

벽에 걸린 '선거인단 가입 전화 번호'. 수십 명의 직원이 연달아 울리는 전화를 받으며 응대하고 있다.

// 정수진 의원실

이만길 (정수진 앞에 서서 보고하는) 선거인단 모집은 3일 동안 이뤄집니다. 장일준 대통령 팬클럽과 지지 사이트에 총동원령을 내렸습니다.

// 박창식 선거 캠프 후보실

박창식, 벽에 걸린 대형 화면을 보고 있다. 그 화면. '선거인단 확보 추정치'라는 제목 아래, 박동호 5만, 박창식 15만, 정수진 30만이 그래프로 보여지고 있다.

보좌관 선거인단 모집 첫날 50만 명이 가입했습니다. 박동호 5만, 후보님 15만을 제외한 나머지 30만은 정수진 측 선거인단으로 추정됩니다.

박창식, 망설일 상황이 아니다. 다급하게 일어나는 데서…

씬 32 박동호 선거 캠프 복도 ·· 밤

박창식, 주위 시선을 개의치 않고 저벅저벅 걸어간다. 벽에 걸린 박동호 선거 포스터들. 캠프 요원들이 힐끔거리며 비켜 주고 있다.

씬 33 박동호 선거 캠프 후보실 ·· 밤

박동호, 박창식, 최연숙이 소파에 앉아 있다.
그들 앞에 각각 놓여 있는 찻잔. 박창식, 주머니에서 백지를 꺼내 박동호의 앞에 놓아 준다. 볼펜도 꺼내서 툭 던져 준다.

박창식 써 봐. 청와대 기둥뿌리 빼고는 다 주지.

박동호 (여유 있게 보며) 단일화를 하자는 말씀입니까?

박창식 고생한 식구들 밥벌이도 챙겨 줘야지. (최연숙을 보며) 장관도 좋고, (서 있는 서정연을 보며) 공천도 챙겨 주고.

박동호 (말없이 담담한 얼굴로 보는)

박창식 동호야. 내 물통에 니가 가진 물 한 방울만 보태면 (하는데)

박동호 (OL, 쉽지 않을 거라는) 정수진은 장일준 대통령 추모

바람을 타고 있습니다.

박창식 거, 하루 종일 부는 바람이 있나? 네가 가진 건 물 한 방울이다.

박동호 (보는)

박창식 목마른 놈 나섰을 때 비싸게 팔아라.

박동호, 볼펜을 집어 든다. 박창식, 기대로 보는데,

박동호, 볼펜과 백지를 박창식의 앞으로 밀어 놓는다.

박동호 (여유 있게) 쓰십시오. 청와대 기둥뿌리 빼고는 다 드리겠습니다.

박창식 (미간이 꿈틀하는)

박창식, 박동호의 찻잔을 들어 차를 자신의 잔에 따른다.

가득해진 박창식의 찻잔.

박창식 (보며) 내 잔에 차를 보태 줄 수 있다고 들었는데…

박동호 (흔쾌히 끄덕이고는, 박창식의 잔을 가져와 들고는) 그 찻잔 제가 마셔야겠습니다.

차를 마시는 박동호를 뚫어질 듯 바라보는 박창식.

박창식 무슨 생각이지?

박동호 (찻잔 내려놓고는) 반칙 없는 세상 만들겠다면서요? (농담을 한다는 듯 옅은 미소 보이며) 자기 생각 숨기는 분이,

남의 생각 알려고 하는 거. 반칙 아닙니까?

굳어진 박창식과 여유 있는 박동호의 모습에서…

씬 34 정수진의 자택 침실 ·· 아침

정수진, 옷매무새 만지며 나갈 준비를 하는데,

문이 열리고 다급하게 들어오는 한민호.

한민호 (들뜬, 도움이 되고 싶었던) 전대협 동우회에서 지역 조직 동원하기로 했다. 내가 어제 애들 만나서 (하는데)

정수진 (거울 보는 채로, 틈을 주지 않는) 청와대 비서관, 행정관, 공천, 이번엔 뭘 주겠다 약속했을까?

한민호 (차가운 반응에 멈칫하는)

정수진 (거울 보는 채로) 당신이 진 빚. 당신이 갚아.

한민호 (차가워진 아내를 붙잡으려는 마음으로) 수진아… 난 뭘 하면 되냐?

정수진 (나가며) 오늘 소연이 치과 예약이야. 신경치료 마지막 날이니까 데려다줘.

한민호 (멀어지는 아내를 향해, 애완견이 날 버리지 말라고 부벼대는 비굴함으로) 수진아… 사랑해.

정수진 (OL, 아무렇지도 않게) 알았어.

정수진, 나간다. 닫히는 문.

모멸감으로 일그러지는 한민호의 모습에서…

씬 35 정수진의 자택 거실 ·· 아침

대기하고 있던 이만길, 정수진의 뒤를 따른다.

이만길 선거인단 모집 마지막 날입니다. 11시 영부인 면담 이후 장일준 대통령 관련 행사로만 일정을 잡았습니다. 영부인께는?

정수진 (걸으며) 말씀드렸어. 오늘 눈물 흘리면, 앞으론 웃을 날만 있을 거라고.

씬 36 몽타주 ·· 낮

// 영부인 자택 앞

마중 나온 영부인, 정수진의 손을 잡는데, 눈물이 글썽이더니 이윽고 눈물이 쏟아진다. 근처에 모여 있던 지지자들도 오열하는 모습에서…

// 박창식 선거 캠프 후보실

현황판. '박동호 5만, 박창식 30만, 정수진 60만'.

박창식 (근처에 서 있는 보좌관들에게) 당협 위원장들한테 전화 돌려. 한 놈당 천 명씩 멱살이라도 잡아서 가입시켜. 어서!!!

// 현충원 장일준의 묘소 앞

헌화한 정수진이 고개 숙여 목례를 한다. 어깨가 들썩인다.
울고 있는 것이리라. 그러다 어느 순간, 슬픔을 견디지 못한 듯 주저앉아
고개 숙여 오열하는 정수진의 모습에서…

// 시내 곳곳

서울역, 터미널, 식당 등에서 오열하는 정수진의 티비 화면을 보던
사람들이 눈물 그렁한 얼굴로 핸드폰을 꺼내 선거인단 가입 앱에 들어가고
신청하는 모습이 컷컷컷 보이는 데서…

// 박창식 선거 캠프 후보실

대형 화면. 선거인단 모집 마감 표시가 뜬다.
박동호 7만, 박창식 42만, 정수진 103만이다.
허탈한 얼굴로 소파에 깊숙이 앉은 박창식의 얼굴 위로.

박동호(소리) 08년 경선에서 패배가 확실해지자 가족이
반대한다며 물러났지.

// 박동호 선거 캠프 후보실

박동호 (소파에 앉은) 13년 대선, 18년 대선, 세 번 모두 박창식은
중도 사퇴했어. 패배를 확인하는 걸 두려워하는

사람이지.

서정연 (옆에 앉는) 계획대로 움직일까요?

박동호 (보며, 끄덕이는) 사람이니까. 살아온 대로 살아가겠지.

// 박창식 선거 캠프 후보실

박창식 (오른손을 심장에 대 본다. 살아 있음을 느끼려는 듯. 허탈한 투로, 낮게) 쿵. 쾅. 쿵. 쾅. (허, 헛웃음 짓고는) 산 박창식이 죽은 장일준한테 졌어.

허탈한 얼굴로 소파에 눕듯이 널브러지는 박창식의 모습에서…

씬 37 박동호 선거 캠프 건물 지하 주차장 + 입구 ·· 밤

지하 주차장을 올라와 입구로 진출하는 박동호가 탄 차량.

박동호 (옆 좌석의 서정연에게) 박창식 캠프 계속 모니터해. 이벤트 발생하면 바로 (하다가) 잠시만.

박동호가 바라보는 곳. 건물 현관 근처에서 이장석이 머뭇거리고 있다.
박동호, 위로하려는 친구의 마음을 느낀 듯 미소가 번진다.

씬 38 작은 선술집 ·· 밤

낡은 탁자에 낡은 막걸리 잔, 파전이 놓여 있고,

박동호와 이장석, 낡은 의자에 앉아 있다.

이장석 (막걸리를 따라 주며) 생각 나냐? 너 사법시험 떨어진 날. 여기 와서 마신 거.

박동호 (막걸리병을 받아, 이장석의 잔에 따라 주며) 잊을 수가 있나? (이장석을 보며 장난스러운) 위로주 산다는 놈이 지갑도 안 들고 왔는데. 수석 합격한 놈은 내 기분 살핀다고 말 한 마디 안 하고 (하다가 빈 옆자리를 느끼고는 말을 멈추는)

이장석 (그 마음 아직 못 느끼고) 셋이서 파전 한 장으로 막걸리 한 짝을 다 비웠지. 그 자식. 막걸리를 참 맛나게도 마셨 (하는데)

박동호 (쓸쓸한 미소로, OL) 장석아, 난… 돌아오지 못할 날, 생각 안 할란다.

일순 쓸쓸해지는 분위기.

비어 있는 친구의 자리가 둘의 마음을 누르는 잠시.

이장석 (위로하려는) 들었어. 정수진 쪽 선거인단이 압도적이라고. 넌 최선을 다했어. 당분간 쉬면서 (하는데)

박동호 (미소로) 말했잖아. 기태가 보고 싶었던 세상. 내가 만들 거라고.

이장석 …동호야…

박동호 내가 무너지고… 언젠가 이 자리에 너 혼자 남게 되면…

박동호, 막걸리 잔을 들어 한 잔을 깨끗하게 비운다.

박동호 (미소로) 장석아. 내가 보고 싶었던 세상은… 니가 만들어 주라.

이장석이 본다. 미소 짓고 있지만 비장함이 묻어나는 박동호의 얼굴을.
그때 다급하게 들어오는 서정연.

서정연 (박동호에게) 후보님. 박창식 후보가 경선 중도 사퇴를 발표했습니다!!!

씬 39 박창식 선거 캠프 브리핑장 ‥ 밤

연단에 선 박창식. 수십 명의 기자들이 있다.

박창식 (처연한) 저 박창식은 이 시간부로 대한국민당 최종 경선 후보의 직을 내려 놓겠습니다. 반칙 없는 세상을 국민 여러분과 함께 만들어 가려 했지만, 편법과 반칙이 난무하는 선거 과정에서 깨끗한 정치를 추구하던 저의 이상은 무력하기만 했습니다.

박창식을 향해 터지는 카메라 플래시에서…

씬 40 박창식 선거 캠프 복도 ‥ 밤

긴 복도를 박창식이 홀로 걷고 있다. 그 긴 복도의 끝에 다다랐을 때 울리는 핸드폰. 본다. 발신자 '박동호'다. 통화할 기분도, 통화하고 싶은 상대도 아니다. 박창식, 핸드폰을 끊는다. 그때 맞은편에서 나타나는 최연숙.

최연숙 기다리고 계십니다. 모시겠습니다.

최연숙, 정중하게 바라보는 모습에서…

씬 41 한강변 ‥ 밤

한적한 한강변, 도착한 차에서 최연숙과 박창식이 내린다. 최연숙이 가리키는 곳. 저만치 한강을 바라보며 서 있는 박동호의 뒷모습이 보인다.

(시간 경과)

박창식, 저벅저벅 걸어와 박동호의 옆에 선다.

박창식 (불쾌한 목소리로) 보자! (박동호가 옆을 보자) 얼굴 보자 해서 왔고, 얼굴 봤으니까 이만 (하는데)

박동호 (OL, 담담하게) 후보님이 확보한 선거인단 42만 표. 저에게 주십시오.

박창식 (멈칫. 뜻밖의 말에 보다가, 픽… 실소가 배어 나오는) 아이고. 초상난 집에 와서 급전 빌리는 버르장머린 배우기가 참 힘든데. 용케도 배웠어.

박동호 (박창식을 보며) 대한국민당 당료로 바닥에서 기어 올라오셨습니다. 6선의 의원. 네 번의 최고위원. 두 번의 당 대표를 지내면서 구축한 조직표 42만. 이대로 버릴 겁니까?

박창식 (어이없다는 듯 보며) 뺄셈의 정치만 하더니, 더하기를 잊었군. 둘이 합쳐도 50만이 간당해. 정수진은 100만이 넘어.

박동호 정수진의 100만! 그중에 30만은 저의 화살입니다.

그 말에 둥… 놀라는 박창식의 얼굴 위로 인서트되는.

// 인서트. 공터

박동호의 차와 조상천의 차가 멈춰 있고, 각자 창문을 내린 채 있다.

조상천 30만이 한계야. 더 끌어모으면 저쪽으로 정보가 새뿔끼다.

박동호 모아 주신 화살 요긴하게 쓰겠습니다.

조상천 (이 상황이 불편한 듯 입맛 쩝 다시곤) 니가 살아야, 내가 안 살겄나.

박창식 (격분한) 태극기 부대의 정신적 지주 조상천!!!

박동호 (담담하게) 이기고 싶었습니다.

박창식 (격분한) 충주 간첩단 사건을 조작해서 두 명의 양심수를 사형시킨 사법 살인을 저지른 놈이야.

박동호 (담담하게) 다른 방법이 없었습니다.

박창식 (격분한) 박동호!!! (씩씩거리다가) 아무리 정치가 막장이래도 가지 말아야 할 길이 있어.

박동호, 그 말에 담담하게 본다. 보다가…

박동호 서기태 의원이 무고로 몰릴 때 침묵하신 건, 가야 할 길이어서입니까?

박창식 …

박동호 서기태 의원 사후에 국정 조사를 거부하신 것도 가야 할 길이어서인가요?

박창식 …

박동호 (담담하게) 가르쳐 주세요. 가야 할 길이 뭔지 알고 있으면…

박창식, 씩씩거리는 얼굴로 보고 있다.

박동호 대규모 캠프를 구성하셨습니다. 그분들 일자리 챙겨 드려야죠.

박창식 조상천과 패를 섞은 놈하고는 (하는데)

박동호 (OL, 차분한) 착한 척 마세요. 내 앞에선 안 그래도 됩니다.

박창식 (불끈해서 보는)

박동호 (차분한) 투견장 같은 여의도 바닥에서 속 터놓을 사람 하나쯤은 있는 게 좋잖아요.

박창식 …

박동호 후보님한테 인생을 걸었던 캠프 본부장들은 장관급 자리가 필요할 거고, 실무진들도 밥벌이는 해야죠. 다들 가장인데…

박창식, 머리 아픈 듯 관자놀이를 누르다가 얼굴을 매만지며 마른세수를 한다. 마른세수를 한 뒤의 박창식, 어느새 분노는 사라지고, 차분해진 얼굴이 된다.

박창식 (차분한) 개평은 얼마나 줄 생각이지?

박동호 말씀드렸습니다. 청와대 기둥뿌리 빼고 다 드린다고.

박창식 (본다. 보다가) 너를 믿어도 될지… 생각 중이다.

박동호 (차분한) 지난 몇 달. 돌이켜보세요.

박창식 (? 해서 보는)

박동호 (농담처럼, 미소로) 저를 믿는 게 자신을 믿는 것보다 나을 거 같은데…

승리를 예감한 듯, 여유 있는 미소로 바라보는 박동호의 모습에서…

씬 42 도로를 달리는 정수진의 차 안 ·· 낮

서울의 도로를 달리는 정수진의 차.

차 안. 정수진과 이만길이 뒷좌석에 앉아 있다.

이만길 (들뜬) 압도적 승리가 확실합니다. 공식 대선 후보로서 첫 일정은 (하는데)

정수진 (OL) 장일준 대통령님 묘소를 방문할 거야.

이만길 (뜻밖이라는 듯) 거긴 경선 중에 이미… (하다가) 언론에 일정을 알리겠습니다.

정수진 아니. 혼자 갈게. 후보로서가 아니라.

언뜻 회한이 보이는 정수진의 얼굴 위로 짧게 플래시되는.

// 플래시. 3부 씬 30 국군수도병원 VIP 병실

붉은 손수건이 씌워진 대통령. 거칠어지는 호흡.
그 옆에서 눈물 흘리는 정수진의 모습 짧게.

정수진 (낮은, 처연한) 승리하지 못한다면… 용서받을 수 없을 거야.

차는 전당대회장 앞으로 진입하고 있다.

씬 43 전당대회장 앞 ·· 낮

정수진이 차에서 내리자 열광하는 지지자들. 일부는 장일준과 정수진의 사진 피켓을 들고 "정수진, 정수진"을 외치고 있다.
그에 답례하며 계단을 오르는 정수진의 모습 위로 선행되는.

사회자(소리) 21세기 새로운 대한민국을 열어 가는 희망의 정당,

씬 44 전당대회장 안 ·· 낮

수만의 군중이 모인 전당대회장 안 (자료 화면)

사회자(소리) (대사 이어지는) 대한국민당 대선 후보 선출을 위한 최종 경선 결과를 발표하겠습니다.

연단 위. 박동호와 정수진이 각자의 의자에 앉아 있다.

사회자(소리) 총 선거인단 152만 4321명 중, 투표에 참여한 인원은 121만 5645표. 투표율은 79.74%!

정수진, 여유 있게 안쪽 주머니에서 수락 연설이 적힌 종이를 꺼낸다.

사회자(소리) 기호 1번 정수진 후보 59만 8792표!

둥!!! 순간 멈칫하는 정수진, 믿을 수 없는 숫자다.
자신도 모르게 침이 삼켜지는데…

사회자(소리) 기호 3번 박동호 후보 60만 3475표!! 무효 13378표.

박동호가 오른 주먹을 치켜들며 자리에서 일어난다.

사회자(소리) 대한국민당 대선 후보로 박동호 후보가 선출되었음을 선포합니다!!

동시에 시작되는 장내 축하 음악. 정수진의 손에 쥐고 있던 수락 연설문이 힘없이 바닥으로 떨어진다. 박동호가 다가온다. 정수진이 일어난다.
장내 음악은 박동호의 진군가처럼 들리고, 정수진의 시선에 자신에게 다가오는 박동호는 진격하는 기사의 모습처럼 위압감 있게 느껴진다.
정수진의 앞에 선 박동호. 손을 내민다. 정수진, 아직 믿을 수 없는 얼굴로 손을 내민다. 박동호가 힘차게 정수진의 손을 잡는다. 승리의 박동호와 경악을 감추려 애쓰는 정수진의 모습이 한 화면에 잡히면서… 끝.

5부

씬 1　교도소 앞 ·· 낮

자막 : 10년 전

끼이익. 교도소 철문이 열리고 양복 차림으로 나오는 강상운. 터지는 카메라 플래시들. 강상운, 경호원의 보호를 받으며 차를 향해 걸어간다. 근처에 선 기자, 카메라 앞에서 멘트를 따고 있다.

기자　대진그룹 강상운 전무에 대한 구속 영장이 기각됐습니다. 이로써 검찰의 대진그룹 비자금 수사는 난관에 처했습니다.

씬 2　서울지검 복도 ·· 낮

박동호, 굳은 얼굴로 저벅저벅 걸어간다. 그 모습 위로.

기자(소리)　(이어지는) 검찰은 대진그룹의 비자금 은닉처로 의심되는 해외 조세 피난처와 위장 계열사를 수사해 왔으나, 이번 구속 영장 기각으로 (하는데)

박동호, 문을 열고 사무실로 들어간다. '박동호 검사실' 현판이 보인다.

씬 3　서울지검 박동호 검사실 ·· 낮

박동호, 들어서던 그 기세로 자신의 책상 쪽으로 가며 지시한다.

박동호 구속 영장 재청구할 겁니다. 조세 피난 지역 외 3국에 설립한 (하다가, 주변의 침묵의 분위기에 보면)

수사관1, 박스에 짐을 싸고 있다.

수사관2, 책상 위 집기를 박스에 넣다가 박동호를 본다.

수사관2 인사 명령 떨어졌습니다. 저놈은 원주지청으로, 나는 (허… 어이없다는 듯) 연수원에 가서 교재 정리나 하랍니다.

보복성 좌천이다. 박동호, 두 손으로 책상을 짚고 무력감으로 보는데, 그때 들려오는 티비 뉴스 소리.

강상운 (교도소 앞. 화면 속의) 기업인에 대한 무리한 수사를 막아준 법원에 감사드립니다.

기자1 (화면 속의) 수사팀에 하실 말씀 있으십니까?

강상운 (옷매무새를 바로 하곤, 마치 바로 앞의 박동호에게 말하듯, 미소로) 이번에 큰 교훈을 얻었기를 바랍니다.

박동호, 터질 듯한 분노로 화면 속의 강상운을 바라보는 모습에서…

씬 4 서울지검 부장검사실 · · 낮

소파에 앉은 부장검사 이중권(지금의 공수처장), 손톱을 깎고 있다.

그 앞에 굳은 얼굴로 박동호가 서 있다.

이중권 (손톱을 깎으며, 한심하다는 듯) 검사는 잡고 싶은 사람을 잡는 게 아니야. (깎은 손톱 조각 하나가 박동호의 얼굴에 튀지만, 개의치 않고) 잡을 수 있는 놈을 잡는 거지. (손톱을 갈며) 통영지청에 가서 몇 년 쉬다 와. 낚시도 배우고.

박동호 (굳은 얼굴로, 보며) 차장검사로 승진하신 거. 이번 일 덮은 보답입니까?

이중권 (손톱을 후… 불며) 예의도 좀 배워서 와야겠어.

박동호 덕분에 배웠습니다. 쓰레기를 치우는 데도 힘이 필요하다는 거.

이중권 (그 말에 일어나는, 숨결이 느껴질 정도의 거리에서 보며) 징계위원회를 열 수도 있어. 파면을 원하나?

박동호 (뒤틀리는 얼굴로) 높아지세요. 올라가 보세요.

이중권 (굳어진 얼굴로 보는)

박동호 당신이 어느 자리에 있더라도 내가 더 위에 설 겁니다.

이중권 (어이없다는 듯, 허… 웃는데)

박동호 (날 선, 낮게) 웃어. 곧 울게 될 거니까.

혐오스러운 기생충을 보는 느낌으로 이중권을 보는 박동호의 모습에서…

씬 5 여의도 국회의사당 정문 · · 낮

박동호, 우뚝 선 채로 웅장한 국회의사당 건물을 본다.

불어오는 바람이 박동호의 머리를 헝클이지만, 박동호, 신전 앞에 선 제사장처럼, 결의와 경건함이 보이는 얼굴로 의사당을 바라본다.

이윽고 박동호, 저벅저벅 의사당 안으로 진격하듯 걸어가는 모습에서…

씬 6 장일준 의원실 ·· 낮

문이 벌컥 열리고 들어서는 장일준, 뒤따라 들어오는 정수진.

소파에 앉아 있던 박동호가 일어나 목례한다.

장일준 (미소를 띤 채) 아이고 우리 박 검사. 서초동에서 여의도 오는데 와 이리 오래 걸렸노. 내 식구 하자고 한 기, 어데 보자. 버(벌써) 3년도 넘었제?

소파에 앉는 장일준과 박동호.

탁자에 놓인 신문. 제목이 보인다.

'박동호 검사, 검찰 징계위원회 회부. 파면 확실시'.

박동호 (보며) 대진그룹 비자금을 수사하다가 검사 옷을 벗게 됐습니다. 의원님. 새 옷 한 벌 입혀 주시겠습니까?

장일준 (묵음의 함박웃음으로 박동호를 가리키며) 이래 좋은 옷감이 들어왔는데, 재단하고 가봉은 내한테 맡기거래이.

박동호 국회에 들어가면 대진그룹을 파헤칠 겁니다.

장일준 (끄덕이며) 고름을 놔뚠다고 살이 되겠나? 싹 도려내 뿌자.

박동호 경제계의 반발이 심할 겁니다.

장일준 (엄지로 콧잔등 튕기며 아무것도 아니라는 듯) 니를 건드릴라믄 내를 밟고 지나가야 될 끼다.

박동호 당내에서도 대진그룹과 연관된 의원들이 (하는데)

장일준, 손목시계를 풀며.

장일준 (OL) 윤봉길 의사가 홍구 공원에 폭탄을 던지기 전에 김구 선생하고 시계를 바꿔 찼데이.

박동호 (보는)

장일준 (자신의 손목시계를 이리저리 돌려 보며) 살아온 시간 함께하고, 살아갈 인생. 책임지겠다는 뜻 아이겠나?

박동호 (보는)

장일준 (손목시계를 박동호에게 내밀며) 지금부터는 니가 먼 짓을 하든, 그거는 내 뜻이데이.

장일준의 신뢰감 있는 눈빛을 바라보던 박동호, 자신의 손목시계를 푼다.
서로의 손목시계를 바꿔서 찬다.
박동호가 찬 손목시계의 째깍째깍 움직이는 초침 클로즈업 짧게.

장일준 (기분 좋은) 아따, 해가 와 이리 기노? 날이 져야 축하주를 마실 낀데. 그 전에 여(여기) 사진 한 장 박아 도고. 정 의원.

정수진, 카메라를 들고 다가온다. 박동호와 장일준, 일어나 나란히 선다.
벽에 걸린 태극기 아래 박동호와 장일준이 나란히 선 모습에서 찰칵!!!

씬 7 대선 캠프 박동호 집무실 ·· 낮

박동호, 담담한 얼굴로 소파에 앉아 보고 있는 선거 공보물. 그 표지의 사진.

씬 6의 박동호와 장일준이 함께 찍힌 사진이다. 또 하나의 선거 공보물은 박동호 홀로 찍힌 사진이 표지에 보인다. 둘 중 하나를 선택하라는 시안이 올라온 것이다. 저만치 켜져 있는 티비 뉴스 소리가 들려온다.

앵커(소리) 신한당 조상천 후보는 오늘 오전 중앙선관위 청사 3층에 위치한 접수처에 후보 등록 서류를 제출했습니다. 후보 교체 논란에 휩싸인 대한국민당 박동호 후보는 아직 후보 등록을 하지 않은 것으로 알려졌습니다.

서정연, 다급하게 들어온다.

서정연 (숨을 고르지도 못한 채) 당 대표 권한대행이 후보 등록 서류에… 날인을 거부하고 있습니다.

박동호 (예상하고 있었다는 듯 아무렇지도 않은, 박동호 홀로 찍힌 사진이 표지인 공보물을 가리키며) 이걸로 하지.

서정연 (다급한) 지금… 의원총회가 열리고 있습니다.

박동호, 아무렇지도 않은 얼굴이다.

선택받지 못한, 박동호와 장일준이 찍힌 사진이 표지인 공보물의 가운데를 쭈욱 찢어버리는 박동호의 모습 위로 선행되는…

사회자(소리) 박동호 후보의 사퇴에 대한 표결을 진행하겠습니다.

씬 8　국회 의원총회 장소 ·· 낮

사회자　동의하는 의원님은 기립해 주십시오.

의자에 앉은 100여 명의 국회의원들. 잠시의 침묵과 정적 속에 이윽고 먼저 일어나는 정수진. 그 뒤를 이어 하나씩 둘씩 기립한다.
이윽고 대다수가 기립한 그 모습에서…

씬 9　국회 복도 + 대선 캠프 박동호 집무실 ·· 낮

정수진, 걷고 있고, 그 옆에 몰려들어 따르는 기자들.

기자1　내일이 후보 등록 마감입니다. 후보를 교체하고 새 후보를 선출하기엔 시간이 촉박한데요.
정수진　(걸으며, 단호한) 시간이 없다고 패배를 선택할 순 없어요.
기자2　경선을 통해 선출된 후보를 지지율이 낮다고 교체하는 건 구태라는 의견이 있습니다.
정수진　(멈춰서는) 경선 과정에서 일어난, 부끄러운 거래들이 있습니다.

정수진, 옆의 카메라를 보며.

정수진　(마치 눈앞의 박동호에게 말하듯) 박동호 후보에게 묻겠습니다.

// 집무실의 박동호, 소파에 앉아 티비를 보고 있다.

정수진 (화면 속의, 대사 이어지는) 당신은 한 치의 부끄럼 없이 선출된 후보입니까?

단호한 화면 속의 정수진, 피식 냉소를 보이며 화면을 보는 박동호.
두 사람. 마치 눈앞의 상대를 보는 듯한 모습에서 스틸.
타이틀 오른다. 돌풍 제5화.

씬 10 안기부 취조실 ·· 모노톤

욕조에 물이 받아지고 있다. 포승줄에 묶인 스무 살의 정수진, 바들바들 공포로 떨고 있다. 안기부 요원1, 수도를 잠근다. 조용한 실내.
그제야 들려오는 딸깍딸깍 소리. 정수진, 매직미러 건너편을 본다.
그곳에서 들려오는 소리다. 요원 둘, 정수진을 잡아끌고 가 욕조에 머리를 집어넣는다. 물속. 정수진의 얼굴, 고통으로 몸부림치지만 눌려진 손으로 인해 벗어나지 못하고 있다. 그 고통스러운 스무 살 정수진의 모습에서…

씬 11 정수진의 자택 침실 ·· 아침

헉… 악몽에서 깨어나는 정수진. 얼굴에 식은땀이 흐르고 있다.
침대 옆. 한민호는 아직 잠들어 있다. 정수진, 후우 악몽에서 벗어난 긴 한숨을 내쉬는데… 그때 진동으로 울리는 핸드폰. 발신인 이만길이다.
받는다.

이만길(F) (다급한) 의원님. 박동호가 사라졌습니다.

둥! 놀라는 정수진의 모습에서…

씬 12 정수진의 자택 지하 주차장 ·· 아침

땡! 소리와 함께 엘리베이터가 열리면 다급하게 나오는 정수진.

기다리고 있던 이만길과 함께 차를 향해 걷는다.

이만길 (걸으며) 어제저녁부터 행방을 알 수 없습니다. 당 고문단이 후보 사퇴를 압박하려고 자택을 방문했는데, 귀가하지 않았다고 합니다.

정수진 (걸으며) 선대위에서는?

이만길 (걸으며) 선거 공보물 인쇄를 방금 넘겼습니다. 사퇴 의사는 없는 거 같습니다.

정수진, 그 말에 멈춘다.

이만길 …의원님

정수진 생각 중이야. 박동호의 행방을 알 수 있는 사람이 누군지.

정수진, 이내 판단을 끝낸 듯한 그 얼굴에서…

씬 13 대선 캠프 최연숙 사무실 ·· 낮

선거 벽보가 붙어 있는 사무실 안.

탁자 위의 찻잔을 두고 정수진과 최연숙이 앉아 있다.

정수진 지지율 차이가 20% 이상이에요. 이길 수 없는 선겁니다.

최연숙 (여유 있게 보며) 가치 있는 싸움이라면, 끝까지 해 봐야지.

정수진 당 중앙위원회가 곧 열릴 거예요.

// 인서트. 당 중앙위원회 장소

연단 위. '대한국민당 비상 중앙위원회' 플래카드가 걸려 있고,

사람들이 연단 위의 의자들을 세팅하고 있다. 그 위로.

정수진(소리) 후보 사퇴 발표 즉시, 중앙위 전체 결의가 있을 거예요.

정수진 (대사 이어지는) 경선 차순위인 제가 후보로 선출될 거구요.
출마 서류도 준비돼 있어요.

// 인서트. 정수진 의원실

책상 위. 서류봉투가 보인다. 그 위. 인쇄된 스티커로 붙어 있는 글씨.

'대한국민당 대선 후보 정수진'이라고 붙어 있다. 그 위로.

정수진(소리) 정수진으로 이길 것인가, 박동호로 질 것인가.

정수진 (대사 이어지는) 어려운 선택인가요? (찻잔 들며) 조상천이 대통령인 세상 보고 싶진 않으실 텐데.

최연숙 (담담한, 보며) 울었을까? 아님 웃었을까?

정수진 (찻잔을 든 채 보는. 의미를 알 수 없는)

최연숙 (담담한, 보며) 장일준 대통령을 니 손으로 보내 드렸을 때.

정수진 (둥! 마음에 파도가 친다.)

최연숙 (담담한, 보며) 대통령이 흘린 피. 덕분에 넌 검찰 수사에서 벗어났고.

정수진 (찻잔을 든 손이 미약하게 떨린다. 찻잔을 내려놓는다.)

최연숙 (담담하게 보는)

정수진 (동요를 감추려는 눈으로 보는. 보다가) … 서울시장, 경기도지사, 인천시장, 수도권 광역단체장 공천권 드릴게요. 지역 자치 기반의 시민 민주주의. 오랜 꿈이셨잖아요.

최연숙 (피식, 미소 보이곤) 과거를 숨기는 자가 약속하는 미래. 믿을 수 있을까.

정수진 (그 말에 터지는, 다소 높은) 그래서! (하다가 멈추곤, 차분하려 애쓰며) 믿은 사람이 박동혼가요?

최연숙 (보는)

정수진 (뒤틀린 마음이 표정에 보이는) 아세요? 박동호가 대통령에게 무슨 짓을 했는지. (하는데)

박동호(소리) 제가 대통령님을 시해했습니다.

둥!! 놀라서 보는 정수진.

최연숙이 보이스펜을 들고 있다. 그 위로 플래시되는.

// 플래시. 1부 씬 54 대통령 청와대 집무실

최연숙 (둥!! 놀란, 뜻밖의 자백이다.) 총…리님…

박동호 (담담하게) 이 손으로, 대통령님의 심장을 멈추고 싶었습니다.

최연숙, 보이스펜을 끈다. 정수진, 충격으로 보고 있다.

최연숙 살인을 자백하고 그 운명을 나에게 맡긴 사람. 그래서 믿어.

정수진 (보는. 자신도 모르게 침이 삼켜진다.)

최연숙 장일준이 실패하고 정수진이 벗어난 길. 끝까지 걸어갈 사람이니까.

그 최연숙의 얼굴 위로 짧게 플래시되는.

// 플래시. 1부 씬 54 청와대 대통령 집무실

박동호 (간절하게) 세상을 뒤엎을 시간, 한 달만… 저에게 주시겠습니까?

최연숙 타협은 없을 거야. 대통령의 심장이 멈춘 그날 밤. 최후를 각오했으니까.
박동호도. 그리고 … 나도.

단호한 최연숙의 그 모습에서…

씬 14 몽타주 ·· 낮

// 거리의 전광판

뉴스가 진행 중이다. 지나가는 시민들이 발길을 멈추고 보고 있다.

뉴스 후보 등록 마감일인 오늘 오후. 아직 대한국민당 박동호 후보는 등록을 하지 않은 것으로 확인됐습니다.

// 식당

점심식사를 하는 직장인들이 핸드폰으로 뉴스를 검색하기도 하고, 벽에 걸린 티비의 뉴스를 보기도 한다.

뉴스 대한국민당은 후보 교체를 위한 중앙위원회를 준비하고 있습니다. 앞으로 네 시간이 지나면, 대한국민당은 헌정 사상 초유의 대선 후보 미등록 사태라는 최악의 상황을 맞게 됩니다.

씬 15 한적한 국밥집 ·· 낮

박동호와 서정연이 마주 앉아 있다. 반쯤 비운 국밥이 놓여 있고, 박동호, 식사를 마친 듯 수저를 내려놓는다.

박동호 (둘러보며) 9년 전 첫 대선에 떨어진 날. 대통령하고 나, 새벽부터 마셨다. 여기서. (픽 그때의 기억이 나는 듯, 짧은 미소 보이곤) 안주 하나로 열 병도 넘게 마셨지. 그 양반. 소주를 참 맛나게도 마셨어.

서정연 4년 전. 장일준이 당선됐을 때, 모두가 기대했습니다. 이제 세상이 바뀔 거라고. 그런데…

그 말에 보는 박동호의 얼굴에서 짧게 플래시되는.

// 플래시. 3부 씬 1, 씬 9, 대통령 집무실 장면 편집

박동호 대한민국 대통령의 직에서 물러나 주십시오.

대통령 내를 이길 수 있겠나?

박동호 (똑바로 보며) 이겨야죠. 당신이 만드는 미래가 역사가 되면 안 되니까.

서정연 (안타깝게 보며) 그때 정수진 부총리에게 알리지 않았다면…

그 말에 보는 박동호의 얼굴에서 인서트되는.

// 인서트. 국무총리실 (밤)

박동호와 정수진, 소파에 앉아 있다.

정수진, 서류를 심각한 얼굴로 보고 있다.

박동호 (심각한) 대통령 아들 장현수. 사모펀드 가입으로 수십 배의 이익을 얻었습니다. 그걸 고리로 대통령과 대진그룹 강상운 부회장을 연결해 준 자가 있습니다.

정수진 (그 말에 페이지를 넘기던 손이 잠시 멈췄다가, 다시 페이지를 넘기는)

박동호 (단호한) 그 자를 찾아야 합니다.

정수진 (잠시 생각을 고르고는, 차분하게 박동호를 보며) 이 자료. 제보자가 누구죠?

박동호 (밝히기는 곤란한) … 외부에 공개하기는 아직.

정수진 (낮게 끄덕이곤 일어나는) 팩트 확인해 볼게요. 크로스체크도 해야 되구. 몇 달 걸릴 거예요. (박동호를 보며) 총리님은 날 못 믿는데 난 이 자료를 믿어야 하나요?

박동호 (잠시 보다가, 어쩔 수 없는) 서기태 의원입니다.

정수진, 알겠다는 듯 낮게 고개를 끄덕이는 모습에서.

박동호 (자신도 모르게 탁자 위에 올린 주먹이 세게 쥐어지며) 믿었다. 정수진이 살아온 인생을.

그 박동호의 얼굴 위로 선행되는.

뉴스(소리) 대한국민당 서기태 의원 사무실과 자택에 대한 압수 수색이 오늘 오전 전격 실시됐습니다.

// 인서트. 허름한 국밥집 (낮) 이 씬과 동일 장소

문이 벌컥 열리고 박동호가 들어선다. 저만치 홀로 앉아 국밥을 먹고 있는 서기태에게 저벅저벅 화난 얼굴로 걸어간다.
그사이 식당 안 일각의 티비에선 뉴스가 계속 진행되고 있다.

뉴스(소리) 고교 동창인 가상화폐 거래소 대표에게 거액의 자금을 수수한 혐의를 받고 있는 서기태 의원은 (하는데, 팍! 하고 꺼지는 티비)

근처에 불안한 얼굴로 앞치마를 두르고 있던 서기태의 아내가 리모컨으로 끈 것. 박동호, 서기태의 맞은편에 앉으며.

박동호 이건 정치 보복이야. 사모펀드 사건 더 파고들지 말라는 경고야. 기태야. 재경부에서 조사 중이야. 정수진 부총리가 책임지고 사모펀드 오너 밝히겠다고 했어. 조금만 버티면 (하는데)

서기태 (픽, 실소 보이곤) 검찰에 알아봤다. 정치자금법으로 내 입 막으려는 사람. 이번 공사 설계한 사람. (보며) 정수진 부총리야.

박동호 (둥! 충격으로 보는 데서)

박동호 … 알아야 했는데… 바뀐 건 세상이 아니라, 권력을 잡은 자들이란 걸.

그 박동호의 얼굴 위로 짧게 인서트되는.

// 인서트. 청와대 복도 (밤)

팽팽하게 마주 보며 서 있는 박동호와 정수진.

박동호 (믿어 왔던 세상이 무너지는 것을 버텨 내고 있는 심정으로) 당신을 믿었습니다.

정수진 (보며) 국민들도 믿고 있어요. 장일준 정부는 공정하다고. (간절한) 그 믿음 지켜 주고 싶어요.

박동호 (허, 짧은 헛웃음 보이곤) 공정한 나라, (픽, 실소 보이곤) 정의로운 세상, 이 땅을 천국으로 만들겠다고 약속한 자들이 세상을 지옥으로 만들었어.

서정연 …

박동호 정연아, 미래를 약속하는 자들을 믿지 마라. 어떤 미래가 오든 자신들이 주인이 되려 하는 자들이야.

서정연 (신뢰로) 후보님은 다르실 겁니다.

박동호 (보며) 미래를 포기했으니까.

서정연 (신뢰로 보는)

박동호 박동호가 만든 세상이 오면, (보며) 그 자리에 박동호는 없을 거야.

결연한 각오로 바라보는 박동호의 모습에서.

씬 16 도로를 달리는 정수진의 차 안 ·· 낮

정수진, 차창 밖을 바라보며 깊은 생각에 잠겨 있다.

박동호의 결단과 최연숙의 각오를 넘어설 방법이 없다.

그때 핸드폰 통화를 끝낸 이만길이 당황스러운 얼굴로 바라본다.

이만길 박동호의 행방이 확인됐습니다. 근데… 거기가…

그 말에 서서히 돌아보는 정수진의 모습에서…

씬 17 정수진의 자택 거실 ·· 낮

정수진, 들어오면 소파에 앉아 있던 한민호가 일어나 맞는다.

한민호 수진아…

박동호 (소파 맞은편에 앉은 채) 부군께 좋은 말씀 듣고 있었습니다. 레닌이 담배를 끊은 이유가 (하는데)

정수진 (앞에 서는, OL) 5시 등록 마감이에요. 지금 후보 사퇴를 선언하지 않으면 (하는데)

박동호 (OL, 차분한) 그래서 왔습니다. 이제 시간은 나의 편이니까.

여유 있게 바라보는 박동호의 모습에서.

씬 18 레스토랑 룸 ·· 낮

열 명 정도의 중년, 노년의 사내들이 앉아 있고, 그 가운데 앉은 최연숙. 옆에 서 있는 웨이터.

최연숙 지사님 얼굴이 좋아지셨네요. 시장님은 이번에 손주 보셨죠? 오랜만의 식산데, 제가 대접할게요.

사내1 (불편한) 곧 중앙위원회가 열리는데…

최연숙 (메뉴판을 웨이터에게 건네며) 코스 요리로 주세요. (좌중을 보며) 식사 시간은 두 시간 정도 걸릴 거예요.

사내1 우리가 불참하면 정족수 미달로 중앙위원회는 개최가 불가능합니다.

최연숙 (미소로) 외람되지만, 다음 공천이 힘든 분들 아닌가요?

사내들 (불쾌한 기색이 드러나는. 에헴 헛기침을 하기도 하는)

최연숙 정족수 200명 중의 하나. 여기 열 명 중의 하나. 어느 나무를 선택해야 더 많은 열매를 얻을까요?

사내들 (의미를 아는, 각자 생각하며 잔머리를 굴리는)

최연숙 편하게 식사하세요. 오늘 이 자리. 인연이 인맥이 될 거예요.

미소로 바라보며 사내들을 제압하는 최연숙의 모습에서…

씬 19 정수진의 자택 거실 ·· 낮

정수진, 박동호의 맞은편 소파에 앉는다.

박동호 서기태 의원이 부군과 관련된 사모펀드 첩보를 입수했을 때, 장관직을 제안했다 들었습니다.

정수진 (보는)

박동호 서기태 의원이 떠난 뒤엔 나한테 요구했었죠. 침묵을.

정수진 (보는)

박동호 싫었습니다. 선택을 강요받는 게. (보며) 이번엔 내가 요구하죠.

정수진 (보는)

박동호 선거를 도와서 나를 청와대에 보내든가. 그게 싫다면

박동호, 주머니에서 지포 라이터 꺼낸다.
정수진을 바라보는 채로 라이터 뚜껑을 엄지로 열었다 닫았다 한다.
그 소리 딸깍딸깍!

박동호 (보며) 조상천이 대통령이 되는 세상을 선택하든가.

박동호가 내는 딸깍딸깍 소리가 조용한 거실을 장악하듯 과장되게 울려 퍼진다. 그 소리에 동요하는 정수진의 얼굴에서…

씬 20 국회 복도 ·· 낮

요란한 화재 경보 소리가 들린다. 각 의원실에서 다급하게 나오는 보좌관과 직원들, 빠르게 복도를 빠져나가며 대피한다. 빈 복도. 한 편. 벽 뒤에서 얼굴을 내미는 사람. 서정연이다. 서정연. 어느 사무실로 들어간다. 그곳. '정수진 의원실' 현판이 보인다. 화재 경보 소리는 아직 복도에 울리고 있다.

씬 21 정수진 의원실 ·· 낮

서정연. 빈 의원실에 들어선다.

책상 위에 놓인 정수진 후보 서류를 집어 드는 서정연의 모습에서…

씬 22 정수진의 자택 거실 ·· 낮

소파에 앉아 있는 정수진의 핸드폰이 진동으로 울린다. 받는다.

비서1(F) (다급한) 의원님. 후보 등록 서류가 사라졌습니다.

정수진, 얼굴이 살짝 찌푸려지는데,

순간 울리는 맞은편에 앉은 박동호의 핸드폰. 받는다.

서정연(F) 서류 확보했습니다.

박동호, 핸드폰 통화를 하는 채로, 맞은편의 정수진을 바라보며.

박동호 (통화 중인, 단호한) 불태워.

서로를 바라보는 박동호와 정수진, 둘 다 핸드폰을 끊는다.

박동호, 다시 탁자 위의 지포 라이터를 든다. 딸깍딸깍하는 그 소리를

동요하는 얼굴로 들으며 바라보는 정수진의 얼굴에서 인서트되는.

// 인서트. 안기부 취조실

젊은 조상천이 들어온다. 물 범벅에 만신창이 된 채 의자에 앉은 스무 살 정수진에게 다가가 맞은편에 앉는다.

조상천 (걱정스러운) 아따 어린아를 이래 만들어 노믄 우야노. (수건 내밀며) 닦아라. (음료수를 탁자에 내려놓으며) 이거는 묵고.

정수진 (아직도 겁에 질려 조심스레 수건을 받아 얼굴을 닦는다.)

조상천 (따뜻하게) 너거 엄마 사흘째 청사 앞에서 내 딸 돌리 달라고 피켓 들고 있데이. 어제는 비가 그래 오는데… 아휴. 이 어린 기 먼 고생이고? 퍼뜩 집에 가야 안 되겠나? 어.

정수진, 이곳에서 처음 접하는 따뜻한 말에 눈 끔뻑이며 기대로 본다. 그때 딸깍딸깍 소리. 보면 조상천이 한 손에 든 지포 라이터를 엄지로 뚜껑을 열었다 닫았다 하고 있다. 오랜 습관인 듯하다. 정수진의 얼굴이 굳는다. 이 사람이다. 내가 물고문 당하는 모습을 매직미러 너머에서 지켜본 그놈이.

조상천 (따뜻한 눈빛으로) 한민호 어데 있노? 전대협 의장 한민호. 있는 데가 어디고?

그 조상천을 공포로 바라보는 스무 살 정수진의 모습에서…

딸깍딸깍 소리가 멈춘다. 박동호, 지포 라이터를 탁자 위에 내려놓는다.

박동호 (다리 꼬고 소파에 깊숙하게 앉으며) 나는 버틸 수 있는 조상천의 나라. 당신은 견딜 수 있을까.

그 말에 동요하며 바라보는 정수진의 모습 위로 인서트되는.

// 인서트. 안기부 취조실

정수진 (겁에 질린) … 전… 전… 몰라요.

조상천 (따뜻한 눈으로) 엄마 보고 싶제? 니가 나갈래? 아니면 (순간 차갑게 변한 얼굴로) 너거 엄마도 여기 데리고 오까?

정수진의 공포에 질린 모습에서…

박동호 두 시간이 지나면 후보 등록 마감입니다. 그럼 조상천이 대통령이 되는 세상. (보며) 정수진, 당신이 만든 겁니다.

이러지도 저러지도 못하겠는, 미치겠는 마음으로 보는 정수진.
박동호를 바라보는 정수진의 얼굴 위로 플래시되는.

// 플래시. 5부 씬 13 대선 캠프 최연숙 사무실

최연숙 타협은 없을 거야. 대통령의 심장이 멈춘 그날 밤. 최후를 각오했으니까.

정수진, 후우 긴 한숨을 내쉰다. 피할 수 없는 결단을 내린 것.

정수진, 핸드폰을 들어 버튼을 누른다. 상대가 받았다.

정수진 (통화 중인) 대표 권한대행 연결해 주세요. (잠시 기다리는, 박동호를 보는 채로) 정수진입니다. … 직인 날인하세요.

박동호, 소파에 앉은 채 여유 있게 소리 없는 손뼉 두어 번 가볍게 치며 정수진을 바라보는 모습에서…

씬 23 선관위 3층 접수처 ·· 낮

서정연, 후보 등록 서류를 들고 와, 기다리던 기자들 앞에서 서류를 든 채 포즈를 취한다. 터지는 카메라 플래시들. 그 위로.

앵커(소리) 마감 30분 전. 대한국민당 박동호 후보의 등록 서류가 선관위에 접수됐습니다. 이로써 후보 교체를 둘러싼 당내 분란은 일단락된 것으로 보입니다.

씬 24 대선 캠프 박동호 집무실 ·· 낮

뉴스가 진행 중이다.

앵커 (화면 속의) 후보 교체를 주장했던 정수진 의원은 공동선대위원장으로 합류, 원팀으로 대선 승리를 위해 함께하겠다고 밝혔습니다.

꺼지는 티비. 서정연이 리모컨으로 끈 것.

소파에 앉은 박동호, 최연숙, 서정연.

서정연 (내키지 않는) 왜 정수진 의원을 선대위에 (하는데)

최연숙 (차분한) 힘이 될 거예요. 장일준 대통령 지지자들을 움직일 수 있으니까.

박동호 도울 거야. 진심으로.

서정연 (그 말에 보는)

박동호 정수진에게, 나의 청와대는 악몽이지만, 조상천의 세상은 지옥이니까.
(혼잣말처럼, 낮게) 나에게 정수진이 지옥이듯이…

박동호, 승리를 향한 의지를 다지는 그 결연한 모습에서…

씬 25 국립묘지 장일준의 묘소 앞 ·· 낮

네 명의 소규모 군악대가 관악기로 조곡을 불고 있다. 비장하게 울려 퍼지는 조곡이 들리는 가운데, 박동호, 정중하게 걸어가 헌화를 한 뒤 묵념을 한다. 저만치 뒤에 선 영부인이 표정을 알 수 없는 복잡한 얼굴로 그 모습을 보고 있는 데서…

씬 26 국립묘지 장일준의 묘소 근처 ·· 낮

박동호와 영부인, 기자들 앞에 서 있다. 터지는 카메라 플래시들.

영부인, 핸드백에서 고운 손수건으로 싼 무언가를 꺼낸다.

손수건을 풀어 헤치면 손목시계다. 박동호의 미간이 살짝 꿈틀거린다.
10년 전. 장일준과 바꾸었던 그 손목시계다.

영부인 야당 국회의원 시절부터 10년 동안 함께한 시계예요. 그분의 시간은 멈췄지만 다행이에요. 못다 간 길. 이어 갈 분이 계시니.

영부인, 시계를 채워 주려는 듯 시계를 내민다.
박동호, 마음의 동요가 이는 얼굴로 그 시계를 본다. 그 위로.

장일준(소리) (5부 씬 6의) 살아온 시간 함께하고, 살아갈 인생. 책임지겠다는 뜻 아이겠나?

박동호, 옆을 본다. 의심과 기대가 뒤섞인 얼굴로 보는 지지자들, 주변의 기자들, 잠시 동요하던 박동호가 따뜻한 미소로 손목을 내민다.
영부인이 박동호의 손목에 시계를 채워 준다.

박동호 (정중하게) 10년 전. 이 시계를 차던 순간. (영부인을 보며) 그분이 가려 했던 길을, 잊지 않겠습니다.

중의적인, 의미심장한 말투와는 다르게 정중한 박동호의 얼굴. 영부인, 그 의미를 느끼곤 멈칫하는 표정이 되어 돌아선다. 저만치 서 있는 정수진과 눈이 마주친다. 정수진, 잘했다는 듯 영부인에게 고개 끄덕여 주는 모습에서.

씬 27 도로를 달리는 박동호의 차 안 · · 낮

조수석에는 서정연, 뒷좌석에 박동호와 정수진이 앉아 있다.

서정연 (걱정스러운) 오늘자 지지율, 조상천 48, 후보님 33, 15% 차이입니다.

정수진 지지자들의 마음이 돌아올 거예요. 오늘 영부인과 함께한 참배는 후보가 장일준의 후계자라는 세례를 받은 것! (박동호가 찬 시계를 보며) 이 시계는 그들에게 성배니까.

서정연 (일정 말하는) 오후 2시. 중소기업청 방문. 3시 (하는데)

정수진 (OL) 앞으로 모든 스케줄은 내가 관리합니다. 장일준 기념관 착공식, 장일준 생가 방문,

씬 28 정수진 의원실 · · 낮

이만길, 소파에 앉아 핸드폰 앱을 통해 들려오는 소리를 듣고 있다.

정수진(소리) 장일준 기념 재단 창립식, 장일준 49재 추모사, 장일준 지지자들의 표를 끌어오는 데 선거 일정을 집중할 겁니다.

서정연(소리) (만류하는) 부담이 될 거예요. 장일준에 집중하면 대선에서 승리한 후에

도청 중인 것이다!!!

씬 29 도로를 달리는 박동호의 차 안 ·· 낮

서정연 (대사 이어지는) 장일준 세력을 심판하는 데 정치적 부담이 (하는데)

박동호 (OL, 창밖을 보는 채로) 조상천의 화살을 빌렸어. 박창식의 화살도 품었다. 정연아. 이번 대선 승리하기 위해 못 할 일이 있을까.

서정연 … 후보님…

박동호 걱정 마. 오늘 빌린 화살까지. (정수진을 보며) 선거가 끝나면 그들의 심장을 향해 날아갈 거니까.

정수진 (보는)

박동호 (보는)

정수진 (기대는 없지만, 떠보는 듯한) 대한국민당 당원의 절반 가까이 장일준의 지지자예요. 적을 제거할 수 없다면, 지배하는 게 현명하지 않을까요?

박동호 나를 지배할 수 있는 건 나 자신뿐이야. 그쪽도 마찬가지 아닌가?

정수진 (예상대로다. 기대는 없었다. 픽, 짧은 실소 보이곤) 앞으로 모든 일정 진행할 때 지지자들에게 보여 주세요.

박동호가 찬 손목시계가 클로즈업되는 모습 위로.

정수진(소리) 장일준의 시계를 찬 모습을.

정수진 (미소로, 보며) 이겨야죠.

여유 있게 바라보는 박동호, 미소로 바라보는 정수진.

숨길 수 없는 텐션 속에 서로를 보는 두 사람의 모습에서.

씬 30 강상운의 특별 면회실 + 강 회장의 특별 면회실 ·· 낮

강상운, 탁자 위의 노트북으로 영상 통화 중이다.

다른 특별 면회실의 강 회장도 탁자 위의 노트북으로 영상 통화 중이다.

강상운 (다급한) 어제 1심에서 법정 최고형을 구형받았습니다.
다음 달이 선곱니다. 아버지.

강 회장 2심으로 항소하고, 대법원에 상고하고, 1년도 넘게
시간이 걸릴 거다. 서두르지 마라.

강상운 (느긋한 아버지가 원망스러운) 전 아버지를 위해서 (하는데)

강 회장 나를 사면시키려고 대통령을 움직이다 이렇게 된 일.
이제 내가 움직이마.

강상운 … 아버지

강 회장 아들이 낸 불, 애비가 꺼야지.

강 회장, 노트북 영상 통화를 끈다.

강 회장의 탁자 앞에는 청국장과 가벼운 백반 차림의 식사가 차려져 있다.

강 회장 (숟가락을 들며) 계획은 들었고, 상진아. 이분 뒷바라지
잘해 드려라.

옆에 서 있던 30대의 사내 강상진이 다가온다.

강상진 네. (하며 강상진이 보는 곳)

비로소 보이는 강 회장의 맞은편. 정수진이 앉아 있었다.

정수진 (강 회장을 보며, 정중하게) 강상진 부회장과 대진그룹, 둘 다를 구하지 못할 수도 있습니다. 그런 순간이 오면… (하고 보는데)

짱… 하는 소리.
젓가락 하나가 강 회장의 팔에 걸려 바닥에 떨어지는 소리가 들린다.

강 회장 아들은 셋. 그룹은 하나뿐이니. (발로 바닥에 떨어진 젓가락을 저만치 툭 밀어 버리는)

정수진 (보는)

강 회장 하나뿐인 걸 구해야지.

숟가락으로 청국장을 맛나게 한 입 먹는 강 회장.
예상했던 판단이라는 듯 담담하게 고개를 살짝 끄덕이는 정수진의 모습에서…

씬 31 몽타주 ·· 낮

// 미사일 발사 장면 (자료 화면)

북한의 어느 군사기지. 지축을 뒤흔드는 굉음과 함께 대륙간탄도미사일이 발사되고 있다. 하늘로 솟구치는 미사일의 모습에서…

// 대선 캠프 박동호 집무실 (해 질 녘)

박동호, 거울을 보며 옷매무새를 만지고 있는데, 다급하게 들어오는 서정연.

서정연 (다급한) 북한이 대륙간탄도미사일을 발사했습니다. 항속 거리가 1만 킬로 이상으로 추정된다고 합니다.

박동호, 넥타이를 매만지던 손이 멈추는 데서…

// 도로를 달리는 박동호의 차 안 (밤)

심각한 얼굴의 박동호가 라디오로 나오는 뉴스를 듣고 있다.

앵커(소리) 오늘 오전 8시 13분. 북한은 대륙간탄도미사일 화성 15호를 발사했습니다. 화성 15호는 대기권 돌파에 성공한 뒤, 태평양 목표 지점에 명중한 것으로 알려졌습니다.

// 도로를 달리는 조상천의 차 안 (밤)

비서 (걱정스러운) 지금 북한 문제를 건드리는 건 우리 측에 리스크가 될 수도 있습니다.

조상천 (자신 있다는 듯 목 돌려 근육 풀며) 내한테는 감기고, 박동호 금마한테는 독감인 기라.

비서 후보님 부친께서 북에 생존해 계십니다. 겨우 여론을 진정시켰는데…

조상천 (픽, 자신 있다는 미소 보이곤) 내는 백신을 시게 맞았으이 면역이 안 생깄겠나. 북한이 쏜 미사일, 오늘 박동호 앞에다 터자 뿌자.

// 방송국 앞 (밤)

양측의 지지자들이 연호를 외치는 가운데. 도착한 차에서 조상천이 내린다. 저만치 지지자들에게 손을 흔들던 박동호가 조상천을 본다.
조상천, 승기를 잡았다는 듯 비릿한 미소로 박동호를 향해 손을 흔들어 보이는 모습에서…

씬 32 방송국 티비 토론 스튜디오 ·· 밤

박동호와 조상천이 토론 연단 각자의 자리에 서 있다.

조상천 (읽는) 남북정상회담 합의서 3조! 남북은 평화와 공존을 해치는 그 어떤 군사적 도발도 중단한다. (박동호를 보며, 표준어를 쓰려 하지만 사투리 억양이 묻어나는) 우리는 DMZ 확성기 방송도 중단했습니다. 최전방 진지도 축소했어요. 우리 손발을 묶어 놓고, 북한은 ICBM을 개발했습니다.

씬 33 정수진 의원실 ·· 밤

정수진과 이만길, 심각한 얼굴로 소파에 앉아 있다.

정수진 대북 지원은 장일준 대통령의 핵심 성과야. 중단하겠다 하면 지지자들이 동요할 거야.

이만길 대북 지원을 계속하면 중도층이 돌아설 겁니다.

정수진 (심각한) 걸렸어. 덫에.

정수진의 그 굳어진 얼굴에서…

씬 34 방송국 티비 토론 스튜디오 ·· 밤

박동호 (잠시의 침묵. 말을 고르다가) 장일준 정부의 대북 지원은 의료와 인도적 지원에 국한된 것으로 유엔에서도 동의한 (하는데)

조상천 배고픈 놈 밥값 챙기 줬더마는, 그 돈으로 칼을 사 와가 내를 찌르는데, 계속 돈을 퍼 주겠다? (카메라를 보며, 단호한) 존경하는 국민 여러분. 이런 중차대한 시국에, 국가관이 의심스러운 자를 대통령으로 뽑아서는 안 됩니다.

그 단호한 조상천의 얼굴 위로 인서트되는.

// 인서트. 면접장 (낮). 모노톤

벽에 붙은 '사법시험 3차 면접' 문구.
서너 명의 면접관 앞에 앉은 젊은 조상천.

면접관1 (안 되겠다는 듯, 고개 가로저으며) 국가관이 의심스러운 자를 뽑을 수는 없어.

면접관1 앞에 놓인 조상천의 서류. 부친란에 '납북'이라고 붉은 글자로 적혀 있다. 조상천, 침이 삼켜진다. 여기서 밀려날 순 없는 마음이다. 조상천, 벌떡 일어난다. 벽에 걸린 태극기를 신앙처럼 바라보며 부동자세로.

조상천 (절규하듯, 국민교육헌장을 외는) 우리는 민족 중흥의 역사적 사명을 띠고 이 땅에 태어났다. 조상의 빛난 얼을 오늘에 되살려 안으로 자주 독립의 자세를 확립하고 밖으로 인류 공영에 이바지할 때다.

그 절규하듯 외는 조상천의 모습에서…

조상천 (카메라를 보며, 단호한) 우리는 휴전선을 두고 수십만이 총을 겨누고 있는 분단국갑니다.

그 조상천의 모습 위로 짧게 인서트되는.

// 인서트. 복도 (낮). 모노톤

선배 검사가 젊은 조상천의 어깨를 두드리며 짧고 날카롭게 말한다.

선배 검사 (날선) 빨갱이로 의심받기 싫으면, 빨갱이를 잡아.

떨리는 눈동자로, 끄덕이는 젊은 조상천의 모습에서…

조상천 (카메라를 보며, 단호한) 간첩단 사건 12회, 내란음모 3회. 저 조상천은 대한민국을 지키기 위해서 평생을 바쳤습니다.

그 조상천의 단호한 모습 위로 인서트되는.

// 인서트. 안기부 취조실. 5부 씬 10과 동일 장소

조상천, 딸깍딸깍 지포 라이터를 엄지로 움직이며, 매직미러를 통해서, 취조실의 수사관들에 의해 욕조에 머리가 집어넣어진 채 발버둥치는 정수진을 가볍게 하품하며 바라보는 모습에서…

씬 35 정수진 의원실 ‥ 밤

정수진, 소파에 앉은 채 굳은 얼굴로 티비 토론을 보고 있다.

조상천 (티비 화면 속의) 북한에 할 말은 하는 대통령. 북한이 두려워하는 대통령이 되겠습니다. 국민 여러분. 이번 선거는 제2의 6.25 전쟁입니다.

과거의 기억에 떨려 오는 손을 소파 손잡이를 붙들며 견디던 정수진, 분노로 일어나는데, 그 순간, 탁자 위. 물잔 속 물이 흔들린다. 책상 위의 물건들이 요동친다. 정수진, 비틀하는 몸을 바로 하며 책상을 짚는다. 그 위로.

뉴스 앵커(소리) 북한이 어제, 추가 핵실험을 강행했습니다.

굳어지는 정수진의 얼굴에서.

씬 36 조상천의 선거 유세 현장 ·· 낮

조상천, 군중의 환호를 받으며 연단 위로 올라가고 있다. 그 위로.

뉴스 앵커(소리) (이어지는) 이로 인해 서울과 수도권에는 진도 4.1의 약진이 발생했습니다. 이번 실험으로 북한은 한반도 전역을 10분 안에 조준 타격할 수 있는 경량화된 핵무기 개발 능력을 확보한 것으로 파악되고 있습니다.

조상천, 물결치는 태극기의 행렬을 보며, 비장하게…

조상천 북한에 핵이 있다면 대한민국에는 (오른손으로 자기 가슴을 두드리며) 이 조상천이 있습니다. 대한민국은 저를 믿어 줬습니다. 이제 내가 대한민국을 지키겠습니다.

열광하는 태극기의 행렬, 환호하는 군중들의 모습에서…

씬 37 대선 캠프 박동호 집무실 복도 ·· 낮

벽에 붙은 박동호의 선거 포스터들.

박창식, 저벅저벅 걸어오고 있다.

씬 38 대선 캠프 박동호 집무실 ·· 낮

박동호, 최연숙, 서정연, 앉아 있다.

문이 벌컥 열리고 들어서는 박창식, 소파로 다가가며.

박창식 (심각한) ARS, 면접 조사, 다 뒤집어졌어. 골든크로스까지 갔던 지지율이 10% 차이로 벌어졌다. (소파에 앉아, 박동호를 보며) 그림 한번 그려 보자. 여자 문제도 좋고, 정치 자금도 괜찮고.

박동호 (안 된다는 듯 고개 가로저으며) 조상천, 공작 수사로 커 온 인물입니다. 우리가 역공을 당할 수도 (하는데)

박창식 (박동호를 보며) 버르장머리는 없어도 머리는 있는 놈인 줄 알았는데.

박동호 (그 하대에 불쾌하지만, 담담하게, 보며) 충고, 감사합니다.

박창식 대북 리스크가 대선 정국을 삼켰어. 국면을 전환시켜야 (하는데)

박동호 (정중하게, 보며) 검토해 보겠습니다.

박창식 (다리 꼬고 앉고는, 보며) 내 조언은 안 듣겠다 이 말인가?

박동호 (정중하게, 보며) 대선 후보 경선. 세 번이나 떨어진 분 아닙니까?

그 말에 불끈하는 박창식. 뭐라 말하려는데, 일어서는 박동호. 창가 쪽으로 간다. 창밖을 보며 생각에 잠겨 있다.

서정연 (안타까운) 장일준 정부가 가장 유화적인 정책을 폈어요. 선거 기간에 왜 이런 짓을… 북한을 이해할 수가 없습니다.

박동호 (창밖을 보는 채로) 이해할 수 없는 자들을, 이해하려고 하지 마.

씬 39 정수진 의원실 ·· 낮

정수진, 책상 앞 의자에 앉아, 소파에 앉은 이만길의 핸드폰 앱에서 들려오는 소리를 듣고 있다.

서정연(소리) 대선 전략을 전면 수정해야 합니다. 이대로면 후보님. 이번 대선, 승리할 수가 없습니다.

정수진, 핸드폰을 든다. 버튼을 누른다. 수신자 '박동호'다. 상대가 받았다.

정수진 (통화 중인) 정수진입니다. 국정원에서 나온 물건이 있어요. 보여 드리고 싶은데.

씬 40 도로를 달리는 박동호의 차 안 ·· 밤

박동호와 서정연을 태운 차가 한적한 밤의 국도를 달리고 있다.

씬 41 어느 별장 앞 ·· 밤

박동호의 차가 도착한다. 기다리던 정수진과 이만길.

박동호, 정수진의 안내를 받아 별장 안으로 들어간다.

이만길, 어색하게 서 있다가, 정수진의 차 뒷문을 열어 캔 커피 하나를 꺼내 서정연에게 다가가 내민다.

서정연 (픽, 짧은 실소로, 받는) 받은 게 참 많네.

이만길 …

서정연 (밤하늘을 보는 채로) 생각나. 당신이랑 산 식탁이랑 의자, 결혼하면 같이 쓰자던 침대까지. 다 버렸어. 부순 것도 있구.

이만길 … 정연아…

서정연 (밤하늘을 보는 채로) 시간을 도려내는 거. 아프더라. 당신의 연인이었던 5년.

이만길 …

서정연 돌려줄게. 받은 거 모두 다. (캔 커피 돌려주며, 미소로) 오래 안 걸릴 거야.

쓸쓸한 미소로 보는 서정연. 돌이킬 수 없는 거리를 아프게 보는 이만길.

두 사람의 모습에서…

씬 42 별장 거실 ·· 밤

박동호, 들어서면 소파에 앉아 있던 정필규가 일어나 맞는다. 악수를 건네지만, 박동호, 그 손을 외면하고 소파에 앉는다. 정수진, 정필규도 앉는다.

정필규 (서류봉투를 탁자 위에 올리며) 국정원에 파견 근무할 때 챙겨 둔 겁니다. (정수진을 보며) 사촌 동생이 큰 꿈을 꾸고 있어서, 언젠가 도움이 될까 해서요.

박동호 (묵묵히 서류봉투를 보고 있는)

정수진 (차분한) 받아요. 박동호 정부의 첫 민정수석이 드리는 선물인데.

박동호 (본다. 거래 조건을 알겠다.) 민정수석은 검찰과 사정 기능을 총괄하는 자립니다.

정수진 (미소로 보며) 눈감아야 할 것과 파헤쳐야 할 것을 구분하는 안목이 있어요.

박동호 당신과 사모펀드에는 눈을 감겠군.

정수진 (가볍게 끄덕이며) 당연히.

박동호 당신을 위협하는 자들은 파헤칠 거고.

날이 서 가는 박동호를 느낀 정수진, 고개로 정필규에게 나가라는 신호를 보낸다. 나가는 정필규.

정수진 나도 하나를 버렸어요.

그 정수진의 얼굴 위로 플래시되는.

// 플래시. 5부 씬 22 정수진의 자택 거실

정수진 (통화 중인, 박동호를 보는 채로) 정수진입니다. … 직인 날인하세요.

정수진 그쪽도 버려야죠. 하나 정도는.

박동호 (정수진의 얼굴을 본다. 보다가) 모든 걸 다 버리고 마지막 남을 하나, 당신을 법정에 세우겠다는 각오.

정수진 …

박동호 (결연한) 그걸 버릴 순 없어.

박동호, 할 이야기가 끝났다는 듯 일어나는데.

정수진 (앉은 채) 조상천의 부친 조달현. 1978년 납북. 자강도 수용소에서 재혼. 아들을 낳았죠. 조상천의 동생이 북한에 있어요.

박동호 (픽, 이미 아는, 실소 보이곤) 1996년 고난의 행군 당시. 조상천의 동생은 사망했어.

정수진 (고개 천천히 가로젓는)

박동호 … (멈칫. 보는)

정수진 (서류봉투를 들고 일어나, 박동호에게 다가가며) 고난의 행군. 수백만이 굶어 죽었죠. 근데 일본에 친척이 있고, 남한에 가족이 있는 자들은 살아남았어요. 몰래 달러를 보냈거든요.

박동호 …조상천이… 북한에… 달러를…

정수진 (끄덕이곤, 박동호의 바로 앞에 선 채, 서류봉투 들어 보이며) 청와대 열쇠가 내 손에 있어요. 후보님.

박동호 …

정수진 대통령은 적이 많은 자리예요. (박동호의 솜털이 느껴질 만큼 가까이 서서) 제거할 수 없는 적은, 지배하세요. 기꺼이 숙여 드리죠. 후보님.

거부할 수 없는 제안을 하는 정수진과 동요하는 얼굴로 보는 박동호의 모습에서…

씬 43 대선 캠프 박동호 집무실 복도 ·· 밤

최연숙, 다가와 불빛이 새어 나오는 집무실 문을 열려다가 잠시… 생각하곤 멈춘다. 돌아서서 간다. 지금은 박동호, 혼자 결단해야 할 시간임을 안다.

씬 44 대선 캠프 박동호 집무실 ·· 밤

소파에 앉은 박동호, 티비 뉴스를 보고 있다.

뉴스 조상천 후보는 오늘 긴급 기자 회견을 열어, 북한의 비핵화가 이뤄지지 않으면 우리도 핵무장을 해야 한다고 주장하며, 박동호 후보 측에 대북 문제에 관한 명확한 입장을 밝힐 것을 요구했습니다. 연이은 북한의 도발로 이번 선거는 (하는데, 꺼지는 티비)

리모컨으로 티비를 끈 박동호, 다리를 꼬고 소파에 깊숙이 앉아 생각에 잠긴다. 시간이 흐른다. 몽타주처럼, 한 시간, 한 시간, 흐른다.

음악도, 소음도 없는 진공과도 같은 절대 고독의 순간이 흐른 뒤, 이윽고 박동호, 핸드폰을 든다. 결단을 내린 것. 버튼을 누른다. 상대가 받았다.

박동호 (통화 중인, 무거운) 박동홉니다. 민정수석 드리죠. 물건은 지금 받을 수 있겠습니까?

절대 정적 속에 홀로 서 있는 박동호의 그 무겁고 쓸쓸한 모습에서…

씬 45 인서트

서울의 아침. 태양이 떠오르고 있다.

씬 46 대선 캠프 박동호 집무실 복도 · · 낮

박동호와 서정연, 복도를 걷는데, 다가와 옆을 따르는 최연숙.

최연숙 (서정연이 들고 있는 서류봉투 힐긋 보곤) 들었어요. 정필규 차장을 민정수석으로 약속하고, 받은 물건이 있다고.

박동호 (걸으며, 복잡한 마음으로) 거절할 수가 없었습니다.

최연숙 (걸으며) 장일준 대통령이 강상운을 처음 만나고 온 날. 그러더군요. 거절할 수가 없었다고.

박동호 (그 말에 멈추는. 보는)

최연숙 (멈춘, 보며) 또 하나의 장일준이 되게 지켜보진 않을 거예요.

박동호 …

최연숙 세상을 뒤엎을 시간 한 달만 달라던 그 약속. 내 금고 안에 있다는 거. 잊지 말아요.

최연숙, 할 말을 마친 듯 걸어간다. 그 최연숙의 뒷모습을 보는 박동호. 최연숙의 우려를 안다. 그리고 느낀다. 지금은 동료지만, 언제든 위협이 될 수 있다는 것을. 그 복잡한 얼굴의 박동호 모습 위로 선행되는.

조상천(소리) 장일준 정부가 북한에 퍼다 준 돈이 7억 달러가 넘어요.

씬 47 방송국 토론 스튜디오 ·· 밤

박동호와 조상천이 각자의 연단 앞에 서 있다.

조상천 (대사 이어지는) 박동호 후보가 당선되면 참 걱정입니다. 북한에 또 얼마를 퍼다 줄지… (하곤 박동호를 보는데)

박동호 (조상천을 보며, 담담하게) 5천 달러

조상천 (뜻밖의 금액에 ? 해서 보는)

박동호 (담담하게, 보며) 1996년 9월 17일. 압록강변 중국령에서 부친 조달현 측에 전달한 사실이 있습니까?

조상천 (둥! 놀란다. 하지만 기색을 들키지 않으려는)

박동호 (담담하게) 납북당한 부친 조달현 씨로부터 1996년 고난의 행군 당시 도움을 요청하는 브로커의 연락을 받은 적이 있습니까?

당황한 조상천의 모습 위로 인서트되는.

// 인서트. 조상천의 고향집 (해 질 녘). 모노톤

젊은 조상천 앞에 앉은 어머니가 울고 있다.

어머니 너거 아부지가 편지를 보냈데이. 땟거리가 없어가 굶고 있다는데 우짜믄 좋노? 상천아… 너그 아부지 불쌍해서 우짜노.

젊은 조상천, 손에 든 편지를 본다. 아버지가 보낸 삐뚤삐뚤한 글자의 편지를. 맞춤법도 맞지 않는 아버지의 편지를 보는 조상천의 얼굴에서…

조상천 (화제를 전환하려는) 거, 대선은 말입니다. 국가의 미래에 대해서 정책 토론을 (하는데)

박동호 (담담하게 보며, 받은 말을 돌려주는) 국가관이 의심스러운 자를 대통령으로 뽑을 수는 없습니다.

조상천, 그 말에 불끈해지는 얼굴 위로 인서트되는.

// 인서트. 압록강변 중국령 (밤). 모노톤

중국령 언덕 위에 선 젊은 조상천과 브로커.
조상천의 손에는 비닐봉지에 싼 달러 뭉치가 들려 있다. 조상천이 보고 있다. 압록강을 헤엄쳐 건너오고 있는 열다섯 살 소년의 모습을.

박동호 (서류 하나씩 들어 보이며) 당시 조상천 후보의 출입국 기록, 북한 내부와 연락을 주선한 브로커의 진술서입니다.

조상천 …

박동호 (보며) 중국 압록강변에서 준비해 간 5천 달러. 누구한테 건넸습니까?

그 말에 당황해서 헛기침을 하는 조상천. 그 위로 인서트되는.

// 인서트. 압록강변 중국령 (밤). 모노톤

열다섯 살 소년, 흠뻑 젖은 몸으로, 달러 뭉치를 받아 든다.

소년 (포대기에 싼 달러 뭉치를 허리에 띠처럼 감으며) 아버진 앓아누운 지 달포쯤입니다. 이 밥에 고깃국 드시면 금방 일어날 겁네다. (하고 가려는데)

조상천 (처음 본, 다시는 못 볼 동생이기에) 이름이…

소년 (보며) 조상민임메다.

박동호 조상민! 부친이 재혼해서 얻은 동생 조상민에게, 5천 달러를 제공한 사실. 있습니까?

조상천 … (아직 대응을 어찌해야 할지 모르겠는)

박동호 (보는)

조상천 (일단 상황을 눙치기로 한, 아무 일도 아니라는 듯 파안대소하는) 하하하. 하하하. (그 긴 웃음의 끝자락에) 아따.

배곯는 아버지, 따뜻한 밥 한 그릇 대접한 거 갖고 와 이리 유난을 떨어샀는지.

씬 48 정수진의 자택 거실 ·· 밤

정수진, 소파에 앉아 티비로 토론을 보고 있다.

정수진 (픽, 짧은 실소 보이곤) 걸렸어.

수십 년 전. 그 비참했던 순간의 복수를 기다리는 정수진의 모습에서.

씬 49 방송국 토론 스튜디오 ·· 밤

조상천 (눙치고 넘어가 보려는) 아따. 그쪽은 내 배만 부르면, 식구들 끼니는 안 챙기는갑네. 미사일이 날아댕기는 판에 남의 가족사나 파고 (하는데)

박동호 (OL, 담담한) 가족사가 모여서 민족의 역사가 되는 겁니다.

조상천 (버럭하며) 북한이 핵실험을 했어요. 그놈들은 지금 한반도를 불바다로 만들라고 (하는데)

박동호 (OL, 담담한) 그 핵실험. 누가 했습니까?

조상천 (뜻밖의 질문에 멈칫, 보는)

박동호, 카메라 스태프들 사이에 있는 서정연을 본다.

서정연, 고개를 끄덕이곤 스태프에게 뭔가 이야기를 한다.

순간, 켜지는 토론회장 중앙의 거대한 모니터.
'김정은과 40대 초반의 사내가 핵 관련 장비 앞에서 대화하는 사진'이다.

박동호 김책공대를 졸업하고, 러시아 유학을 마친 핵물리학자!
공화국 영웅의 칭호를 받은 북한 핵 개발의 중추!

김정은 옆의 40대 초반 사내를 줌인 하는 카메라.

박동호(소리) 조상민입니다.

그 말에 둥!!! 놀라는 조상천의 모습에서…

씬 50 방송국 앞 ·· 밤

태극기를 든 수백 명의 지지자들, 핸드폰으로, 라디오로, 토론을 들으며
황망한 얼굴이 된다. 그 위로.

박동호(소리) 조상민은 향후 추진될 중성자탄 개발에도 주역으로
참여하고 있습니다. 한반도를 불바다를 만드는 것은
장일준 정부의 인도적 지원이 아니라, 김정은의 특명을
받은 조상천 후보의 동생 조상민입니다.

씬 51 방송국 토론 스튜디오 ·· 밤

잠시의 침묵이 흐르는 스튜디오 안.

조상천 (긴 침묵을 깨고) 저는… 지난… 40년… 국가를 위해 헌신했습니다.

그 조상천의 얼굴 위로 인서트되는.

// 인서트. 면접장 (낮). 모노톤. 5부 씬 34 인서트와 연결

조상천 (면접관 앞에서 부동자세로, 절규하듯 국민교육헌장을 외는) 반공 민주 정신에 투철한 애국 애족이 우리의 삶의 길이며 자유 세계의 이상을 실현하는 기반이다.

박동호 조상민도 자신의 국가를 위해 헌신했겠죠.

그 박동호의 얼굴 위로 인서트되는.

// 인서트. 김책공대 입학 면접장 (낮). 모노톤

조상민 (스무 살, 부동자세로 서서, 면접관 앞에서 절규하듯, 김일성 장군의 노래를 부르는) 장백산 줄기줄기 피 어린 자욱, 압록강 구비구비 피 어린 자욱,

무너지기 일보 직전의 조상천, 그 모습 위로 빠르게 교차되며 인서트되는.

// 인서트. 사법시험 면접장과 김책공대 면접장 (낮). 모노톤

조상천 (국민교육헌장을 외는) 영광된 통일 조국의 앞날을 내다보며

조상민 (김일성 장군의 노래를 부르는) 아, 그 이름도 그리운 우리의 장군

조상천 (절규하듯, 외는) 줄기찬 노력으로 새 역사를 창조하자.

조상민 (절규하듯, 부르는) 아, 그 이름도 빛나는 김일성 장군.

박동호 (무너져 가는 조상천의 얼굴을 보며) 그 당시, 5천 달러를 조상민에게 건네지 않았다면, 고난의 행군을 버티지 못했다면, 북한의 핵 개발은 불가능했을 겁니다.

참담하게 일그러지는 조상천의 모습에서…

씬 52 정수진의 자택 거실 ·· 밤

정수진, 티비 화면 속 조상천을 보는 모습 위로 짧게 인서트되는.

// 인서트. 안기부 취조실. 모노톤

짝!!! 조상천이 정수진의 뺨을 후려친다. 정수진의 입가에 피가 배어 나온다. 그 소리에 달려 들어오는 수사관들.

조상천 물 좀 더 멕이라. 목이 많이 마른갑다. (일어나려다가, 자신을 노려보는 정수진을 보곤, 능글거리며) 와? 내한테 할 말 있나?

정수진, 티비 화면 속 무너지는 조상천을 보며, 그때의 대답을 하듯이.

정수진 (또박또박) 굿바이. 조상천.

수십 년 전의 복수를 끝낸, 그러나 잊지 않겠다는 듯,
화면 속 조상천을 응시하는 정수진의 모습 위로 선행되는.

앵커(소리) (들뜬) 1분 뒤에 대통령 선거 출구 조사가 발표됩니다.

씬 53 대한국민당 출구 조사 발표장 ·· 밤

중앙에 설치된 대형 화면. 모여드는 선대위 직원들.
긴장된 분위기의 발표장 모습들이 보이며.

앵커 (중앙 대형 화면으로 보이는 티비 화면 속의) 이번 대통령 선거는 72.4%의 투표율을 기록했습니다. 장일준 대통령의 유고로 치러진 이번 선거는, 인수위 단계 없이, 내일 오전 국회의사당에서 간이 취임식을 치른 뒤, 당선자가 국정 운영을 시작하게 됩니다. 지난 몇 달. 혼란의 시간을 뚫고, 변화와 희망의 대한민국을 책임질 사람은 누구인지. 국민의 심판이 곧 발표됩니다.

위 멘트가 흐르는 동안, 중앙에 앉은 박동호, 주변의 정수진, 박창식, 저만치 앉은 최연숙, 뒤편에 선 서정연 등의 긴장된 모습들이 보인다.
화면 속. 타임 표시가 10을 향하자, 다 같이 외친다. 9, 8, 7, 6, 5, 4, 3, 2,

긴장으로 앉아 있던 박동호가 나지막이 혼잣말처럼 1을 말하는 순간, 출구 조사 결과가 보인다. 박동호 51.7, 조상천 46.2. 박동호의 승리다. 실내에 터지는 환호성, 박수!!! 박동호, 주먹을 불끈 쥐었다가 일어난다. 왼쪽 자리의 박창식과 포옹한다. 오른편의 정수진이 일어나 미소로 악수를 권한다. 그러나 박동호, 정수진을 외면하곤 저만치 있는 최연숙에게 다가가 악수를 건넨다. 미소로 뜨겁게 악수하는 박동호와 최연숙. 정수진, 입맛이 쓴 듯 혀를 쯔 차고는 축하 분위기의 발표회장을 벗어나고 있다. 박동호의 선택은 예상했던 일이다. 이제 박동호가 예상하지 못했던 악몽을 선물할 시간이 다가오고 있다. 정수진, 미소로 발표회장을 벗어나는 모습에서.

씬 54 서기태의 묘소 앞 ·· 밤

좌우에 등이 켜져 밝은 묘소 앞. 박동호, 꽃다발을 들고 다가가 제단 위에 헌화하고 뒤로 물러난다. 근처에 서 있던 이장석.

이장석 (따뜻하게 보며) 어려운 선거였어. 조상민 관련 정보가 없었으면 이번 선거는 아마 (하는데)

박동호 (묘소를 보는 채로, 담담하게, OL) 정필규가 줬어. 국정원에서 불법적으로 빼낸 극비 서류야.

이장석 (멈칫, 범죄의 자백과도 같은 말을 아무렇지 않게 내뱉는 모습에 놀라는)

박동호 감찰부터 시작해.

이장석 … 너도 다칠 거야.

박동호 정필규를 거쳐서 나한테 오는 몇 개월. 그 시간이면 충분해. 청와대에 오래 있을 마음도, …자격도, 없다.

이장석 … 동호야…

박동호 대선 기간에 약속했어. 국민들한테 단 하나도 숨기지 않겠다고.

이장석 …

박동호 그날을… 미룰 생각은 없어.

박동호, 할 말을 마친 듯, 묘소를 향해 묵념한다.

이장석, 자신이 알지 못하는 거대한 비밀이 있음을 느끼고는,

의문의 얼굴로 보는 모습 위로…

박동호(소리) 나는 헌법을 준수하고 국가를 보위하며

씬 55 국회의사당 본청 중앙홀 · · 낮

연단 위. 박동호가 오른손을 든 채 취임 선서를 하고 있다.

박동호 조국의 평화적 통일과 국민의 자유와 복리의 증진 및 민족문화의 창달에 노력하여, 대통령으로서의 직책을 성실히 수행할 것을, 국민 앞에 엄숙히 선서합니다. 2023년 1월 20일 대통령 박동호.

동시에 터져 나오는 박수 소리,

악단의 연주 소리가 중앙홀에 울려 퍼지는 데서…

씬 56 도로 ·· 낮

박동호가 탄 차가, 경찰의 호위를 받으며 도로를 달리고 있다.

그 모습이 위엄 있고 장중하다.

씬 57 도로를 달리는 박동호의 차 안 ·· 낮

박동호와 최연숙, 뒷좌석에 앉아 있고, 서정연은 조수석에 앉아 있다.

박동호 (정중하게) 어려운 자리 맡아 주셔서 고맙습니다. 최연숙 비서실장님.

최연숙 정무수석 이철민, 인사수석은 배종수로 내정했어요. (보며, 가늠하는 듯한 얼굴로) 그런데 민정수석은?

박동호 (담담하게, 보며) 감찰 중인 검사를 청와대에 들일 순 없습니다.

박동호가 뭔가 계획이 있다는 눈빛으로 최연숙을 보는 그 순간!

씬 58 서울중앙지검 4차장실 ·· 낮

쾅! 문을 박차고 들어오는 검사와 수사관들.

책상 앞 의자에 기대앉아 있던 정필규가 놀라서 일어난다.

검사 (저벅저벅 다가가며) 대검 감찰부 이한용 검삽니다. 정필규 차장검사에 대한 감찰을 진행하겠습니다.

수사관들이 캐비닛과 책상을 뒤지기 시작한다. 놀라고 당황한 채 어어 하며 물러나다가 뭔가에 걸려 넘어지는 정필규의 모습에서…

씬 59 청와대 본관 앞 ·· 낮

박동호가 탄 차가 도착했다. 도열해 있던 청와대 직원들이 박수로 환영한다. 직원이 건네는 꽃다발을 받아 든 박동호가 둘러본다. 긴 시간을 돌아 돌아 이 자리에 다시 왔다.

씬 60 청와대 대통령 집무실 ·· 낮

문을 열고 들어오는 박동호. 최연숙과 서정연이 뒤를 따라 들어온다. 소파에 앉아 있는 정수진의 뒷모습을 보았다. 정필규에 대한 감찰을 항의하러 왔으리라 생각한 박동호, 외면한 채 지나가는데, 그때 들려오는.

박동호(소리) 제가 대통령님을 시해했습니다.

둥! 놀란 박동호가 돌아본다. 당황한 최연숙과 서정연이 바라본다. 정수진, 미소로 서 있다. 그 손에 보이스펜을 든 채로.

최연숙(소리) 총…리님.
박동호(소리) 이 손으로. 대통령님의 심장을 멈추고 싶었습니다.

정수진, 미소로 보이스펜을 끈다.

정수진 (미소로) 정필규 차장을 민정수석으로 임명하겠다는 약속. 지켜야겠어요.

박동호 (당황한) 그걸… 당신이… 어떻게…

정수진 (미소로, 최연숙을 보며) 존재는 알고 있었죠. (박동호를 보며) 출처는 덕분에 알게 됐고.

그 미소 짓는 정수진의 모습 위로 플래시되는.

// 플래시. 5부 씬 46 대선 캠프 박동호의 집무실 복도

최연숙 (멈춘, 보며) 또 하나의 장일준이 되게 지켜보진 않을 거예요.

// 인서트. 정수진 의원실. 위 플래시와 시간이 이어지는.

정수진, 책상 앞 의자에 앉아 핸드폰 앱으로 대화를 듣고 있다.

최연숙(소리) 세상을 뒤엎을 시간 한 달만 달라던 그 약속. 내 금고 안에 있다는 거. 잊지 말아요.

최연숙의 말을 듣고는 "금고."라고 낮게 뇌까리는 정수진의 모습에서…

정수진 (박동호를 보며) 어제 출구 조사가 발표된 순간, 내 손을 거부한 거, 고마웠어요. 덕분에 일찍 빠져나와 (최연숙을 보며) 실장님 방에 들어갈 수 있었으니까.

그 미소 짓는 정수진의 모습 위로 인서트되는.

// 인서트. 대선 캠프 최연숙의 사무실

벽면의 그림이 치워져 있고, 그 안에 보이는 금고.

사내1이 장비를 이용해 금고를 열고 있고, 그 뒤에 선 정수진과 이만길.

이윽고 열린 금고에서 사내1이 보이스펜을 꺼내 정수진에게 건넨다.

정수진, 만족스러운 얼굴로 보이스펜을 돌려 보는 모습에서…

정수진 (미소로, 박동호의 시계를 보며) 잊지 말아요. 박동호의 시간은 장일준의 시간과 이어져 있다는 거.

박동호 … (당황을 숨기려 애쓰며, 보며) 어떻게 할 생각이지?

정수진 (미소로) 말했는데. 제거할 수 없는 적은, (박동호를 보며, 짧고 날카롭게) 지배하겠다고.

날 선 미소로 보는 정수진과 당황으로 보는 박동호.

두 사람의 시선이 마주치는 모습에서. 끝.

6부

씬 1 교도소 앞 ·· 낮

끼이익, 거대한 교도소의 철문이 열리고, 출소하는 강 회장, 휠체어에 앉아 있다. 터지는 카메라 플래시를 받으며 차량으로 향하는 휠체어에 탄 강 회장의 모습 위로.

뉴스(소리) 오늘 오전. 대진그룹 강영익 회장이 안양교도소에서 출소했습니다.

씬 2 청와대 대통령 집무실 ·· 낮

박동호, 깊이 가라앉은 얼굴로 소파에 앉아, 묵묵히 티비를 보고 있다.

뉴스 강영익 회장은 특정경제범죄가중처벌법 등의 혐의로 12년의 실형을 선고받았으나, 어제 오후, 긴급 발표된 박동호 대통령의 특별 사면으로 수감 생활 2년 만에 출소하게 됐습니다.

박동호의 앞. 탁자 위에 분해된 손목시계가 보인다. 그중 소형 도청 장치도 보인다. 박동호, 손으로 쓸어서 아래 놓인 휴지통에 손목시계의 부품들을 버린다. 두 두 두 두 둑… 휴지통에 버려지는 손목시계 부품들의 모습들.

씬 3 대진의료원 앞 ·· 낮

병원 앞. 차에서 내려 휠체어로 이동하는 강 회장의 모습 위로…

뉴스(소리) 강영익 회장은 출소 즉시, 대진의료원에 입원, 수감 생활 동안 허약해진 건강을 체크하고, 악화된 지병을 치료할 계획이라고 밝혔습니다.

씬 4 대진의료원 VIP 병동 복도 ·· 낮

엘리베이터 문이 열리고, 휠체어의 강 회장이 나온다. 저만치서 기다리던 정수진이 고개 숙여 예를 표한다. 강 회장, 휠체어에서 가볍게 일어나, 저벅저벅 정수진을 향해 걸어간다. 그 강 회장의 만면에 가득한 흡족한 미소에서…

씬 5 대진의료원 VIP 병실 ·· 낮

호화로운 침대와 간단한 운동 기구와 업무 시설이 갖춰져 있다. 일각의 식탁에 앉은 강 회장, 청국장으로 식사를 하고 있다. 그 옆에 선 정수진과 강상진.

강 회장 (탁자 위의 청국장을 먹으며) 난 말야. 청국장에 냄새 없앤 놈들이 싫어. 아, 냄새가 나야 청국장이지. 구린내가 좀 나야 살 만한 세상이고. (한 숟가락 먹고는, 만족스러운) 크하… (하고는 한 손을 정수진 쪽으로 내민다.)

정수진 (의미를 알 수 없어, 보는)

강 회장 박동호 목에 채운 고삐! (하며 달라는 듯 내민 손을 가볍게 흔들어 보인다.)

그 강 회장을 보는 정수진의 얼굴 위로 짧게 플래시되는.

// 플래시. 5부 씬 60 청와대 복도

박동호(소리) 제가 대통령님을 시해했습니다.

둥! 놀란 박동호가 돌아본다. 정수진, 미소로 서 있다.
그 손에 보이스펜을 든 채로.

정수진 (자신이 상황을, 계획을 리드해야 한다. 보며) 박동호는
장일준 전 대통령도 다루지 못한 위험한 짐승이에요.
제가 잡을게요. 그 고삐.

강상진 (그 말에, 나서며) 시간이 없습니다. 형님이 재판 중입니다.
하지도 않은 일로 중형을 (하는데)

정수진 (자르며, OL) 하지 않은 일 밝히면, 강상운 부회장이
한 일이 드러날 거예요. 회사 자금을 횡령, 고위직
사모펀드를 조성해서, 국가적 사업 정보를 빼내 수십
배의 이익을 편취했어요. 그걸 미끼로 장현수를 회유.
장일준 대통령에게 접근한 사실을 파악한 서기태
의원에게 누명을 (하는데)

강 회장 (청국장 먹으며, OL) 아이고, 상운이. 바쁘게 살았네.

정수진 (보며) 드릴게요. 아드님을 지키고 그룹을 버릴 생각이
있으시다면…

정수진과 강 회장, 서로 보는 잠시.

강 회장 (너스레 떨듯) 아이고, 정 의원이 할 일, 내가 알아서 뭐하겠나?

정수진 (뜻대로 되었다. 미소로) 각 부처 장차관, 정부 주요 직책에 임명할 사람들 추려서 상의하겠 (하는데)

강 회장 (온화하게 보며) 내가 할 일을 정 의원이 알아서 뭐하지?

정수진 (멈칫. 의미를 알 수 없어 보는데)

강 회장, 강상진을 보면, 그 의미를 안 강상진이 조각 명단을 식탁 위에 올린다. 각 장관들의 조각 명단이 빼곡하게 적혀 있는 조각 명단.

강 회장 쓸 만한 놈들이야. 잘 부려 봐.

정수진 (이건 무리라는) 회장님의 사람들로 내각을 모두 채우는 건 (하는데)

강 회장 (OL) 고삐는 정 의원이 잡아. 채찍은 내가 들어야겠어.

강 회장, 펜을 들어 조각 명단 맨 위, 국무총리 자리 옆의 빈 공간에 이름을 적는다. '정 수 진'. 그 명단에서 스틸. 타이틀 오른다. 돌풍 제6화.

씬 6　청와대 대통령 집무실 ·· 낮

탁자 위. 위 씬의 조각 명단이 놓여 있다.
박동호와 정수진, 소파에 앉아 있다. 근처에 앉은 최연숙.

정수진 대통령이 직접 임명하는 요직이 3천, 권한이 미치는 자리가 2만 5천. 우리가 채울게요. (박동호를 보며) 그쪽이 임명할 자리 몇 개는 남겨 드리죠. 비서실장, 수행비서.
… 그 정도.

최연숙 (명단을 보곤) 이지훈 후보는 성 추문이 있었습니다.
백종수 후보는 도덕적으로 결함이 (하는데)

정수진 (OL) 몰랐네요. 대통령 시해범에게 조력한 분이
이렇게나 도덕적일 줄은.

최연숙 (그 모욕적인 말투에 보는데)

정수진 (미소로, 보며) 이분들 상처 덮어 주세요. 실장님의 흉터는
제가 가려 드리죠.

최연숙 (터지려는 분노를 가까스로 누르는 기분으로) 정…수진…

정수진 (미소로) 강한 것이 옳은 것을 이기죠. 정치가 그래요.
(박동호를 보며) 정부 공공 기관장 인사 명단은 이번 주
안에 (하는데)

박동호 (OL) 오늘 안에 볼 수 있을까. 그 명단.

정수진 (보는)

박동호 정관계, 법조계, 학계에서 나랏밥 먹으면서 대진을 위해
일하던 사람들이겠지. 자기 식구들 이름 적어서 보내는
게 시간이 걸릴 일은 아닐 텐데.

정수진 (가늠하듯, 보며) 그 사람들. 공공 기관장에 임명하는 건,
당신한텐 치욕 아닌가요?

박동호 (보며) 치욕은 짧을수록 좋지. (보는, 잠시 보다가) 그 정도
배려는 해 줄 사이 아닌가. 우리.

치욕을 감추려는, 굴욕을 견디려는, 복잡한 얼굴로 바라보는 박동호의
모습에서…

씬 7 도로를 달리는 차 안 ‥ 낮

도심의 도로를 달리는 차. 이만길이 운전 중이고, 정수진이 뒤에 앉아 있다.

이만길 (운전하며, 마음 한 편이 께름칙한 듯) 구속 전날 대통령을 시해하려 한 사람입니다.

정수진 (보는)

이만길 (운전하며) 차기 대권을 약속했는데도, 장일준 대통령에게 맞선 사람이구요. 그런 박동호가 아무 저항이 없다는 게… (박동호는 몰락이) 두려운 걸까요?

정수진 자신이 무너지는 걸 두려워할 사람이 아니야. 주변이 부서지는 게 두려운 거지.

이만길 …

정수진 심장을 멈추게 할 약물을 구해 온 서정연. 시해 증거를 인멸하고 조력한 최연숙. (창밖을 보며) 그들이 다치는 게 두렵겠지. 잃어 본 적이 있으니까.

그 정수진의 얼굴 위로 짧게 플래시되는.

// 플래시. 2부 씬 5 빈소 안

박동호, 서기태의 영정 앞에 몸을 숙인 채 흐느끼고 있다.
그 모습을 바라보는 정수진.

정수진 (조금은 처연한) 박동호와 나. 다르지 않아. 나도… 주변을 지키기 위해 … 시작한 일이니까.

착잡한 순간의 마음을 다지듯, 어느새 단호해진 얼굴로 창밖을 보는 정수진의 모습에서.

씬 8　청와대 복도 ‥ 밤

최연숙, 서류철을 들고 또각또각 걷고 있다. 집무실 문을 열고 들어간다.

씬 9　청와대 대통령 집무실 ‥ 밤

최연숙, 책상 앞 의자에 앉은 박동호에게 서류철을 내민다.

최연숙 정수진 의원 쪽에서 기관장 추천 명단을 보냈습니다. 금감원, 국세청, 감사원, 한수원 등 주요 공공 기관장. 200명가량의 명단입니다.

박동호 (서류철 속의 명단을 꺼내서 보는)

최연숙 (다소 황망한) 김만기 금감원장 후보. 그분이 강 회장의 식솔일 줄은 몰랐어요.

박동호 (묵묵히 명단을 보고 있는)

최연숙 (한탄의) 그런 사람에게 장일준 정권의 재벌 개혁 브레인 자리를 맡겼으니…

박동호 (설핏 스치는 미소로) 장막 속에 숨어 있던 강영익의 개들이 모습을 드러냈습니다. (서류 책상 위에 내려놓으며) 이제 후회는 그들의 몫이 될 겁니다.

최연숙 … (보는)

박동호 이 모든 게 장일준의 시계 덕분입니다. 고맙네요.
오랜만에. 그분한테.

그 박동호의 여유 만만한 얼굴 위로.

// 플래시. 5부 씬 26 국립묘지 장일준의 묘소 근처

영부인이 박동호에게 손목시계를 채워 준다. 저만치서 의미심장한 얼굴로 바라보는 정수진. 박동호의 손목에 채워지는 손목시계의 모습에서…

// 인서트. 대선 캠프 박동호 집무실 (그날 밤)

불 꺼진 실내. 탁자에 놓인 손목시계. 서정연이 적외선 감지기로 시계를 훑다가 멈춘다. 선명하게 보이는 시계 내부의 도청 장치. 탁! 하고 켜지는 실내의 불. 불을 켠 최연숙이 벽 쪽에서 소파로 걸어온다.
박동호, 손목시계를 탁자 위 금장 담뱃갑 안에 넣는다.
감청을 방지하는 것.

서정연 대선 전략. 우리들의 대화. 모두 정수진 쪽에 넘어가고 있어요. 당장 파쇄해야 됩니다.

최연숙 손목시계를 파쇄하면, 정수진이 대선 지원을 중단할 거예요. 승리를 위해선 정수진의 도움이 필요합니다.

서정연 후보님. 이번 대선, 국민을 믿고 (하는데)

박동호 (시니컬한, OL) 서기태도 국민을 믿었어. 한때는 나도

그랬지. (피식 실소 보이는)

서정연 …

박동호 (서정연에게) 국민이 믿고 싶어 하는 거짓을 던져 줄 거다. 박동호가 장일준의 후계자라는 거짓!

박동호, 금장 담뱃갑을 열어 시계를 손목에 차며.

박동호 내일 장일준 대통령 생가 방문에 정수진 의원 동행 요청하세요. 주요 지역 유세 연단엔 정수진과 함께 설 겁니다. (단호한, 결단의) 이번 대선. 반드시 이겨야 합니다.

박동호 서기태도, 실장님도, 저도… 언제나 벼랑에 선 건 우리였습니다.
내일은 정수진을 벼랑에 세울 겁니다.

최연숙 (보는)

박동호 떨어지기 싫다면, 내 손을 잡아야 할 겁니다.

박동호의 그 자신만만한 옅은 미소에서.

씬 10 정수진의 자택 전경 · · 낮

아침 해가 거대한 건물을 비추고 있다.

씬 11 정수진의 자택 거실 ·· 낮

정수진, 출근 차림으로 나오는데, 거실 일각에 쭈뼛거리며 서 있던 한민호가 도라지즙 박스를 들고 다가온다.

한민호 (너스레 떠는) 철민이 그 자식. 당신 편도선이 약하다니까, 이걸 가져왔네. 알지. 그 자식이 어릴 때부터 그렇게 말을 좋아해서… (하다가 자신을 빤히 바라보는 정수진을 느끼고는) 왜…

정수진 (담담한) 경마에 빠져서 이혼하고 집 날린 친구를, 마사회 간부로. 추천하는 남편. 어떤 눈으로 봐 줄까?

한민호 … 알잖아. 나 지명 수배 때, 그놈 집에서 숨어 지낸 거.

정수진 (담담한) 우정에 대가가 있니?

한민호 (답답하다는 듯) 수진아, 그걸로 그놈 감옥도 갔어. 내가 신세를 갚아야 (하는데)

정수진 (담담하게 보며) 우리의 스무 살. 대가를 바란 헌신이었을까?

한민호 (의미는 알지만, 서운한) 수진아… (하는데)

그때 다급하게 달려 들어오는 이만길.

이만길 (다급한) 의원님. 의원님.

그 다급함에 쳐다보는 정수진의 얼굴에서…

씬 12 몽타주 ‥ 낮

// 청와대 춘추관 브리핑룸

최연숙, 기자들 앞에서 조각 명단을 발표하고 있다.

최연숙 박동호 정부 첫 내각의 지명자 명단을 발표하겠습니다.
국무총리 후보 박창식 대한국민당 의원.

// 청와대 대통령 집무실

박동호, 책상 앞 의자에 앉아, 정수진이 건넨 조각 명단을 본다.
발표되는 이름과 다른 사람들이다. 그 발표 소리에 맞춰 한 명씩 엑스 표를 그어 나가는 박동호의 모습 위로.

최연숙(소리) 경제부총리 후보 이준일 KDI 원장, 교육부총리 후보 안일상 원일대학교 총장, 외교통상부 장관 백민수 전 주미대사.

// 대진의료원 VIP 병실

강 회장, 굳은 얼굴로 뉴스를 보고 있다.

최연숙(소리) (티비 속, 뉴스 화면의) 통일부장관 민효성 현 통일부 차관, 법무부장관 강준성 전 의원, 국방부장관 송태민

합참의장, 행정안전부장관 최영만 전 경찰청장.

// 도로를 달리는 차 안

운전하는 이만길. 뒤에 앉은 정수진, 굳은 얼굴이다.
저만치 청와대의 모습이 보인다.

// 청와대 복도

굳은 얼굴의 정수진이 걸어간다.
저만치에서 다가오는 최연숙. 정수진의 바로 앞에 멈춘다.

최연숙 (정중하게) 기다리고 계십니다. (하고는)

앞장서는 최연숙을 굳은 얼굴로 뒤따르는 정수진의 뒷모습에서…

씬 13 청와대 상춘재 ·· 낮

들어서는 정수진. 안내를 마친 최연숙은 가볍게 목례하고 나간다.
박동호, 식사가 차려진 식탁에 홀로 앉아 있다. 정수진, 맞은편에 앉는다.

박동호 (담담하게 보며) 10년 전 보궐선거. 덕분에 이겼지. 그날 밤. 회식 때 멸치회를 맛나게 먹던 생각이 나서. 들지.
정수진 들어요. 청와대에서 마지막 식사가 될 거니까.
박동호 (담담하게 보는)

정수진 YTV에 보이스펜을 전달할 생각이에요.

박동호 (보는)

정수진 오늘 안에 국회에서 탄핵 논의가 시작될 거예요. 오래 안 걸리겠죠. 감옥 가는 길 배웅은 해 드리죠. (하고는)

정수진, 일어나 나가려는데, 그때 뒤에서 들리는.

정수진(소리) 내가 장일준을 떠나보냈어.

둥!! 놀란 정수진이 돌아본다. 식탁 위. 박동호의 옆에 놓인 스마트폰에 USB가 꽂혀 있다. 거기서 재생되는 녹음 파일.

박동호는 개의치 않고 멸치회를 한 점 집어 맛나게 먹고 있다.

정수진(소리) (USB 파일에서 재생되는) 그분이 준 손수건으로 배웅했어. 그분의 마지막 호흡 내 손으로… 멈추게 했다. 그래서 만길아. 그분이 남긴 일. 나의 몫이야.

정수진, 충격으로 비틀하려는 몸을 간신히 지탱한다.

박동호 최후의 만찬 때 왜 가룟 유다와 함께했을까 궁금했는데, 이제 알겠어. 무너지는 유다의 얼굴을 보며 생각했겠지. 내 선택이 옳았다고. (미소로, 식탁을 가리키며) 들어.

미소의 박동호와 충격에 사로잡힌 정수진의 모습에서.

씬 14 대진의료원 VIP 병실 ·· 낮

강 회장, 묵음의 티비 화면을 보고 있다.
그 티비 화면, 박창식이 기자들에게 둘러싸여 답변하는 모습과
'박창식, 청문회 준비단 가동'이라는 자막이 보인다.

강상진 (황망한) 19개 정부 부처, 200명의 공공 기관장 중, 우리 쪽에서 추천한 사람은 단 한 명도 임명되지 않았습니다.
강 회장 (티비 화면을 보는 채로) 아무래도 정수진, 고삐를 놓친 거 같아. 쯔쯔. 고삐 놓친 마부를 어떻게 처리해야 되나…

강 회장, 골치 아프다는 듯한 얼굴에서…

씬 15 청와대 상춘재 ·· 낮

박동호와 정수진, 식탁에 마주 앉아 있다.

박동호 (멸치회를 먹으며) 어릴 때 소설을 써 본 적이 있어. 습작의 기본은 필사라고 하지. (정수진을 보며) 이기고 싶은 자를 모방하는 것.

그 박동호의 얼굴 위로 플래시되는.

// 플래시. 어느 별장 앞. 5부 씬 41 후반부 추가

서정연 (밤하늘을 보는 채로) 시간을 도려내는 거. 아프더라. 당신의 연인이었던 5년.

이만길 …

서정연 돌려줄게. 받은 거 모두 다. (캔 커피 돌려주며, 미소로) 오래 안 걸릴 거야.

이만길 …

서정연 (주머니에서 반지 꺼내 건네며) 파혼한 결혼. 돌려주지 못한 예물. 찾아볼게. 돌려줄 게 더 남았는지.

이만길, 예물 반지를 쓸쓸한 표정으로 받아 든다. 줌인 되는 그 반지에서…

박동호 (정수진을 보며) 어땠습니까? 숨이 멎어 가던 순간, 장일준 대통령의 모습. 기억하고 있을 텐데.

생각하고 싶지도 않은 듯 찌푸려지는 정수진의 모습 위로 인서트되는.

// 인서트. 도로를 달리는 차 안 (낮)

이만길이 운전하고, 뒷좌석에 정수진이 타고 있다.
부감으로 보이는 도로. 저 끝에 수도통합병원이 보인다.

정수진 정발 IC 쪽으로 가자.

이만길 (운전하며) 거긴 돌아가는 길인데 (하다가, 알겠는, 조심스레) 수도통합병원을 지나가기 싫으신 겁니까?

정수진, 그 말에 대꾸하지 않고 외면하듯이 창밖을 보는 모습에서.

박동호 귀를 막아도 들리겠지. 장일준의 비명이. 눈을 감아도 보이겠지. 장일준의 고통이. 그때마다 생각하겠지. 내가 한 일, 되돌릴 수 없다면, 가치 있는 일로 만들겠다고. 그게 나의 몫이라고.

정수진 …

박동호 (나는) 알아. 내 안에 있는 건 당신 안에도 있으니까.

그 몰리는 듯한 정수진의 모습 위로 인서트되는.

// 인서트. 도로를 달리는 차 안 (낮)

운전하는 이만길. 저만치 보이는 유세장을 향해 달리고 있다.

정수진 (창밖을 보며, 처연한) 내가 장일준을 떠나보냈어. 그분이 준 손수건으로 배웅했어. 그분의 마지막 호흡 내 손으로… 멈추게 했다. 그래서 만길아. 그분이 남긴 일. 나의 몫이야.

차량이 유세장에 도착한다. 내리는 정수진. 환호하는 지지자들. 유세 연단에 있는 박동호를 향해 걸어가는 정수진의 모습에서…

박동호 서기태가 사건을 추적할 때, 썩은 자들을 도려냈다면 이 모든 일은 일어나지 않았을 (하는데)

정수진 (OL) 정권은 붕괴됐겠죠. 대통령 아들이 연루됐으니.

박동호 …

정수진 썩은 열매 한두 개 있다고, 나무를 베어 버릴 순 없어요.

박동호 (OL) 거대한 나무를 썩게 만드는 것도 한 마리 벌레로 시작하지.

정수진 (OL) 아무리 잘된 밥에도 탄 부분이 있어요.

박동호 (OL) 고름을 둔다고 살이 되진 않아. 조상천을 향하던 잣대는 우리에게도 똑같이 (하는데)

순간, 정수진이 들려던 물컵을 놓치듯 내려놓는다.

탕!!! 하고 거칠게 내려지는 물컵. 그 소리가 실내에 여운을 만드는 잠시…

정수진 (냅킨으로 손을 닦으며) 서운했겠죠. 당신 모르게 대통령이 강상운과 접촉했으니. (보며) 화가 났나요? 10년 모신 분께서 당신을 감옥에 보내려 해서.

박동호 (보는)

정수진 가끔 생각해요. 대통령 아들의 문제. 장일준이 당신과 먼저 상의했다면. 어땠을까?

박동호 …

정수진 장일준의 당선을 위해 흑색선전을 주도했었죠. 장일준의 선거 자금 문제를 덮기 위해 조작까지 한 분이니까, 어쩌면 (자기 의자를 살짝 가리키며) 이 자리에 당신이 앉았을 수도.

박동호와 정수진, 서로를 보는 팽팽한 시선 잠시…

정수진 궁금하네. 당신을 화나게 만든 건 뭘까? 정의감일까? 아님 당신을 버린 동료들을 심판하고 싶은 욕망일까?

박동호 (본다. 보다가) 둘 다 내 모습이면 안 되나?

정수진 …

박동호 (엷은 미소로) 하나의 얼굴만을 가진 인간은 없으니까.

엷은 미소의 박동호와 팽팽한 긴장의 정수진이 서로를 보는 모습에서…

씬 16 청와대 비서실장실 ·· 낮

최연숙이 들어서자, 소파에 앉아 있던 서정연이 일어나 서류철을 들고 다가간다.

최연숙 (다급한) 국회 탄핵 절차에 대비하세요. 국무총리 인준 전입니다. 대통령 유고 상황 발생 시, 권한대행 문제에 관해 법적 검토도 하세요. 박동호, 정수진, 강상운, 장현수, 모두를 수사하는 특검이 발동될 거니까 (하다가 보면)

서정연, 이해하지 못한 얼굴로 보고 있다.

최연숙 지시 못 받았나요? 오늘 중으로 박동호 대통령과 정수진의 녹취가 언론에 공개될 거예요. 박동호 대통령, 이미 최후를 각오했으니 (하는데)

서정연 (당황한, 의문의) … 다음 달 미국 순방 준비하라는 지시가…

최연숙 (그 말에 멈칫해서 보는)

서정연 … 유엔 연설문 초고도 주말까지 준비하라고 하셨습니다. 아침에 지시한 내용입니다.

최연숙, 둥! 충격에 빠진 얼굴이 되는 모습에서…

씬 17 청와대 상춘재 · · 낮

박동호와 정수진, 식탁을 두고 마주 앉아 있다.

정수진 (보이스펜을 식탁에 내려놓으며) 난 당신의 고삐를, (박동호의 옆 스마트폰에 삽입된 USB를 보며) 당신은 나의 채찍을 가지고 있어요.

박동호 (보며) 나는 대통령을 쓰러뜨린 상처를, 당신은 장일준을 시해한 흉터를 가지고 있지.

정수진 (보는)

박동호 내가 어떻게 청와대까지 왔는지 그 상처를 지워 준다면,

정수진 (보는)

박동호 당신이 어떻게 장일준을 배웅했는지 그 흉터도 사라질 거야.

박동호, 거래를 제안한 것이다. 대통령 시해와 관련된 서로의 비밀을 묻어 두자는. 정수진, 본다. 잠시 보다가…

정수진 자신을 내던지고 함께 벼랑에서 떨어질 사람이라 생각했는데, 모두를 내던지고 벼랑 위에 홀로 설 생각이군요.

박동호, 개의치 않고 보이스펜을 요구하듯 손을 내민다.

정수진, 잠시의 갈등 뒤, 보이스펜을 박동호 쪽으로 건네는 모습에서…

씬 18 청와대 복도 ·· 낮

최연숙, 다급한 발걸음으로 빠르게 긴 복도를 걸어가고 있다.

그 최연숙의 모습과 빠르게 교차되며 보여지는.

// 플래시. 1부 씬 54 청와대 대통령 집무실

최연숙 (날카로운) 그 어떤 이유도!!!

박동호 (보는)

최연숙 (선 채로, 박동호를 내려다보며) 살인을 정당화할 순 없어요. 법의 처벌을 피할 수도 없어요.

박동호 (차분한 말투로) 피할 생각 없습니다. 시간을 늦추고 싶을 뿐.

// 플래시. 1부 씬 54 청와대 대통령 집무실

박동호 (간절한 말투로) 한 달의 시간만.

최연숙 …

박동호 (간절하게) 세상을 뒤엎을 시간, 한 달만… 저에게 주시겠습니까?

// 플래시. 5부 씬 13 대선 캠프 최연숙 사무실

최연숙 (정수진을 보며) 타협은 없을 거야. 대통령의 심장이 멈춘 그날 밤. 최후를 각오했으니까. 박동호도. 그리고 … 나도.

최연숙, 마음이 다급하다. 더 빠르게 걸어가는 모습에서…

씬 19 청와대 상춘재 ·· 낮

박동호, 스마트폰에서 USB를 뺀다.

박동호, 보이스펜과 USB를 들고 일어나, 저만치 일각으로 간다.

박동호 (걸으며) 비 내리던 그 밤. 장일준을 찾아간 건, 세상을 청소하기 위해서였어.

정수진 (그 뒷모습을 보고 있는)

박동호 여기서 내가 떠나면, 내가 사라진 뒤에도 조상천은 남겠지. 내가 떠난 세상에 강 회장도 있을 거야.

그건 안 된다는 듯 고개를 가로젓는 박동호가 대형 믹서기 앞에 선다.

그 안에 넣는다. 보이스펜과 USB를. 그때 문이 열리고 들어서는 최연숙.

다가가려는데, 박동호, 버튼을 누른다.

요란한 소음과 함께 파편이 되고, 가루가 되어 가는 보이스펜과 USB.

박동호 (정수진을 보며, 단호한) 쓰레기가 남았는데 청소부가 떠날 수 있나.

정수진 (모든 계획이 어긋나, 찌푸려진 얼굴로 보는)

박동호 (최연숙을 보며, 단호한, 결의의) 세상의 먼지가 모두 사라질 때까지, 난 청와대에 남아야겠습니다.

대형 믹서기의 요란한 소음이 실내를 장악하듯 울리는 속에,
서로를 보며 서 있는 박동호와 정수진, 그리고 최연숙의 모습에서…

씬 20 청와대 본관 앞 ·· 낮

도착하는 검은 승용차. 먼저 내린 비서가 열어 주는 문을 통해 박창식이 내린다. 기분 좋은 얼굴로 주변을 둘러보는 모습에서…

씬 21 청와대 복도 ·· 낮

박동호의 뒤를 최연숙이 따라 걷고 있다. 최연숙, 복잡한 얼굴이다.
뭔가를 말하려는데, 그때.

박동호 (걸으며, 뒤돌아보지도 않고) 최연숙 실장님.

최연숙 (걸으며, 그 말에 보는)

박동호 (걸으며, 뒤돌아보지도 않고) 비서실 세팅이 끝나는 대로, 비서실장직에서 물러나 주십시오.

최연숙 (둥!!! 놀란) 대통령님!

박동호, 아무런 말도 하지 않았다는 듯 저벅저벅 걷고만 있다.
놀란 얼굴로 다급하게 뒤를 따르는 최연숙의 모습에서.

씬 22 청와대 대통령 집무실 ·· 낮

박동호가 들어서자, 소파에 앉아 기다리던 박창식이 정중하게 매무새를 만지며 일어난다. 뒤따라 들어오던 최연숙이 박창식을 보곤, 하려던 말을 멈추고 선다.

박창식 (고개 숙여 예를 표하곤) 총리 지명 감사합니다. 새 정부의 국정 과제는 제가 책임지고 수행을 (하는데)

박동호 (책상 쪽으로 가며) 여의도의 구미호 박창식!

박창식 (그 말에 보는)

박동호 (서류철을 들고 소파로 와서 앉으며) 당적 이동만 15회, 탈당 8회, 창당만 6번. 자신이 속한 당 이름도 가끔 헷갈리는, 여의도의 늙고 부지런한 철새!

박창식 (불쾌함을 억지 미소로 숨기고 소파에 앉는)

박동호 세평 조사를 했습니다. 국민의 70%가 퇴물 정치인이라고 인식하더군요.

박창식 … (억지웃음 보이며) 이거… 상 받는 자리에 놓이 지나치십니다.

박동호 30년 정치 인생에 묵은때. 제가 씻겨 드리겠습니다. 새 옷도 입혀 드리구요 (하며)

박동호, 서류철을 박창식에게 건넨다. 받아서 펼쳐 보는 박창식.

박동호 나랏밥 먹으면서, 강영익 회장의 일을 해 온 자들입니다. 이 자들을 정관계, 법조계, 학계에서 정리했으면 합니다.

박창식 (눙치듯, 머리 긁으며) 블랙리스트를 이용해서 특정인에게 불이익을 주는 건, 법적으로 문제가 (하는데)

박동호 (OL) 적폐 청산에 앞장선 개혁의 기수!

박창식 (보는)

박동호 (옅은 미소로) 다음 대선에 입고 나갈 옷으론 적당하지 않을까요?

박동호가 건드렸다. 박창식의 오랜 꿈을.

박창식, 위험도와 이익 사이에서 머리를 잠시 굴리며 생각하는 동안.

박동호 최연숙 실장님.

최연숙 (보는)

박동호 박창식 의원이 총리공관으로 옮긴 뒤, 여의도의 빈자리를 맡아 주십시오. 6개월 뒤, 총선이 있습니다. 공천권을 확보해야 합니다. 새로운 인물들로 대한국민당을 혁신할 겁니다.

최연숙 (알겠다. 이것이 비서실장을 그만두라는 이유였다는 것을)

박동호 박창식은 정부의 개혁을, 최연숙은 여의도의 혁신을 이루는 동안,

최연숙 (보는)

박동호 (보며) 우리 약속, 잠시 미뤄도 되겠습니까?

최연숙, 박동호의 굳은 결의가 보이는, 단호한 그 얼굴을 본다. 느낀다. 박동호는 정수진과 강 회장의 처리만이 아닌, 거대한 플랜을 숨기고 있었다는 것을. 최연숙, 앞자리의 박창식을 본다. 여기서 다른 대답을 할 수는 없다.

최연숙 …따르겠습니다.

박동호 (옅은 미소로, 끄덕이곤, 박창식에게) 청문회 준비에 만전을 기하세요. 특히 (하는데)

진동으로 울리는 박창식의 휴대폰.

박창식, 미안하다는 듯 손짓으로 양해를 구하곤 핸드폰을 받는다.

박창식 네.

박창식 아들 (겁에 질린, 울먹이는 듯한) 아버지… 저… 살려 주세요. 저… 어떡해요… 아버지…

박창식 (뜻밖의 전화에 둥!! 놀라지만)

자신을 보는 박동호와 최연숙의 눈길에, 억지 미소를 보이곤, 핸드폰을 끊어 버리는 박창식.

박동호 청문회 통과를 위해선, 자녀들의 입시, 병역, 취업. 국민들의 분노를 건드릴 요소는 단 하나도 없어야 합니다. 믿어도 되겠습니까?

박창식, 자신 있다는 표정으로 끄덕여 보인다. 옆에 놓인 핸드폰이 다시 진동으로 울린다. 박창식, 한 손으로 휴대폰을 꾸욱… 눌러 잡으면서도 억지 미소를 짓고 있는 그 모습에서…

씬 23 대진의료원 주차장 ·· 낮

대진의료원 앞에 주차된 차량. 이만길이 운전석에, 정수진이 뒷자리에 앉아 있다. 이만길, 반지 알을 분해한 채 반지 틀에 고정된 소형 도청 장치를 본다.

이만길 죄송합니다. 내가 할 수 있는 일. 정연이도 할 수 있다는 생각. 못 했습니다.

정수진 (딴생각에 잠긴 채) 말했잖아. 세상 문제 절반은 사람을 믿어서 생기는 일이라고.

이만길 (낮은 자책의 한숨 내쉬는)

정수진 (대진의료원 건물을 올려다보며, 혼잣말처럼) 거짓에 속을 사람이 아니야. 진실을 말한다고 용납할 사람도 아니고.

그 생각이 많은 정수진의 모습에서…

씬 24 대진의료원 VIP 병실 ·· 낮

정수진 (정중하게 서서) 제 쓰임이 다한 것 같습니다. 앞으로 회장님 앞에 나서는 일은 없을 거예요. 쾌유를 바랍니다. (하고 정중하게 목례한다.)

강 회장, 돋보기를 낀 채 책을 보고 있다. 그 옆에 선 강상진.

강 회장 (책 페이지를 넘기며, 책을 보는 채로) 병든 노인네를 협박하는 건가?

정수진 (정중하게) 제 불찰에 책임을 지고 물러나겠단 말씀. 드리는 겁니다.

강 회장 (책을 보는 채로) 내 일 봐주던 놈들 명단이 박동호 손에 들어갔어. 그놈들 행여나 눈에 띌까 기침 소리도 못 내는 판이야, 일손이 모자란데 어쩌겠나? 고삐 놓친 마부라도 일단 부려야지.

정수진 (언뜻 보이는 안도의 표정, 정중하게) 다시 기회를 주는 걸로 받아들여도 되겠습니까?

강 회장, 책을 탁 덮고는 정수진을 본다. 탐탁지 않은 얼굴로 보다가…

강 회장 내가 우리 그룹 청소하는 아줌마들, 다 정규직으로 채용한 사람이야. 남편이 싼 똥, 마누라가 치우겠다는데, 쩝. 일회용 계약직으로 쓸 수는 없지.

정수진 (의도된 모욕적 발언이다. 살짝 입술을 깨물며 모욕을 견디는데)

강 회장 (강상진에게 고갯짓하면)

강상진 박동호는 박창식을 이용, 우리 측 인사를 대학살할 계획입니다. 박창식을 낙마시켜야겠습니다.

정수진 (보는)

강상진 마카오에 우리가 투자한 카지노가 있습니다.

그 말에 뭔가 계획이 진행 중임을 느끼는 정수진의 모습에서…

씬 25 서울중앙지검장실 ·· 낮

책상 앞 의자에 앉아 서류를 보는 이장석. 똑똑 노크 소리가 들리더니, 문이 열리고, 서류철을 든 정필규가 건들거리며 들어온다.

정필규 (다가가며) 따끈한 첩보가 하나 들어와서요.

이장석 (찌푸리는) 감찰이 진행 중인 인사와 접촉은 내규상 금지돼 있습니다. 관련 내용은 서류로 1차장에게 전달하세요.

정필규 (이장석의 앞까지 다가와 속삭이듯) 여권 고위 인사의 아들이 해외 원정 도박을 했답니다.

이장석 (그 말에 보는)

정필규 도박 빚이 5억이래나, 그 돈을 못 갚아서 지금 카지노 지하 창고에 억류돼 있답니다. (입맛 다시곤) 아, 감찰만 아니면 요 맛있는 사건 내가 조지는 건데…

이장석 (다뤄야만 하는 큰 사건이다. 서류철을 달라고 손을 내미는)

정필규 (두 손으로 고개까지 숙이며 정중하게 조롱하듯 서류철 건네곤) 부모님이 낳으시고 특수부가 키운 우리 지검장님. 사건 잘 부탁드립니다.

정필규, 돌아서 나간다. 서류를 들춰 보는 이장석의 그 심각한 얼굴에서…

씬 26 서울중앙지검 복도 ·· 낮

정필규, 건들거리며 걸으며 통화 중이다.

맞은편에서 다가오던 여직원이 쟁반에 담아 가던 몇 잔의 커피.

스치는 도중, 말도 없이 커피 한 잔을 가져가 마시며 걸으며.

정필규 (통화 중인) 물건 전달했다. 수진아. 오빠가 민정 간다고 집도 청와대 근처에 계약했는데, 아 집사람이 언제 이사 가냐고 (하다가 상대의 말을 듣는) 어. 알았다. (핸드폰 끊고는, 커피 한 모금 마시고는) 쓰다. 써.

상황도, 처지도, 커피도 쓴 정필규의 찌푸린 얼굴에서…

씬 27 정수진 의원실 ·· 낮

정수진, 핸드폰을 끊는다. 옆에 선 이만길.

이만길 최연숙 실장이 여의도로 돌아온다는 소문이 돌고 있습니다. 벌써 당내 원로들, 중진 의원들과 접촉 중이라고 합니다.

정수진 한 걸음씩 가자. (아래에 놓인 신문. 그 총리 지명 기사에 실린 박창식의 사진을 보며) 박동호의 왼팔부터 먼저 꺾어야지.

분노로, 모욕을 견딘 수치로, 살짝 뒤틀어지는 정수진의 표정에서…

씬 28 대통령 관저 전경 ·· 밤

대통령 관저의 평화로운 밤의 전경이 잠시 보이다가…

씬 29 대통령 관저 한결의 방 ·· 밤

박한결(고 1), 책상에 앉아 스마트폰 보다가 똑똑 노크 소리가 들리자, 다급하게 숨기곤 공부하는 척하고 있다. 들어오는 박동호와 김도희.

박동호 (어색하게 보다가, 뭐라도 말을 걸려고) 공부해?

박한결 (쳐다보지도 않고, 참고서 보는 채로, 시큰둥하게) 어.

김도희 (그런 박한결의 등을 가볍게 툭 치며) 아빠가 왔으면 인사는 해야지.

박한결 (참고서 보는 채로, 시큰둥하게) 어.

대화도, 개입도 거부하는 완전한 사춘기 소년의 전형.
김도희, 박동호에게 그냥 나가자고 눈짓 보내는데, 박동호, 벽에 걸린 대형 브로마이드를 본다. 아이돌 그룹 화이트핑크의 브로마이드다.

박동호 (넌지시 흘리듯) 다음 주 한류의 날 행사에, 화이트핑크도 청와대에 초청할 생각인데.

박한결 (그 말에 참고서를 보던 눈동자가 반짝 빛난다.)

김도희 (새어 나오는 웃음을 참으며) 오찬 마치고 관저 방문하면 되겠네. 여기 구경도 좀 하고.

박한결 (생기가 넘치는 얼굴로 박동호를 보며) 아빠!

김도희 원하면 한결이랑 기념 촬영도 하고.

박한결 (벌떡 일어나 박동호의 바로 앞까지 다가가며) 아빠 친구들 데려와도 돼? 준서 그 자식 팬미팅 가서 사인받았다고 자랑을 두 달째 (하는데)

박동호 (장난 어린 말투로) 공부해, 나갈게.

박한결 (화들짝) 벌써? 좀 더 있다 가지. 아빠 고마워. 아빠 사랑해.

아직은 아이 같은 아들의 모습에 박동호, 환한 미소가 번져 나온다.

그때 진동으로 울리는 핸드폰. 발신자 '박창식'이다. 받는다.

박동호 박동홉니다.

박창식(F) (무거운) 상의할 일이 있네. 관저로 찾아가도 되겠나?

왠지 모를 불길함을 느끼는 박동호의 모습에서…

씬 30 대통령 관저 식당 ‥ 밤

박동호와 박창식이 마주 앉은 식탁. 가벼운 안주가 놓여 있고, 소주를 마시고 있다. 박동호, 사진을 보고 있다. 서른 살가량의 사내가 구타당한 뒤, 창고 일각에 힘없이 기대앉아 있는 사진이다.

박창식 (힘없는) 그놈들이 보냈어. 집사람은 어제 쓰러져서 입원 중이야. (소주잔을 들고는) 내가 선거 떨어질 때도 웃어 주던 사람인데, 자식 앞엔 안 되나 봐. (하며 소주를 마시는)

박동호 (굳은, 심각한) 송금은 안 됩니다.

박창식 (마시다가 보는)

박동호 해외 원정 도박은 아드님의 문젭니다. 타격은 입겠지만 청문회 통과는 가능할 겁니다. 하지만, 불법 송금을 하는 즉시 외환관리법 위반, 도박 자금 제공 등으로 의원님이 무너집니다.

박창식 (쓴웃음 지으며) 나 살자고 자식을 외면하란 말인가.

박동호 검찰이 계좌를 모니터링 중일 겁니다.

그 박동호의 얼굴 위로 인서트되는.

// 인서트. 서울중앙지검장실 (밤)

회의용 탁자에 앉은 이장석과 검사들. 뭔가를 진지하게 논의하는 모습 위로.

박동호(소리) 의원님 본인, 가족, 친인척 계좌까지 불법 송금 여부를 실시간으로 체크하고 있을 겁니다.

박동호 현지 경찰에 협조 요청을 하겠습니다. 법에 의거, 원칙대로 (하는데)

박창식 (잔에 술을 따르며) 원칙은 시간이 걸려. 집사람은 한계에 와 있어.

박창식, 잔을 들이켠 뒤, 탁 소리가 나게 거칠게 내려놓는다. 보는 박동호.

박창식 (진지한, 보며) 검찰 수사 막아 줄 수 있겠나?

박동호 …

박창식 이장석이 지휘하고 있어. 이장석을 멈추게 할 사람. 자네뿐이야.

박동호 (뭐라 답할 수 없는)

박창식 총리로 있는 동안, 자네의 수족이 되겠네. 나를 따르는 수십 명의 의원들이 자네의 방패가 될 거야.

박동호 …

박창식 (간절한) 내 아들… 구할 수 있게 해 주게. 애비로서… 부탁이야.

간절한 박창식의 모습을 보고 있는 박동호의 얼굴에서…

씬 31 대통령 관저 거실 ‥ 밤

박동호, 깊은 생각에 잠긴 채, 소파에 홀로 앉아 있다.

김도희, 다가와 옆에 앉는다.

김도희 한결인 친구들이랑 몇 시간째 통화 중이야. 그렇게나 좋을까? (미소 지으며, 박동호의 어깨에 머리를 기대며) 아빠 노릇, 참 힘들다.

박동호 (생각에 잠긴 채) 아빠 노릇… 나한테도, 10년 동안 모신 분한테도 쉽지 않았던 일이야. (혼잣말처럼) 박창식. 그 사람은 못 버틸 거야.

생각지 못했던 변수에 깊은 생각에 잠기는 박동호의 모습에서…

씬 32 도로를 달리는 차 안 ·· 밤

밤의 도로를 달리는 차 안. 격앙된 박창식이 핸드폰 통화 중이다.

박창식 (통화 중인) 마카오에 송금을 해야겠어. 절대 드러나지 않을 송금처를 알아 봐. 어서. (끊는)

그동안의 여유가 다 사라진 얼굴로 마른세수를 거칠게 하는 박창식의 모습에서…

씬 33 서기태의 무덤 ·· 낮

언덕 아래. 경호원들과 차량의 모습이 보인다.
언덕 위. 무덤 앞에 박동호와 이장석이 있다.
박동호와 이장석, 무덤가의 잡초를 허리 굽혀 손으로 뽑고 있다.

박동호 (잡초를 뽑으며) 검찰총장이 사직서를 냈어. 정권이 바뀐 뒤 신임을 묻겠다는 형식적 절찬데, 사직서 수리할 생각이다.

이장석 (그 말에 잡초를 뽑던 손이 잠시 멈추는. 이내 다시 잡초를 뽑아 나가는)

박동호 (잡초 뽑으며) 수사권 조정, 기소 독점의 폐해, 전관예우, 그리고… 70년 검찰에 쌓인 문제가 많아.

이장석 (말없이 잡초를 뽑아 나가는)

박동호 (잡초 뽑으며) 장석아. 니가 맡아 줘야겠다. 그 자리.
불의에 맞서되, 스스로 불의가 되지 않는 검찰. 만들어 줘.

이장석, 그 말에 몸을 일으켜 박동호를 본다.

박동호도 몸을 일으켜 이장석을 본다.

박동호 지금 수사 중인 사건, 모두 손을 떼라. 당분간은 적을
만들지 말고 (하는데)

이장석 (OL) 박창식 의원 쪽에서 접촉해 왔어. 대통령 통해서
전언이 갈 테니, 수사 속도를 조절해 달라고.

박동호 (살짝 미간이 찌푸려지는, 박창식의 조급함이 문제를 복잡하게
만들었다는 생각이다.)

이장석 (담담하게, 보며) 오면서 생각했어. 동호가 나한테 협박을
할까? 부탁을 할까? 근데… (미소로) 야, 친구가 참 좋다.
자리까지 마련해 주고.

박동호 (보며) 장석아. 한 번만 물러서 주라.

이장석 (OL, 단호한) 한 번만 물러난 검사는 없어.

박동호 (OL) 그 사람. 총리로서 해야 할 일이 있어.

이장석 (OL) 그래서, 검사로서 해야 할 일을 막는 거야?

팽팽한 시선 속. 두 친구가 서로를 보는 잠시.

이장석 (손에 든 잡초를 불어오는 바람에 날리곤) 장일준의 아들
장현수의 사건. 넌 왜 물러나지 않았지?

그 말에 미간이 꿈틀거리는 박동호의 모습 위로 짧게 플래시되는.

// 플래시. 청와대 대통령 집무실. 3부 씬 1 일부, 씬 9 일부 편집

박동호 (장일준을 보며) 그게 두려웠다면, 아드님 사모펀드 문제를 알았을 때 수사를 의뢰했어야 합니다.

박동호 (장일준을 보며, 단호하게) 대한민국 대통령의 직에서, 물러나 주십시오.

이장석 장일준 그 사람도, 대통령으로서 해야 할 일이 많은 사람이었잖아.

박동호 (장일준과 같은 시험대에 선 자신의 모습에 이장석의 시선을 받아 내지 못하고 멀리를 보는데)

이장석 네가 하지 못한 일. 나한테 요구하지 마라. (품 안에서 사직서 내미는) 난 내 일을 할란다. 거취는 임명권자한테 맡기고.

박동호 (사직서를 차마 내밀어지지 않는 손을 천천히 들어서 건네받는)

이장석 (담담하게) 내 후임으로 정권의 사냥개가 필요하다면, 그런 사람 검찰에 아주 많아. 추천해 줄 수도 있어.

담담하게 보는 이장석과 멀리를 보는 박동호의 엇갈린 시선에서…

씬 34 청와대 대통령 집무실 ·· 해 질 녘~밤

탁자 위에 놓인 사직서. 소파에 다리를 꼬고 앉아, 마치 청동상처럼, 또는

지옥의 문 앞에 도달한 로댕의 조각처럼, 깊은 생각에 잠긴 박동호.
시간이 흐르고 있다. 한 시간… 두 시간… 그 흐름이 벽에 걸린 시계로 보여진다. 어느 순간, 깊은 생각의 터널을 지난 박동호, 사직서를 집어 든다. 결단을 내린 것이다. 찢는다. 한 번, 또 한 번, 마치 장일준과 같아지려 했던 자신의 모습을 용납할 수 없다는 듯 찢고 또 찢어 버린다.
그리고 핸드폰을 든다. 전화를 건다. 상대가 받았다.

박동호 (통화 중인) 장석아. 넌 변하지 마라.

이장석 (서울지검장실 책상 앞 의자에 앉은, 통화 중인, 친구의 결정을 알았다. 담담하게) 너는?

박동호 (통화 중인, 단호한) 변하게 만들 거다. 세상을.

청와대의 박동호, 지검장실의 이장석, 통화 중인 두 친구의 모습이 한 화면에 잡히는 데서…

씬 35 국회 앞 ·· 낮

검은 승용차가 도착한다. 박창식이 내리자, 몰려드는 기자들.

기자1 아드님이 해외 원정 도박 중 마카오에 억류됐다가, 며칠 전 영국으로 갔다는 의혹이 있습니다. 인정하십니까?

박창식 (옷깃을 여미곤, 침통한 얼굴로) 자식의 허물은 아비의 허물입니다. 국민 여러분께 송구한 마음. 성실한 총리직 수행으로 갚아 나가겠습니다.

기자2 도박 빚을 불법 송금한 의혹이 제기되고 있습니다.

박창식 (보며, 단호하게) 그런 사실. 없습니다.

단호하게 부인하는 박창식의 그 모습에서…

씬 36 국회 청문회장 ·· 낮

박창식, 단상 앞에 서서, 선서 중이다.

박창식 (선서문 낭독하는) 공직 후보자 박창식은 국회가 실시하는 인사 청문회에서 양심에 따라 숨김과 보탬 없이 말할 것을 선서합니다. 2월 10일 공직 후보자 박창식.

씬 37 정수진 의원실 ·· 낮

정수진과 이만길, 근처 소파에 앉아 티비로 중계되는 청문회를 보고 있다. 각자의 찻잔이 놓여 있다.

이만길 아들의 원정 도박은 인정하고, 자신의 불법 송금은 부인할 계획인 것 같습니다.

정수진 (여유 있게) 누구한테나 계획은 있어.

위원장(소리) (티비 속 중계 화면의) 대한국민당 민병일 의원. 질의해 주십시오.

티비 화면. 청문위원석에 앉은 의원1이 질의를 준비하는 모습이 보인다. 그 의원1을 보며 차를 마시는 정수진의 여유 있는 모습 위로 인서트되는.

// 인서트. 일식집 밀실 (밤)

정수진과 의원1, 마주 앉아 있다.

정수진 지방 소멸이 심각해요. 의원님 지역구도 곧 통폐합된다던데.

의원1 (후우. 걱정스러운 한숨 쉬는데)

정수진 지역구 살려 드릴게요. (미소로) 지역구가 사라지면, 이제 여의도에 못 오세요.

의원1 (갈등의) 박창식 후보는 저한테 아버지 같은 분입니다.

정수진 (가볍게) 아버지는 아니잖아요.

정수진, 서류봉투를 의원1에게 내미는 모습에서.

씬 38 국회 청문회장 ·· 낮

의원1, 박창식에게 질의 중이다.

의원1 (다그치듯) 도박 빚 5억을 송금받고 아들을 풀어 줬다는 카지노 매니저의 증언이 있습니다. 그 돈. 후보자가 불법적으로 송금한 거 아닙니까?

박창식 (불끈하는 얼굴로) 말에도 무게가 있어요. 일개 카지노 종업원의 말. 일국의 총리 후보의 말을 같은 저울에 올릴 수는 없습니다.

의원1 …

박창식 (거침없이) 증거를 내세요. 말이 아니라, 자료가 있으면 제출하세요.

씬 39 정수진 의원실 ‥ 낮

정수진과 이만길, 청문회 중계를 보고 있다.

정수진 (미소로) 민병일 의원한테, 마카오 경찰청 수사 자료를 전달했어,

이만길 (보며) 박창식 후보. 여기서 무너지겠군요.

그럴 거라는 듯 가볍게 끄덕여 보이는 정수진의 모습에서…

씬 40 국회 청문회장 ‥ 낮

박창식 (의원1을 팽팽하게 보며) 자료가 있으면 제출하라고 말씀드렸습니다만…

박창식, 의원1을 본다. 의원1, 갈등하는 얼굴로 박창식을 본다.
그 둘의 모습 위로 인서트되는.

// 인서트. 어느 밀실 (밤)

박창식과 의원1, 마주 앉아 있다.

박창식 (의원1을 측은하게 보며) 아, 정치자금법을 만든 사람이 어쩌자고 그 돈을… 하긴 남의 돈 안 쓰고 정치하는 사람이 있나? 나야 이해하지. 근데 공수처 생각은 다른 거 같아.

의원1 … 의원님. 절 자식처럼 생각하신다고 …

박창식 (손사래 치며) 하나 있는 자식도 내다 버리고 싶어.

의원1 ….

박창식 민 의원. 지역구를 지키겠나? 남은 인생을 지키겠나?

그 갈등하는 의원1의 모습에서.

씬 41 국회 청문회장 ·· 낮

팽팽하게 보는 박창식.

갈등으로 보던 의원1이 앞에 놓인 자료들을 챙기더니…

의원1 질의… 마치겠습니다.

박창식, 온화한 미소로 바라보는 그 모습에서…

씬 42 정수진 의원실 ·· 낮

그 말에 놀라 찌푸리는 정수진.

이만길 (놀란) 민 의원이 박창식 쪽에 선 것 같습니다.

씬 43 국회 청문회장 ·· 낮

음악이 흐르며, 질의하는 의원들의 모습과 답변하는 박창식의 모습이 보인다. 탁자를 내리치는 의원에게는 함께 탁자를 내리치며 언성을 높이는 박창식의 모습이, 차분하게 질의하는 의원에게는 차분하게 답변하며 너털웃음까지 터뜨리는 박창식의 모습이 보이다가…

씬 44 청와대 대통령 집무실 ·· 낮

박동호와 서정연, 소파에 앉아 중계되는 청문회를 보고 있다.

서정연 의원들이 밀리고 있습니다. 박창식 후보. 청문회 고비를 넘을 수 있을 것 같습니다.

박동호 여의도는 넘을 수 있겠지. 하지만 서초동에는… 이장석이 있어. (하는 순간)

그때 청문회 중계 중이던 티비 화면이 뉴스 스튜디오로 전환된다. '긴급 속보'라는 자막이 뜬다.

앵커 (티비 화면 속의) YTV 긴급 속보를 알려 드립니다. 서울중앙지검은 방금 마카오의 카지노업자에게 불법 송금을 한 용의자를 긴급 체포했습니다.

박동호, 피할 수 있었지만, 자신이 선택한 결과를 복잡한 마음으로 보고 있다.

씬 45 몽타주 ·· 낮

// 어느 집 앞. 검찰 수사관들에게 체포되어 가는 사내의 모습 위로.

앵커(소리) 용의자는 박창식 총리 후보자의 비서관 김 모 씨의 처남인 것으로 밝혀졌습니다.

// 국회 청문회장

중앙 벽에 티비 뉴스 속보가 거대한 화면으로 보이고 있다.
굳은 얼굴의 박창식. 그리고 청문회장 안의 모두가 속보를 보고 있다.

앵커 검찰은 매형인 김 모 비서관의 부탁을 받아 마카오 카지노에 불법 송금한 것으로 보고, 김 모 비서관의 행방을 쫓고 있으나, 현재 연락이 두절된 상태입니다.

// 정수진 의원실

앵커 (티비 화면 속의) 검찰은 비서관의 신병 확보에 수사력을 집중하고 있으며, 박창식 총리 후보의 개입 여부에 대해 수사해 나갈 것이라고 밝혔습니다.

정수진, 안도의 한숨을 낮게 내쉰다. 계획이 무너진 순간, 이장석이라는 또 다른 변수가 문제를 해결해 준 것이다.

// 국회 청문회장

침 삼키는 소리조차 실내를 울릴 정도로 고요한 침묵에 빠진 청문회장.

모두가 바라보는 곳. 박창식, 굳은 얼굴로 말없이 앉아 있다가…

더 이상 버틸 수 없다는 듯 푹… 고개를 떨구는 그 모습에서…

씬 46 청와대 전경 ·· 낮

평화로운 청와대의 전경. 바람에 흔들리는 꽃들, 나무. 그 위에 지저귀는 새의 모습 등이 잠시 보이다가…

씬 47 청와대 대통령 집무실 ·· 낮

탁자 위에 놓인 신문 1면 제목, '박창식 총리 후보 사퇴'.

박동호, 책상 앞 의자에 앉아 있고, 최연숙과 서정연이 소파에 앉아 있다.

최연숙 (난감한) 이재천 전 감사원장, 유홍만 전 무역협회장, 모두 총리 지명을 거절했습니다. 가족들이 상처 입고, 지난 세월이 난도질당하는 것을 피하고 싶은 거겠죠.

서정연 (걱정스러운) 총리 없이 출범하는 약체 정권이 될 수 있습니다. 정수진은 레임덕을 조장할 거고, 어쩌면 …식물 대통령이 될 수도 있어요.

박동호, 아무 대꾸도 없이 혼자만의 깊은 생각에 잠겨 있다가

언뜻 눈빛이 빛난다. 뭔가 계획이 떠오른 것이다.

최연숙 (박동호의 눈빛을 느끼지 못한 채, 어쩔 수 없다는 듯) 일단 부총리 체제로 국정을 운영하면서 (하는데)

박동호 (단호한) 아니, 새로운 총리를 지명할 겁니다.

최연숙 (?, 의문의) 여당 원로들까지 총리 지명을 거부하고 있어요. 각계 원로들도 총리 지명을 거절하는데…

박동호 (자리를 박차듯 일어나며) 있습니다. 이미 총리 지명에 동의하고, 검증 동의서를 제출한 사람.

뭔가 계획이 있는 듯한, 박동호의 결연한 모습에서…

씬 48 대진의료원 VIP 병실 복도 ·· 낮

정수진, 또각또각 병실을 향해 걷고 있다.

하나의 계획이 마무리된 산뜻한 기분으로 걸어가는 정수진의 모습에서…

씬 49 대진의료원 VIP 병실 ·· 낮

돋보기를 쓴 채 독서 중인 강 회장 옆에 선 정수진.

정수진 병상에 계신 분. 심려를 끼쳐 죄송해요.

강 회장 (책을 보는 채로) 노인네 할 일이 걱정 말고 뭐가 있어?

정수진 박동호의 남은 팔은 제가 처리할게요. 최연숙이 노리는 총선 선대위원장을 외부에서 영입하고 최연숙의 아킬레스건인 (하는데)

문이 열리고 다급하게 들어오는 강상진.

강상진 아… 아버지… (하고는)

강상진, 리모컨을 들어 티비를 켠다. 티비 화면.

최연숙이 춘추관 브리핑룸 연단 앞에서 발표를 하는 화면이 보인다.

최연숙 (티비 화면의) 박동호 정부는 차기 국무총리 내정자로 (잠시 주변을 일별한 뒤) 대한국민당 정수진 의원을 지명하기로 했습니다.

정수진 (둥!!! 놀라는, 충격의)

최연숙 (티비 화면의) 정수진 의원은 지난 정권 경제부총리로서 현 정부의 국정 과제를 충실히 이행할 인물이며,

정수진, 뜻밖의 상황에 충격을 추스르지 못하는 얼굴로 티비를 보는 그 모습에서…

씬 50 청와대 대통령 집무실 ·· 낮

박동호, 집무실의 중간에, 팔짱을 낀 채 동상처럼 서 있다.

근처에 있는 서정연.

박동호 박창식에게 보냈다. 누가 아들의 해외 원정 도박 문제를 제보했는지.

그 박동호의 얼굴 위로 인서트되는.

// 인서트. 박창식 의원실

박창식, 자료를 훑어보고 있다. 그 위로.

박동호(소리) 언론을 개로 쓰고, 검찰을 칼로 써서, 정수진이 어떻게 박창식과 그 아들을 도륙했는지.

자료를 보는 박창식의 손이 부들부들 떨리는 데서…

박동호 (집무실의 중앙에 서서, 팔짱을 낀 채) 조상천에게 보냈다. 북한의 동생 문제를 누가 알려 줬는지.

그 박동호의 얼굴에서 인서트되는.

// 인서트. 조상천 의원실

조상천, 분노의 눈으로 자료들을 보고 있다. 그 위로.

박동호(소리) 지난 대선, 수십 년 전 조상천의 상처를 후벼 내서 그를 몰락시킨 게 누군지 조상천은 알게 됐지.

조상천, 견디지 못할 분노로 자료들을 허공에 집어 던지는 모습에서…

박동호 (팔짱을 낀 채) 여당을 움직이는 박창식. 야당을 움직이는 조상천,
두 거물의 분노가 정수진을 향하고 있어.

서정연, 범접하기 힘든 기세와 표정으로 말을 이어 가는 박동호를 조금은 두려운 얼굴로 보고 있다.

박동호 박창식은 난도질을 하겠지. 조상천은 물어뜯을 거구. 가족이 도륙당하고, 한민호가 발가벗겨진 뒤에 올라간 청문회. 정수진이 버틸 수 있을까?

박동호, 비로소 팔짱을 풀고는 서정연을 본다.

박동호 (잔인한 미소로) 정연아. 청문회는 정수진의 처형장이 될 거야.

청와대 집무실. 잔인한 미소의 박동호와
VIP 병실. 충격의 정수진.
두 사람의 얼굴이 한 화면에 잡히면서. 끝.

7부

씬 1　광화문 거리 ·· 낮

자막 : 5개월 전

거리를 달리는 차 안. 정수진이 뒷좌석에 앉은 채 건물 곳곳에 보이는 전광판을 본다. 그 전광판 '장일준 대통령 노벨 평화상 수상자 선정', '한반도 평화의 서막 열리다' 등의 축하 뉴스 화면들이 보인다. 노벨상 수상자 발표 당일이다. 들뜬 거리의 분위기와는 달리, 정수진의 얼굴은 다소 굳어 있다. 정수진이 탄 차, 청와대로 가는 길로 진입하고 있다.

씬 2　청와대 대통령 집무실 ·· 낮 - 3부 씬 9 후반부 동일

대통령　… (마음이 힘겨운 듯, 소파를 짚고 서 있다.)

박동호　(단호한) 구속은 막아 드리겠습니다. 정치적 책임을 지고 물러나 주십시오.

대통령, 소파를 짚은 채 돌린 시선에 묵음의 티비 화면이 보인다. 속보가 진행 중이다. '각국 축전 쇄도', '국가 위상 격상' 등의 자막이 보인다. 광화문에서, 서울역에서 박수 치며 축하하는 시민들의 모습도 보인다. 대통령, 심호흡을 한다. 결정을 내렸다. 몸을 일으킨다. 박동호를 본다.

대통령　내년이 대선이데이. 내가 비운 이 자리. 니가 앉도록 해 주꾸마.

박동호　(단호한) 당신이 더럽힌 자리. 뒷청소를 해 드릴 생각, 없습니다.

대통령, 그 말에 고개 끄덕이고는, 옷깃을 여미고 넥타이를 바로 하고는, 박동호를 똑바로 본다.

대통령 내를 이길 수 있겠나?

박동호 (똑바로 보며) 이겨야죠. 당신이 만드는 미래가 역사가 되면 안 되니까.

이제는 적이 되기를 각오한 대통령과 박동호.
두 남자가 서로를 보는 모습에서…

씬 3 청와대 복도 일각 ·· 낮

집무실에서 나온 박동호, 복도를 걷는데 맞은편에서 걸어오는 정수진.
서로를 팽팽하게 보며 서로를 향해 다가가는데…

정수진 (걸어가며) 하버드 동아시아 연구소 초청장 구해 볼게요.

박동호와 정수진, 가까운 거리에 선다. 서로를 보는 잠시.

정수진 (대사 이어지는) 복지에 관심이 많은 분이니까 스웨덴 왕립 연구소도 괜찮겠네. 쉬다가 와요. 지난 10년. 우리는 같은 꿈을 꾸면서 (하는데)

박동호 (OL) 다른 현실을 살아왔지. 내가 강상운의 비자금을 캐는 동안, 당신들은 (하는데)

정수진 (OL) 경제 개혁, 한반도 평화, 정권이 흔들리면 모든 것이

무너졌을 거예요. 우리가 아니었으면 이 나라는 (하는데)

박동호 (OL) 왜 독재에 반대했지? 그들도 산업화를 이뤄 냈는데.

정수진 (그 비교가 너무나 모욕적이다.) 총리님!

박동호 왜 쿠데타에 저항했지? 그들도 가난한 조국을 발전시키겠다는 명분이 있었어.

정수진 (모욕을 당한 얼굴로 서늘하게 보는)

박동호 다른가? 그들의 명분. 당신의 명분.

정수진 …

박동호 뭐가 다르지? 우리가 아니면 이 나라가 무너진다는 그들의 오만. 당신의 오만.

정수진 …

박동호 같은 갑옷을 입고 있어. 들고 있는 방패만 다를 뿐.

정수진, 설득되지 않을, 단호한 박동호의 얼굴을 본다. 보다가…

정수진 (결별을 결심한) 검찰에서 내사 시작할 거예요. 경찰도 움직일 거고, 국세청, 국정원도 바빠지겠네. 총리님. 많이 다칠 거예요. (아쉬운 듯) 같은 길을 걸어왔다 생각했는데…

박동호 (단호한) 길에서 벗어난 건 당신들이야. 기다려. 내가 진실을 (하는데)

정수진 (OL) 내가 만들 거예요. (보며) 우리 지지자들이 보고 싶어 하는 진실.

박동호 (분노로 보는)

정수진 (미소로) 어쩌죠? 총리님한텐 악몽이 되겠네요.

분노의 박동호와 서늘한 미소의 정수진이 서로를 보는 모습에서 스틸.

타이틀 오른다. 돌풍 제7화.

씬 4 도로를 달리는 차 안 ·· 낮

자막 : 현재

정수진이 뒷좌석에 탄 차가 도로를 달리고 있다.

그 차 안. 라디오에서 나오는 뉴스.

뉴스(라디오) 정수진 후보자의 국무총리 청문회를 앞두고 남편 한민호 씨가 대표로 있는 남산 c&c의 사모펀드 의혹이 증폭되고 있습니다. 남산 c&c는 국가 주요 사업 정보를 미리 취득, 수백억 원의 부당 이익을 얻은 혐의를 받고 있습니다. 정수진 후보자 측에서는 근거 없는 정치 공세에 불과하다며 일체의 자료 제출을 거부하고 있습니다.

정수진이 고개를 들어 바라보는 곳. 저만치 국회의사당이 보이는 데서…

씬 5 국회 조상천 의원실 ·· 낮

탁자에 놓인 찻잔 둘. 마주 앉은 정수진과 조상천.

정수진, 찻잔을 들어 살짝 입만 대고는, 찻잔을 내린다.

정수진 청문회를 앞두고 여야 중진을 만나 협조를 요청하는 형식적인 자리예요. (자리에서 일어나며) 형식은 갖췄으니 저는 이만.

조상천 (탁자 위에 서류 하나씩 툭 툭 던지며) 50억. 100억. 100억.

정수진 (선 채로 보는)

조상천 (능글맞게) 아따 강상운이한테 마이도 받아묵었네.

정수진 (굳은) (이 자료가) 청와대에서 나온 겁니까?

조상천 남편이 투자받는 자리마다 와 마누라가 끼어 있으꼬? 요번 청문회 상당히 시끄럽겠데이.

조상천, 미소 띤 얼굴로 앉으라는 손짓을 한다.

정수진, 어쩔 수 없다는 듯 다시 앉는다.

조상천 (창밖. 뜨거운 태양을 잠시 보고는) 아따 억수로 덥네. (정수진을 보며) 내한테 선풍기 한번 틀어 주믄, 내가 에어컨 비싼 놈으로 틀어 줄 생각도 있는데…

거래를 제안하는 그 조상천의 얼굴 위로.

서정연(소리) 조상천 의원. 어제 태극기 집회 참석을 거부당했습니다.

// 인서트. 청와대 대통령 집무실

박동호, 집무실 책상 앞 의자에 앉아 서류를 뒤적이고 있고,

그 옆 서정연이 서 있다.

서정연 (대사 이어지는) 보수의 아이콘이 북한에 돈을 보냈고, 그 돈으로 살아남은 동생이 핵 개발의 주역이 됐으니… 신한당 내에서는 정계 은퇴 요구도 거세지고 있습니다.

박동호 (서류 뒤적이며) 20세기의 괴물이야. 21세기엔 (책상 위의 먼지 가볍게 후 불고는) 사라져야지.

조상천 (보며. 미소 띤 얼굴로) 내부터 살리 주믄 그짝을 살리 주겠다 이 말입니다.

정수진 (미소로) 잊으셨네요. 6일 동안의 물고문에도 당신의 손, 잡지 않았는데.

조상천 (미소로) 정치는 가능성의 예술이라카든데.

정수진 (미소로) 예술은 사람이 하는 거죠. (널 사람 취급도 안 한다는 느낌)

조상천 (살짝 일그러지며) 이보소!

정수진 (미소로) 그때 내가 한 말 기억하나요?

그 정수진의 얼굴 위로 인서트되는.

// 인서트. 안기부 취조실

벽에 기대 널브러져 쓰러져 있는 스무 살의 정수진. 뭔가 말하려는 듯 입가가 움직이고 있다. 각목을 든 수사관들을 뒤로 물리고 다가가는 젊은 조상천. 정수진의 입가에 귀를 댄다.

정수진 (정신이 흐려지는 가운데서도 입에서 가냘프게 새어 나오는) 지킬 거예요. 우리 의장님… 한민호… 의장님…

찌푸려지는 젊은 조상천의 얼굴에서.

정수진 (단호한) 지킬 거예요. 장일준 대통령의 명예와 그 가족들.

조상천 (위 인서트의 표정과 똑같이 찌푸려지는)

정수진 내가 쓰러지면 그 뼈로 벽을 세우고, 피로 강을 만들어, 당신의 더러운 손이 장일준 대통령과 그 가족들에게 닿지 않게 (하는데)

탕! 하고 탁자를 내리치는 조상천. 정수진이 말을 멈추고 본다.

조상천, 굳은 얼굴로 전화를 건다. 상대가 받았다.

조상천 (통화 중인) 내다. 이번 청문회 증인 하나 더 너라. (정수진을 보며) 장일준이 아들 장현수!

정수진 (당황한 듯, 말리려는) 의원님!

조상천 (개의치 않고, 통화 중인) 장현수 금마 청문회에 세아가, 빤스까지 털어 뿌라!!! (끊는)

정수진 …

조상천 박창식이 물어뜯고, 내가 할퀴믄 아따 청문회 우짜노? (비틀린 얼굴로, 정수진을 보며) 고문실이 천국이었다 싶을 낀데. (하며 일어나는)

정수진, 조상천의 뒷모습을 보던 황망한 얼굴에 설핏 짧은 미소가 보인다.

바라던 대로 되었다.

씬 6 청와대 복도 ·· 낮

박동호와 서정연이 걷고 있다.

서정연 (걸으며) 박창식 의원 아들이 곧 귀국합니다. 경찰 측에서 처리에 대한 지침을 원하는 거 같습니다.

박동호 (걸으며) 원칙대로 해. 원정 도박은 구속 수사가 원칙 아닌가.

서정연 (걸으며) 이번 청문회. 정수진 의원이 견딜 수 있을까요?

박동호 (걸으며, 고개 가로저으며) 아들을 잃은 박창식. 정치적 기반을 잃은 조상천. 두 마리 화난 짐승이 정수진을 물어뜯을 거야.

그때 저만치 서 있는 이장석을 본다.

빠른 걸음으로 반갑게 다가가는 박동호의 얼굴에 환한 미소가 번지는 데서.

씬 7 청와대 상춘재 ·· 낮

박동호와 이장석이 마주 앉아 있다.

식탁에는 해산물로 가득한 식사가 차려져 있다.

박동호 전복하고 성게. 문어에 낙지까지. 칠순이 넘었는데, 아직도 물질하신대더라. 기태가 좋아했는데… 이젠 먹을 사람이 없어서 우리한테 보낸다고…

이장석 (보며, 건조한 말투로) 먹어.

박동호 (그 말투에 ? 해서 보는)

이장석 (건조한) 알잖아? 취조 중에 피의자하고 검사. 겸상 안 하는 거.

박동호 (그 말에 살짝 찌푸려지는 얼굴)

이장석 (옆에 내려놓았던 서류봉투를 식탁 위에 올리곤) 11월 18일. 장일준이 심근경색으로 쓰러진 그때. (박동호를 똑바로 보며) 너 청와대에 있었지?

박동호 (둥!!!)

박동호, 심장이 쿵. 떨어지는 기분이다.
이장석, 서류봉투에서 몇 장의 도로 교통용 CCTV에서 인쇄한 스틸 사진을 꺼낸다.

이장석 (감정을 드러내지 않고, 건조함을 유지한 채, 사진 한 장을 내밀며) 그날 밤. 1시 25분. 넌 광화문 종합청사에서 나왔어.

박동호, 본다.
광화문 종합청사를 나서는 차량을 운전하는 자신의 스틸 사진을.
그 사진, 1시 25분이라고 적혀 있다.

이장석 (다음 사진을 내밀며) 18분 뒤. 1시 43분. 삼청동 앞 좌회전을 했고.

박동호 (숨 막히는 기분으로 보는)

이장석 (다음 사진을 내밀며) 2분 뒤. 1시 45분. 골목으로 들어갔어. 이 안에는. 청와대뿐이야.

그 숨 막히는 박동호의 얼굴 위로 짧게 플래시되는.

// 1부 씬 1 몽타주. 청와대가 보이는 뒷산

차가 멈춘다. 황폐한 얼굴의 박동호가 본다.
내리는 비 사이로 보이는 청와대의 모습을.

이장석 (건조하게) 제보가 있었어. 확인은 해야지. 네가 대답을 못 하면… (그러지 않기를 바라는 마음이 살짝 내비치듯 잠시 멈췄다가) 내사에 들어갈 거야.

박동호 (벗어나려는, 벗어나고픈) 대통령 시해범은 강상운. 이미 재판 중인 걸로 아는데.

이장석 (사진 한 장을 더 내민다. 강상운이 탄 차가 청와대 앞 도로를 빠져나오는 CCTV 스틸 사진이다.) 1시 20분. 강상운은 대통령이 쓰러지기 40분 전에 청와대를 떠났어.

박동호 (발버둥치는 마음을 숨기고, 억지로 옅은 미소 지어 보이곤) 강상운은 시해 혐의를 부인하지 않는 걸로 아는데.

이장석 묵비권 행사가 범죄를 시인하는 건 아니지. (보며) 동호야. 지금 너의 침묵은… 시인이니?

박동호 …

이장석 듣고 싶다. 검사로서. 그날 밤. 왜 청와대에 왔었는지.

박동호 …

이장석 알고 싶어. 친구로서. 왜 지금까지 숨겨 왔는지.

침 삼키는 소리마저 들릴 정도로 고요하고 긴장된 순간이 잠시.

진동으로 울리는 박동호의 핸드폰. 보면 발신자 '정수진'이다. 받는다.

박동호 (통화 중인) 박동홉니다.

정수진(F) 정수진이에요. 제가 받은 대통령 하사품이 너무 과분해서, 답례로 사진 몇 장 보내 드렸어요.

박동호, 살짝 찌푸린다. 제보자가 정수진이었음을 알았다.

// 인서트. 도로를 달리는 차 안 (조상천을 만나고 돌아가는 동선)

정수진 (통화 중인) 부족하면 더 보낼 선물도 있어요. 친구분께.

정수진(F) 대통령님이 멈추면, 저도 여기까지만 할게요. (끊는)

박동호, 핸드폰을 내린다. 맞은편. 자신을 응시하는 이장석을 본다.

피하고 싶다. 그러나 피할 수 없는 미래임을 느낀다. 일순 터지는 헛웃음.

소리 내어 조금 웃다가 그 웃음의 끝자락에…

박동호 크크크… 먹자. 기태 어머니가 차려 준 밥상이다.

이장석 동호야!

박동호 (낙지 호롱이 집어 들며) 오늘은 친구로 있어 주라. 짜식아.

이장석 (멈칫. 그 말에 굳어지는) 언젠가 검사로 볼 날이 있을 거란 말인가?

박동호 (웃음기까지 보이며, 기분 좋게) 오늘은 아니야.

이장석, 뭔가가 있음을 느낀다. 굳어지는 얼굴.
박동호, 낙지 호롱이를 맛나게 먹는다.
이미 동요를 끝낸, 결단을 내린 듯한,
평화롭고 사람 좋은 웃음기 가득한 그 얼굴에서.

씬 8 몽타주 ·· 낮

// 국회 정문 앞 도로

(자료 화면) 둥! 둥! 둥! 진격의 발걸음을 지휘하듯 울리는 웅장한 북소리.
수백 명의 시민이 어깨동무를 한 채 정문을 향해 한 걸음씩 나아가고 있다.
근처 카메라 앞에 서서 멘트를 따는 기자.

기자 장현수 씨가 청문회 증인으로 출석 요구를 받았다는 속보가 전해지자, 장일준 전 대통령의 지지자들이 정치 공작의 중단을 요구하며 국회 앞에서 시위를 이어 가고 있습니다.

일각, 막아서는 경찰 기동대의 방패를 빼앗고 몸싸움을 벌이는 일부
시민들의 모습이 보인다.

기자 시위대 일부는 국회 진입을 시도하다 막아서는 경찰과 충돌을 빚기도 했습니다.

둥! 둥! 둥! 더 거세게 울려 퍼지는 북소리가 들려오다가…

// 청문회 준비단 건물 앞

계단 위. 수십 개의 화환이 놓여 있다.
그 화환 리본에 쓰인 글자. '정수진 의원님. 지지합니다', '장일준 대통령을 지켜 주세요', '장현수 출석 반대'. 근처에 모여 대기 중인 기자.
저만치 다가오는 검은색 승용차가 보인다.

기자(소리) (위의 기자와 동일하다는 설정) 청문회 준비단 건물 앞에는 수많은 화환들이 놓였으며. 장일준 전 대통령의 팬클럽 회원 수백 명이 출근하는 정수진 후보를 이른 아침부터 기다리고 있습니다.

도착하는 차량. 내리는 정수진. 환호를 지르는 지지자들. 몰려드는 기자들.

기자1 (마이크를 들이대며) 사모펀드 자료 제출을 거부하셨는데, 혐의를 인정하는 (하는데)

정수진 (OL, 걸어가며) 이번 청문회는 정수진의 청문회가 아닙니다. 장일준의 명예를 짓밟으려는 썰물과 장일준의 가치를 지키려는 밀물의 전면전이에요.

그 말에 도열해서 피켓을 들고 있던 지지자들의 환호가 터진다.

기자2 (따라가며, 마이크를 들이대곤) 한민호 씨의 남산 c&c 배임 혐의가 있는데 (하는데)

정수진 (OL, 멈춰 서며) 루머! 음모! 공작!

기자2 (멈칫해서 보는데)

정수진, 돌아선다. 지지자들을 본다.

정수진 그들이 던지는 돌. 제가 맞을게요.

// 청와대 대통령 집무실

박동호, 온화한 얼굴로 소파 상석에 앉아 티비를 보고 있다.
그 화면에 보이는.

정수진 (티비 화면 속의, 대사 이어지는) 제가 쓰러진 자리에 깃발을 세우고, 이렇게 새겨 주세요. (전선에 선 여전사처럼, 비장하면서도 처연하게) 장일준의 시대는 너무나 정의로웠다고.

지지자들의 박수와 환성이 티비 화면을 가득 채운다.
박동호, 설핏 여유 있는 미소 보이며 리모컨으로 티비를 끄는 데서.

씬 9 청와대 대통령 집무실 ·· 낮

박동호가 리모컨을 탁자에 내린다. (위 씬과 연결)

박동호 (옆을 보며, 정중하게) 초대에 응해 주셔서 감사합니다.

비로소 보이는 전경. 박동호의 옆에 영부인이 앉아 있다.
그 맞은편에 앉은 최연숙. 비서가 들어와 찻잔 세 개를 각각의 앞에 내려놓는다. 그런데 그 찻잔을 보는 영부인의 표정이 겁에 질리는 듯하다.
비서가 나간다.

최연숙 (영부인에게) 부속실에 두고 가신 걸 찾았어요.
기억나세요? 영부인님께서 스페인 여행에서 사 온 잔이에요. (의미 있는 미소로) 7년 전.

영부인 (그 말에 숨이 막히는 기분이 되는)

박동호 (찻잔을 들어 향을 음미하곤) 카이사르의 아내가 외도를 의심받은 적이 있습니다. 카이사르는 이혼을 선택하며 이런 말을 했습니다. 카이사르의 아내 된 자는 의심조차 받아서는 안 된다. (한 모금 마시곤, 영부인을 보며) 장일준의 아내도 마찬가지.

영부인 (원망으로, 최연숙을 보며) 실장님!

최연숙 (안심시키는 눈빛으로) 염려 마세요. (박동호를 눈으로 가리키며) 저만큼 입이 무거운 분이라.

박동호 (찻잔을 내려놓고는) 비밀을 공유해야 진짜 친구가 되는 법.

영부인 …

박동호 (영부인을 보며, 따뜻하게) 지켜 드리겠습니다. 지켜 주시겠습니까?

겁에 질린 영부인을 보는 따뜻한 박동호의 그 모습에서.

씬 10 청문회 준비단 건물 앞 ·· 낮

기자들이 모두 떠난, 한적한 오후의 건물 앞.
정수진이 여유 있게 걸으며 놓여 있는 화환 하나하나에 새겨진 문구를 만족스러운 표정으로 보고 있다. 그 옆을 따르는 이만길.

이만길 (살짝 들뜬) 주말에 의원님을 지지하는 집회가 준비 중입니다. 예상 참가 인원이 만 명을 넘길 것 같습니다.

정수진 (화환들을 보며, 걸으며) 거기까진 예상 못 한 일이야. (그때 울리는 핸드폰, 보면 발신자 '박동호'다.) 이건 예상했던 거구.

정수진의 그 만족스러운 얼굴에서…

씬 11 청와대 본관 주차장 ·· 낮

도착하는 차. 내리는 정수진.
저만치 보이는 청와대 본관을 향해 걸어가는 모습에서…

씬 12 청와대 대통령 집무실 ·· 낮

정수진이 들어오면, 박동호, 소파 상석에 앉은 채,
탁자에 올려진 난초 화분의 썩은 잎을 따고 있다.

정수진 (다가가며, 난초를 보며) 취임 1주년에 드린 선물이에요.
장일준 대통령님이 아끼셨어요.

그 위로 짧게 플래시되는.

// 1부 씬 2 청와대 대통령 집무실

장일준이 썩은 난초잎을 따던 모습 섬광처럼 아주 짧게.

박동호 (무심하게, 난초잎을 따며) 시간 날 때마다 썩은 잎을 솎아 내시던 분. 자신이 썩을 줄은 몰랐겠지.

정수진 (소파에 앉는) 여론 조사가 있었어요. 사모펀드에 대한 공격이 정치 공작이라는 의견이 60%를 넘겼어요.

박동호 (난초잎을 따며) 개인의 비리를 정치적 진영 대결로 바꾸는 기술. (감탄한 듯 고개 살짝 주억거리곤) 그쪽을 많이 안다 생각했는데, 멀었어. 아직도 배울 게 있어.

정수진 박창식 쪽에 사모펀드 자료 유출 중단하세요.
조상천한테 남산 c&c 회계 파일 흘리는 것도
멈추시고요.

박동호 (묵묵히 난초잎을 따는)

정수진 (그렇게 하면) 나도 멈출게요.

박동호 (묵묵히 난초잎을 따는)

정수진 (그 침묵이 거슬려서, 경고하듯) 영부인을 주말 집회에 모실까 해요.

박동호 (그 말에 난초잎을 따던 손이 멈추는)

정수진 (그 손의 멈춤을 보곤, 옅은 미소 보이며) 영부인의 눈물이… 정국의 뇌관이 될 거예요.

박동호, 의미를 알 수 없는 말간 얼굴로 정수진을 본다. 보다가…

박동호 (설핏 미소 보이며) 못 가. 영부인.

정수진 (멈칫. 무슨 말인가 해서 보는)

박동호 (벽에 걸린 시계를 흘깃 보곤) 지금쯤 출국할 시간이군.

정수진의 굳어지는 그 얼굴에서…

씬 13 공항 출국장 · · 낮

영부인, 경호원들의 호위를 받으며 출국장에 들어선다.

몰려드는 기자들.

기자1 (걸어가며, 따르며) 갑자기 출국을 결정한 이유가 뭡니까?

영부인 (걸어가며, 온화한) 세계기아대책회의는 오래전부터 관심을 가졌던 행사예요.

기자2 (따르며) 청문회를 앞두고, 정쟁에 휘말리지 않겠다는 의도라는 말들이 있습니다.

영부인 (그 말에 살짝 찌푸리곤 멈춰 서는, 기자들을 일별한다.

모두의 시선이 영부인의 다음 말에 집중된 그 순간, 단호하게)
청문회는 정수진 의원, 개인 문제 아닌가요?

씬 14 청와대 대통령 집무실 ·· 낮

둥!!! 켜져 있는 티비 화면을 보는 정수진의 표정이 굳어진다.

영부인 (티비 화면 속의) 성경에 이런 말씀이 있어요. 여호와의 이름을 망령되이 일컫지 말라.

정수진 …

영부인 (티비 화면 속의, 마치 앞에 있는 정수진을 보고 말하는 눈빛으로) 정수진 의원에게 부탁합니다. 돌아가신 장일준 대통령의 이름을. 입에 담지 말아 주세요.

정수진, 숨 막히는 기분으로, 더 이상 볼 수 없다는 듯
리모컨으로 티비를 끈다. 거칠어지려는 호흡을 간신히 버티고 있다.

박동호 (여전히 난초잎을 따며) 장일준이 지저스면, 영부인은 마리아.

정수진 (보는)

박동호 (난초잎을 따며) 마리아와 베드로의 싸움인가? (비로소 정수진을 보며) 아니면 마리아와 가롯 유다의 싸움?

정수진 (절제되어 있던 감정의 둑이 짧은 순간 무너지듯, 거친 호흡으로) 왜!!!!!

박동호 (묵묵히 보는)

정수진 (호흡을 고르곤) 왜 물러나지 않는 거지? 당신이 한 걸음만 뒤로 물러났어도 이렇게까진 (하는데)

박동호 (OL, 담담하게) 당신들이 나의 뒤니까.

정수진, 의미를 알 수 없어 찌푸린 채 바라본다.

박동호 (담담하게) 내 앞에는 먼저 떠난 친구가 있어. 녀석이 자꾸 다가와. 나는 물러나지. 그놈처럼 살지 못한 내가 부끄러워서. 그리고 (정수진을 똑바로 보며) 녀석의 손을 잡기 전에 해야 할 일이 있어서.

정수진 …

박동호 나의 뒷걸음질이 당신에겐 진격으로 보일 뿐.

정수진 (한 음절 한 음절 씹듯이, 낮고 서늘하게) 당신도 무너질 거야.

박동호 (미소로, 보며) 각오는 끝났어. 당신의 눈을 감겨 준 다음에, 쓰러지기를 바랄 뿐.

미소의 박동호와 서늘한 정수진이 서로를 보는 그 모습에서…

씬 15 청와대 본관 앞 ·· 낮

다급하게 걸어 나오는 정수진.

대기 중이던 이만길이 빠르게 다가와 곁을 따른다.

정수진 (걸어가며) 마지막 선물 보내. 이장석 검사장한테.

정수진이 주변을 얼어붙게 만들 듯한 서늘한 분노로 걸어가는
그 모습에서…

씬 16 서울중앙지검장실 ·· 밤

비서가 내미는 서류봉투. 비서, 나간다.
책상 앞 의자에 앉은 이장석, 서류봉투를 본다.
수신자 : 서울중앙지검장. 발신자란은 비어 있다.
이장석, 봉투를 뜯는다. 그 안에서 나오는 두 장의 사진을 보는
이장석의 표정이 순식간에 무서울 정도로 굳어지는 그 모습에서…
(그 사진의 내용은 아직 보여지지 않는다.)

씬 17 청와대 정원 ·· 낮

따뜻한 햇살이 쏟아지는 정원.
박동호, 나무며 꽃을 보며 느리게 산책 중인데, 저만치서 다가오는 이장석.
복잡한 얼굴로 박동호에게 다가간다.

박동호 (반가우면서도 의아한) 왔어? 짜식. 연락도 없이 (하는데)
이장석 (OL, 다가가며) 대통령은 내란 외환의 죄를 제외하고는
기소되지 않는다. (박동호의 앞에 서서, 눈가가 그렁한 채로)
법리 검토 끝났어. 대통령 시해는 내란에 준하는 범죄야.
박동호 … 장석아.

그때 이장석의 뒤편에서 달려오는 검찰 수사관 대여섯 명.

이장석 (눈가에 맺혀 있던 눈물 한 방울이 떨어지며) 박동호.
내란죄로 긴급 체포한다.

순간, 다가온 검찰 수사관들. 박동호의 손에 철컥 수갑이 채워지는 데서…

씬 18 박동호의 침실 ·· 새벽

악!!!! 소리 없는 비명과 함께 잠에서 깨어나는 박동호.
헉헉 거친 숨을 몰아쉬며 주변을 둘러본다. 꿈이었다.
아내 김도희는 옆에서 새근새근 잠들어 있다.
박동호의 이마에 가득한 식은땀! 박동호, 방금 전 수갑이 채워졌던
자신의 양 손목을 페허 같은 눈동자로 바라보는 데서…

씬 19 청와대 본관 앞 + 본관 로비 ·· 아침

박동호, 굳은 얼굴로 저벅저벅 본관 정문을 들어선다. 뒤를 따르는 서정연.
로비에 들어서자 양옆으로 도열해 있던 비서관들이 절도 있게 고개 숙여
예를 표한다. 중앙에 대기 중이던 최연숙이 다가온다.

최연숙 (목례하며) 등청하셨습니까?

하지만 박동호, 일별도 않고, 빠르게 걷기 시작한다.
이상한 느낌에 빠르게 박동호의 옆을 따르는 최연숙.

박동호 (앞만 보며, 빠르게 걸으며) 박창식, 이중권, 들어오라

하세요. 오전 중에. 즉시!!!

씬 20 몽타주 ·· 낮

// 청와대 산책로

박창식 (걸으며, 곤란한 듯 이마 긁으며) 청문회가 3일 남았습니다. 지금 와서 청문위원을 교체하는 건 무립니다. (고개 저으며) 무리예요.

박동호 (걸으며) 저도 무리를 해 보겠습니다.

박창식 (그 말에 멈추곤, ? 해서 보는)

박동호 (멈추곤, 보며) 아드님 구속 적부심이 오늘이던가? 저녁 식탁에 아드님이 앉아 있는 모습. 사모님이 차암 좋아하실 텐데.

박창식, 눈빛이 흔들리는 모습에서…

// 정수진의 자택 거실

정수진과 이만길이 들어서고 있다.

이만길 (심각한) 이창민. 조동일. 박규태. 전직 검사 출신들이 청문위원으로 교체됐습니다.

정수진 (굳은) 청문회를 검찰 취조실로 만들 생각이야.

// 청와대 다른 산책로

박동호와 이중권, 걸으며 대화 중이다.

박동호 (걸으며) 공수처. (살짝 실소 보이며 라임에 맞춰 뇌까리는) 공수레. 공수거. 조롱은 충분히 받았으니, (이중권의 어깨 툭 치며) 간만에 박수 한번 받아 봅시다.

이중권 …

박동호 (미소로) 총구만 당기세요. 과녁은 내가 정합니다.

// 정수진의 자택 거실

이만길, 통화 중이었던 핸드폰을 끊고는 다급하게 소파에 앉은 정수진에게.

이만길 (다급한) 공수처에서도 남산 c&c 내사에 들어갔다고 합니다. 검찰도 수사팀을 보강했다는 정보가 있습니다.

굳어지는 정수진의 얼굴.
저만치에 선 한민호가 불안한 얼굴로 이 정경을 보고 있다.

// 청와대. 상춘재 가는 길

박동호가 앞서 걷고, 그 뒤를 따르는 최연숙과 서정연.

서정연 정수진이 오늘 12시 여당 중진 회의를 소집했습니다.

청문회 협조를 요구할 생각인 거 같습니다.

박동호 (걸으며, 시계를 보면 11시다.) 나도 청와대 오찬을 하지. 여당 중진들 불러. 12시.

최연숙 (이건 무리라는 듯) 국회의원 개개인이 헌법 기관이에요. 이렇게 급하게 오찬에 부르는 건 선례가 없던 일입니다.

박동호 (픽, 실소 보이곤, 걸으며) 잊었습니까? 제가 선례에 없던 일을 저지른 사람이란 거.

그 박동호의 얼굴 위로 짧게 플래시되는.

// 플래시. 1부 씬 4 청와대 대통령 집무실

심장을 부여안고 고통스럽게 쓰러지는 장일준의 모습 섬광처럼 짧게.

최연숙 (왠지 낯설어진 기분으로 박동호를 보는데)

박동호 (걸으며, 서정연에게) 불러. 어서.

// 국회 복도 + 회의실

복도의 끝. 이만길이 문을 열자, 정수진이 들어선다.

둥! 얼어붙은 듯 멈추는 정수진.

회의실 안. 10여 명이 앉을 수 있게 다과와 음료와 자리가 배치된 회의실 안. 텅 비어 있다. 그 위로 선행되는 박수 소리.

// 청와대 상춘재

긴 식탁에 차려진 식사. 자리에서 일어나 박수를 치는 10여 명의 중진 의원들. 박동호가 미소 가득한 얼굴로 들어서고 있다.

// 회의실

정수진, 모든 것이 무너져 내리는 기분이다. 의자에 무너지듯 털썩 앉는다. 그 순간까지 박동호를 향해 쏟아지는 박수 소리는 이어지며 들려오고 있다.

씬 21 청와대 대통령 집무실 ·· 낮

박동호, 들어오면 그 뒤를 따라 들어오는 최연숙.

최연숙 오후 일정은 비워 두겠습니다. 이제는 좀 쉬셔야 (하는데)

박동호 (책상 앞 의자에 가서 앉으며, OL) 금감원장 들어오라 하세요. 남산 c&c 쪽 (하는데)

최연숙 (만류하는, 질주하는 박동호가 걱정되는) 대통령님.

박동호 (본다. 최연숙의 그 마음을 안다. 잠시 말을 고르다가) … 장석이가 다가오고 있습니다.

최연숙 (멈칫. 몰랐던 사실이다.)

박동호 이장석이 정수진한테 가는 길. 장애물은 치워 줘야죠.

최연숙 …

박동호 그리고… 나한테 오는 발걸음은 …조금 늦추고 싶을 뿐.

박동호와 최연숙이 서로를 본다. 상황을 알고 마음을 아는 두 사람이 바라보는 잠시. 그때 진동으로 울리는 박동호의 핸드폰. 발신자

'이장석'이다.

박동호 (통화 중인) 나다.
이장석(F) (담담한) 기태 생일 안 잊었지? 케익은 내가 사 갈게.

박동호의 그 복잡한 마음과 얼굴에서…

씬 22 서기태의 무덤 앞 ‥ 낮

언덕 아래. 주차된 차량과 경호원들. 서정연의 모습이 보인다.
언덕 위. 무덤 앞. 촛불이 붙여진 케익이 놓여 있고,
그 앞. 박동호와 이장석이 서 있다.

박동호 (쓸쓸한, 농담처럼) 케익에 초 꽂을 자리 부족할 때까지 살아남겠다던 놈이었는데.
이장석 (쓸쓸한, 추억에 젖어) 생일이 제일 늦다고, 자기가 제일 뒤에 죽어야 공정한 세상이라고. 그걸 농담이라고 떠들던 놈이었지.
박동호 (보며, 친근하게 힐난하듯) 그때 난 안 웃었다. 넌 웃었고.
이장석 (보는. 잠시 보다가) 실수였어.

동시에 픽… 하고 터지는 두 친구의 옅은 웃음. 그 웃음의 끝자락에…

이장석 동호야.
박동호 (보는)

이장석 김응찬 검사, 오유진 검사. 부장급 에이스야. 내사팀 꾸렸다. 너한테 방문 조사 요청할 거야.

멈칫하는 마음의 박동호. 그때 휘잉… 불어오는 바람에 케익 위 촛불이 모두 꺼진다. 잠시 시간이 멈춘 듯한 순간이 지나간 뒤.

이장석 추가 제보가 있었어.

그 이장석의 얼굴 위로 플래시되는.

// 7부 씬 16 서울 중앙지검장실

이장석이 보는 사진 한 장. CCTV 화면 스틸이다. 비 내리는 밤.
청와대 들어가는 박동호의 차량이 찍혀 있다. 그 위로.

이장석(소리) 1시 48분. 넌 청와대로 들어갔어.

이장석이 보는 또 다른 사진.
청와대 후문에서 빠져나오는 박동호의 차량이 찍혀 있다.

이장석 새벽 2시. 장일준이 심근경색으로 쓰러진 그 시간. 넌 청와대를 나왔지.
박동호 (각오한 일이지만, 속도를 늦춰야 하는… 복잡한) … 우연일수도.
이장석 우연이 반복되면 필연이야.

박동호 …

이장석 그날 청와대 출입 기록 요청했는데, 삭제됐더라.

박동호 (보는)

이장석 (박동호를 똑바로 보며) 삭제할 힘이 있는 사람에게 삭제할 이유가 있었겠지.

박동호 …

이장석 (마음이 복잡한) 내가 의심하는… 그 이유가 아니기를 바라면서… 동호야. 나 수사 시작할란다.

박동호 (복잡한 얼굴로 친구를 보는)

이장석 (경고하는) 만약 부당한 인사 조치가 있으면 (하는데)

박동호 (OL) 약속했잖아.

그 박동호의 얼굴 위로 플래시되는.

// 2부 씬 17 서기태의 무덤 앞

박동호 강상운을 잡고 정수진을 심판하는 데 내 피가 필요하다면… 장석아. 나부터 먼저 베어라.

박동호 (그러니) 너도 약속 지켜. 임마.

그 박동호의 얼굴 위로 플래시되는.

// 4부 씬 38 작은 선술집

박동호 내가 무너지고… 언젠가 이 자리에 너 혼자 남게 되면

박동호, 막걸리 잔을 들어 한 잔을 깨끗하게 비운다.

박동호 (미소로) 장석아. 내가 보고 싶었던 세상은… 니가 만들어 주라.

박동호 장석아. 니 일 해. 난 내 일을 더 열심히 해야겠다. (친근하게 이장석의 어깨를 툭 치곤) 바쁘다… 가자.

돌아서는 박동호의 얼굴. 굳어진다.
그 친구의 뒷모습을 복잡한 표정으로 보며 서 있는 이장석의 모습에서.

씬 23 도로를 달리는 박동호의 차 안 ‥ 낮

굳은 얼굴로 창밖을 보며 생각에 잠겨 있던 박동호가
뭔가 결심이 선 듯한 얼굴로 입을 연다.

박동호 정연아. 사람 하나 만나야겠다.

앞자리 조수석의 서정연, 그 처연한 목소리에 뭔가 불안함을 느끼는 데서.

씬 24 교도소 특별 면회실 ‥ 낮

서정연, 심각한 얼굴로 앉아 있다.

끼이익 문이 열리고 들어서는 죄수복의 남자. 강상운이다.

호송해 온 간수가 나간다.

서정연 (일어나서) 청와대 수행비서관 서정연입니다. 지금부터 내가 하는 모든 말은

강상운 (보는)

서정연 박동호 대통령의 뜻입니다.

둥!!! 예상치 못한 방문에 긴장하는 강상운의 모습에서…

씬 25 국회 정수진 의원실 ·· 낮

둥!!! 정수진, 굳은 얼굴로 티비 속 뉴스를 보고 있다.

앵커 (티비 화면 속의) 서울구치소에 수감 중인 대진그룹 강상운 부회장이 이번 정수진 국무총리 후보 청문회에 증인으로 출석, 남산 c&c와 관련된 모든 의혹에 답하겠다고 밝혔습니다. 남산 c&c는 정수진 후보자의 남편 한민호 씨가 대표로 있는 투자 기업으로

정수진의 얼굴이 무섭도록 굳어지는 그 모습에서…

씬 26 청와대 대통령 집무실 ·· 낮

박동호, 책상 앞 의자에 앉아 있고, 서정연, 그 앞에 서서 보고 중이다.

서정연 말씀대로 전했습니다. 각자 자신의 죄만큼…
가져가자고. 정수진 한민호와 관련된 일을 진술하면,
우리는 그날 밤 장일준의 심장을 멈춘 이가 누군지…
밝히겠다고.

박동호 (일어나는) 청문회 전에 떠나. 스웨덴에 지낼 곳은 마련해
뒀어,

서정연 (혼자 책임지려는 마음을 느끼고는) 대통령님!

박동호 (서정연의 앞에 선, 미소로) 십자가는 하나뿐이야. 네가
매달릴 자리는 없어.

박동호의 그 쓸쓸하지만 따뜻한 미소에서…

씬 27 국회 정수진 의원실 ‥ 낮

정수진, 마음이 불판에 있는 기분이다.
길을 잃은 마음으로 서성이는데, 진동으로 울리는 책상 위에 놓인 핸드폰.
정수진이 본다. 발신자 '조상천'이다.
그 '조상천'이라는 이름을 바라보는 정수진의 얼굴 위로 플래시되는.

// 플래시. 5부 씬 22 인서트 안기부 취조실

정수진 (겁에 질린) … 전… 전… 몰라요.

조상천 (따뜻한 눈으로) 엄마 보고 싶제? 니가 나갈래? 아니면
(순간 차갑게 변한 얼굴로) 너거 엄마도 여기 데리고 오까?

정수진, 천근의 무게로 갈등하다가 입술을 깨물며 핸드폰을 받으려다가 다시 멈칫하는 그 모습 위로 플래시되는.

// 플래시. 5부 씬 52 인서트 안기부 취조실

짝!!!! 조상천이 정수진의 뺨을 후려친다. 정수진의 입가에 피가 배어 나온다.

조상천 물 좀 더 멕이라. 목이 많이 마른갑다. (일어나려다가, 자신을 노려보는 정수진을 보곤, 능글거리며) 와? 내한테 할 말 있나?

핸드폰은 계속 울리고 있다. 정수진, 마른세수를 한다.
가장 증오하는 자의 손을 잡아야 하는 그 순간. 다른 방법이 없는 상황.
갈등하던 정수진이 결국 핸드폰을 받는다.

정수진 (통화 중인) 정수진입니다.

씬 28 고급 식당 밀실 · · 밤

정수진과 조상천이 마주 앉아 있다.

조상천 (너스레 떠는) 아따, 30년 만에 겸상을 하네. 고문실에서는 입이 짧은가 육개장을 반도 넘게 남기더이 (하며 정수진의 잔에 따르려 술병을 내미는데)

정수진 (손으로 가볍게 거부하며) 강상운 부회장이 청문회에서 증언을 할 생각인가 봐요.

조상천 (픽, 고개 가로저어 보이며) 장이 서야 물건을 팔 낀데. (보며) 국무총리 청사까지 내 가마 타고 가입시더.

정수진 (상대의 계획을 떠보는) 그쪽은 대북 송금으로 지지층 이반이 심하지 않나? 정치 생명이 거의 끝났다고들 하던데.

조상천, 하하하하 복잡한 마음을 숨기려는 듯 과장되게 파안대소한다.
그 웃음의 끝자락에 고개를 내밀고 마치 비밀을 말하듯이.

조상천 빨갱이들 30년 때리잡으면서 내가 배운 게 있는데. (속삭이듯) 남쪽이 살라 카믄 북쪽이 죽어야 돼.

정수진 (둥! 그 말의 의미를 알겠다. 조상천의 요구를 알겠다.)

조상천 놀랐는교?

정수진 (마음을 추스르곤, 보며) 당신이란 사람한테 놀랄 일이 남았던가요?

조상천 (술잔 들어 마시고는 탁. 내려놓고는) 전대협 문화선전국장 정수진이. 대검 공안부장 조상천이. (오른손 주먹으로 왼쪽 손바닥을 치며) 작품 한번 만들어 보입시더.

정수진, 내면의 치욕을 견디며 본다.
벼랑에서 벗어나기 위해서는 이 악마의 손을 잡아야만 한다.

씬 29 대진의료원 앞 + 대진의료원 VIP 병동 복도 · · 낮

인적 없는 병동 앞. 도착하는 차.

내리는 정수진, 병동 안으로 들어간다.

그때 저만치에서 누군가 망원 렌즈로 정수진을 찍고 있다. 찰칵! 찰칵!

찰칵! 정수진, 전혀 느끼지 못한다.

VIP 병동 복도로 걸어가는 정수진의 모습에서…

씬 30 대진의료원 VIP 병실 안 · · 낮

강 회장, 소파에 앉아 있고, 정수진, 그 앞에 서 있다.

강상진은 근처에 있다.

강 회장 (눙치며) 상운이가 청문회에 나간다고? (고개 저으며) 아이고. 자식도 머리가 굵어지면 말을 안 들어.

정수진 (차분하게) 법은 어겨도 아버지 말씀은 못 어기는 사람이에요. 청문회 출석. 회장님이 동의하셨겠죠.

강 회장 (이미 정리된 입장이 있다. 말을 섞기 싫은) 나이가 드니 눈이 무거워. 좀 자야겠어. (일어나는데)

정수진 (차분한) 주무시는 동안 많은 일이 일어날 거예요. 사모펀드 배후에 회장님이 있다는 의혹을

강상진 (OL) 의원님!!!!

정수진 (OL, 대사 이어지는, 강 회장을 보며, 차분한) 조상천 의원이 제기할 겁니다.

강 회장, 일어선 채 정수진을 본다. 입가에 가소롭다는 듯 웃음기 보이며.

강 회장 있는 일도 숨기고 살아왔어. 없는 일에 당할 거 같은가.
정수진 (차분한) 누구한테나 처음은 있는 법이죠. (하며)

정수진, 스마트폰으로 기사를 클릭, 탁자 위에 올린다.
둥!!! 그 기사 화면. 속보라는 타이틀 아래, 방금 전 정수진이 VIP 병동으로 들어서던 사진이 크게 보이고, '정수진 의원, 강 회장 만나 밀담 나눠', '청문회 대책 마련 의혹' 등의 제목이 보인다.

// 플래시. 7부 씬 29 대진의료원 앞

저 멀리서 들어서는 정수진을 망원 렌즈로 찍는 사람, 이만길이다.

찌푸려지는 강 회장의 얼굴. 강 회장과 강상진이 기사를 보는 동안, 정수진, 벽에 걸린 액자를 본다. '네 말이 내 귀에 들린 그대로 이루어지리라.'라는 성경 구절이 쓰인 표구 액자를 … 잠시 보다가 … 다시 강 회장을 보며…

정수진 10분이면 기자들이 모여들겠죠. 사모펀드 의혹으로 무너지려는 총리 후보자가 왜 회장님을 은밀히 만났을까? 나도 궁금해지네요.
강 회장 …
정수진 20년 전. 몇 대 대선이었더라? 북한 인사와 접촉해서 휴전선에 총격을 요청하신 적 있죠? 그 북한 인사. 지금 노동당 서열 5위의 거물급이 되었구. 라인이 살아 있는 걸로 알아요.

강 회장 …

정수진 움직여 주세요. 그 사람.

강상진, 한 걸음 다가온다.

강상진 (말도 안 된다는 듯) 거액을 요구할 겁니다.

정수진 (강 회장을 보며, 강상진의 말에 답하는) 두 배를 주세요. 급한 일이니까.

강상진 (고개 저으며) 발각되면 대북 제재 위반이 됩니다. 그룹이 위험해질 수도 (하는데)

정수진 (OL. 강 회장을 보며, 강상진의 말에 답하는) 제재가 반가울 거예요. 그룹이 그때까지 살아 있다는 뜻이니까.

강 회장 …

정수진 갈게요. 기자들 앞에 서기 전에. 답변 기다리겠습니다.

정수진, 정중하게 고개 숙여 인사하고 나가는 데서…

씬 31 대진의료원 앞 · · 낮

이만길, 문을 열어 주면 정수진이 나온다. 저만치 모여 있는 10여 명의 기자들을 향해 정수진, 또각또각 걸어가고 있다. 정수진, 기자들 앞에 선 그 순간, 문자가 온다. 확인하는 정수진. 문자 내용. 이미지 파일 사진이다. 병실 벽에 걸린 표구 액자가 찍혀 있다. 그 내용, '네 말이 내 귀에 들린 그대로 이루어지리라'. 정수진, 뜻대로 되었다.

정수진 (기자들에게) 강상운 부회장은 대학 동창입니다. 오랜 친구의 아버님 병문안을 온 거예요. (차에 올라타며) 강영익 회장님의 쾌유를 빕니다. 해야 할 일이 많은 분이잖아요.

정수진이 탄 차량이 떠나는 데서…

씬 32 대진의료원 VIP 병실 ‥ 낮

강상진 (화를 누르며) 저대로 두실 겁니까?

강 회장 이빨 드러내는 개는 건드리는 게 아니야. 기다려라. 곧 복날이 올 거야.

강 회장의 그 굳어진 모습에서…

씬 33 북한 황량한 들판 ‥ 낮

흙바람이 분다. 낡은 나무로 만든 처형대가 대여섯 개 세워져 있다.

북한군이 양쪽에서 끌고 가는 대여섯 명의 죄수들.

구순의 노인 조달현, 40대의 사내 조상민, 그리고 아내, 10대의 손자 손녀들, 흰 안대를 차고 끌려가던 그들이 한 명씩 나무 처형대에 세워진다.

그 모습 위로.

북한장교 (확성기로 외치는) 조달현 일가에 대한 조선민주주의 인민공화국 국가안전보위부 특별군사재판 선고를 집행한다.

나무 처형대의 조달현, 조상민, 그리고 아내와 손자 손녀들, 겁에 질려 벌벌 떨고 있다.

북한장교 조달현과 조상민은 고난의 행군 당시, 남조선으로부터 금품을 수수, 괴로도당의 선전 도구로 전락하여, 조국의 존엄을 손상케 한 죄를 물어, (목소리 높여) 당과 인민의 이름으로 처단한다.

북한장교, 수신호를 보내는 순간, 대기하고 있던 고사포 몇 대가 일제히 발사된다. 날아가는 탄두. 이윽고 쾅!!! 쾅!!! 쾅!!!!!!! 포연이 가신 그 자리. 나무 처형대도, 죄수도 보이지 않는다.
피 묻은 흰 안대만이 흙바람에 날리는 모습에서…

씬 34 국회 청문회장 · · 낮

양쪽의 청문위원들이 삿대질을 하기도 하고, 일어나기도 하며 서로를 향해 고함을 질러대고 있다. "그게 말이 돼?", "증인 요청을 이제 와서 하는 게 말이 되냐구?", "부끄러운 줄 알아야지.", "너 몇 살이야?" 등등 시장통 같은 분위기다.

위원장 (소동을 진정시키려, 마이크에 대고) 존경하는 의원님.

국민이 지켜보고 있습니다. 국민의 대표로서 품위를 지켜 주시기 바랍니다.

위원장의 발언에도 아랑곳 않고 대거리를 하는 양측 의원들.
후보자석에 앉은 정수진, 익숙한 풍경인 듯,
전혀 감정의 동요 없이 묵묵히 보고 있는 모습에서…

씬 35 청와대 대통령 집무실 ·· 낮

문이 열리고 최연숙이 들어온다.
티비로 청문회 생중계 보다가 다급하게 일어나는 박동호.

박동호 청문회 시작 두 시간이 지났습니다. 아직 질의도 시작 못 하는 건(하는데)

최연숙 조상천 측에서 새로운 증인을 요청하고 있습니다.

박동호 받아들이세요. 그게 누구든.

최연숙 (보며) 대통령님입니다.

박동호 (그 말에 멈칫하는)

최연숙 조상천 측에서 청문회 증인으로 대통령님을 요청했습니다. 사모펀드 의혹이 지난 정부의 비리니까 총리였던 대통령님께도 의혹이 있다면서 (하는데)

박동호, 위 최연숙의 대사가 이어지는 동안, 옷걸이로 가서 외투를 걸치며.

박동호 차량 준비하세요. 국회로 갑니다.

최연숙 (만류하는) 정치 공세예요. 현직 대통령이 청문회 증인으로 출석하는 건 (하는데)

박동호 내가 가야!!!! 청문회가 시작될 겁니다. 강상운이 증언을 할 겁니다.

최연숙 (그 마음을 알지만 만류하는) 대통령님.

박동호 (절실한) 장석이가 다가오고 있어요. 그 전에 정수진을 (하는데)

다급하게 열리는 문. 서정연이 들어온다.

서정연 (다급한) 대통령님. 방금 북한 조선중앙방송에서 긴급 속보가 (하다가 리모컨으로 채널 변경하면)

티비에 보이는 뉴스.

긴급 속보라는 자막이 보이고, 앵커가 속보를 전하고 있다.

앵커 (티비 화면의) 신한당 전 대표이자 대선 후보였던 조상천 의원의 북한에 거주하는 부친과 그 일가 여섯 명이 집단 처형된 사실이 밝혀졌습니다.

둥! 놀라는 박동호의 모습에서.

씬 36 도로를 달리는 차 안 ·· 낮

조상천, 달리는 차 뒷좌석에서 눈을 감은 채 뉴스를 듣고 있다.

앵커(소리) 북한 조선중앙방송은 오늘 속보로 이 같은 소식을 전하며, 신한당 조상천 전 대표를 공화국의 적으로 규정, 강력하게 비난하고 나섰습니다.

조상천, 그 말에 입가에 설핏 미소를 보이며 눈을 뜬다.
조상천의 시선에 보이는 저만치. 태극기 집회 현장이다.

씬 37 태극기 집회장 연단 위 ·· 낮

연단 위에 서는 조상천.
수백 수천의 태극기 부대들이 조상천을 바라보고 있다.

조상천 (떨리는 목소리로, 연기하듯이) 가난한 형이 …배고파서 우는 동생 … 밥 한번 차려 줬더니… 내 아버지한테 북한군이 고사포를 쐈습니다. 내 동생은 빨갱이가 죽였습니다.

연단 아래 훌쩍이는 몇 명의 노인들.

조상천 5천만 대한민국 국민 중, 북한이 공화국의 적으로 규정한 단 한 사람. 이 조상천이가. 종북 세력 척결에 앞장서겠습니다. 애국 시민 여러분! 나 조상천이를 따라오시겠습니까?

도처에서 터지는 "네!", "가자!", "와!" 함성과 박수들. 자신을 향해 열정적으로 깃발을 흔들고 박수를 치는 태극기 부대를 보는 벅찬 얼굴의 조상천.

정치적 부활의 시작이다.

씬 38 청와대 정문 앞 ·· 낮

차량 한 대가 청와대 정문 앞에 멈춘다. 경비병이 신원을 확인한다.

이장석과 두 명의 젊은 검사가 타고 있는 차량이다.

씬 39 청와대 대통령 집무실 ·· 낮

박동호, 창밖을 보며 서 있다.

최연숙, 핸드폰 통화를 마치곤 박동호에게 다가간다.

최연숙 조상천 측 새로운 증인을 요청했습니다. 영부인을… 지금 해외에 나가 있는 분을… 조상천은 청문회를 파행으로 이끌 생각입니다.

서정연 (믿을 수 없다는 듯) 조상천과 정수진이… 아무리 그래도 조상천이 친아버지를…

박동호 (뒤돌아선 채) 나도 그랬어.

최연숙과 서정연이 그 말에 본다. 돌아서는 박동호.

박동호 (다가오며) 내가 정치적 아버지인 장일준의 심장을 멈추게 했듯이 정수진 또한 정치적 부친인 장일준의 눈을 감겼듯이.
조상천도…

박동호, 책상 옆에 선다.

박동호 (자책하듯, 낮고 깊게) 왜 그 생각을 못 했을까? 내가 한 일.
그들도 할 수 있다는 걸. (하는데)

진동으로 울리는 핸드폰. 보면 발신자 '이장석'이다.
박동호, 잠시 그 이름을 바라보다가 결심이 선 듯 핸드폰을 받는다.

이장석(F) (통화 중인, 주변이 있으니 경어를 쓰는) 대통령님. 내사팀
방문 조사를 위해, 출입을 허가해 주십시오.
박동호 … 장석아. 방문 조사 불허한다.

// 인서트. 청와대 정문 앞

경비병에 의해 제지된 차량 안에서 핸드폰 통화 중인 이장석.

이장석 (통화 중인, 뜻밖의 말에) 동호야!!!
박동호(F) 서울중앙지검장 이장석!!!!

이장석, 그 단호한 박동호의 말투에 멈칫하는데…

박동호 (통화 중인) 내사팀도 해체한다. 향후 현직 대통령과

관련된 음해와 근거 없는 첩보에 기반한 어떤 수사도 일체 용납하지 않는다. 이건 대통령의 명령이다. (끊는)

서정연, 결단을 내린 듯한 박동호를 본다.

박동호 (서정연에게) 중앙지검 내사팀 김응찬 검사, 미국으로 발령 내. 오유진 검사는 독일로 연수 보내고.

서정연 손발을 자른다고 이장석 검사장이 포기하지는 않을 (하는데)

박동호 오겠지. 기어서라도. 그런 놈이니까. 시간이 늦춰질 뿐. 정연아, 나한텐 그 시간이 필요하다.

초조함과 결단이 뒤섞인 박동호의 그 모습에서…

씬 40 청문회장 · · 낮

아직도 시장통 같은 분위기의 청문회장. 서로 고함을 지르고 삿대질을 하다가 조상천 측 청문위원들이 퇴장한다. 나머지 청문위원들도 허탈한 듯 의자에 기대거나 마른세수를 한다. 거의 판이 끝난 분위기다.
후보자석에 앉은 정수진의 그 여유 있는 모습 위로 선행되는.

국회의장(소리) 국무총리 후보자 정수진에 대한 임명 동의안 투표가 종결되었습니다.

씬 41 국회 본회의장 전광판 ·· 낮

전광판에 투표 결과가 보인다. 그 위로 들리는 국회의장의 소리.

국회의장(소리) 재적의원 296. 참석 257. 가 142표로 임명 동의안이 가결되었음을 선포합니다.

씬 42 청와대 복도 ·· 낮

박동호, 굳은 얼굴로 걸어간다. 서정연이 뒤를 따른다. 문 앞에 선다.
대면하기 싫지만 대면해야만 하는 상황 앞에 잠시 멈추는 박동호.
고개를 들자, 서정연이 문을 연다. 들어가는 박동호.

씬 43 청와대 임명 행사장 ·· 낮

박동호가 들어선다. 국무총리 임명식이 준비되어 있는 곳.
정수진이 저만치 서 있고, 최연숙이 사회석에 서 있다.
박동호, 정해진 자리에 선다.

최연숙 국무총리 정수진. 앞으로.

정수진, 또각또각 박동호를 응시하며 다가와 박동호의 앞에 선다.
박동호, 서정연으로부터 전달받은 임명장을 정수진에게 수여한다.
박동호, 악수를 하려 손을 내밀지만, 정수진, 손을 내밀지 않는다.
바라보는 박동호.

정수진 (미소로) 잘 모시겠습니다. 그쪽이 총리 시절. 장일준 대통령님을 대했던 것처럼.

그 정수진의 얼굴 위로 플래시되는.

// 플래시. 2부 씬 7 장례식장 복도

박동호 (통화 중인) 당신은 대통령으로서 해서는 안 될 일을 했습니다.

대통령(F) 동호야

박동호 (통화 중인) 저는 국무총리로서 해야 할 일을 하겠습니다.

정수진 (미소로) 저도 총리로서 해야 할 일을 하려구요. 당신처럼.

그 정수진의 얼굴 위로 플래시되는.

// 플래시. 3부 씬 1 몽타주 청와대 대통령 집무실

박동호 (단호하게) 대한민국 대통령의 직에서 물러나 주십시오.

정수진 (미소로) 그쪽 뒤를 따를게요. 마지막 선택만은 따르지 않게 해 주세요.

그 정수진의 얼굴 위로 플래시되는.

// 플래시. 1부 씬 5 청와대 대통령 집무실

대통령, 쿵 바닥에 쓰러진다.
양손으로 심장을 부여잡고 온몸을 뒤틀며 뭐라 말을 하려 하지만
입에서 말이 나오지 않는, 그 고통스러운 모습에서…

박동호 (굳은, 낮은) 정수진 총리!!
정수진 (미소로, 그제야 악수를 받으려는 듯 손을 내밀며) 절 여기까지 오게 한 건 대통령님이잖아요.

굳은 박동호와 미소의 정수진이 서로의 숨결이 닿을 듯 가까운 거리에서
서로를 보는 그 모습에서… 끝.

8부

씬 1　서울 강남의 클럽 안 ·· 밤

요란하게 울리는 댄스 음악. 서로 뒤엉켜 춤을 추는 젊은 남녀들. 술에 취해 비틀거리는 취객들. 약에 취한 듯 테이블에 앉아 눈이 풀린 채 주위의 시선에 개의치 않고 스킨십을 하는 남녀들의 모습이 보인다.
화장실로 가는 통로 근처, 웨이터에게 돈을 건네고 은밀하게 약을 건네받는 젊은이의 모습도 보인다. 마치 현대판 할렘 같은 모습이 요란한 음악과 함께 보여지다가, 그 음악 소리가 점점 줄어드는 어느 순간, 선행되는.

정필규(소리)　서울 시내 마약 밀매 조직 10여 곳을 일체 단속했습니다.

씬 2　서울중앙지검장실 ·· 낮

벽에 걸린 대형 티비. 위 씬 클럽 내 CCTV 화면 속 그 환락의 현장이 묵음으로 보여지고 있다. 소파 상석에 앉은 이장석. 근처에 두어 명의 차장검사가 앉아 있고, 정필규가 앞에 서서 브리핑 중이다.

정필규　국내 최대 조직인 학동파 핵심 조직원 20여 명을 체포했습니다. 이들은 강남 최대 클럽인 아르테미스를 거점으로 마약을 공급, 판매해 왔습니다. (하는 순간)

이장석, 화면 속에서 뭔가를 본 듯 자신도 모르게 소파에 앉은 몸이 앞으로 당겨진다.

정필규 이들로부터 물량을 공급받은 중간 판매상 및 개인 구매자를 전수 확인 중에 있습니다. (하는데)

이장석 쉬었다 합시다.

다들 (의아하게 보는데)

이장석, 나가라는 듯 손짓을 한다. 다들 주춤주춤 일어나 나간다. 문을 열고 나가는 정필규의 입가에 옅은 미소가 번지는 데서…

씬 3 교도소 특별 면회실 ·· 낮

정수진과 강상운이 마주 앉아 있다. 정수진, 앞에 놓인 접시에서 귤 하나를 들어 천천히 껍질을 까기 시작한다. 그 침묵의 시간이 좀 흐르다가…

강상운 (그동안의 서운함에 야리듯이) 언론에 알려질지 모르는데 총리가 직접 면회까지 오시고. 얼마나 중요한 얘기길래.

정수진 (대꾸 없이 귤껍질을 천천히 까는)

강상운 (짜증 난 듯) 수진아!!!

정수진 (귤껍질을 까며) 사과부터 받아야겠어.

강상운 (어이없어 보는데)

정수진 (귤껍질을 까며) 사모펀드에 대해서 입을 열지 않겠다. 그러니 대통령 시해 누명을 벗겨 달라. 박동호에 의해 누명을 쓰고, 옥고를 치른 선량한 기업가로 다시 그룹에 복귀하고 싶다. (비로소 강상운을 보며) 상운 씨가 먼저 제안한 거야.

강상운 (이미 늦었다는 듯) 곧 1심 판결이야.

정수진 (OL, 담담하게) 우리나라 3심제야.

강상운 (어쩔 수 없다는 듯) 박동호가 대통령이 됐어.

정수진 (OL, 담담하게) 무너질 거야.

강상운 (무리라는 듯, 고개 살짝 가로저으며) 상대는 대통령이야.

정수진 (OL, 담담하게) 박동호의 상대도 대통령이었어.

정수진, 껍질을 깐 귤을 들고 일어나 강상운에게 다가간다.

정수진 (담담하게) 입 닫아. 눈도 감고. 내가 대진그룹 부회장실로 데려다줄게.

정수진, 강상운의 바로 옆에 선다.

정수진 독방에 있지? 깨끗하게 써. 그 방, 곧 박동호가 들어갈 거야. 그러니

강상운 (정수진을 보는)

정수진 (귤을 강상운의 입가에 내밀며, 담담하게) 먹어. 내가 주는 것만.

강상운, 갈등으로 보는 데서…

씬 4 서울중앙지검장실 · · 낮

이장석, 리모컨으로 대형 티비 속 클럽의 CCTV 화면을 다시 돌려 보다가 정지시킨다. 그 정지된 화면의 어딘가를 확대, 확대, 다시 확대한다.

그 확대된 화면에 보이는 사람. 둥!!! 서정연이다.

그 모습에서 인서트되는.

// 인서트. 교도소 특별 면회실. 8부 씬 3의 후반부 연결

강상운 … 검찰 경찰 공수처까지 박동호가 장악하고 있는데 누가 현직 대통령을 수사할 수가 (하는데)

정수진 (OL, 담담하게) 상운 씬 다행이다.

강상운 (보는)

정수진 (담담하게) 친구가 없어서.

뭔가 계획이 있다는 듯, 날 믿으라는 듯, 강상운을 향해

고개를 살짝 끄덕여 보이는 정수진의 모습에서…

이장석, 마른세수를 하곤, 다시 화면을 본다.

취객들 사이를 다급하게 빠져나오는 듯한 서정연의 모습!

외면할 수 없는 사실 앞에, 이장석의 굳어진 얼굴에서 스틸.

타이틀 오른다. 돌풍 제8화.

씬 5 서기태의 무덤 앞 · · 낮

이장석, 무덤가의 잡초를 뜯어내고 있다.

근처에 서서 무덤을 바라보고 있는 서정연.

이장석 (잡초를 뜯으며) 법무연수원에 좌천됐을 때, 등산을

시작했어. 바위를 타고, 구릉을 오르면서 생각했다. 난 뭘 해야 할까. (몸을 일으키며) 기태가 내 옆에 있다면 뭐라고 말을 할까. (손바닥을 펼쳐, 뽑은 잡초를 바람에 흩날리곤) 기태는 의회주의자였어. 늦고 더디더라도 법과 원칙에 따라 (하는데)

서정연 (OL, 냉소적인) 그래서 실패했어요. 오빠는.

이장석 (그 말에 돌아보는, 보며) 그래서 갔었니? 아르테미스에.

그 말에 멈칫하는 서정연의 모습에서…

씬 6 청와대 대통령 집무실 ·· 낮

박동호와 최연숙, 소파에 앉아 있다.

최연숙 (심각한) 장일준 대통령 체내에서 발견된 것과 같은 성분의 마약을 판매하는 조직을 체포했다고 합니다.

그 말에 흠칫하며 최연숙을 보는 박동호.

최연숙 (심각한) 서정연 비서관이 약을 구한 영상도 확보했다고… 검찰 측 정보 라인에서 보고가 있었습니다.

박동호, 탁자 팔걸이를 쥐고 있는 손에 꿈틀 힘이 들어가는 데서…

씬 7　서기태의 무덤 앞 ·· 낮

이장석 (서정연을 보며) 동호가 보냈니? 그 약을 구해 오라고. 동호가 제안했겠지. 장일준의 심장을 멈추자고.

서정연 (단호한) 아뇨.

이장석 (보는)

서정연 빈소에서 들었어요. (서기태의 무덤을 보며) 장일준의 심장을 멈추고 권력을 움켜쥐라는 오빠의 부탁을.

이장석 (흡! 잠시 숨이 멎는 듯한 기분이다. 시해의 확인이다. 무너지는 몸과 마음을 견디려는 듯 비석을 손으로 잡는)

서정연 (대사 이어지는) 49재 때 들었어요. 정수진을 심판하고 정의를 구현해 달라는 오빠의 절규를. 난 들었는데, (이장석을 보며) 왜 친구의 귀에는 안 들렸을까?

이장석 … 난 법을 집행하는 대한민국 검사야.

서정연 (냉소적인) 장일준이 오빠를 죽음으로 내몰 때 법은 어디에 있었죠? 정수진이 진실을 숨길 때 검사는 어디에 있었나요?

이장석과 서정연이 바라보는 잠시. 둘 사이에 바람이 분다.
헝클어지는 머리. 휘날리는 옷깃 속에 잠시 서로 보다가…

이장석 (아프게 보며) 느리더라도, 그래서 억울하고 눈물이 나더라도, 나는 믿는다. 세상은 올바른 방향으로 가고 있다고.

서정연 …

이장석 …견디면서, …버티면서, 지금 할 수 있는 최선을 다할 뿐.

서정연 (설득될 상대가 아님을 안다. 마지막 부탁으로) 친구랑 클럽에 가서, 맥주 한잔 하고 나왔을 뿐이에요. 알아요. 수사를 하면 금방 무너질 허술한 알리바이란 거. 먼 길 돌아서 천천히 와 줘요. (서기태의 무덤을 보며) 오빠의 부탁이라 생각해 줘요.

이장석 (안 된다는 듯, 고개 가로젓는. 아프게 보며) 세상을 더럽히는 자들보다, 세상의 변화를 자신의 생애에 마무리하려는 자들이 더 위험해.

서정연 …

이장석 너도. 동호도.

아픈 눈으로, 그러나 설득되지 않을 얼굴로 바라보는 이장석의 모습에서…

씬 8 청와대 대통령 집무실 ·· 낮

박동호와 최연숙이 소파에 앉아 있다.

최연숙 시간이 없습니다. 이장석 검사장이 다가오고 있습니다.

박동호 (생각에 잠긴)

최연숙 (설득하듯) 강상운의 입을 열려면 그 사람이 필요합니다.

박동호, 소파에 깊숙이 기대앉는 모습 위로
창가에서 쏟아지는 햇살이 비치는 데서…

(시간 경과)

해가 저문 지 이미 오래. 박동호, 홀로 소파에 앉아 있다. 불도 켜지 않은 실내. 마치 중세의 석고상처럼 미동도 없이 생각에 잠긴 박동호의 모습이 오래 보이다가… 이윽고 전화기를 드는 박동호. 상대가 받았다.

박동호 (통화 중인, 낮은, 그러나 무거운) 약속 잡으세요.

그 박동호의 무겁고 처연한 모습에서…

씬 9 국무총리 취임식장 · · 낮

'국무총리 취임식' 플래카드가 걸려 있다.

연단 위에 선 정수진, 취임사를 낭독하고 있다. (연단 위만 보인다.)

정수진 존경하는 국민 여러분. 오늘 박동호 정부의 첫 국무총리로서 인사를 드립니다. 저를 믿고 내각을 맡겨 준 박동호 대통령님과 여야 국회의원, 그리고 국민 여러분께도 깊은 감사를 드립니다.

정중하게 고개 숙여 예를 표하는 정수진의 모습에서…

씬 10 도로를 달리는 차 안 · · 낮

조수석의 최연숙, 룸미러로 뒤를 살핀다.

뒷좌석에 앉은 박동호의 얼굴은 굳어 있다. 자동차는 한적한 이면 도로를 달리고 있다. 라디오에서 총리 취임식 관련 뉴스가 흘러나오고 있다.

정수진(소리) (라디오에서 흘러나오는, 취임사의 일부) 가진 자에게 엄격하고, 서민에게 따뜻한 나라! 가난이 대물림되지 않는 희망찬 사회! 평화와 번영을 향해 나아가는 새로운 대한민국을 만들겠습니다.

앵커(소리) (라디오 뉴스, 이어지는) 취임식을 마친 정수진 국무총리는 기자 브리핑에서 헌법에 보장된 권한을 적극적으로 사용, 국무총리 중심의 국정 운영을 추진하겠다는 의지를 밝혔습니다.

그 말에 굳어 있던 박동호의 미간이 꿈틀하는 모습에서…

씬 11 어느 저택 앞 ·· 낮

끼이익… 주차장의 철문이 열리고, 박동호의 차량이 주차장 안으로 들어간다. 곳곳에 경호원들이 주변을 경계하며 인이어 무전기로 교신하는 모습이 보인다.

자막 : 삼청동 안가

씬 12 삼청동 안가 복도 + 거실 ·· 낮

긴 복도를 걸어가는 박동호. 뒤를 따르는 최연숙.

긴 복도를 걸어간 박동호가 거실로 들어선다. 저만치 벽에 걸린 그림을 보며 서 있는 사내의 뒷모습이 보인다. 최연숙이 낮은 헛기침을 한다.
그 인기척을 느끼고 돌아서는 사내. 둥!!! 강 회장이다.
인자한 미소의 강 회장과 굳은 얼굴의 박동호가 서로를 보는 모습에서…

씬 13 국무총리 집무실 ‥ 낮

다급하게 문을 열고 들어오는 이만길, 책상 앞 의자에 앉아
서류에 줄을 그어 가며 지시 사항을 추가하고 있는 정수진에게 다가간다.

이만길 (다급하게 다가가며) 강영익 회장이 VIP 병동을 나와서 이동했습니다.
정수진 (개의치 않고 지시 사항을 쓰고 있는데)
이만길 (앞에 서는, 다급한) 삼청동 안가에서 대통령을 만나고 있는 것 같습니다.

그 말에 순간, 정수진의 펜이 멈추는 데서…

씬 14 삼청동 안가 거실 ‥ 낮

소파에 마주 앉은 박동호와 강 회장. 그들 앞에 각각 찻잔이 놓여 있다.
최연숙과 강상진은 저만치 따로 앉아 있다.

박동호 (찻잔을 들고는) 아드님과 한 약속이 있습니다. 강상운 부회장이 한 일을 밝히면, 제가 한 일도 세상에

드러내겠다는 약속. 그런데 아드님의 입을 막는 손이 있습니다. 정수진 총리의 손, 치워 주실 수 있겠습니까? (차를 마시는)

강 회장 (인자하게 보며) 그럼 제 손에 무엇을 채워 주시겠습니까?

박동호 (찻잔 내려놓곤, 겁박하는, 단호한) 대진그룹에 관한 국세청 특별 세무 조사가 있을 겁니다.

강 회장 (인자하게 보며) 세무 조사가 못해도 6개월은 걸릴 건데. 그 시간 견딜 수 있겠습니까?

박동호 (겁박하는, 단호한) 금감원에서 대진그룹 전 계열사에 대한 회사채 발행을 보류할 계획입니다. 자금난을 버티기 힘들 겁니다.

강 회장 (찻잔을 들며, 인자하게) 어릴 적부터 보릿고개를 넘기며 살아온 인생입니다. 1년에 석 달을 초근목피로 버텼는데, 자금난 정도는 (하는데)

박동호 (OL) 강영익 회장!!!!

강 회장, 분노가 터진 박동호를 개의치 않고 차를 마시곤 내려놓는다. 강 회장이 눈짓하면, 다가온 강상진이 서류봉투에서 사진 한 장을 꺼내 탁자 위에 올려놓는다. 중년 사내의 사진이다.

강 회장 (미소로, 박동호를 보며) 제가 부리던 사람입니다. 꽤 쓸모가 있을 겁니다.

그 온화한 강 회장의 얼굴 위로 선행되는.

정수진(소리) 국민연금공단 이사장 자리를 요구하겠지.

씬 15 국무총리 집무실 ·· 낮

정수진 (집무실을 서성이듯 걸으며) 국민연금이 주식에 투자하는 자금이 900조. 국가 예산의 두 배가 넘는 금액이지. 그 돈의 10분의 1만 움직여도 대진그룹의 주가는 폭등. 강 회장은 수조 원이 넘는 이익을 얻게 될 거야.

이만길 (근처에 선) 박동호가 받아들일까요?

정수진 (서성이듯, 걸으며, 고개 가로젓곤) 사자는 아무리 배가 고파도 짐승의 썩은 고기는 먹지 않아. 그래서 (발걸음 멈추곤, 이만길을 보며, 옅은 미소로) 사자가 죽는 거야.

이미 박동호의 선택을 안다는 듯한 정수진의 그 모습에서…

씬 16 삼청동 안가 거실 ·· 낮

박동호 (굳은 얼굴로, 강 회장을 보며) 국민연금을 대진그룹의 시드머니로 사용하겠다는 뜻입니까?

강 회장 (여유 있게, 보며) 필요한 만큼 쓰고, 혹시 남으면 나라 곳간에 돌려놓겠습니다.

박동호 (단어 하나하나가 이글거리며) 불법 조성한 수천억 원의 비자금도 모자라서 이젠 (하는데)

강 회장 (자르는, OL) 10여 년 전 일이지요. (박동호가) 검사 시절. 수사를 피해 해외 주식이며 회사채를 급하게 처분하느라 반토막이 났습니다. 5년 전. (박동호가) 의원 시절 주도한 국정 조사 때, 스위스 계좌로 급히 옮기느라 또 절반을 흘렸습니다. (손바닥 펼쳐 보이며) 다섯 손가락 중에 (손가락 네 개를 접고는) 엄지만 간신히 남았습니다. 덕분에.

박동호 …

강 회장 (인자하게 보며) 부탁을 하시려면 흘린 돈은 다시 주워 주셔야겠습니다.

박동호, 저만치 거울에 비치는 자신의 얼굴을 본다.

거울 속 박동호의 얼굴이 장일준의 얼굴로 바뀐다.

거울 속 장일준의 얼굴을 바라보는 박동호의 모습에서 플래시되는.

// 플래시. 1부 씬 2 청와대 대통령 집무실

박동호 (보며, 굳은 얼굴로) 정경 유착을 끊겠다. 대통령님의 선거 공약이었습니다.

대통령 (그 말에 박동호를 보며, 느물거리듯) 공약이 하도 많아서.

박동호 (굳은 얼굴로) 재벌 개혁을 완수하겠다. 취임 선서문의 일성이었습니다.

대통령 (느물거리며) 그 선서문 니가 쓴 거 아이가.

그 거울 속 느물거리는 장일준의 얼굴이 서서히 박동호의 얼굴로 바뀐다.

굳어 있던 박동호의 얼굴에 픽. 짧은 실소가 보인다.

박동호 실수를 했습니다. (강 회장을 보며) 사리 분별은 하는

분인 줄 알았는데. 다시 감옥에 가실 분. 귀한 시간을 빼앗았네요. (하며 일어나려는데)

강 회장 나라에 피해는 없을 겁니다. 그룹 내 계열사 주가 변동에 나랏돈을 쓸 뿐입니다.

박동호 (그 말에 보는)

강 회장 후계 구도를 바꾸는 데 나랏돈을 잠시 빌리겠다 이 말입니다.

박동호 (가늠하듯 보며) 강상운을 치우고, 강상진을 대권에 앉히겠다?

강 회장 (끄덕이는)

박동호, 흥미롭다는 듯한 얼굴로 보는 데서…

씬 17 교도소 특별 면회실 ‥ 낮

탁자 위에 올린 손이 부들부들 떨린다. 강상운이다.

그 탁자 위에 올려진 스마트폰에서 스피커로 들려오는.

박동호(F) 그룹 내에서 흔적을 지우겠다는 뜻. 강상운 부회장도 알고 있습니까?

강 회장(F) 개의치 않습니다. 평생 감옥 밖으로 못 나올 아이인데.

그 말에 불끈 움켜쥐어지는 강상운의 주먹.

맞은편에 앉은 서정연이 담담하게 그런 강상운을 보고 있다.

강 회장(F) 대통령님 어깨의 짐. 상운이한테 올려 둘 생각입니다. 대통령 시해범이면, 애비가 아무리 힘을 써도 가석방 없는 무기 징역이겠지요.

둥!! 강상운, 불끈 쥔 주먹으로 탁자를 내리치는 모습에서…

씬 18 삼청동 안가 거실 ·· 낮

박동호 내 손에 묻은 피, 강상운한테 묻히겠다?

강 회장 (인자하게) 대통령님과는 할 일이 아주 많으니까요.

박동호 보통 아버지는 아들을 구하려고 하지 않나?

강 회장 그들은 보통의 아버지들입죠.

박동호 (픽, 미소 보이곤) 강상운을 대통령 시해범으로 평생 감옥에 묶어 두겠다?

강 회장 (인자하게) 한 사람의 억울함으로 여기 모두가 원하는 걸 얻을 수 있다면 (하는데)

강상운(F) (터지듯) 아버지!!!!!!!

그 소리에 멈칫, 말을 멈추는 강 회장.

박동호, 손을 내밀면, 최연숙, 주머니 속의 스마트폰을 꺼내 건넨다.

탁자 위에 올려지는 스마트폰. '서정연'과 통화 중인 스피커폰 상태.

강상운(F) (절규하듯) 아버지를… 아버지를… 믿었습니다.

박동호 (강 회장을 보는 채로) 이젠 날 믿으세요. 강상운 씨.

강 회장 (당황한 모습인데)

박동호 (스피커폰을 보며) 한민호에게 넘어간 투자금. 그 자금의 출처인 비자금 계좌가 필요합니다.

그 단호한 박동호의 모습에서.

씬 19 교도소 특별 면회실 ·· 낮

강상운, 분노와 배신감에 사로잡힌 얼굴로…

강상운 (스피커폰을 보며) 마카오뱅크

강 회장(F) (만류하듯) 상운아

강상운 (울부짖듯이 계좌 번호를 숫자 하나하나 외치는) 8 2 1 9 1 0 1 3 1

절규하듯 계좌 번호를 불러 주는 강상운의 모습에서…

씬 20 청와대 계단 + 복도 ·· 낮

박동호, 빠른 걸음으로 계단을 오른다. 그 옆을 따르는 최연숙.

박동호 (걸으며) 국정원 통해서 마카오뱅크 계좌 확보하세요. 금감원에 국내 입출금 내역 파악 지시하시구요.

집무실로 들어서는 박동호의 모습에서.

씬 21 청와대 대통령 집무실 ‥ 낮

박동호가 들어서자, 이미 대기하고 있던 이중권이 소파에서 일어나 목례를 한다. 박동호, 들어오던 그 속도로 걸어 이중권에게 다가가며.

박동호 (단호한, 다가가며) 공수처 수사검사 25명, 수사관 40명. 전원 한민호 수사에 투입합니다.

이중권 (곤란한) 손이 부족합니다. 다른 사건들도 많아서 (하는데)

박동호 (이중권의 앞에 서는, OL) 명령입니다. (이중권을 보며) 박동호 정부 차기 법무부장관에게 내리는 첫 명령!

이중권 (거부할 수 없는 제안이다. 자신도 모르게 침이 삼켜진다.)

박동호 (보며) 부족합니까?

그 단호한 박동호의 모습에서…

씬 22 남산 c&c 건물 앞 ‥ 낮

건물에서 나오는 사내1. 그에게 다가가는 서너 명의 공수처 수사관들.

수사관1 (신분증 내밀며) 공수처 수사관 이종영입니다. 남산 c&c 이사 조일규 씨 맞습니까?

사내1, 눈치를 보다 달아나려는 순간, 덮친 수사관들에게 제압당하는 데서.

씬 23 정수진의 자택 지하 주차장 + 엘리베이터 앞 ·· 낮

급하게 달려와 급정거하는 차량에서 내린 한민호,
핸드폰 통화를 하며 다급하게 엘리베이터 쪽으로 뛰듯이 간다.

한민호 (걸어가며, 통화 중인, 다급한) 공수처 담당 검사 누구야?
(듣다가) 야!! 검사가 이름표 달고 다니냐? 물어봐. 족보를 알아야 인맥, 학연 움직일 거 아냐!!!

씬 24 정수진의 자택 거실 ·· 낮

한민호, 들어오면 정수진, 외출하려는 듯 옷을 입은 채,
거실에 놓인 가방 속에 서류 등을 챙기고 있다.

한민호 (다급한) 수진아, 일규 그 자식이 공수처에 (하는데)
정수진 (OL) 들었어. 청사로 가서 자세한 걸 알아볼 (하는데)

진동으로 울리는 정수진의 전화벨.

정수진 (한 손으로 서류 챙기며, 한 손으로 받는) 정수진입니다.
정필규(F) (다급한) 수진아. 국정원에 파견된 놈 통해서 들은 건데, 강상운이 나발 불었어. 마카오뱅크 털렸댄다.

정수진, 그 말에 손이 멈춘다. 전화를 끊는다. 소파에 천천히 앉는다.

한민호 (분위기 파악 못 하고) 공수처 놈들이 겁대가리 없이 설쳐. 수진아, 이번에 아예 공수처법 개정해서 (하는데)

정수진 (OL) 얼마야? (한민호가 보자) 강상운 부회장이 투자한 돈. 얼마지?

한민호 (정수진의 얼굴에서 그제야 심상찮음을 느끼곤, 근처에 앉으며) 1차 투자가 50억, 2차가 100억 그리고…

정수진 어느 계좌에서 입금됐는지 알아?

한민호 … 마카오…뱅크.

정수진 (숨이 막히는 기분이다. 자신도 모르게 깊은 한숨이 쉬어진다.)

한민호 … 수진아…

정수진 (어떻게든 활로를 찾아보려는) 남산 c&c 회계, 자금 담당이 누구야?

한민호 박태식. 전대협 조통위원장 하던 놈. 오철민. 나 국보법으로 수배당했을 때 고향집에 숨겨 준 (하는데)

정수진 (OL) 보내. 박동호의 손이 닿지 않는 곳으로. 어서!!!

그 다급한 정수진의 모습에서…

씬 25 한적한 항구 외곽 ·· 밤

깊은 밤. 으슥한 항구의 구석.

소형 어선 한 척이 시동이 걸린 채 대기하고 있고,

그 근처. 한민호와 박태식, 오철민이 있다. 비장하게 서로를 보는 세 남자.

한민호 (낮게, 천천히 노래 부르는) 흔들리면 죽는다. 흩어져도 우린 죽는다.

태식 철민 (따라 부르는, 낮게, 처연하게) 하나 되어 우리 나선다. 승리의 그날까지.

한민호 (박태식에게 다가가는) 알지? 어둠이 깊을수록 아침이 밝다는 거. (끄덕이는 박태식을 뜨겁게 안아 준다. 오철민을 보며) 고생해라. 곧 새벽이 올 거야. (오철민을 뜨겁게 안아 준다.)

박태식과 오철민, 소형 어선에 올라탄다. 떠나가는 배.
한민호는 떠나가는 두 친구를 보며, 마치 젊은 시절의 모습처럼 오른손을 들어 결기를 보여 준다. 그로테스크하면서도 비장한 한민호의 그 모습에서…

씬 26 청와대 복도 ·· 밤

서정연, 다급하게 걷고 있다. 그 위로.

서정연(소리) 남산 c&c 주요 인사들 핸드폰 위치 추적 결과 인천항구에 있는 걸로 파악됐습니다.

씬 27 청와대 대통령 집무실 ·· 밤

서정연 (박동호의 앞에 서서 보고 중인, 다급한) 출국 금지를 피해 해외 도피를 시도하는 것 같습니다.

박동호 (책상 앞 의자에 앉아 있다, 일어나며) 해경에 요청해. 즉시

밀입국 어선 단속하라고.

서정연 (난감한) 해경 단속선들이 불법 조업 중인 중국 어선 단속에 나갔답니다. 국무총리실 긴급 지시였다고…

박동호 (멈춰 선다. 허… 하는 기분이다. 정수진은 이미 거기까지 준비를 해 둔 것. 혼잣말처럼) 김구 선생이 친일파 경찰에 잡혀 밤새 고문을 당한 날. 백범일지에 이렇게 썼지.

서정연 (의미를 알 수 없어 보는데)

박동호 친일파도 이렇게 열심히 사는데, 나는 더 열심히 독립운동을 해야겠다. (서정연을 보며, 단호한) NSC 소집해!

박동호의 그 단호한 모습에서.

씬 28 몽타주 ·· 밤

// 지하벙커 복도

빠른 발걸음으로 복도를 걸어 모여드는 군복의 장성들, 정장을 입은 안보실의 수뇌들, 그들 각각의 긴장된 모습들 위로.

박동호(소리) 출처를 밝힐 수 없는 휴민트의 긴급한 첩보가 있었습니다.

// 지하벙커 회의실

회의실에 앉은 박동호와 NSC 참석자들. 그 긴장된 분위기 속에.

박동호 (심각하게) 지금 이 시간. 국내에서 암약하던 불순 세력의 해외 도피 시도가 있습니다.

// 군 시설 곳곳

다급하게 움직이는 해군들. 출동하는 해군 함정.
이륙하는 헬기들의 모습 위로.

박동호(소리) (단호한) 초계함, 고속함, 고속정, 헬기, 공중 경보기를 포함한 특수 목적기 등, 가용 가능한 해·공군의 모든 군사 자산을 동원하세요.

// 바다 위

암흑의 바다를 떠가는 소형 어선. 흐린 달빛에 실루엣처럼 보이던 소형 어선을 향해, 섬광처럼 쏟아지는 데일 듯 뜨겁고 밝은 라이트 불빛!! 놀라는 어선 위의 박태식과 오철민. 하늘. 헬기가 어선을 향해 라이트를 쏘고 있다. 두어 대의 헬기가 더 다가와 어선을 향해 라이트를 비추는 데서…

씬 29 청와대 복도 · · 밤

박동호와 서정연, 걸어가는데, 맞은편에서 다급하게 걸어오는 정수진.

박동호에게 그 속도로 다가가며 말하는.

정수진 (다가가며) 긴급 NSC 회의가 열렸다 들었습니다. 총리가 몰라야 할 국가 위급 상황이 뭔지 (하는데)

박동호 (다가가며) 다음 주 출국할 준비하세요. 프랑스 국제안보회의 기조연설. 총리가 해 줬으면 하는데.

정수진 (박동호의 앞에 멈추는, 의도를 가늠하며) 제가 이 나라에 있어서는 안 될 이유가 있군요.

박동호 (픽, 옅은 실소 보이곤) 또 말해야 하나? 당신 같은 존재가 이 나라에 있어서는 안 될 이유.

잠시 팽팽하게 보는 둘. 그때 진동으로 울리는 정수진의 핸드폰.
발신자 '한민호'다. 받는다. 정수진이 핸드폰을 받는 순간 들리는.

한민호(F) (다급한) 수진아. 태식이하고 철민이, 공해상에서 체포됐다. 지금 공수처로 이송 중이라는데, (하는데)

정수진 (끊는, 감정의 동요를 들키지 않으려는 듯 팽팽하게 보며) 사적 목적으로 국가 자산을 동원했군요.

박동호 (보며) 말했는데. 그쪽한테 배운 게 많다고.

정수진 (보며) 내가 없는 동안 남산 c&c를 처리할 생각이겠죠.

박동호 (보며) 배웅은 내가 하지. 귀국할 땐 공수처에서 데리러 갈 겁니다. (가려는데)

정수진 (자신이 남아야만 해결할 수 있는 문제다. 팔을 들어 박동호의 앞을 막으려 하며) 프랑스 국제안보회의는 부총리가 대신 (하는데)

박동호, 자신의 앞을 막는 정수진의 손을 거칠게 잡아챈다.
방금 전의 여유로움과 다르게 베일 듯 날카로운 박동호의 눈길.
그 박동호의 모습 위로 플래시되는.

// 플래시. 1부 씬 2 청와대 대통령 집무실

장일준 (박동호의 손을 거칠게 움켜잡은 채, 이글거리는 눈으로) 동호야. 니는 늪에 빠졌데이. 살리 달라고 손 내밀지 마라. 니 손 잡는 놈도 같이 빠질 끼다.

박동호 (정수진을 보며, 이글거리는 눈으로) 도와 달라고 비명도 지르지 마, 그 소리 들은 놈도 똑같이 다칠 거니까.

// 플래시. 1부 씬 2 청와대 대통령 집무실

장일준 (잡고 있던 손을 놓고) 잘 가래이.

박동호 (잡고 있던 손을 놓고) 굿바이.

박동호, 간다. 뒤를 따르는 서정연.
정수진, 일순 모골이 송연해진 기분으로,
걸어가는 박동호의 뒷모습을 보는 데서…

씬 30 공수처 취조실 + 매직미러 안 · · 낮

수사관1, 공해상에서 잡힌 박태식을 거친 표정으로 다그치듯 취조 중이다.

그 묵음의 모습을 매직미러 안에 서서 바라보는 이중권.

이중권, 손에 든 핸드폰으로 뭔가를 검색한다. '법무부장관 판공비'다.

확인하곤, 흡족한 듯 고개를 주억거리는 이중권의 모습 위로.

뉴스(소리) 공수처는 지난밤. 해외로 밀항을 시도하던 남산 c&c 회계팀장 박태식 씨와 자금 담당 이사 오철민 씨를 수사 중인 것으로 알려졌습니다. 박 씨와 오 씨는 남산 c&c의 자금 집행을 담당해 왔으며, 회사 내 핵심 정보를 알고 있는 인물들로 추정된다고 밝혔습니다.

씬 31 도로를 달리는 차 안 · · 낮

사거리를 진행하던 차량이 급하게 멈춘다. 대각선에서 달려오던 승용차가 신호를 무시하고 과속으로 급하게 사거리를 통과한다. 빠아앙!!! 여기저기서 울리는 경적에도 개의치 않고 급가속하며 달려가는 그 차량 안. 한민호가 조급한 얼굴로 차량을 거칠게 몰아가고 있다. 차량 안 라디오에서 들리고 있는.

뉴스(소리) 대진그룹 강상운 부회장의 비자금 계좌를 확보한 공수처는, 자금이 남산 c&c로 흘러간 경위와 대가성을 입증하는 데 수사력을 집중하고 있습니다. 공수처는 한민호 대표에게 소환장을 발부할 계획이며, 소환에 불응할 경우 체포 영장을 발부할 예정이라고 밝혔습니다.

순간, 앞의 차를 비키라는 듯, 이 상황에 대한 격정인 듯,
크락션을 길고 거칠게 빠아아아아앙!!!!!
누르는 한민호의 그 초조한 모습에서…

씬 32 교도소 특별 면회실 ·· 낮

강상운과 한민호가 마주 앉아 있다.

한민호 (초조한, 소환 전 말을 맞추려는) 해외 선물에 투자해서 큰돈을 날렸습니다. 남은 건 코인에 실었다가 잃었구요.

강상운 (앞에 놓인 접시에서 삶은 달걀 하나를 집어 드는)

한민호 남산 c&c가 정관계와 연루, 국책 사업에 투자해서 거액의 이익을 얻었다는 건 루멉니다.

강상운 (픽, 한심하다는 듯) 나도 안 속을 거짓말, 공수처에서 통할 리가 있나.

한민호 (다급하게) 부회장님과 저의 비즈니스!!! 수진이는 전혀 모르는 일입니다. (간절한 눈빛으로) 이렇게 진술해 주세요.

강상운 (보며) 아내는 지키고 싶다?

한민호 (간절한 눈빛으로, 끄덕이는)

강상운 (속내를 안다는 듯, 살짝 비아냥거리며) 수진이가 건재해야 후일을 도모할 수 있으니. 몇 년의 형을 받든 적당할 때 사면도 되고 복권도 되고, 아내 등에 업혀서 다시 세상에 나올 수 있을 거니까.

한민호 (간절한) 부회장님. 제발 (하는데)

강상운 (들고 있던 삶은 계란을 탁자에 톡 두드려 깨곤) 공수처가 꽤 실력이 좋아. (계란을 까며) 계란을 하나 줬더니, 찜에 말이에 오믈렛까지 만드네. (한민호를 보며) 마카오 계좌와 연계된 방콕 BDA 계좌까지 털었어. 공수처가.

한민호 (둥!!! 놀라는)

강상운 (보며) 지난 총선. 당신한테 나간 특별 지원금. 알지? 거기서 나간 거.

한민호 (정신이 혼미해지는 기분이다. 거친 호흡을 두어 번 쉬고는) … 어디… 어디까지 말한 겁니까?

강상운 (다시 계란의 나머지 부분을 까며) 같은 죄를 지은 놈들이 조사를 받을 땐 말야, 입이 가벼운 놈이 젤 먼저 출소하지, 조사에 아주 잘 협조한 대가거든. (자조하듯, 피식 실소 보이며) 몰랐네. 내 입이 이렇게 가벼운지.

강상운, 일어난다.

강상운 (보며) 수진이한테 전해 주세요. 변호사는 구해 주겠다고. 내가 쓰고 남은 놈으로.

강상운, 나가려는데 한민호, 일어나 그 앞에 선다. 간절한 눈빛이다.

한민호 (간절한) 부회장님…

강상운 (본다. 보다가, 들고 있던 삶은 계란을 한민호의 얼굴에 내밀며) 먹어. 지금 내가 해 줄 수 있는 건 이거뿐.

그 절망의 한민호의 모습에서…

씬 33 교도소 주차장 ·· 낮

태양이 뜨겁게 내리쬐는 차 안. 정신의 절반쯤이 나간 얼굴로 앉아 있는 한민호. 그렇게 멍한 얼굴로 있다가, 이윽고 벼랑에 선 현실을 인식한 듯, 체념한 듯, 허탈한 헛웃음을 허… 지어 보이는 한민호의 모습에서…

씬 34 한적한 BAR ·· 낮

문이 열리고 이만길이 들어선다.
홀로 스트레이트 잔을 기울이고 있는 한민호에게 다가가며…

이만길 (짜증 나는 듯한) 하루 종일 연락이 안 돼서 총리님이 (하는데)

한민호 (OL) 들을 시간이 없어. (이만길을 보며, 처연하게) 내가 … 할 얘기가 아주 많아.

평소와는 다른 한민호의 모습에 멈칫하는 이만길의 얼굴에서…

씬 35 청와대 대통령 집무실 ·· 낮

박동호, 소파 상석에 앉아 난초의 썩은 잎을 따고 있다.
근처에 앉은 최연숙과 서정연.

서정연 지난 총선을 전후해서 거액의 자금이 방콕 BDA 계좌에서 한민호에게 전달된 정황이 확보됐습니다.

박동호 (난초를 따며, 혼잣말처럼) 저수지를 찾았어.

그 박동호의 모습에서 플래시되는.

// 플래시. 2부 씬 46 청와대 대통령 집무실

강상운 내가 만들려고 해. 저수지. 세상에 필요한 만큼 정의를 흘려보내는 저수지. 나한테 불리한 정의는 수문을 막고, 나한테 유리한 정의는 방류하는 저수지를 만들었다고.

최연숙 (심각한) 정국에 충격이 클 거예요. 여의도의 절반이 날아갈지도 모릅니다. 신중하게 접근해야 됩니다.

박동호 (난초를 따며) 열이든 백이든 썩은 놈은 다 뽑아낼 겁니다. 뿌리만 있으면 새싹은 다시 자라날 겁니다.

난초를 따 나가는 박동호의 그 결의의 모습에서…

씬 36 정수진의 자택 거실 ·· 밤

한민호, 들어오면 정수진, 식탁에 앉아 술을 마시고 있다.

양주병의 절반가량이 비워져 있다. 다가가 정수진의 옆에 앉는 한민호.

정수진 (약간 취기가 오른, 회한에 젖은 듯한) 20년 전. 당신

첫 출마했을 때, 열두 표 차이로 낙선했었지. 그때 당선됐다면 어떻게 됐을까?

한민호 (체념한 자의 마지막 여유로) … 꽤 괜찮은 정치인이 됐겠지.

정수진 10년도 넘었다. 당신 마지막 출마 준비하다가 선거법에 걸려서…

한민호 (따뜻하게 보며) 다행이라고 생각했어. 내 지역구에 수진이 니가 출마할 수 있어서.

정수진, 본다. 지금은 어리석어 속상한 사람이지만, 이 말은 진심임을 안다.

정수진 (자신도 진심이 흘러나오는) 사업한다고 했을 때 안심되더라. 이제 정치는 떠났구나. 지역구는 내가 계속… (뒷말을 잇지 못하고 술을 마시는)

한민호 (이해한다는 듯 따뜻하게 보는)

정수진 후회돼. 내가 대학으로 돌아가고 당신이 정치를 (하는데)

한민호 (OL) 잘해 왔어. 너.

정수진 … 박동호가 공수처 인원을 보강했어. 당신 소환될 거야. 어쩌면 나도…

한민호 (따뜻하게) 잘 해낼 거야. 넌. (하며)

한민호, 식탁 위에 올려진 정수진의 손을 따뜻하게 잡으려는데 정수진, 그 손을 빼낸다.

정수진 두 번 감옥에 갔었나? 국보법에, 집시법에. 기억나. 교도소 앞에 모인 수백 수천의 학생들이 당신 이름을 연호했었지. 자랑스러웠는데. 그땐 당신이.

한민호 (메이는 목을 견디며) … 나는…

정수진 (보는)

한민호 (젖어 가는 눈동자로) 자랑스러워. 지금 당신이.

정수진, 취기에 피식 짧은 실소 보이곤, 술병을 들어 술잔에 따르려는데, 한민호가 그 술병을 잡는다.

한민호 이젠 쉬어. (보며) 남은 술은 … 내가 마실게.

한민호의 그 처연한 얼굴에서…

씬 37 정수진의 자택 서재 ·· 밤

한민호, 사진첩을 넘기고 있다. 그 안에 보이는 한민호의 일생. 대학 입학 때 부모와 찍은 사진. 교도소에서 출소할 때 무등을 타고 학생들에게 둘러싸인 모습, 결혼식 사진 등등을 보다가 멈추는 손길. 사진 한 장을 꺼낸다. 전대협 의장 시절, 연단에 서서 사자처럼 포효하는 사진이다. 그 사진 위로 떨어지는 눈물 한 방울. 한민호, 사진을 내려놓고, 컴퓨터 자판을 두드리며 타이핑을 시작한다. 그 위로…

한민호(소리) (처연한) 죽는 날까지 하늘을 우러러 한 점 부끄럼이 없기를.

씬 38 정수진의 자택 거실 ·· 낮

출근길의 정수진, 나가려다가, 소파 앞 탁자에 놓인 흰 봉투를 본다. 갸웃하며 다가가 열어 본다. 그 안에서 나오는 출력된 A4지 한 장. 그 위로.

한민호(소리) 식민의 시대를 살다간 어느 시인의 시구처럼, 저는 단 한 치의 부끄럼도 없이 살아왔습니다.

둥!!! 놀라는 정수진, 유서를 든 손이 떨려 온다.

이만길 (거실로 오며) 차량 준비됐습니다. (하는데)

정수진 (입가가 떨려 오며) 그이가 떠나려고 해. (황망한 마음으로) 언제 나갔지? 어딨지? 지금.

이만길 (모든 상황을 다 안다는 듯, 묵묵히 보고만 있다.)

정수진 (황망한) 경찰… 경찰에 연락해. 어서.

이만길 (무거운) 강상운 부회장에게 투자금 외에 받은 돈이 있습니다.

정수진 (보는)

이만길 지난 총선. 대한국민당 후보 100여 명에게 선거 자금을 지원했습니다. 그중 당선자가 50명이 넘습니다.

정수진 (황망함 속에 보는)

이만길 한민호 대표가 소환되면, 그래서 이 사실이 밝혀지면, 대한국민당은 붕괴될 겁니다.

정수진 (터지는) 내 남편이야. 소연이 아빠야. 이렇게 보낼 순 없어!!

이만길 (OL) 장일준은 보냈습니다. 총리님 손으로.

그 말에 이만길을 보는 정수진의 모습 위로 플래시되는.

// 플래시. 3부 씬 28 국군수도병원 VIP 병실

이만길 … 의원님

정수진 (낮은, 단호한) 나가서 기다려요.

이만길 (둥!! 이제야 의도를 알았다. 대통령의 얼굴 한 번, 정수진이 들고 있는 거즈 한 번 보고는, 이것만은 안 된다는 듯 고개를 가로젓는데)

정수진 (낮은, 단호한) 지켜볼 용기. 없는 걸로 아는데…

이만길 (무겁게) 한민호 대표가 살면 50명의 의원이 죽습니다. 총리님. 한민호 대표가 돌아오면 우리를 구할 수 없습니다.

그 이만길을 보는 정수진의 모습에서 플래시되는.

// 플래시. 3부 씬 28 국군수도병원 VIP 병실

이만길 (절망의) 이제 대통령이 깨어나도… 우리를 구할 수 없습니다.

정수진 (혼잣말처럼 낮게) 깨어나서 구할 수 없다면… (고개 들어 이만길을 보며) 깨어나지 않는다면?

이만길　한민호 대표가 돌아와서 우리를 구할 수 없다면, 돌아오지 않아야 합니다.

정수진　(터지듯) 이만길!!!

이만길　(OL, 터지는) 한민호 대표의 뜻입니다!!!!

정수진　(보는)

이만길　지난 10년 부끄러웠다고, 마지막은… 구국의 강철대오 전대협 의장 한민호답게 떠나게 해 달라고… 부탁하셨습니다.

정수진, 황망함에 복잡한 마음에 어찌할 바를 모르는 기분으로 다시 A4지에 눈길이 간다. 그 위로…

한민호(소리)　평생을 독재에 항거했고, 불의에 맞서 싸워 왔지만, 정치적 수사의 칼날은 너무나 날카로웠습니다.

정수진, 마음이 먼저 무너진다.
몸도 무너져 소파에 털썩 쓰러지듯 앉는 데서…

씬 39　한적한 공터 ·· 낮

이미 신고를 한 듯한 아줌마의 뒤를 따라 다급하게 달려오는 경찰 둘.
구석에 주차된 자동차로 다가간다. 그 위로.

한민호(소리)　죄 없는 동료들이 끌려가고, 함께한 친구들이 체포되는 모습을 더 이상 지켜볼 수 없습니다.

경찰이 들여다보는 차 안. 운전석에 한민호의 시신이 있고,
조수석에 타들어 가 반쯤은 재가 된 번개탄이 보인다.
그 옆에 8부 씬 36의 양주병이 비워진 채 눕혀져 있다. 그 위로.

한민호(소리) (결연한) 내가 사랑한 조국과 역사 앞에 맹세합니다.
나는 결백합니다. 다시는 이 땅에 저와 같은 불행한
피해자가 나오지 않기를 바라며. 한민호.

경찰에 의해 차 문이 벌컥 열리는 데서…

씬 40 정수진의 자택 거실 ‥ 낮

무거운 침묵에 싸인 거실. 정수진은 소파에, 이만길은 저만치 식탁에 앉아 있다. 그때 탁자 위 전화기가 울린다. 그 벨소리가 거실의 공기를 찢듯이 공포스럽게 들린다. 정수진, 떨리는 손, 두려운 마음으로 전화기를 든다.

경찰(F) 경찰입니다. 한민호 씨 가족 되십니까?

순간 흡!!! 새어 나오려는 울음을 온몸으로 견디는 정수진의 모습에서…

씬 41 시신 안치실 복도 ‥ 낮

경찰이 앞장서고, 그 뒤를 따르는 정수진과 이만길.
정수진, 이 짧은 복도가 천 리처럼 길게만 느껴지는 기분으로 걷고 있다.
또각또각 저벅저벅 발걸음 소리가 메마르게 복도를 울리고 있다.

씬 42 시신 안치실 ·· 낮

흰색 천이 걷어지면, 한민호의 시신이 누워 있다. 다가가는 정수진.

경찰 (지갑을 건넨다.) 시신의 옆에 있던 유품입니다.

정수진, 그 지갑을 펼쳐 보면 사진 한 장이 있다. 8부 씬 37. 전대협 의장 시절 연단에서 포효하던 사진이다. 그 사진을 뒤집어 보는 정수진. 한민호가 남긴 짧은 메모가 있다. 정수진에게만 전하는 한민호의 마음!!! '수진아, 부활하고 싶다. 역사 속에서!' 정수진, 이만길을 본다. 의미를 아는 이만길이 경찰을 데리고 밖으로 나간다. 정수진, 차갑게 식은 한민호를 아픈 눈으로 본다.

정수진 잊을게. 지난 10년 동안, 당신 모습.

정수진, 한민호의 손을 잡아 본다.
오래도록 뿌리쳐 왔던 그 손을 꼬옥 잡아 준다.

정수진 기억할게. 젊은 날. 당신이 어떤 사람이었는지. 당신이 남긴 숙제 다 끝내고, 우리 함께 걸어온 길. 그을음도 다 지우고 나서…

정수진, 순간 터지려는 울음을 안간힘을 써서 견뎌 낸다.
식어 가는 남편을 바라보며…

정수진 (비통함을 견디며, 결연함을 다지며) 민호 씨. 아주 나중에… 우리… 같이 울자.

정수진의 그 비장하고도 처연한 모습에서…

씬 43 장례식장 빈소 ‥ 밤

상복의 정수진, 조문객을 맞고 있다.

침통한 얼굴로 들어서는 남자. 조상천이다. 서로를 보는 데서…

씬 44 장례식장 옥상 ‥ 밤

저 아래 드나드는 조문객들의 차량들. 간헐적으로 낮게 들리는 유족들의 오열 소리. 정수진, 난간 앞. 서울의 밤을 바라보고 있다.

옆에 선 조상천, 안타깝다는 듯, 혀를 쯔쯔 차며.

조상천 아까버서 우야노, 나가(나이가) 환갑도 안 됐는데.

정수진 (담담하게. 보며) 납북 피해자 보상지원법이 있어요, 국가 유공자는 순국선열, 애국지사, 전몰군경에게만 주어지는 게 원칙이지만, 찾아볼게요. 납북되었다가 돌아가신 그쪽 부친 국가 유공자로 만들 방법.

조상천 (솔깃한 제안이다. 눈이 빛나며) 내가 국가 유공자의 아들래미가 되면 (하는데)

정수진 (OL, 담담하게) 태극기 부대의 함성은 더 커지겠죠.

조상천 아따, 이래 큰 선물을 받아가 우야노. 내는 뭘 주야 될라나?

군침이 도는 듯한 조상천의 모습을 담담하게 바라보는 정수진의 얼굴에서.

씬 45 서울중앙지검장실 ·· 낮

벽면의 대형 티비에서 뉴스가 나오고 있다.

뉴스 화면 속. 정수진이 차에서 내려 청사로 출근하는 모습이 보인다.

앵커(소리) 정수진 국무총리가 장례를 마치고 오늘 청사에 출근을 했습니다. 한민호 대표의 사건은 피의자 사망으로 인한 공소권 없음으로 관련 수사가 중단되었으며, 주변 인물 관련 수사도 난관에 봉착, 진행이 어려운 것으로 알려졌습니다.

위 뉴스가 진행되는 동안, 비서가 테이블에 올리는 서류봉투.

수신자 '서울중앙지검장', 발신자는 없는 제보 봉투다.

이장석, 봉투를 찢어 속에 든 A4지 한 장을 꺼내 본다.

그 A4지에 커다랗게 인쇄된 핸드폰 번호 010 -****-****.

이장석, 의문으로 그 핸드폰 번호를 보는 데서.

씬 46 청와대 복도 + 계단 ·· 낮

정수진, 서류철을 든 채, 계단 중간에 멈춰 선 채 바라보고 있다. 집무실의 문을. 그 안의 박동호를 분노로 응시하다가, 올라간다.

복도를 걸어 문을 똑똑똑 두드리는 데서…

씬 47 청와대 대통령 집무실 ‥ 낮

박동호, 소파 상석에 앉아 있고, 양옆에 정수진과 최연숙이 앉아 있다.

정수진 (탁자 위에 서류철 내려놓으며) 저와 함께 일할 행정부 각료 명단입니다. 17개 부처 장관 및 처장 명단이에요.

최연숙 (불끈하는 마음이 내비쳐 보이며) 이건 월권이에요. 장관 임명권은 대통령에게 있습니다.

정수진 (OL) 장관 제청권은 총리한테 있어요. 인사 검증 권한도 총리실로 이관할 생각입니다. (박동호를 보며, 미소로) 곧 청와대를 비우실 분이잖아요.

박동호 (미간이 꿈틀하며 보는데)

정수진 (미소로) 대통령 권한대행이 되면 뭐부터 해야 되죠? 가르쳐 줘요.

박동호 (미소 지어 보이며) 가르쳐 주지. 죽음이 면죄부가 될 수 없다는 거.

정수진 (미소로) 알려 드릴게요. 대통령. 그 권력이 면죄부가 될 수 없다는 거.

그때 다급하게 들어오는 서정연, "대통령님." 하며 리모컨으로 티비를 켠다.

티비 자막 '장일준 전 대통령 사망 의혹 국정 조사 제안'.

뉴스가 진행 중이다.

뉴스 신한당 조상천 의원은 오늘 오전 국회 소통관에서 긴급 기자 회견을 열고, 장일준 전 대통령의 사망에 석연치 않은 의혹이 있다며 국회 차원의 국정 조사를 제안했습니다.

박동호 (둥!!! 놀라는)

정수진 (여유 있게, 탁자 위의 찻잔을 들어 마시는)

뉴스 (이어지는) 조상천 의원은 며칠 내로 국정 조사 요구안을 본회의에 상정할 계획이라고 (하는데)

박동호의 눈짓에 서정연, 리모컨으로 티비를 끈다. 잠시의 침묵이 흐른다. 정수진, 찻잔을 여유 있게 내려놓는다.

정수진 (여유 있게) 핵무기가 그래요. 손가락이 버튼 위에 올려져 있을 때 가장 강하죠. 먼저 버튼을 누른 건 대통령님이에요.

박동호 (미소 지어 보이려 하며) 보여 주지. 대통령이 그 힘으로 어디까지 할 수 있는지.

그때 진동으로 울리는 정수진의 핸드폰. 받는다.

정수진 (통화 중인) 정수진입니다. (박동호를 보며) 반가워요. 이장석 검사장님.

박동호 (둥!!! 놀라는)

정수진 (통화 중인) 만났으면 해요. 제가 좀 급한데. (박동호에게 싱긋 미소 지어 보이며) 서두르는 분이 있어서.

벼랑으로 몰리는 듯한 기분의 박동호와 미소의 정수진이 서로를 보는 데서.

씬 48 고급 식당 밀실 ‥ 밤

정수진과 이장석이 마주 앉아 있다. 정수진이 술병을 들어 따라 주려 하자, 이장석, 손으로 거부한다.

이장석 (혐오를 숨기지 않는) 알아. 당신 같은 사람. 자기 그림자 감추려고 남의 그림자를 들추지. 당신 같은 사람이 보낸 제보는 (하는데)

정수진 (가볍게, OL) 메신저를 보시네. 메시지를 보세요. 장일준 사망 당일. 박동호가 청와대에 출입한 흔적. 그리고 (하는데)

이장석 (OL) 수사는 진행될 겁니다. 그러나 검찰을 정치적으로 이용하려는 시도는 거부합니다. 앞으로 사적인 연락은 받지 않겠습니다. (하고 일어나려는데)

드르륵. 문이 열리고 들어오는 남자. 2부 씬 15의 국군수도병원장이다.

정수진 (소개하듯) 국군수도병원장 강병호 준장.

병원장 (정수진의 옆에 앉는)

정수진 (이장석을 보며) 궁금하지 않나요? 의료진이 왜 장일준의 체내에서 발견된 성분에 대해 침묵했는지. 누가 이들에게 침묵을 요구했는지.

이장석 (혐오스러운 존재와 마주 앉아 이런 얘기를 듣는 것이 불편한)

왜 나지? 대한민국 검사가 2천 명이 넘어. 왜 나한테 이런 제보를 (하는데)

정수진 (OL, 가볍게) 진실에 눈감지 않는 사람을 잡으려면

그 정수진의 얼굴에서 플래시되는.

// 플래시. 1부 씬 16 기도실 안

정수진 (박동호를 보며) 총리님하고 나 둘 다 눈감으면 세상은 살짝 어두워지겠지만, 알잖아요. 사람들 어둠에 금방 적응하는 거.

박동호 (이글거리는 분노로 보는 데서)

정수진 (이장석을 보며, 미소로) 진실에 눈감지 않는 사람이 필요하니까.

이장석 …

정수진 (가볍게) 일어나도 돼요. 진실을 대면할 용기가 없다면.

갈등하는 이장석의 모습에서…

씬 49 청와대 대통령 집무실 ‥ 밤

박동호, 책상 앞 의자에 앉아 있고, 박창식, 소파에 앉아 있다.

박창식 지난 공천에 반발해서 튀어 나간 놈, 다섯 놈 잡아다

입당시켰습니다. 과반은 넘겼으니, 대한국민당 전원이 반대하면 국정 조사는 부결될 겁니다.

굳은 얼굴로 자신만의 생각에 잠겨 있는 박동호의 모습에서…

씬 50 호텔 대형 룸 ‥ 밤

50명의 의원들이 ㅁ자 모양의 대형 탁자에 둘러앉아 있다. 그 앞에 놓인 간단한 음식. 문이 열리고 정수진이 들어선다. 이만길이 뒤를 따른다. 의원들, 다들 어색하게 반쯤 몸을 일으켜 맞이하곤 다시 앉는다.

정수진 (상석에 앉는) 빈소에 조화도 보내 주시고, 조문도 와 주신 의원님들. 답례의 자리로 마련했어요. (일별하며) 빈소에서 그이 영정 앞에 여러분이 흘린 눈물 기억해요. 근데 궁금하네요. 그 눈물, 그이 죽음에 대한 조의의 눈물인지, 아니면 위험이 사라진 안도의 눈물인지.

의원들, 가시방석에 앉은 듯 불편한 모습들이다.

정수진 (물잔을 들고) 배두일 의원님. 국민연금법에 어떻게 돼 있나요? 본인이 사망하면 배우자에게 몇 %의 연금이 지급되는지… (하곤 마시는)

의원1 (근처에 앉은, 불편한) … 가입 기간에 따라서… 40에서… 60%까지 (하는데)

정수진, 마신 물잔을 탁!!!! 소리가 나게 탁자에 거칠게 내려놓는다.
일순 모든 의원들이 정수진을 주목한다.

정수진 (미소로) 의원님들이 한민호 대표에게 진 신세. 그 정도만 제가 받을게요. (음식을 단아한 손짓으로 가리키며) 드세요.

정수진의 그 여유 있는 미소에서…

씬 51 국회 본회의장 전광판 ·· 낮

전광판에 보이는 표결 결과. 찬성 177, 반대 98. 그 위로.

국회의장(소리) 장일준 전 대통령 사망 의혹에 관한 국정 조사 요구안이 찬성 177, 반대 98로 가결되었음을 선포합니다.

망치 소리가 탕. 탕. 탕. 들리는 데서.

씬 52 청와대 대통령 집무실 ·· 낮

박동호, 소파 상석에 앉아 뉴스를 보고 있다.

뉴스 신한당은 증인 심문과 현장 조사 등을 거쳐 증폭되고 있는 국민 의혹을 불식시키겠다고 밝혔습니다. 신한당은 장일준 대통령 사망 의혹에 관해 검찰이 그동안 내사를 진행해 왔다고 주장하고 있습니다.

박동호의 미간이 꿈틀거린다. 티비 화면에 나타나는 이장석의 사진.

뉴스 국정 조사 첫날의 주요 증인으로 이장석 서울지검장이 채택된 가운데, 이장석 검사장이 어떤 입장을 내놓을지 귀추가 주목되고 있습니다.

박동호, 그 심각한 얼굴에서…

씬 53 도로 + 도로를 달리는 이장석의 차 안 · · 낮

기사가 운전하는 차량 뒷좌석에 앉은 이장석, 침통한 얼굴로 창밖을 보고 있다. 그 차량의 뒤를 따르는 두 대의 검은색 차량이 보인다.

씬 54 청와대 계단 + 복도 · · 낮

계단을 올라 복도로 들어서는 박동호. 그 옆을 따르는 서정연.

서정연 (심각한) 이장석 검사장 지금 국회로 출발했습니다. 증인 선서 후 진술이 시작되면, 대통령님. 어쩌면 오늘 안에 모든 (하는데)

박동호, 굳은 얼굴로 문을 열고 집무실로 들어가는 데서.

씬 55 청와대 대통령 집무실 ·· 낮

박동호가 들어서며 본다. 최연숙이 소파에 앉아 난초의 잎을 따고 있다.

최연숙 (다가오는 박동호를 느끼며, 난초잎을 따며) 열이든 백이든 썩은 잎은 다 뽑아 버리겠다 하셨지요. 전 믿었습니다. (난초를 덩어리째 손으로 움켜쥐곤) 썩은 세상. 뿌리까지 뽑아낼 분이라고. (하며)

힘껏 난초를 뽑아 버린다. 팍…

그 바람에 사방에 튀는 흙, 잔돌, 그리고 바닥에 팽개쳐지는 난초.

최연숙 (옷에 묻은 흙을 털 생각도 하지 않고, 일어나) 안 보이십니까? 약을 구해 오고 그 죄로 수십 년 감옥에 들어갈 사람이.

서정연 … (침통하게 서 있는)

최연숙 안 보입니까? 세상을 뒤집겠다는 약속을 믿고 인생을 건 제가.

박동호 (묵묵히 보는)

최연숙 이장석 검사장 처리해야 합니다. 서기태 의원에게 뇌물을 줬다 거짓 진술하고, 대통령님에게도 뇌물 무고를 진술한 친구. 가상화폐 거래소 최세원 대표.

그 결연한 최연숙의 얼굴 위로 인서트되는.

// 인서트. 교도소 특별 면회실

최연숙이 서 있고, 맞은편에 죄수복의 최 대표가 앉아 있다.

최연숙 (팔짱을 낀 채) 어려운가요? 거짓 진술 쉽게 하시는 분으로 아는데.

최 대표, 어쩔 수 없다는 듯 고개 끄덕인다.

최연숙 공수처 수사관들이 지금 이장석 검사장의 차를 따르고 있습니다.

박동호 (의미를 안다. 하지만 어찌할지 판단이 안 서는)

최연숙 대통령님. 승인해 주십시오.

박동호, 책상 앞 의자에 앉는다. 잠시 숨을 고르고는, 전화기를 든다. 버튼을 누른다. 상대가 받았다.

박동호 (통화 중인) 차 돌려. 국정 조사 출석 거부하고, (듣곤) 장석아!!!

씬 56 청와대 대통령 집무실 + 달리는 이장석의 차 안 ·· 낮

통화를 하는 박동호와 이장석의 모습만이 교차로 보인다.

이장석 이 일. 장일준이 숨길 수 없는 걸 숨기려다 시작된 일이야. 동호야. 너도 지금 숨길 수 없는 걸 (하는데)

박동호 (OL, 간절한) 한 달만, 아니, 일주일만 시간을 줘. 기태한테 약속했다. 정수진 심판받게 하겠다고.

이장석 그 약속 내가 지킨다. 내가 사모펀드 끝까지 파고들 거라구.

그 소리를 들은 박동호의 모습 위로 플래시되는.

// 플래시. 8부 씬 47 청와대 대통령 집무실

정수진 (미소로) 곧 청와대 비우실 분이잖아요.

박동호 (혼잣말처럼) 지켜야 돼. 청와대를. 이 일은 나만 할 수 있는 (하는데)

이장석 (OL) 장일준도 그랬겠지. 나만 할 수 있다고. 이 나라의 변화를 나만 할 수 있기 때문에 나는 어떤 처벌도 받으면 안 된다고 (하는데)

박동호 (그 비교가 분노를 일으키는) 장석아

이장석 자기에게 관대한 사람들이 세상을, 나라를 부수고 있어. 장일준도, 동호 너도.

박동호 …

이장석 약속할게. 니가 지은 죄. 벌 받고 나면 동호야. 너를 죄짓게 한 자들. 내가 끝까지 심판한다. 내가.

그 소리를 들은 박동호의 모습 위로 플래시되는.

// 플래시. 8부 씬 47 청와대 대통령 집무실

정수진 (미소로) 대통령 권한대행이 되면 뭐부터 해야 되죠?

이장석 동호야…

박동호, 더 이상의 대화가 무의미함을 느낀다. 전화를 끊는 데서.

씬 57 청와대 대통령 집무실 · · 낮

박동호, 서정연을 본다. 두려움을 숨기지 못하고 있는 친구의 여동생이다.
박동호, 최연숙을 본다. 결단을 요구하는 단호한 선배의 모습이다.
박동호, 최연숙을 향해, 천근처럼 무거운 고개를 천천히 끄덕인다.
최연숙, 다급하게 전화를 건다. 상대가 받았다.

최연숙 (통화 중인) 집행하세요.

씬 58 도로 + 도로를 달리는 차 안 · · 낮

저만치 국회의사당이 보이는 도로. 차 한 대가 급가속해 이장석의 차를 가로막는다. 끼이익 충돌 직전에 가까스로 멈추는 차. 앞뒤 차에서 뛰쳐나온 수사관 서너 명. 이장석이 탄 차의 뒷문을 열고 신분증을 보인다.

수사관1 공수처 수사관 이종영입니다. 이장석 검사장. 뇌물 혐의로 긴급 체포합니다.

철컥 이장석의 손에 수갑이 채워진다.

그 뜻밖의 상황에 황망한 이장석의 모습에서…

씬 59 청와대 대통령 집무실 ·· 낮

박동호, 천천히 집무실을 걷다가 거울 앞에 선다. 박동호가 걷는 동안.

최연숙 이장석 검사장. 공수처로 이송 중입니다.

서정연 신한당 조상천 의원은 정치적 수사라며 공수처의 해명을 요구하고 있습니다.

최연숙 지금… 대통령님께 힘이 되어 줄 세력이… 없습니다.

박동호, 거울을 본다. 그 거울 속, 박동호의 얼굴이 장일준의 얼굴로 바뀐다.

박동호 (거울 속 장일준을 보며, 무거운) 대진그룹 강영익 회장. 그 사람 다시 만나야겠습니다.

거울 속. 장일준이 그 박동호를 보며 가벼운 손가락질을 하며
묵음으로 하하하하 조롱하듯 웃는다.
조롱하듯 웃는 거울 속 장일준과 굳은 얼굴의 박동호가
서로를 보는 그 모습에서… 끝.

9부

씬 1　한민호의 빈소 안 ‥ 밤

벽에 기대앉은 상복 차림의 정수진이 서늘한 눈빛으로 바라보는 곳. 빈소 옆에 놓인 거대한 조화 화환. 거기 적힌 내용 '삼가 고인의 명복을 빕니다. 대통령 박동호'. 정수진, 일어나 조화를 향해 다가간다. 조화 앞에 선다. 손을 뻗어 이름 띠를 잡는다. 차가운 분노로, 꾹 다문 입술로, 이름 띠를 잡아당기며 구겨 버린다. '대통령 박동호'라는 이름 띠가 정수진의 손에서 비틀리고 구겨지다가 어느 순간, 확!!! 당겨 버리자 이름 띠가 떨어져 나온다.

정수진, 자신의 손에 이름 띠를 쥔 채, 빈소 앞 영정으로 다가간다.

영정 옆에 놓인 촛불에 이름 띠를 댄다. 타오르는 이름 띠. 대통령이라는 글자가 불타고, 박동호라는 이름이 불타서 사라지고 있다. 한민호의 영정 바로 앞에서… 영정 속의 한민호가 불타서 사라지는 박동호 그 이름을 바라보고 있다.

씬 2　장례식장 옥상 ‥ 밤 - 8부 씬 44와 동일, 후반부 추가

저 아래 드나드는 조문객들의 차량들. 간헐적으로 낮게 들리는 유족들의 오열 소리. 정수진, 난간 앞. 서울의 밤을 바라보고 있다.

옆에 선 조상천, 안타깝다는 듯, 혀를 쯔쯔 차며.

조상천　아까버서 우야노, 나가(나이가) 환갑도 안 됐는데.

정수진　(담담하게. 보며) 납북 피해자 보상지원법이 있어요, 국가 유공자는 순국선열, 애국지사, 전몰군경에게만 주어지는 게 원칙이지만, 찾아볼게요. 납북되었다가 돌아가신 그쪽 부친 국가 유공자로 만들 방법.

조상천 (솔깃한 제안이다. 눈이 빛나며) 내가 국가 유공자의 아들래미가 되면 (하는데)

정수진 (OL, 담담하게) 태극기 부대의 함성은 더 커지겠죠.

조상천 아따, 이래 큰 선물을 받아가 우야노. 내는 뭘 주야 될라나?

군침이 도는 듯한 조상천의 모습을 담담하게 바라보는 정수진의 얼굴.

정수진 (한 걸음 가까이 다가가선) 장일준 대통령 사망에 관한 국정 조사, 추진해 주세요.

조상천 (멈칫, 의문으로 보며) 대통령의 죽음에 의혹이 있다? 증거는?

정수진 (한 걸음 더 가까이 다가가선) 만들어야죠. 몇 번이나 간첩단 사건을 조작했던 실력. 다시 보고 싶네요.

조상천 (어이없다는 듯 허, 헛웃음 보이곤, 손사래를 치며 고개를 젓는데)

정수진 (한 걸음 더 가까이 다가가선) 연로하세요. 5년 뒤엔 대선 출마를 기약할 수 없는 나이. 올해 대선이 다시 치러진다면 의원님껜 마지막 기회가 될 거예요.

조상천 …

정수진 (한 걸음 더 가까이 다가간다. 조상천의 호흡이 느껴질 정도로 가까운 거리에 서서) 전대협 문화선전국장 정수진, 대검 공안부장 조상천. 작품 하나 만들어 보죠.

담담한, 그러나 결코 물러서지 않을 결의가 보이는 정수진의 모습에서…

씬 3 국회 국정 조사 증인 대기실 ‥ 낮

강상운, 벌컥벌컥 물을 들이켠다. 속이 타는 듯, 다시 잔에 물을 따라 한 잔을 더 마신다. 옆에는 갈아입은 죄수복이 놓여 있고, 강상운은 양복으로 환복한 상태다. 문이 열리고 들어오는 이만길. 강상운에게 통화 중인 핸드폰을 건넨다. 발신자 '정수진'이다. 강상운이 핸드폰을 건네받는다.

정수진(F) 세팅 끝났어. 언론에 흘릴 자료도 준비됐고. 시민 단체도 곧 움직일 거야.

강상운, 후우, 심호흡을 하곤, 비장한 결단의 얼굴이 되는 데서…

씬 4 국무총리실 ‥ 낮

정수진 (통화 중인) 현재 통합 시청률 40%야. 2천만의 국민이 상운 씨를 바라보고 있어.

정수진, 책상 앞 의자에 앉아 저만치 방송 중인 티비를 보며 통화 중이다. 티비에는 '국정 조사 생방송'이라는 자막과 국정 조사장의 풍경이 보인다.

정수진 (통화 중인) 이렇게 말해. 장일준 대통령이 쓰러지기 전날. 박동호 총리가 찾아왔습니다. (의미심장한 표정으로) 아주 다급한 얼굴로.

그 정수진의 얼굴 위로 선행되는.

강상운(소리) 당시 박동호 총리는 뇌물 수수 혐의로 구속을 앞두고 있었습니다.

씬 5 국회 국정 조사장 ·· 낮

증인석에 앉은 강상운, 격정을 토로하는 듯한 분위기로 진술을 하고 있다.

강상운 억울하다고, 이대로 당하지 않겠다고 했습니다. 대통령을 만나야 되는데, 장일준 대통령이 면담을 거부한다고, 만남을 주선해 달라고 부탁을 했습니다.

격정으로 진술하는 강상운의 모습에서…

씬 6 청와대 복도 ·· 낮

최연숙, 다급하게 걸어가며 핸드폰 통화 중이다.

최연숙 (통화 중인) 시해 용의자의 근거 없는 진술에 국정이 흔들려서는 안 됩니다. 국정 조사, 당장 중단해 주세요. 박창식 의원님.

최연숙, 발걸음이 멈춰진다. 상대의 답변이 만족스럽지 않은 듯하다.
그 답답해하는 최연숙의 모습에서.

씬 7 청와대 대통령 집무실 ·· 낮

다급하게 문을 열고 들어오는 최연숙.

소파 상석에 앉아 티비를 보고 있는 박동호에게 다가가며…

최연숙 (다급한) 정수진이 소장파 의원들을 장악한 것 같습니다.
국면을 전환시킬 방안을 (하는데)

강상운 (티비 속의) 박동호 총리는 말했습니다.

그 말에 말을 멈춘 최연숙,

굳은 얼굴의 박동호가 화면 속 강상운을 응시하는데…

강상운 (티비 속의, 비장하게) 오늘 밤이 지나면 이 나라의
대통령이 바뀔 거라고.

둥! 그 말에 일어나는 박동호.

강상운 (티비 속의, 비장하게) 장일준 대통령의 심장을 멈출
준비는 이미 끝났다고… 말했습니다.

무섭도록 굳어지는 박동호의 얼굴에서…

씬 8 청와대 복도 ·· 낮

박동호, 빠른 걸음으로 걷고 있다. 그 뒤를 따르는 서정연. 그 위로.

강상운(소리) 권한대행이 되면 대진그룹의 법적 문제를 해결해 주겠다고 했습니다. 전 거부했습니다. 대통령이 되면 대진그룹의 상속 문제도 처리해 주겠다고 했습니다. 전 뿌리쳤습니다.

씬 9 청와대 춘추관 기자 회견장 ·· 낮

수십 명의 기자들, 벽면의 대형 티비로 국정 조사 생중계를 심각한 얼굴로 보고 있다.

강상운 (화면 속의, 격정으로) 장일준 대통령을 만났습니다. 진심으로 경고했습니다. 박동호를 조심하라고. (하는 순간)

문이 열리고 박동호가 들어선다. 뒤따라 들어오는 서정연.
기자들의 시선이 박동호에게로 몰린다. 연단 위로 올라가는 박동호.
화면 속 강상운, 마치 박동호를 보는 듯한 시선으로…

강상운 (화면 속의) 그날 밤. 장일준 대통령의 심장은 멈췄습니다. … 박동호가 있는 그 자리에서…

침묵에 사로잡힌 기자 회견장. 긴장한 서정연의 침 삼키는 소리가 과장되게 크게 들릴 정도로 기괴한 고요의 순간이 잠시… 흐르다가…

박동호 (살짝 여유 있는 미소 지어 보이고는) 피의자 강상운은 지난 재판 과정에서 묵비권을 행사해 왔습니다. 자신을 지키거나, 자신을 보호해 줄 자를 지키겠다는 뜻일 겁니다.

하고는 서정연을 보며, 서정연, 다가와 서류를 내민다.

박동호 (서류 들어 보이며) 교도소 접견 기록입니다. 지난 한 달. 정수진 총리는 피의자 강상운을 세 번이나 면회했습니다.

박동호, 화면 속의 강상운을 마치 앞에 있는 듯이 보며…

박동호 정수진 총리는 대답해야 합니다. 시해 용의자를 세 번이나 면회한 이유가 뭔지. 무엇을 약속했기에 민주주의의 전당을 거짓으로 더럽히는지 (하는데)

강상운(F) 대진의료원 심장 전문팀 보냈어. 10분 안에 도착(하는데)

정수진(F) (OL) 국군수도병원 원장이 주치의야.

// 플래시. 1부 씬 12 달리는 차 안 + 대진그룹 강상운 집무실

정수진 (통화 중인) 대통령 당선 때부터 체크해 온 심장 전담팀도 여기 있어.

강상운 그놈들은 체크만 하라고 해.

씬 10 국회 국정 조사장 .. 낮

강상운(소리) 수술은 우리 쪽에 맡겨. 수술, 임상, 그놈들하곤 비교도 안 되게 (하는 순간)

중단되는 소리. 침묵과 경악에 사로잡힌 국정 조사장 안.

강상운 오랜 친구 정수진 총리와 통화한 녹취입니다. 장일준 대통령이 쓰러진 그 순간, 저는 대진그룹 집무실에 있었습니다. 장일준 대통령에게 손이 닿기엔 너무 먼 거리죠. (후우… 깊은 한숨 내쉬곤) 두려웠습니다. 시해를 한 자가 권한대행이 되고, 대통령이 되는 세상이.

씬 11 국회 국정 조사장 + 청와대 춘추관 기자 회견장 .. 낮

// 청와대 춘추관 기자 회견장

강상운 (화면 속의) 두려움에 침묵하는 저를 세 번이나 찾아와 진실을 말할 용기를 준 오랜 친구 정수진 총리에게 감사의 말을 드립니다.

박동호 (화면 속, 당당한 강상운을 본다. 자신을 의문으로 바라보는 기자들을 본다. 벼랑으로 몰리는 기분이다.) … 거…짓입니다. 나는 강상운 부회장을 만나지 않았습니다. 총리 시절, 모든 행적과 일정, 동선을 국민들 앞에 숨김없이 공개하면 진실이 (하는데)

강상운 (화면 속의, OL) 지웠겠지. 그날 밤 청와대에 온 기록도 CCTV도 모두 지웠으니.

// 국회 국정 조사장

강상운, 저만치 켜진 티비 속. 기자 회견장 연단 위의 박동호를 바라보며.

강상운 하지만 지우지 못한 게 있습니다

강상운, 옆의 서류철을 열어 사진 한 장을 든다.
둥!!! 7부 씬 22 청와대로 들어가던 박동호의 차량 사진이다.

강상운 (사진을 든 채, 단호한) 그날 밤. 청와대로 들어가는 박동호 총리의 차량입니다.

둥!! 놀라는 국회의원들의 모습…

// 청와대 춘추관 기자 회견장

강상운 (마치 앞에 있는 박동호에게 이야기하듯, 화면 속의) 대통령님. 저한테 말씀하셨죠? 장일준의 심장을 멈출 준비가 끝났다고

박동호 (굳은 얼굴로 화면을 보는데)

강상운 (화면 속의, 서류철에서 꺼낸 또 하나의 사진을 들어 보인다.)

급격하게 줌인 되는 카메라.

그 사진, 8부 씬 4 클럽에서 찍힌 서정연의 사진이다.

강상운 (화면 속의) 수행비서 서정연이 장일준 대통령의 심장을 멈출 약물을 구하는 현장 사진입니다.

기자들, 박동호를 본다. 박동호, 굳은 얼굴로 바라만 보고 있다.

강상운 (화면 속의) 박동호의 입에서 나온 진실은 제가 말씀드렸습니다.

박동호 …

강상운 (화면 속의) 박동호의 손이 무슨 일을 했는지, 국민 여러분이 밝혀 주십시오.

화면 속의 강상운, 긴 싸움을 끝낸 듯한 기분으로 의자에 몸을 기대앉는 데서…

씬 12 뉴스 몽타주 ·· 밤

// 지하철에서 쏟아지듯 나오는 시민들, 그 분노의 행렬 위로…

기자(소리) 장일준 전 대통령의 사망에 박동호 대통령이 연루되었다는 의혹이 확산되는 가운데, 청와대 고위 관계자들은 언론 접촉을 피하고 있습니다.

// 버스에서 내리는 시민들, 모두가 같은 방향을 향해 빠르게 걷고 있다.

기자(소리) 박동호 대통령은 3일째 모든 일정을 취소하고,
청와대에서 칩거 중입니다.

// 광화문 광장

촛불을 든 시민들, '박동호 OUT', '탄핵 박동호' 등의 피켓을 든 시민들,
수십만의 분노로 지펴진 불꽃이 광화문을 가득 메우고 있는
그 다양한 모습들 컷컷컷 위로…

기자(소리) 1280개 시민 단체는 박동호 대통령 퇴진을 요구하는
시민 연대를 결성, 광화문에서 대규모 집회를
개최했습니다. 집회를 마친 수십만 명의 시민들은 진상
규명과 대통령 퇴진을 요구하며 청와대를 향해 행진을
시작했습니다.

씬 13 청와대 대통령 집무실 ·· 밤

불도 켜지 않은 집무실 안. 창을 통해 들어오는 흐릿한 달빛만이 비친다.
박동호, 소파 상석에 홀로 앉아 있다. 저 멀리서 들려오는 군중들의 소리.
'박.동.호.는.물.러.가.라'. 희미하게 들려오던 그 군중들의 외침이 점점
커지더니 이윽고 박동호를 삼킬 듯이 커지고, 화면을 장악하며 울린다.
'박.동.호.는.물.러.가.라'. 그 외침이 박동호의 고막을 찢을 듯이 웅장하게
들리는 그 순간, 굳어 있던 박동호의 얼굴에 차가운 미소가 번진다.

군중을 조롱하는 것일까? 정수진의 계략을 비웃는 것일까?

아직은 의미를 알 수 없는 박동호의 그 시리도록 차가운 미소에서 스틸.

타이틀 오른다. 돌풍 제9화.

씬 14 국무총리실 ·· 낮

쪼르르, 찻잔에 따라지는 차. 그 청아한 소리가 실내를 상쾌하게 만들고 있다. 정수진, 방금 우려낸 듯한 찻주전자를 들고 찻잔에 차를 따르고 있다.

정수진 (차를 따르며) 오래전에도 시해당한 대통령이 있었어요. 대통령을 시해한 중앙정보부장이 만난 사람이 있었죠. 육군 참모총장.

정수진, 찻주전자를 내리고, 찻잔을 앞으로 건넨다.

그 앞에 앉은 사람. 박창식이다. 굳은 얼굴이다.

정수진 (걱정스러운 말투로) 공범으로 몰려서 합수부에 끌려가고 고문을 당하고. 4성 장군이 이등병으로 강등도 당하고.

박창식 …

정수진 (보며) 사람들이 궁금해할 거예요. 대통령이 쓰러진 그날 새벽. 박동호가 찾아간 사람은 누구일까?

그 말에 흠칫하는 박창식, 그 얼굴 위로 짧게 플래시되는.

// 플래시. 1부 씬 22 당 대표실

박동호 (정중하게) 외람되지만, 대표님을 모실 제 생각을 말씀드려도 되겠습니까?

박창식 (헉헉 거친 호흡으로 보는 데서)

박창식 … 대통령 유고 상태였어. 국가 안보에 대해 상의를 했네.

정수진 (옅은 미소로) 좋은 핑계네요.

박창식 …

정수진 분노한 장일준 지지자들, 지금 정수진의 눈으로 세상을 보고 있어요. (핸드폰 꺼내 버튼 누르며) 안타깝죠. 한때는 스스로 생각하는 사람들이었는데… (핸드폰을 박창식에게 건네며) 지금은 내가 피리를 불면 그쪽으로 몰려가죠.

박창식, 자신의 손에 쥐어진 핸드폰을 본다. 수신자 '이중권 공수처장'이라고 떠 있다. 신호음이 두어 번 가다가 상대가 받은 표시가 핸드폰 액정에 뜬다. 박창식, 잠시 머뭇거리는 사이….

정수진 (옅은 미소로) 피리 소리 감당 못 하실 텐데.

박창식 (할 수 없다. 핸드폰을 귀에 대고는, 통화 중인) 나야. 내보내.

만족한 얼굴로 찻잔을 드는 정수진의 모습에서…

씬 15 공수처 취조실 ·· 낮

끼이익 취조실의 문이 열린다. 들어오는 이중권.

의자에 앉아 있던 지친 모습의 이장석이 천천히 돌아본다.

문 옆에 서서 나가라는 손짓을 하는 이중권의 모습을.

씬 16 서울의 거리 ·· 낮

달리는 차량. 뒷좌석에 앉은 이장석. 며칠간의 취조로 지친 듯한 모습이다. 그 이장석이 바라보는 거리의 풍경. 탄핵 서명을 받는 사람들의 모습이 보인다. 길에 떨어져 있는 '박동호 OUT', '탄핵 박동호' 포스터들. 지나는 행인들이 밟으며 지나가고 있다. 저만치 보이는 플랜카드 '살인마 박동호는 물러나라'. 친구는 지금 벼랑에 서 있다. 이장석, 복잡한 마음으로 한숨을 내쉬는데, 진동으로 울리는 핸드폰. 본다. 발신자 '박동호'다.
그 친구의 이름을 오래도록 복잡한 마음으로 보는 이장석의 모습에서…

씬 17 청와대 상춘재 ·· 낮

이장석이 들어서면, 박동호, 식탁에 앉아 기다리고 있다.

이장석 (다가가며) 동호야. 청와대에서 나가자. 대통령직 사퇴하고 나한테 자수하면 (하는데)
박동호 (담담하게, OL) 기태가 남긴 숙제, 끝내야지.
이장석 (맞은편에 앉으며) 국민들이 등을 돌렸어. 국회는 널 겨누고 있고, 지금 이 나라에 동호 니 편은 없어.
박동호 너는?
이장석 … (보는)
박동호 … (보는)
이장석 … 나, 국정 조사에 출석한다. 수사 내용, 니가 한 일,

사실대로 말할 거야.

박동호 (예상했던 바다. 그럴 친구란 걸 안다. 미소로 보는데)

이장석 동호야. 이제… 끝났어.

박동호 아직 힘이 남았더라. 대통령이라는 자리. 힘이… 무서워.

그 박동호의 얼굴 위로 인서트되는.

// 인서트. 대진자동차 어느 사무실

들이닥치는 국세청 요원들.

국세청1 국세청 조사4과입니다. 대진자동차에 대한 긴급 세무 조사를 실시합니다.

외장 디스크를 들고 달아나는 직원들, 잡아채는 요원들, 웅성이는 직원들로 아수라장이 된 사무실의 모습이 짧게 보이다가…

박동호 (보며) 썩어 가는 세상을 어떻게 할까? 질문은 같아.

이장석 …

박동호 너하고 나. 답이 다를 뿐. (미소로, 보며) 내가 내린 답을 정답이라고 믿고, 마지막까지 밀어붙일란다.

이장석 (안타까운, 만류하듯) 동호야

박동호 (미소로) 너도 그럴 거잖아?

이장석 … (안타깝게 보는)

박동호 (장난스러운 얼굴로, 손가락으로 이장석 가리키며) 세상 썩은 건 못 보는 놈이, (식탁 위 음식을 보며) 좋아하는 음식이…
홍어, 과메기. 취두부, (픽, 웃어 보이곤) 장석아, 냄새나는
것들, 내가 먼저 먹을란다.

박동호, 젓가락으로 취두부 위에 홍어를 한 점 올려 먹는다. 맛나게 몇 번 씹고는 화아!!! 장난스레 입냄새를 불듯이 이장석을 향해 내뿜는다.

박동호 (미소로) 기억해라. 니가 쫓아야 할 냄새니까.

뭔가 계획이 있는 듯한 박동호의 얼굴.
하지만 안타깝게 보는 이장석의 모습 위로 선행되는.

이장석(소리) (선서하는) 본인은 국정 조사 특별위원회에서
증언을 함에 있어,

씬 18 국회 국정 조사장 ·· 낮

이장석, 증인 선서를 하고 있다.

이장석 국회에서의 증언 감정 등에 관한 법률 제7조 및 제8조에
의하여, 양심에 따라 숨김과 보탬 없이 사실 그대로
말하고, 만일 진술이나 서면 답변에 거짓이 있으면,
위증의 벌을 받기로 맹세합니다. 2023년 4월 5일
이장석.

씬 19 납골당 + 국회 국정 조사장 ·· 낮

정수진이 바라보고 있는 곳. 한민호의 위패와 사진과 유골함이 있는 납골당이다. 전대협 의장 시절, 포효하는 한민호의 사진을 물끄러미 보던 정수진.

정수진 (젖은 말투로) 왜 멈추지 않았을까? 강상운의 돈을 받았을 때, 장현수를 연결했을 때, (사진 속의 한민호를 안타깝게 보며) 몰랐니? 살아온 길이 덫이 된다는 거. (옆을 보며) 박동호는 알고 있었을까?

이만길 (옆에 선, 의미를 알 수 없어 보는)

정수진 수사하던 두 명의 검사를 해외로 보낸 게 발목을 잡을 거란 거.

// 국회 국정 조사장

이장석 (증인석에 앉은) 부당한 인사 명령이었습니다. 수사를 막기 위한 인사 조치라고 생각합니다.

정수진 공수처에 이장석을 넘긴 게 덫이 될 거란 거.

// 국회 국정 조사장

이장석 공수처에 체포된 것도 청와대의 압력이 있었을 거라고 생각합니다.

정수진 (위패 옆, 사진 속의 한민호를 보며) 가장 가까운 사람이… 가장 아프게 할 거라는 거.

// 국회 국정 조사장

이장석 박동호 대통령이 장일준 전 대통령 시해에 개입했다는 의혹. (잠시 말을 멈췄다가, 마음을 가다듬고는) 사실로 인정할 근거가 충분합니다.

정수진 (단호하게, 이만길에게) 조상천 의원한테 전해. 탄핵안 상정하라고.

정수진의 그 결연한 모습에서…

씬 20 청와대 대통령 집무실 ·· 낮

박동호, 소파 상석에 앉아 티비 속 뉴스를 보고 있다.

뉴스 (긴박한 앵커 톤으로) 국회는 박동호 대통령 탄핵안을 본회의에 전격 상정했습니다. 대통령 탄핵은 재적 의원 2/3 이상의 가결로 통과됩니다.

그때 진동으로 울리는 핸드폰. 힐긋 본다. 발신자 '강 회장'이다.

뉴스 (이어지는) 신한당 의원 전원과 대한국민당 의원 다수가 동의할 것으로 보여, 탄핵안 통과가 유력한 가운데, 국회 앞에서는 수만 명의 시민이 모여 탄핵안 통과를 요구하는 시위를 이어 가고 있습니다. (이 뉴스가 진행되는 동안)

서정연 (소파 옆에 앉은, 침통한) 대통령님… 늪에 빠졌습니다.

박동호 빠져나올 수 없는 늪이라면, 더 깊이 들어가 봐야지.

박동호, 대여섯 번의 진동이 울린 뒤, 이윽고 핸드폰을 든다.

박동호 (통화 중인) 박동홉니다.

벼랑의 끝에 몰린 순간, 결단을 실행하려는 박동호의 비장한 모습에서…

씬 21 도로를 달리는 차 안 ‥ 낮

뒷좌석에 앉은 강 회장. 그 옆에 앉은 강상진.

강상진 (심각한 얼굴로 보고하는) 국세청에서 대진자동차를 털었습니다. 분식 회계, 배임 자료가 박동호 손에 들어갔습니다.

굳은 얼굴의 강 회장이 바라보는 창밖. 달리는 차창 너머로 보이는, 대형 건물의 전광판. '국회, 대통령 탄핵안 표결 실시'라는 속보 자막이 보이고 있다.

씬 22 삼청동 안가 거실 ·· 낮

자막 : 삼청동 안가

강 회장, 들어오면, 박동호, 소파 상석에 다리를 꼰 채 앉아 있다.
근처에 앉는 강 회장. 강상진은 저만치 서 있는 서정연 근처에 선다.

강 회장 (여유를 보이려는 얼굴로) 제 물건을 가지고 계신다 들었습니다. 곧 청와대에서 나가실 분이 무거운 물건 왜 들고 계시는지…

박동호 기억합니다. 내가 지고 있는 짐. 강상운에게 옮겨 주겠다고 한 말씀.

강 회장 (그 말에 허허허… 가벼운 너털웃음을 웃다가) 숨이 끊어진 사람, 다시 살리는 재주는 없습니다.

그 모습을 보는 박동호의 얼굴 위로 선행되는.

국회의장(소리) (다소 흥분된) 재적 296, 표결 295, 찬성 218.

// 인서트. 국회 본회의장 전광판

전광판에 위 표결 결과가 표시되어 있다. 그 위로.

국회의장(소리) 박동호 대통령 탄핵안이 통과되었음을 선포합니다.

탕. 탕. 탕. 의사봉 두드리는 소리.

국회의원들의 함성과 박수소리가 들리는 데서…

강 회장 (이런 거래가 익숙하다는 듯) IMF 때 회사 몇 개 주워 오느라 정권에 큰돈을 바쳤습니다. 미국발 금융 위기 땐 달러 빌려 온다고 정권 실세들한테 들어간 돈이 (엄청나다는 듯 고개 절레절레 흔들곤, 박동호를 보며) 값은 후하게 쳐드리겠습니다.

박동호 …

강 회장 남은 가족, 해외로 보내 드리겠습니다. 아드님 대학 졸업할 때까지 끼니는 거르지 않게 제가 (하는데)

박동호 (OL) 청와대로 다시 돌아가야겠습니다.

강 회장 (그 말에 멈추고 보는, 의미를 아직 알지 못하겠는)

박동호 (팽팽한 시선으로, 보며) 헌법재판소로 간 탄핵안. 기각시켜 달라 이 말입니다.

강 회장 (어이없다는 듯 피식… 실소 보이고는) 부러진 칼을 천 냥에 사는 사람이 있겠습니까? (하며 자리에서 일어나는)

박동호 인도네시아 공장 건설 자금을 과다 계상하고, 5억 불을 빼돌린 자료가 내 손에 있습니다.

강 회장 (선 채, 내려다보며) 그 칼로 저를 찌를 힘이 대통령님껜 없습니다. (하며 돌아서는데)

박동호 (팽팽한 시선으로) 권력은 공백을 허용하지 않습니다. 제게서 사라진 힘. 누구한테 갈까요?

강 회장 (그 말에 돌아보는)

박동호 정수진. 그리고 거짓을 증언하고 미래를 약속받은 강상운.

강 회장 (보는)

박동호 부러진 칼. 강상운에게 가도 괜찮겠습니까?

그 말에 미간이 살짝 꿈틀거리는 강 회장의 모습에서…

씬 23 국무총리실 ·· 낮

정수진, 상기된 얼굴로 일어나 외투를 걸치는데, 들어오는 이만길.

정수진 (외투를 걸치며) 비상 국무회의 소집해. 권한대행으로서 첫 공식 행사니까 (하는데)

이만길 (OL) 강상운 부회장에게 연락이 왔습니다.

정수진 (외투를 걸치던 손길이 멈칫. 보는)

이만길 자기가 출소하기 전에, 강 회장과 강상진을 구속시켜 달랍니다.

정수진 … 무리야. 지금 권한대행 상태로는.

이만길 … 약속이 달라지면, 자기의 발언도 달라질 거랍니다.

그 말에 살짝 찌푸리는 정수진의 모습에서…

씬 24 삼청동 안가 거실 ·· 낮

박동호 (서 있는 강 회장을 보며) 이 자리에서 들었습니다. 아드님의 분노를.

그 박동호의 얼굴 위로 플래시되는.

// 플래시. 8부 씬 18 삼청동 안가 거실

강상운(F) (절규하듯) 아버지를… 아버지를 믿었습니다.

강 회장, 지금 이 순간, 강상운의 분노가 다시 들리는 듯
소파를 잠시 짚었다가 자리에 다시 앉는다.

박동호 (강 회장을 보며) 버림받은 왕자가 돌아올 겁니다.
강 회장 …
박동호 부러진 칼로 왕의 목을 벨 수 있을 거 같은데…

강 회장, 판단 중이다. 앞에 놓인 찻잔을 들려다 내려놓으며…

강 회장 찻잔 들기도 힘겨운 늙은 몸. 탄핵안을 기각시킬 힘이 없습니다.
박동호 (시크한 실소 살짝 보이곤) 자신을 과소평가하지 마세요. (미소로) 자신을 믿으세요.
강 회장 (보며) 저는 믿습니다만…
박동호 불안합니까? 나를 믿어도 될지. (하고는)

앞에 놓인 리모컨을 들어 티비를 켠다. 벽면의 티비에 보여지는 실내 전경.
강 회장, 꿈틀하는 시선으로 본다. 녹화 중이었던 것이다.

박동호 (옷매무새를 다듬고는, 자세를 바로 한 채) 탄핵안을 기각시키고, 대통령에 복귀하면, 권력의 절반은 강영익 회장의 것입니다.

박동호 (녹화 중인 티비 화면 속에 보이는, 대사 이어지는) 대한민국의 모든 공권력은 대진그룹을 위해 복무할 것이며.

박동호 (강 회장을 보며) 무엇을 원하든, 그 이상을 얻게 될 겁니다.

약속을 끝낸 박동호, 서정연을 보면, 서정연, 근처 태블릿에서 USB를 빼내 박동호에게 전한다. 박동호, 그 USB를 든 채 만지작거리며.

박동호 (강 회장을 보며) 청와대를 손에 넣을 기회를 얻으셨습니다.

박동호, USB를 탁자 위로 툭 밀어서 강 회장 앞으로 보낸다.

박동호 (미소로) 강영익 회장님. 아주 운이 좋으십니다.

강 회장, 자신의 앞에 놓인 USB를 바라보는 데서…

씬 25 현충원 입구 ·· 낮

방명록에 쓰여지는 글자.
'정의와 평등의 대한민국을 만들겠습니다. 대통령 권한대행 정수진'.
펜을 내린 정수진, 각료들을 이끌고 앞으로 나아간다.

씬 26 현충원 ·· 낮

군악대의 조곡이 흐르는 가운데, 앞으로 나아가는 정수진, 뒤따르는 각료들. 정수진, 분향을 한다. 고개 숙여 묵념을 하는 정수진의 얼굴에 살짝 미소가 번지는 모습에서…

씬 27 현충원 앞 ·· 낮

대기 중인 자동차를 향해 걸어가는 정수진을 양옆에서 따르는 기자들.

정수진 (걸으며) 북한의 오판을 막기 위해 안보 태세를 강화하겠습니다. 그리고 (멈춰 서는, 단호하게) 10대 그룹에 대한 해외 자금 유출 조사를 실시하겠습니다.

씬 28 도로를 달리는 차 안 ·· 낮

정수진 (차 안, 뒷좌석 앞에 걸린 티비로 보여지는, 화면 속의) 재벌은 심판받지 않는 권력으로 군림해 왔습니다. 국민의 땀으로 일군 성과를 사적으로 편취한 혐의가 있으면, 지위 고하를 막론하고 엄중 처벌하겠습니다.

기자1 (화면 속의) 10대 그룹 오너들까지 조사하겠다는 말입니까?

정수진 (화면 속의, 마치 앞에서 보는 강 회장에게 말하듯 단호하게) 새로운 대한민국에, 성역은 없습니다.

강 회장 (정수진과 강상운의 칼날이 자신을 겨눌 것임을 느낀다.)

화면 속의 정수진과 달리는 차 안의 강 회장이
서로를 보는 듯한 시선이 잠시 보이다가…

강상진 (옆에 앉은, 걱정되는) 박동호의 제안. 독이 든 성배입니다.
강 회장 마셔 보자. 해독제는 미리 받았으니까.

강 회장, 손 위의 USB를 꾸욱 움켜쥐는 데서.

씬 29 국무총리실 ·· 낮

들어오는 정수진과 이만길.

이만길 (정수진의 뒤를 따르며, 걱정스러운) 박창식 의원, 선거 캠프를 꾸리고 있습니다. 오진철 시장은 경선 출마 의사를 밝혔고, 송민태 도지사도 대선 준비를 시작했습니다.
정수진 (멈추는) 늦었어.
이만길 (? 해서 보는)
정수진 우린 벌써 시작했어. 대선 준비.

정수진의 그 자신감 넘치는 미소가 보이는 얼굴에서…

씬 30 청와대 복도 ·· 밤

최연숙, 심각한 얼굴, 다급한 발걸음으로

긴 복도를 빠르게 걸어가고 있는 모습에서…

씬 31 청와대 영빈관 앞 ‥ 밤

최연숙, 영빈관 앞으로 다급하게 걸어온다.

건물 앞에 서 있는 정수진에게 다가간다.

최연숙 (항의하듯) 영빈관은 청와대 경내 건물입니다.
사용하려면 비서실의 허가를 받아야 (하는데)

정수진 (OL) 오늘부터 비서실 내가 관장해요.

최연숙 (그 말에 멈추고, 보는)

정수진 (보며) 탄핵 심판 기간 중, 권한대행은 대통령에게 속한 모든 조직을 통솔할 수 있다. 아닌가요?

최연숙 …

정수진 참석 인원은 여당 국회의원 60명이에요, 그리고 청와대 신원 조회가 필요 없는 한 분 더. (하는데)

저만치서 다가오는 검은색 승용차. 정수진의 앞에 멈춘다. 문이 열리고 내리는 사람. 장일준의 영부인이다. 멈칫 놀라는 최연숙, 다가오는 영부인에게…

최연숙 … 미리 연락을 주셨으면… 제가 알고 있어야 예우를 (하는데)

영부인 (날 선, 최연숙을 똑바로 보며) 알고 있는 거. 모두 저한테 말씀하시는 분이었나요?

최연숙 …

영부인 (최연숙을 보며) 어디까지 알고 있었죠? 그날 일.

팽팽한 긴장이 감도는 잠시… 그때 진동으로 울리는 영부인의 핸드폰.
영부인, 뒤돌아 서너 걸음 가서 돌아선 채 통화를 한다.

최연숙 (낮게, 정수진에게) 여당 국회의원들 앞에서 영부인의 지지를 얻어 낼 생각이니?

정수진 (끄덕이곤) 두려워 마세요. 박동호만 쓰러지면, 실장님은 건드리지 않을게요.

최연숙 …

정수진 (다가가 최연숙의 옷에 먼지를 털어 주며) 막지도 마시구요. 실장님이 다치면, 저도 속상할 거예요. (하고는 한 손으로 최연숙의 어깨를 꾸욱 잡는다.)

여기서 멈추라는 뜻이리라. 박동호에 대한 조력도, 자신에 대한 공격도.
팽팽하게 바라보는 두 사람의 시선이 잠시 보이다가…
카메라, 이동하면,
저만치서 통화 중인 영부인의 굳은 얼굴이 보인다.

장현수(F) (절규하듯) 어머니… 저 살려 주세요. 어머니. 도와 달라구요…

핸드폰을 든 영부인의 손이 덜덜… 떨리는 모습 위로
선행되는 우렁한 박수 소리!!!!!

씬 32 청와대 영빈관 만찬장 ‥ 밤

기립 박수를 치고 있는 만찬장의 의원들.

미소의 정수진과 굳은 얼굴의 영부인이 들어와 상석 테이블에 함께 앉는다.

의원들도 박수를 멈추고 자리에 앉는다.

저만치 뒤편, 기자들과 카메라들이 즐비하다.

정수진 (좌중을 일별하며) 저와 여기 계신 분들, 장일준 대통령 그늘 아래 정치를 해 왔습니다. 장일준의 정신을 잊지 말라는 뜻에서 영부인님이 준비한 자리예요.

의원들의 짧은 박수가 이어진다.

정수진 (박수가 끝나자) 듣고 싶네요. 이 혼란의 시대. 장일준 대통령님이 계시다면 우리에게 무슨 말을 들려주실지… (하며 영부인을 본다.)

영부인, 고개를 숙인 채 미동도 없이 앉아 있다.

정수진 (다그치는, 부드럽게) 영부인님.

영부인 (고개를 든다. 복잡한 얼굴이다. 짧게 심호흡을 한 뒤) 그날… 11월 18일 밤… 그이가… 장일준 대통령이 쓰러진 그때…

정수진 (미간이 살짝 찌푸려진다. 약속한 발언이 아니다.)

영부인 … 박동호 당시… 총리는…

정수진 (불길함을 느낀다. 본다. 탁자 아래 떨리고 있는 영부인의 손을)
영부인 저와 함께 있었어요.

둥!!! 놀라는 정수진. 경악으로 보는 의원들.
참담한 영부인의 얼굴 위로 인서트되는.

// 인서트. 대진의료원 VIP 병실. 9부 씬 31 영부인의 통화 내용 연결

탁자에 놓인 사진들이 보인다. 마약에 취해 있는 장현수의 모습. 주사기로 마약을 주입하는 스틸 사진 등이다.
그 옆에 선 강상진, 작은 투명 봉투에 들어 있는 마약으로 보이는 가루, 그리고 주사기 등을 장현수 앞에 탁! 내려놓는다.

장현수 (통화 중인, 절규하듯) 아버지는… 떠났잖아요. 어머니. 나까지 감옥에 가면… 어머니 옆에는 아무도 없잖아요.

영부인 (후우. 심호흡을 하고는) 박동호 총리는 청와대에 왔지만, 대통령님을 뵐 면목이 없다고, 관저로 와서, 저하고… 차를 마셨어요.
정수진 영부인님!!!!!

참담한 얼굴로 발언을 이어 가는 영부인의 얼굴 위로 인서트되는.

// 인서트. 대진의료원 VIP 병실

장현수 (통화 중인, 절규하듯) 어머니 눈엔 죽은 아버지만 보이세요? 살아 있는 나는, 이 아들 장현수는 안 보이냐구요!!!

저만치 병상의 강 회장이 눈물까지 글썽이는 장현수를 한심하게 보고 있다.

강 회장 (혼잣말처럼) 장일준이나 나나, 자식 농사는 영 버렸어.

쯔쯔… 혀를 차는 강 회장의 모습에서…

영부인 탄핵은 모략이에요. 제가… 그이가 바라는 건,

정수진 (경악으로 보는데)

영부인 박동호 대통령이 다시 청와대의 주인이 돼서… 장일준의 정신을 이어 가는 거예요…

경악으로 침묵에 잠긴 실내. 누구도 입을 열지 못하는 충격의 분위기.
저 뒤편. 기자들의 카메라 플래시 터지는 소리만이 실내를 울리고 있다.

씬 33 뉴스 몽타주 ·· 낮

// 식당, 웅성대며 뉴스를 보는 각각의 테이블의 사람들.

뉴스 (티비 화면에서 진행되는) 장일준 전 대통령의 영부인 유정미 여사가 박동호 대통령의 시해 의혹을 부인함으로써, 탄핵 심판은 새로운 국면으로

접어들었습니다.

// 거리를 걸으며 핸드폰으로 뉴스를 보는 시민, 커피숍에서 태블릿으로 뉴스를 보는 학생들, 노인정에서 티비를 보는 노인들의 모습이 컷컷컷 보이는 위로.

뉴스 (티비 화면에서 진행되는) 대국민 여론 조사 결과 탄핵이 정당하다는 의견이 48%, 부당하다는 의견이 48%. 찬반 의견이 우열을 가릴 수 없는 팽팽한 결과가 나왔습니다.

// 헌법재판소 법정. 탄핵 심판이 진행되는 모습 위로.

뉴스(소리) 헌법재판소는 오늘 탄핵 심판 3차 변론 기일을 열고 재판을 진행 중입니다.

씬 34 청와대 대통령 집무실 ·· 낮

박동호와 서정연, 소파에 앉아 티비 뉴스를 보고 있다.

뉴스 (헌법재판소 법정의 모습이 보이는 화면 위로) 헌법재판소는 국민적 혼란을 감안, 재판 일정을 빠르게 진행하겠다고 밝혔습니다.

서정연, 리모컨으로 티비를 끈다.

서정연 이제 공은 헌법재판소로 넘어갔군요.

박동호 헌법재판은 정치재판이야. 여론재판이지. 국민들은 혼란에 빠졌어. 누구의 말이 옳은지… 헌법재판관들도 흔들리겠지.

서정연 (긴장으로 보는데)

박동호 시작하자. 정수진이 하려는 것. 우리가 먼저.

그 박동호의 결연한 모습에서…

씬 35 국무총리실 · · 낮

이만길 (놀라서) 헌법재판관을 매수하겠단 말씀입니까?

소파 상석에 앉은 정수진, 표현이 마음에 안 드는 듯,
흘깃 사나운 시선으로 이만길을 본다.

정수진 흔들리는 자들에게 가야 할 길을 가르쳐 주자는 거야. (하며)

정수진, 핸드폰의 해외 메신저를 켜서 단체 대화방을 만든다.
대화방 이름은 'JUSTICE'.

정수진 아홉 명의 헌법재판관들. 그들에게 이 나라의 운명이 걸려 있어.

보이는 핸드폰 화면. 대화방 'JUSTICE' 참여 인원 1명. 정수진.

// 인서트. 헌법재판소 법정

법복을 입은 재판관들이 장엄한 실내에 비장한 얼굴로 앉아 있다.
그들을 훑어가다가, 정수진이 호명하는 순간, 잠깐씩 멈추는 카메라.

정수진(소리) 이길섭 재판관, 백종일 재판관, 최용환 헌법재판소장, 김경진 재판관.

정수진이 한 명씩 호명할 때마다, 섬광처럼 짧게 교차되는 핸드폰 화면.
참여 인원이 2명, 3명, 4명, 5명으로 바뀌는 모습이 보여진다.

정수진 네 명의 재판관은 우리 쪽 사람이야.
이만길 (심각한) 탄핵안이 통과되기 위해선 2/3 이상이 필요합니다. 여섯 명이 있어야 됩니다.
정수진 모시고 와야지. 두 명을 더.

정수진의 뭔가 계획이 있는 듯한 눈빛에서…

씬 36 검찰청 창고 안 ‥ 밤

어둑어둑한 실내. 수북이 쌓인 자료철들을 훑어가는 손. 그 손이 멈춘다.
정필규다. 정필규, 자료철 하나를 집어 든다. 수북이 쌓인 먼지.
후… 불다가 자신을 향해 날아오는 먼지에 켁켁거리는 데서…

씬 37 국무총리실 ·· 밤

그 먼지투성이의 자료철이 책상 위에 놓여 있다. 책상 앞 의자에 앉은 정수진은 상대를 쳐다보지도 않고 다른 서류를 검토하고 있다.

정수진 (서류 검토하며) 힘들게 찾았어요. 친일파 후손 땅 찾기 소송. 사모님이 무슨 잘못이 있겠어요? 할아버지가 조선총독부 중추원 참의였을 뿐. 재판 당시 두 분은 결혼을 약속한 사이였다고 알고 있습니다.

재판관1 (소파에 앉은, 긴장한) 협… 협박하는 겁니까?

정수진 (서류 검토하며, 별일 아니라는 느낌으로) 충고하는 거예요. 조상의 은혜를 잊지 말라고. 그 땅 판 돈으로 강남에 빌딩도 사고, 아드님은 사업도 하시고. 결혼을 약속한 처갓집 재판을 유리하게 이끈 판사. 사법 농단 아닌가?

재판관1 …

정수진 (비로소 고개 들어 재판관1을 보며) 법은 안 지키신 분. 헌법은 한 번쯤 지키는 게 어떨까요?

재판관1의 고개가 떨궈진다. 순간, 화면에 인서트되는 핸드폰 액정 화면. 단체 대화방의 인원수가 바뀐다. 현재 인원 6명으로…

씬 38 대진의료원 VIP 병실 ·· 낮

소파 상석에 앉은 강 회장, 근처에 세 명의 60대 정장의 사내들이 공손하게 앉아 있다. 헌법재판관들이다.

강 회장 (재판관2를 보며) 자네 아들, 유학 간다고 인사 온 게 엊그제 같은데, 벌써 공부를 마쳤다고?

재판관2 (걱정스러운 얼굴로) 스타트업을 창업한다고 해서 걱정입니다.

강 회장 (인자한 미소로) 스타트만 하라고 해. 업은 내가 책임질 테니까.

재판관2 (의미를 안다. 감사의 표시로 고개 숙여 보이는)

강 회장 (재판관3을 보며) 부친 제약 회사가 요즘 힘들다고 들었어. 처방전 보내 봐. 약은 내가 지어 주지. (하는데)

강상진 (다급한) 아버지!!!!

다급하게 강상진, 문을 열고 들어온다.

그 강상진을 불길한 느낌으로 보는 강 회장의 모습에서…

씬 39 삼청동 안가 앞 ‥ 밤

안가 근처에 도착하는 차량. 경호원들이 주변을 경계하고 있다.

맞은편에서 이미 도착한 차량에서 내리는 사내. 강 회장이다.

차 안의 박동호가 굳은 얼굴로 부축을 받아 안가로 들어가는 강 회장을 보는 모습에서…

씬 40 삼청동 안가 거실 ‥ 밤

소파에 앉은 박동호와 강 회장. 서정연과 강상진이 근처에 서 있다.

강상진 (난감한) 헌법재판관 아홉 명 중에 다섯 명은 정수진이 확보했습니다. 나머지 네 명은 우리 손을 잡을 거라 생각했는데…

박동호 (굳은, 보며) 했는데…

강상진 조상천 의원이 송태호 재판관과 접촉 중입니다.

그 말에 찌푸려지는 박동호.

강 회장, 핸드폰 버튼을 누르는 모습에서…

씬 41 조상천 의원실 ·· 밤

탁자 위에 놓인 핸드폰이 진동으로 두어 번 울리다가 꺼진다. 발신자는 '강영익 회장'이었다. 조상천과 난감한 얼굴의 재판관4가 소파에 앉아 있다.

조상천 같은 고향에, 같은 학교에, 니하고 내. 공안부에서 검사질 하믄서 구른 세월이 수십 년 아이가.

재판관4 … 강영익 회장님은 연수원 시절부터 저희 가족 생활비를… 제겐 아버지같은 분입니다. (하는데)

다시 진동으로 울리는 핸드폰. 발신자는 '강영익 회장'이다.

조상천 아버지를 밟고 일나야(일어나야) 진짜 어른이 되는 기다. (핸드폰을 가리키며) 밟아라. (망설이는 재판관4를 보며, 냉기가 느껴질 듯 서늘한 얼굴과 톤으로) 밟힐래?

재판관4 … (어쩔 수 없는, 핸드폰을 받는, 통화 중인, 참담한 톤으로)

회장님 … 죄송합니다.

만족스러운 얼굴로 보청기를 빼서 후후… 불어 보는 조상천의 모습에서…

씬 42 국무총리실 · · 밤

책상 위에 놓인 정수진의 핸드폰에 신호음이 온다.

책상 앞 의자에 앉은 정수진이 핸드폰을 확인한다.

단체 대화방 'JUSTICE'에 한 명이 추가되었다. 인원 7명.

이만길 (옆에 선 채, 보고 있는, 들뜬) 탄핵안 인용에 필요한 여섯 명의 재판관, 확보했습니다.

정수진 (들뜬. 일어나며) 100명의 국회의원을 확보해야 돼. 경선 승리를 위해서.

이만길 (벅찬 마음으로) 준비하겠습니다.

정수진 (사무실 중앙으로 가며) 과반의 득표를 확보해야 돼. 압도적 대선 승리를 위해서.

이만길 해내실 겁니다.

정수진 (서성이던 발걸음을 멈추고, 이만길을 보며) 국회의원이 꿈이라고 했었지? 미안해.

이만길 (? 의미를 알 수 없어 보는)

정수진 (미소로) 이만길 비서관. 나하고 같이 청와대로 가야겠어.

이만길, 힘을 주어 고개를 끄덕인다.

정수진, 승리를 확신하는 그 모습에서…

씬 43 삼청동 안가 거실 · · 밤

침통한 침묵이 흐르는 실내. 강 회장, 눈을 감고 소파에 기대앉아 있다. 박동호, 굳은 얼굴로 앉아 있다. 강 회장, 감았던 눈을 뜬다. 판단이 끝났다.

강 회장 상진아. 외국에 나가 있어라. 비가 그치면 다시 부를 테니

강상진 (의미를 아는) … 아버지…

강 회장 (박동호를 보며) 우리 인연은 여기까지인가 봅니다.

박동호 (다급함에) 강영익 회장!!! 이렇게 쉽게 포기하는 분이었습니까?

강 회장 지는 싸움은 버리면서 살아왔습니다. 기다리다 보면 이기는 판이 시작되겠지요.

박동호 (다급한) 세 명의 헌법재판관을 확보했습니다. 한 명만 더 손에 넣으면 (하는데)

강 회장 (OL) 한 놈은 자식 사업으로, 한 놈은 망해 가는 집안의 공장을 인수해 주고, 한 놈은 (하다가, 후우, 한숨을 내쉬곤) 겨우 세 놈을 엮었습니다. 더 이상은 (하는데)

박동호 (OL, 다급한) 정수진은 여섯 명의 재판관을 손에 넣었습니다. 세상을 움직이는 분 아닙니까? 근데 왜 당신은 (하는데)

강상진 (OL) 정필규가 검찰청 파일을 열었습니다. 조상천 의원은 공안검사 출신의 헌법재판관을 매수했습니다.

박동호 (강 회장을 보며, 터지듯) 해야지. 당신도. 정수진이 한 걸음

가면 당신은 두 걸음을 가야지!!!

강 회장 장현수의 마약을 찾는 데 한 걸음. 영부인을 움직이는 데 두 걸음. 노인네 걸음이 느린가 봅니다. 정수진은 그새 세 걸음을 갔으니.

강 회장, 자리에서 일어난다.

박동호 (마지막 겁박의 느낌으로) 부러진 칼, 강상운에게 전할 겁니다.

강 회장 (온화하게 보며) 내 한 몸 지킬 여력은 남아 있습니다.

박동호 …

강 회장 이길 수 없는 패. 히든을 확인하겠다 올인할 나이는 지났습니다. 남은 판돈이라도 지켜야겠습니다.

박동호, 고개 숙인다. 침통한 듯한 느낌으로.

강 회장, 나간다. 뒤따라 나가는 강상진.

박동호 (고개 숙인 채) 정연아…

서정연, 다가온다.

박동호, 고개를 드는데, 침통하던 얼굴에 어느새 미소가 스며 있다.

박동호 (보며) 이겼다. 우리가.

박동호, 아직은 의미를 알 수 없는, 미소가 번지는 그 얼굴에서…

씬 44 헌법재판소 앞 ·· 낮

입구 양측에 각각의 지지자들이 모여 있다. '박동호 탄핵', '박동호 OUT'의 피켓을 든 자들과, '박동호를 지키자', '박동호 수호' 등의 피켓을 든 자들이 함성을 지르기도 하고, 서로를 향해 삿대질을 하기도 하는 모습들 위로.

기자(소리) 3개월 동안 진행된 박동호 대통령 탄핵 심판의 결과가 오늘 선고됩니다. 양측 지지자들은 이른 새벽부터 나와, 탄핵의 정당성과 부당성을 주장하고 있으며, 청와대는 겸허한 마음으로 결정을 기다릴 뿐이라고 밝혔습니다.

씬 45 몽타주 ·· 낮

// 헌법재판소 복도

법복을 입은 아홉 명의 재판관들, 비장한 얼굴로 복도를 걷고 있다.
이 순간만큼은 마치 인간 이상의 존재로 보인다.
그들이 걸어가는 모습 위로 선행되는.

헌재소장(소리) 지금부터 2023헌 나1, 대통령 탄핵 사건에 대한 선고를 시작하겠습니다.

// 헌법재판소 법정

아홉 명의 재판관이 마치 신화 속 신전에 앉은 신들처럼 근엄한 얼굴로 세상을 내려다보듯 앉아 있다. 헌법재판소장이 판결문을 낭독하고 있다.

헌재소장 대한민국 국민 모두가 아시다시피 헌법은 대통령을 포함한 모든 국가 기관의 존립 근거이고, 국민은 그러한 힘을 만들어 내는 힘의 원천입니다. 재판부는 이 점을 깊이 인식하면서 역사의 법정 앞에 선 당사자의 심정으로 이 선고에 임하고자 합니다.

// 국무총리실

정수진, 소파 상석에 앉아, 여유 있는 얼굴로 티비를 보고 있다.

헌재소장 (티비 화면의) 재판관의 의견은 일치되지 못했으나, 인용 요건인 2/3 이상 찬성 규정에 따라 아래와 같이 주문을 선고합니다.

정수진 (여유 있게 앞에 놓인 찻잔을 드는데)

헌재소장 (티비 화면의) 주문. 피청구인 대통령 박동호의 탄핵안을 (짧게 둘러보곤) 기각한다.

둥!!! 찻잔을 마시려던 정수진의 손이 멈춘다. 그 눈이 차마 믿을 수 없는 경악이 되다가, 정수진, 뭔가 생각난 듯, 급하게 핸드폰을 찾는다. 핸드폰을 본다. 액정 화면. 단체 대화방에서 한 명이 나갔다. 현재 인원 6명. 나간 사람 '헌법재판소장 최용환'이다. 충격의 정수진이 본다. 판결문을 낭독하고 있는 티비 속의 헌법재판소장을.

// 헌법재판소 법정

헌재소장 (낭독 중인) 저희 재판부는 국민들로부터 부여받은 권한에 따라 이뤄지는 이 선고가 더 이상의 국론 분열과 혼란을 종식시키고 화합과 치유의 길로 나아가는 밑거름이 되길 바랍니다.

그 헌법재판소장의 얼굴 위로 인서트되는.

// 인서트. 청와대 비서실장실

최연숙, 차가 담긴 찻잔을 상대의 앞에 놓는다. 7부 씬 9의 그 찻잔이다.
맞은편에 앉은 헌법재판소장의 얼굴이 굳어진다.

최연숙 기억하시나요? 스페인에서 선물하신 찻잔.
헌재소장 …
최연숙 영부인님이랑 헌재소장님. 두 분이 같이 본 영화가 있다고 들었어요. 메디슨 카운티의 다리. 며칠의 사랑을 평생 잊지 못하는… (보며) 배우자가 알았다면, 온 세상의 손가락질이 시작됐다면, 그 영화가 아름다웠을까요?
헌재소장 …
최연숙 치욕을 겪게 하고 싶지 않습니다. 나라를 지켜 주세요. 명예는 제가 지켜 드릴게요.

// 국무총리실

정수진, 아직 충격이 가시지 않은 얼굴로 티비 속 판결을 보고 있다.

헌재소장 (티비 화면의) 또한 어떠한 경우에도 헌법과 법치주의는 흔들려서는 안 될, 우리 모두가 함께 지켜 나가야 할 가치라고 생각합니다.

그때 진동으로 울리는 핸드폰. 발신자 '박동호'다. 정수진, 받는다.

정수진 (복잡한 감정을 누르며) 정수진입니다.
박동호(F) 들어오세요. 업무 인수합시다.

정수진의 그 굳어지는 얼굴에서…

씬 46 청와대 복도 ·· 낮

정수진이 굳은 얼굴로, 또각또각 긴 복도를 걸어가고 있다.

씬 47 청와대 대통령 집무실 ·· 낮

정수진, 들어서면, 박동호, 소파 상석에 앉아 서류들을 검토하고 있다.

박동호 (쳐다보지도 않고, 서류들을 검토하며) 시행령 개정안 파기하세요. 권한대행의 월권입니다.
정수진 (다가가며) 강 회장에게 뭘 약속했죠?
박동호 (쳐다보지도 않고, 서류들을 검토하며) 민관 합동 위원회

설치도 취소하세요. 옥상옥입니다.

정수진 (박동호의 바로 앞에 서는) 탄핵당할 대통령을 구해 냈는데, 청와대의 절반이라도 약속했나요?

박동호 (그 말에 보는)

정수진 (분노와 경멸이 보이는 눈으로) 장일준 대통령이 약속한 건 강 회장의 사면. 그 하나의 약속을 견디지 못해. 여기까지 오신 분이… (경멸로 입가에 비웃음이 보이며) 뭘 주기로 했죠? 강영익 회장한테.

박동호 (담담하게) 당신을 심판대에 세우겠다는 것 말고, 나한테 다른 약속은 없어.

정수진 (비웃음이 보이며) 그이가 떠났어요. 대진그룹과 나. 연결할 고리는 없어요.

박동호 (담담하게) 그래서 … 만들었어.

정수진, 의문의 눈길로 보는 데서…

씬 48 몽타주 ·· 낮

// 서울중앙지검장실

티비 화면에 보이는 녹화 화면. 9부 씬 43 삼청동 안가 거실

박동호 (다급한) 세 명의 헌법재판관을 확보했습니다. 한 명만 더 손에 넣으면 (하는데)

강 회장 (OL) 한 놈은 자식 사업으로, 한 놈은 망해 가는 집안의

공장을 인수해 주고, 한 놈은 (하다가, 후우, 한숨을 내쉬곤) 겨우 세 놈을 엮었습니다.

서정연, 리모컨으로 화면을 멈춘다. 놀란 얼굴로 보고 있는 이장석.

서정연 한 나라의 헌법재판소를 농단한 자들에 대한 증거예요.

// 청와대 대통령 집무실

박동호 (정수진을 보며) 탄핵 심판 동안 당신이 한 일. 알 텐데? 살아온 발걸음이 덫이 된다는 것.

정수진 (조금씩 밀려드는 공포에 자신도 모르게 침이 삼켜지는)

// 서울중앙지검장실

티비 화면에 보이는 녹화 화면. 9부 씬 43 삼청동 안가 거실

강상진 정필규가 검찰청 파일을 열었습니다. 조상천 의원은 공안 검사 출신의 헌법재판관을 매수했습니다.

서정연, 리모컨으로 화면을 정지시킨다.

서정연 (이장석을 보며) 정수진이 헌법재판관을 매수한 흔적입니다.

// 청와대 대통령 집무실

정수진, 비틀거리는 마음. 한 손으로 소파를 짚는다.

정수진 … 어디까지 갈 생각이죠?

박동호 강 회장은 두 걸음. 당신은 세 걸음. (미소 띠며) 나는 한 걸음 더.

// 서울중앙지검장실

티비 화면에 보이는 녹화 화면. 9부 씬 43 삼청동 안가 거실

강 회장 장현수의 마약을 찾는 데 한 걸음. 영부인을 움직이는 데 두 걸음. 노인네 걸음이 느린가 봅니다. 정수진은 그새 세 걸음을 갔으니.

서정연, 리모컨으로 화면을 정지시킨다.

서정연 다 드렸어요. 이제 이장석의 시간입니다.

이장석 (의문의, 믿을 수 없는) 왜… 탄핵의 늪에서 빠져나왔는데… 왜…

서정연 빠져나온 게 아니에요. 함께 늪에 들어간 거죠. 정수진과 함께, 강 회장의 손을 잡고.

// 청와대 복도

긴 복도를 홀로 걸어가는 박동호, 결투를 앞둔 전사처럼,
저벅저벅 걸어가고 있다.

// 서울중앙지검장실

서정연 (이장석을 보며) 이런 말씀을 하셨어요. 썩어 가는 세상을 어떻게 할까? 질문은 같다고.

// 청와대 춘추관 기자 회견장 앞

박동호, 문을 밀치고 들어가는 그 결연한 모습 위로.

서정연(소리) 각자의 답을 향해 끝까지 가 보자고.

씬 49 청와대 춘추관 기자 회견장 ·· 낮

터지는 카메라 플래시. 수십 명의 기자들이 모여 있다.
박동호, 연단 위에 선다.

박동호 예수님이 말했습니다. 너희 중에 죄 없는 자가 이 여인을 돌로 쳐라. 모두가 떠나갔죠. 남을 향해 돌을 던지는 자는, 자신도 돌을 맞을 각오를 해야 하니까.

기자들 (탄핵 후 복귀 담화문인 줄 알았는데… 하며 의문의 눈빛으로 보는데)

박동호 지금부터 청와대에 남아 있는 마지막 순간까지 저는

던져야 할 돌이 아주 많습니다. 그래서… 제가… 먼저…
돌을 맞겠습니다.

박동호, 옆에 놓인 물잔을 들어 끝까지 벌컥벌컥 들이켜곤,
물잔을 탁. 내려놓는다.

박동호 2022년. 11월 18일 저는 청와대에 찾아갔습니다.
(좌중을 일별하곤, 단호하게) 저 박동호가 장일준 전
대통령을… 시해했습니다.

둥!!! 믿을 수 없어 눈만 끔뻑이는 기자들, 놀라서 입을 막는 기자들의 모습.
세상을 향해 자신의 치부를 드러내고 곧 다가올 마지막 순간까지 싸우기로
결심한 박동호의 그 처절하도록 결연한 모습에서… 끝.

10부

씬 1　현충원 독립 유공자 묘역 ·· 낮

낡은 국기함이 열린다. 그 안에서 꺼내지는 낡은 태극기. 포개져 있는 태극기를 꺼내 한 겹씩 펼치는 남자. 서기태다. 서기태, 태극기의 양끝을 잡아 툭 털듯이 전체를 펼치는 순간, 슬로우되며… 보여지는… 수십 년 된 낡은 태극기에 적혀 있는 우리들의 아버지의 아버지의 아버지들의 소망들… '대한 독립 만세 오종태', '광복을 위하여. 박길환'. '울지 마라 조국이여. 웃어라. 겨레여. 서문배'. 당시 청년이었던 그들의 소망과 이제는 낡고 바랜 서명이 적힌 태극기의 모습이 슬로우로 보여지다가…

씬 2　현충원 독립 유공자 묘역 + 청와대 춘추관 기자 회견장 + 대통령 집무실 ·· 낮

// 현충원 독립 유공자 묘역

그 태극기가 비석 위에 펼쳐진 채 씌워져 있다.
그 비석 앞에 선 서기태. 그 옆의 박동호.

자막 : 1년 전

서기태　(잔에 술을 따라 비석 앞에 올리며) 광복군 3지대 몇 분대였더라… 절반은 일본군과의 전투에서… 절반은 6.25 때… 할아버지는 혼자 살아남은 게 미안하다고…
박동호　(묵묵히 보고 있는)
서기태　(비석 옆의 잡초들을 뽑으며) 기일마다 왔었다. 할아버지는 술을 올리고, 나는 잡초를 뽑았는데… (잡초를 뽑던 손 잠시 멈추고) 뽑아도 뽑아도, 이 세상에 잡초가 너무 많더라.

박동호 …

서기태 (몸을 일으키며 박동호를 보며) 내가 넘어지면 동호야…

박동호 (보는)

서기태 청와대에 남은 잡초는 니가 뽑아 주라.

친구를 바라보며 고개를 끄덕이는 박동호의 모습 위로.

박동호(소리) 2022년 11월 18일. 저는 청와대에 찾아갔습니다.

// 청와대 춘추관 기자 회견장. 9부 씬 49 후반부 동일

박동호 (단호하게) 저 박동호가 장일준 전 대통령을… 시해했습니다.

둥!! 믿을 수 없어 눈만 끔뻑이는 기자들. 놀라서 입을 막는 기자들의 모습. 세상을 향해 자신의 치부를 드러내고 곧 다가올 마지막 순간까지 싸우기로 결심한 박동호의 그 처절하도록 결연한 모습…

// 현충원 독립 유공자 묘역

서기태 (비석 앞의 술잔을 들어 박동호에게 건네며) 마셔. 광복군 3지대 분대장. 우리 할아버지가 주는 술이야.

박동호 (잔을 받는)

서기태 (회한의 얼굴로) 대진그룹 강영익 회장. 내 손으로 뽑아내고 싶었는데…

박동호 (결연한) 내가 할게. (하고는)

박동호가 그 술잔을 마시는 모습 위로…

강 회장(소리) 한 놈은 자식 사업으로

// 청와대 춘추관 기자 회견장

강 회장 (벽면의 화면에 보이는 영상 속의) 한 놈은 망해 가는 집안의 공장을 인수해 주고, 한 놈은 (하다가, 후우. 한숨을 내쉬곤) 겨우 세 놈을 엮었습니다.

멈추는 화면. 충격으로 화면을 보는 기자들.

박동호 (결연한) 대진그룹 강영익 회장은 헌법재판관을 매수, 국정을 농단했습니다.

// 현충원 독립 유공자 묘역

서기태 (회한의) … 조상천… 분단 현실이 낳은 메두사. 내 손으로 베고 싶었다.

박동호 (결연한) 나한테 맡겨.

그 박동호의 모습 위로.

강상진(소리) 조상천 의원은

// 청와대 춘추관 기자 회견장

강상진 (벽면의 화면에 보이는 영상 속의) 공안검사 출신의 헌법재판관을 매수했습니다.

경악으로 보는 기자들. 멈추는 화면.

박동호 (단호한) 현직 국회의원이 헌법재판관을 매수한 흔적입니다.

// 현충원 독립 유공자 묘역

서기태 (마음이 고통스러운) … 정수진은 어떡하냐. 오랜 시간 동지였는데…

박동호 (단호한) 같이 가야지. 정수진은.

서기태, 그 말의 의미를 알 수 없어 의문으로 보는 위로.

박동호(소리) 당신을 심판대에 세우겠다는 것 말고, 나한테 다른 약속은 없어.

// 청와대 대통령 집무실. 9부 씬 47 후반부 연결

정수진 (비웃음이 보이며) 그이가 떠났어요. 대진그룹과 나.
연결할 고리는 없어요.

박동호 (담담하게) 그래서… 만들었어.

정수진 (의문의 눈길로 보는데)

박동호 (서늘한 미소로 보며) 정수진. 같이 가자. 지옥으로!

// 청와대 춘추관 기자 회견장

벽 쪽 화면에 정수진, 강 회장, 조상천.
세 명의 얼굴이 스틸 사진으로 보이고 있다.

박동호 (단호한) 저 박동호는 이 세상의 오물들과 함께 역사의
무대에서 사라지겠습니다.

기자들 (침도 삼키지 못할, 숨도 쉬지 못할, 충격과 집중으로 보는데)

박동호 (벽면. 화면 속 세 얼굴을 보며) 저들을 심판하는 것이,
대한민국 대통령으로서 저의 마지막 소임입니다.

박동호의 그 결연한 다짐에서…

씬 3 청와대 대통령 집무실 ‥ 밤

불 꺼진 청와대 집무실. 달빛이 내부를 어슴푸레 비추고 있다.
소파 상석의 박동호, 앞에 펼쳐진 씬 1의 낡은 태극기를 보고 있다.

삐뚤삐뚤 쓰여진 80여 년 전. 광복군들의 이름과 현실이 되지 못한 소망들을 물끄러미 바라보는 박동호의 모습 위로…

서기태(소리) (박동호가 보는 태극기에 적힌 소망들에 맞춰) 만민이 평등한 조국, 힘없는 자들이 짓밟히지 않는 나라.

// 인서트. 현충원 독립 유공자 묘역

서기태 (수백, 수천의 비석들을 보며, 대사 이어지는) 현실이 되지 못한 꿈들이 여기 잠들어 있어.

박동호 네 꿈은 뭐야?

서기태 (쓸쓸한 미소로, 보며) 돌풍.

박동호 …

서기태 (후우… 심호흡을 크게 하고는) 다시 시작하고 싶다. 숨 막히는 오늘의 세상. 다 쓸어버리고!

박동호, 펜을 든다. 태극기의 여백에 써내려 간다. '돌풍'.
그 옆에 쓴다. 자신의 이름을. '박동호'.
현실이 되지 못한, 수많은 바랜 꿈들 사이에 쓰여진, 박동호의 꿈과 이름. 그 태극기의 모습에서 스틸. 타이틀 오른다. 돌풍 제10화.

씬 4 서울의 도로 + 달리는 차 안 ·· 낮

박동호를 태운 대통령 전용차가 서울의 도로를 달리고 있다.
뒤따르는 언론사의 차량들. 헬기에서 촬영되는 차량의 행렬들.

차 안. 단호한 얼굴로 창밖을 바라보는 박동호의 모습들 위로…

기자(소리) (다소 흥분된) 박동호 대통령이 서울중앙지검에 피의자 신분으로 자진 출석하고 있는 현장입니다. 헌정 사상 최초의 현직 대통령 검찰 조사에 국민들은 충격과 혼란에 빠져 있습니다. 박동호 대통령은 헌법재판소 국정 농단 사건이 종결될 때까지 청와대를 지키겠다는 의지를 밝혔습니다.

씬 5 서울중앙지검 복도 · · 낮

자막 : 서울중앙지검 복도

박동호, 경호원 두 명의 호위를 받으며 복도를 걸어온다.
저만치 서서 기다리고 있던 이장석. 박동호가 다가오자
고개 숙여 예를 표한다. 그 고개 숙인 이장석의 눈에 보이는 내밀어진 손.
보면 박동호가 미소 띤 얼굴로 악수를 권하고 있다.
이장석은 그 손을 잡는다. 두 친구의 굳건하고 뜨거운 악수!!!
그 미소 띤 박동호의 얼굴 위로 플래시되는.

// 플래시. 7부 씬 7 청와대 상춘재

박동호 (낙지 호롱이 집어 들며) 오늘은 친구로 있어 주라.
이장석 (멈칫. 그 말에 굳어지는) 언젠가 검사로 볼 날이 있을 거란 말인가?

박동호 (웃음기까지 보이며, 기분 좋게) 오늘은 아니야.

박동호 (미소 띤 얼굴로) 장석아. 오늘이다.

그 굳건한 악수를 나누는 박동호와 이장석.
이장석의 뒤편. 도열한 몇 명의 서울지검 간부들.
그 사이에 서 있던 정필규가 주머니에서 진동으로 울리는 핸드폰을 꺼내
슬쩍 확인한다. 발신자 '정수진'이다.

씬 6 국무총리실 · · 낮

정수진, 나가려는 듯 외투를 걸치며 핸드폰 통화 중이다.

정수진 (통화 중인) 당장 검사장 회의 소집해요. 부장검사단도 모으세요. (상대의 질문에 살짝 짜증이 나는 듯 찌푸리곤) 식탁만 차리세요. 요리는 내가 준비합니다. (끊는데)
조상천 (문을 열고, 다급하게 들어오며) 아따 박동호 임마가 세상을 엎을라 카네. 내 생각에는 (하는데)
정수진 (외투를 다 걸친, 그 속도에 맞춰 핸드백을 챙기며, OL) 좋은 의견이네요. (이만길에게) 차량 대기시켜.
조상천 (그 무시에 불끈하는) 보소. 우리 한 배를 타고 있는 거 아이가!!
정수진 (나가며) 그 배에, 한 사람 더 태워야겠어요.

먼저 나가는 정수진을 허… 하는 기분으로

다급하게 따라 나가는 조상천의 모습에서…

씬 7 서울중앙지검장실 ‥ 낮

소파에 마주 앉은 박동호와 이장석.

박동호 (진술하듯) *월 *일. 삼청동 안가에서 강 회장을 만났어. 권력의 절반을 약속했지. 강 회장은 헌법재판관을 매수하기로 (하는데)

이장석 (아프게 보며) 제수씨한테 전화 왔더라.

박동호 (그 말에… 멈칫하는 마음으로 보는)

이장석 … 한결이는 휴학할 생각이라고… 학교에서 버티기 힘들다고…

박동호 (마음 한 편이 무너지는 기분으로 보는) …

이장석 한결이 전학 갈 학교 알아볼게. 제수씨 사람들 눈에 안 띄게 살 만한 곳도 찾아보고.

박동호, 짧은 심호흡 하곤,

탁자 위의 찻주전자를 들어 찻잔에 차를 따른다.

박동호 (차를 따르며) 윤봉길 의사가 홍구 공원에 폭탄을 던졌을 때, 장개석이 말했어. 10억의 중국인이 못한 일을, 한 명의 조선인이 해냈다고.

이장석 (보는)

박동호 (그 찻잔을 자신의 앞에 놓으며) 나는 바란다. 수천만 시민이 못한 일을, 한 명의 정치인이 해낸 걸로 기억되기를…
한결이가 나를 그런 아버지로 기억하기를…

이장석 …

박동호 (또 하나의 찻잔에 차를 따르며) 한결이가 살아갈 역사에 새겨 줘. 내가 왜 장일준의 심장을 멈춰야 했는지.

이장석 …

박동호 (그 찻잔을 이장석 앞에 놓으며) 그걸 해 주라. 장석아.

박동호, 찻잔을 든다. 마치 건배를 권하듯. 이장석도 찻잔을 든다.
짧은 허공의 건배 뒤, 한 모금 마시곤 내려놓은 이장석.

이장석 일단 강 회장부터 수사를 시작(하는데)

박동호 (자르며, OL) 아니, 헌법재판소부터 두드려. (탁자 위에 놓인 헌법재판관의 사진들 하나씩 보며) 이길섭, 백종일, 김경진, 정수진의 오랜 애완견이야. (9부 재판관1의 사진을 보며) 민상철 재판관. 이번에 정수진한테 입양된 분이다. 이 사람부터(하는데)

이장석 (OL) 동호야. 수사는 순리적으로 (하는데)

박동호 (OL) 정수진부터 잡아!!

이장석 …

박동호 (서늘한) 장석아, 나 정수진하고 같이 갈 곳이 있어.

박동호의 조금은 뒤틀린 듯한 미소, 그 서늘함에서…

씬 8 대진의료원 VIP 병실 ·· 낮

문이 열리고 들어서는 정수진. 뒤따라 들어서는 조상천.

정수진 (들어오던 그 속도로, 병상의 강 회장에게 가며) 헌법재판소 압수 수색 영장부터 막아야겠어요.

강 회장 (쯔쯔… 혀를 차곤) 잠든 노인네 급하게 찾길래, 용한 생각이 있나 했는데 (하는데)

정수진 검찰 간부들, 공안 특수 출신이 절반이에요. (조상천을 보며) 권력을 지향하는 분들이죠.

조상천 (자신이 맡겠다는 듯, 고개 끄덕이는)

정수진 (강 회장을 보며) 돈 좋아하는 분들은 회장님이 길러 오셨죠. 아버지처럼 따르는 검찰 간부들. 효도 한번 받으셔야죠.

강 회장 (뭔가 계획이 있다는 것을 느끼고는 보는데)

정수진 (조상천을 보며) 검찰청 앞 8차선 도로. 절반을 채워 주세요. 나머지 절반은 내가 준비할게요.

// 인서트

지하철역에서 쏟아져 나오는 노인들. 손에 손에 작은 태극기를 들고 있다. 버스에서 내리는 노인들. 손에는 태극기를 들고 있다. 나름 비장하고 결연한 모습들이다.

그 위로…

조상천(소리) 다리 성한 놈은 다 나오라 캐라. 뭐시라? 태극기가 부족하다꼬?

조상천 (핸드폰 통화 중인, 잠시 생각하다가) 노재팬 때, 일장기 만들어 논 거 있제? 그따가 파란색 칠하고 작대기 몇 개 그어서 들고 나온나. 퍼뜩. (끊는)

정수진 (보며) 우리 쪽 사람도 보탤 거예요.

// 인서트

늘어선 버스들. 노조에서 동원한 전세 버스로 보인다.
그 버스들에서 내리는 붉은 띠, 노동 해방의 재킷을 입은 사람들.
그 위로.

정수진(소리) 대기업 강성 노조, 산별노련, 수도권 간부 중심으로 동원령을 내렸어요.

정수진 오늘 서초동에서, 이 나라의 운명이 결정될 거예요.

그 심각한 정수진의 모습에서…

씬 9 청와대 복도 ·· 낮

서정연이 심각한 얼굴로, 다급하게 뛰다시피 걸어가고 있다.

씬 10 청와대 비서실장실 ‥ 낮

컴퓨터 앞에 앉아 뭔가를 타이핑하던 최연숙, 인쇄 버튼을 클릭하는 순간.
문이 버럭 열리며 들어오는 서정연. 다급하게 최연숙에게 다가가며.

서정연 지금 검사장 회의가 열리고 있습니다.
최연숙 (그 말에 둥… 놀라서 보는)

// 인서트. 검찰청 어느 회의실

열 명 가량의 검사장이 둘러앉은 테이블.
정필규가 일어나 뭔가 열변을 토하는 묵언의 모습 위로.

서정연(소리) 수도권 검사장의 절반은 조상천 쪽, 나머지는
강 회장의 입김이 닿는 자들입니다.

서정연 수도권 부장검사 100여 명도 비상 회의를 소집했답니다.
실장님. 이건 검찰의 반란입니다.

그때 프린터기에서 출력이 시작된다. 짧게 보이는 출력되는 종이.
'사직원'이다. 그 출력되는 소리만이 침묵의 공간에 울리다가…

서정연 (걱정스러운) …지금 대통령님이… 검찰청에 계십니다.

그 굳은 최연숙의 얼굴 위로…

박동호(소리) 사직서를 낼 거야. 최연숙 실장.

씬 11 서울중앙지검장실 ·· 낮

박동호, 마시던 찻잔을 내려놓으며…

박동호 (대사 이어지는) 화를 내더군. 장일준 대통령 오랜 동지였는데, 내가 그를 시해했다는 사실 받아들일 수 없는 거 같아.

이장석 (의도를 아는, 보며) 지키고 싶어? 최연숙 실장

박동호, 수긍의 눈빛으로 바라보는 그 얼굴 위로 인서트되는.

// 인서트. 청와대 대통령 집무실

박동호와 최연숙, 소파에 앉아 있다.

박동호 당으로 돌아가세요. 많은 이들이 나에게 손가락질을 할 겁니다. 맨 앞에 서서 저에게 침을 뱉으세요.

최연숙 … 대통령님…

박동호 새벽닭이 울기 전에 나를 세 번 부인할 것이다. 예수님이 베드로에게 하신 말씀이죠. 베드로는 살아남았습니다. 예수가 없는 세상을 견뎠고, 초대 교황이 되었습니다.

최연숙 …

박동호 하실 일이 많은 분입니다. 나를 부인하세요 세 번 아니 열

번 백 번.

최연숙 …

박동호 (따뜻한 눈으로) 저와 함께 순교할 생각 하지 마세요.

박동호 (이장석을 보며) 장일준 시해 사건, 나의 단독 행위야. 공범은 없어.

박동호와 이장석, 서로가 바라보는 잠시…

그때 울리는 전화벨. 받는다.

이장석 (통화 중인) 이장석입니다. (놀란) 뭐? 체포 영장? 누구를 체포한다고!!!

그 모습을 보며 불길함을 느낀 박동호의 눈이 찌푸려지는 데서…

씬 12 서울중앙지검 복도 · · 낮

수십 명의 양복의 사내들이 비장한 얼굴로 저벅저벅 복도를 걷고 있다.

부장검사들이 멈춘다. 복도를 가득 메운 채.

맨 앞에 오던 정필규와 열 명 가량의 검사장들이 지검장실로 들어간다.

문 앞을 지키던 경호원들도 밀리듯 지검장실 안으로 밀려들어 가는 데서…

씬 13 서울중앙지검장실 · · 낮

밀려들어 오는 경호원들, 들어서는 지검장들.

정필규, 소파 앞에 선다.

정필규 (비장한) 2천 명의 검사와 검사장의 총의를 모아, 살인 용의자 박동호의 체포 영장을 청구했습니다.

이장석 (불끈하는) 현직 대통령을 체포하겠다는 말이야?

그 화난 이장석의 모습 위로.

정수진(소리) 헌법 제84조. 대통령은 내란 외환의 죄를 제외하고는

// 인서트. 대진의료원 VIP 병실

정수진 (대사 이어지는) 재직 중에 형사상의 소추를 받지 아니한다. 현직 대통령을 시해했어요. 내란의 주범이죠. 자백을 했어요. (조상천을 보며) 자백은 증거의 왕이라고 하던데…

조상천 박동호 그 자식은 우짤라고 자백을…

정수진 다른 길이 없었으니까.

강상진 (옆에 선, 심각한) 현직 대통령을 체포하는 게 쉬운 일은 아닐 겁니다.

정수진 나도… 다른 길이 없으니까. (하곤 짧은 심호흡 내쉬는) 박동호가 일으킨 파도. 피하지 않을 거예요. 그 파도의 물살을 돌릴 겁니다. 박동호한테로!!

그 결연한 정수진의 모습에서…

정필규 (앉아 있는 박동호를 보며) 지금부터 당신은 대통령이 아닌. 내란의 주범이며, 살인 피의자입니다. 그에 준해서 대우하겠습니다.

이장석 (일어나는, 터지는) 닥쳐!! 동호야. 청와대로 가라. 내부 반란은 내가 진압한다. (하는데)

그때 건물 밖에서 들려오는 함성 소리!!!

'박동호를 체포하라'는 거대한 구호 소리들.

박동호와 이장석, 창가로 가서 본다.

저 아래. 8차선 도로를 가득 메운 시위대들…

// 인서트. 서울지검 앞 8차선 도로

태극기 부대와 노동 해방의 재킷을 입은 시위대가 뒤섞여 구호를 외치고 있다. "박동호를 체포하라." "박동호를 구속하라." "박동호를 감옥으로."

태극기와 노동계. 본의 아니게 국민 통합이 이뤄진 그로테스크한 현장!

하지만 비장하게 구호를 외치는 그들의 모습에서…

박동호와 이장석, 황망한 얼굴로 저 아래 시위대를 내려다보고 있다.

정필규 (다가와, 박동호의 뒤에 서서) 국민들의 분노를 뚫고 돌아가실 수 있겠습니까?

박동호 … (시위대를 내려다보고 있는)

정필규 영장 담당 판사가 법리 검토 중입니다. 법원의 판단이 내려질 때까지, 저희가 모시겠습니다. 대통령님.

둥! 둥! 둥! 거대하게 울려오는 시위대의 북소리가 박동호의 귓가에 점점 더 거대하게 들려오다가 화면을 터뜨릴 듯 장악하는 데서…

씬 14 청와대 비서실장실 ·· 낮

최연숙, 초조한 마음에 서성이고 있고, 그 옆에 선 서정연.

서정연 (심각한) 서초동 시위대가 경찰 추산 3만 명입니다. 당장 경찰에 해산 명령을 (하는데)

최연숙 (서성이며) 시위대 중 한 명이라도 다친다면… 유혈 사태가 벌어질 거예요. 정국은 걷잡을 수 없는 상황이 될 거고.

서정연 … 대통령님이 검찰에 고립돼 있습니다.

서로가 보는 잠시. 그 난감한 순간. 그때 진동으로 울리는 서정연의 핸드폰.

서정연 (받는, 통화 중인) 서정연입니다. (뭔가를 듣고는 놀라는… 핸드폰 끊고는, 최연숙을 보며) 정수진 총리가 비상 국무회의를 소집했습니다.

둥!! 놀라는 최연숙의 모습에서.

씬 15 청와대 영빈관 만찬장 앞 ·· 낮

막 도착하는 차. 그 차에서 내린 정수진이 먼저 내린 이만길의 안내를 받으며 영빈관으로 들어서고 있다.

(오찬이지만, 1부 엔딩과 동일 공간이기에 만찬장으로 표현하겠습니다.)

씬 16 청와대 비서실장실 ·· 낮

서정연 (심각한) 대통령 퇴진 요구를 국무위원 전원 결의로 발표할 것 같습니다.

최연숙 …

서정연 검찰의 체포 영장 집행에 명분을 줄 겁니다.

최연숙 …

서정연 (절망의) … 어떡하죠? … 우리…

그때 노크 소리가 들리고 문이 열린다.

들어서는 육해공 3군 참모총장 세 사람.

왜 왔지? 의문으로 보는 최연숙에게 다가가며.

총장1 총리님이… 실장님 방에서 의논할 게 있다고… 기다리라고…

최연숙의 그 불길한 얼굴 위로.

정수진(소리) 대한민국 헌법 제77조 1항. 대통령은 계엄을 선포할 수 있다.

씬 17 청와대 영빈관 만찬장 ·· 낮

국무위원들이 테이블에 앉아 있고, 상석에 정수진이 앉아 있다.
저 뒤. 카메라와 기자들이 있다. 생중계 중이다.

정수진 (대사 이어지는) 3항. 비상계엄이 선포된 때에는 언론, 출판, 집회, 결사의 자유, 정부나 법원의 권한에 관하여 특별한 조치를 할 수 있다. (좌중을 일별하고는) 지금 3군 참모총장이 청와대에 집결해 있습니다.

국무위원들, 불안감에 웅성거리는 데서…

씬 18 청와대 비서실장실 ·· 낮

정수진 (티비 화면 속의, 심각한) 박동호 대통령의 지시를 받은 비서실장이 계엄령을 검토하고 있습니다.

둥! 그 말에 소파에서 일어나는 최연숙.
옆에 앉아 있던 3군 참모총장도 놀라고 불편한 얼굴이 된다.

정수진 (티비 화면 속의) 헌법 11조 1항 모든 국민은 법 앞에 평등하다. 살인을 한 자는 서민이나 대통령이나, 같은 죄수복을 입고, 같은 법정에 서야 합니다.

선 채로, 분노로 티비 속 정수진을 보던 최연숙,
뭔가를 결심한 듯 다급하게 나가는 모습에서.

씬 19 청와대 복도 ·· 낮

최연숙, 단호한, 다급한 발걸음으로 걷는다.
그 최연숙의 모습 위로 짧게 플래시되는.

// 플래시. 10부 씬 11 인서트

박동호 하실 일이 많은 분입니다. 나를 부인하세요 세 번 아니 열 번 백 번.

최연숙의 발걸음이 조금씩 느려진다.
그 최연숙의 모습 위로 짧게 플래시되는.

// 플래시. 10부 씬 11 인서트

박동호 (따뜻한 눈으로) 저와 함께 순교할 생각 하지 마세요.

최연숙이 발걸음이 멈춰진다. 갈등이다. 가야 하나. 돌아서야 하나…
그 갈등하는 최연숙의 얼굴 위로 인서트되는.

// 인서트. 청와대 영빈관 만찬장

정수진 (좌중을 보며) 검찰의 체포 영장 청구에 반발한 박동호 대통령이 또 한 번 헌정 질서를 유린하고 있습니다.

최연숙, 결단을 내렸다. 다시 발걸음을 옮긴다. 그 최연숙의 모습 위로.

정수진(소리) 계엄령은 막아야 합니다.

최연숙의 발걸음이 더욱 빨라지는 모습에서…

씬 20 청와대 영빈관 만찬장 ·· 낮

정수진 (좌중을 보며) 대한민국 헌법 제1조 1항. 대한민국은 민주공화국이다. 4.19에서 5월을 넘어 6월 항쟁으로 완성한 헌법이에요. (자리에서 일어나는, 결연하게) 지금은 헌법을 지키기 위해, 대통령을 버려야 할 시간입니다.

그때 문이 열리고 들어서는 최연숙. 들어서던 그 속도로 정수진을 향해 가며.

최연숙 (걸어가며) 대한민국 헌법 제112조 2항. 헌법재판소 재판관은 정치에 관여할 수 없다. 대통령 탄핵 심판에 아홉 명의 재판관이 정치적 유불리에 따라, 협잡과 모략 속에 몸을 던졌습니다. (정수진의 바로 앞에 서는, 팽팽하게 보는)

정수진 (보며, 설핏 차가운 미소 보이곤) 강영익 회장의 영상.

대통령의 압박을 피하기 위해, 없는 사실 발언한 거라는 증언. 아직 못 들었나요?

최연숙 (팽팽하게 보는)

정수진 (보며) 헌법재판소는 결백합니다.

최연숙, 정수진을 보는 채로 핸드폰 거는, 상대가 받은.

최연숙 (통화 중인) 시작해요.

// 인서트. 청와대 전산실

수많은 컴퓨터들. 전산 시설들.
그 일각. 컴퓨터 앞 책상에 앉은 서정연이 USB를 꽂는다.

영빈관 일각. 벽에 설치된 대형 티비에 보이는 화면.
9부 씬 45 몽타주 청와대 비서실장실의 후반부 연결이다.

최연숙 (화면 속의) 치욕을 겪게 하고 싶지 않습니다. 나라를 지켜 주세요. 명예는 제가 지켜 드릴게요.

헌재소장 … 대통령의 편에 서면… 저의 안전은 지켜 주실 거라 믿습니다.

그 모습에서 스틸. 놀라는 정수진. 웅성이는 국무위원들과 기자들.

최연숙 헌법재판소장 최용환은 자신을 위해 헌법을 짓밟았습니다.

최연숙, 리모컨을 누르자, 다시 시작되는 화면.

최연숙 (화면 속의) 차국현 재판관도 우리 편으로 모실 수 있을지…

헌재소장 (고개 저으며) 강영익 회장한테 갚아야 할 빚이 많은 친굽니다.

최연숙, 리모컨으로 스틸!

최연숙 헌법재판관 차국현은 가족의 회사를 살리기 위해, 역사의 피로 만든 헌법을, 거액에 넘겼습니다. (하는데)

정수진 (OL) 그만!!!

최연숙 (정수진을 보며) 봐야죠. 대한민국 헌법재판소가 얼마나 결백한지.

최연숙, 리모컨을 누르자, 다시 시작되는 화면.

최연숙 (화면 속의) 송태호 재판관과 식사 한번 하고 싶은데…

헌재소장 (고개 저으며) 안 될 겁니다. 조상천 의원이 너무 배불리 먹여 놔서…

최연숙, 리모컨으로 스틸!

최연숙 헌법재판관 송태호는 공천을 약속받고 정계 진출을 위해 헌법을 팔았습니다.

정수진, 버틸 힘이 없는 듯, 서서히 의자에 다시 앉는다.
국무위원도, 기자들도, 모두 경악과 침묵에 빠져 있다.

최연숙 (좌중을 보며) 박동호 대통령은 최후를 약속했습니다. 그가 법정 앞에 서기 전에 가려는 마지막 길. 막지는 말아 주십시오.

씬 21 서울중앙지검장실 + 청와대 영빈관 만찬장 ·· 낮

// 서울중앙지검장실

벽면의 티비를 보고 있는 박동호와 이장석. 그 옆에 정필규와 검사장들, 난감한 얼굴로 서 있다. 박동호, 핸드폰 버튼을 누르기 시작한다.

최연숙 (티비 화면 속의) 박동호 대통령은 홀로 골고다 언덕을 오르고 있습니다. (결연한) 제가 함께 오르겠습니다. 역사의 십자가에 저도 함께 매달리겠습니다.

// 청와대 영빈관 만찬장

진동으로 울리는 최연숙의 핸드폰. 본다. 발신자 '박동호'다.

최연숙 (받는, 정중한, 통화 중인) 죄송합니다. 대통령님의 마지막 명령. 지키지 못했습니다. (하다가, 뭔가를 듣고는 놀라는)

// 서울중앙지검장실

박동호, 일어나 창가 쪽으로 가며 통화 중이다.

박동호 (통화 중인) 믿을 겁니다. 5월 광주에 북한군이 침투했다는 루머도 믿는 자들이니까. (끊는)

티비 화면 속의 최연숙,
핸드폰을 끊고는 잠시 심호흡을 하고는 좌중을 보며 말을 이어 간다.

최연숙 (티비 화면 속의) 박동호 대통령은 청와대에 머무는 마지막 순간까지 민생과 안보에 만전을 기할 것입니다. (잠시 말을 멈췄다가, 단호하게) 노총에 침투한 간첩단 사건도 마지막까지 철저히 수사할 겁니다.

씬 22 서울지검 앞 도로 ·· 낮

시위대들, 각자의 핸드폰으로 생중계를 보고 있다.
생중계를 보고 있는 어느 태극기를 든 노년의 모습이 보여진다.

최연숙 (티비 화면 속의) 주한미군 철수, 한미 연합훈련 반대를 목적으로 노총에 침투한 간첩단이 있습니다. 지난 몇

년간 암약한 대형 간첩단 사건은 대한민국의 안보를
뒤흔드는 반국가적 행위이며 (하는데)

그 태극기의 노년이 옆에 있던 붉은 띠의 중년에게 말한다.
"이 빨갱이 자식들", 시작되는 언쟁의 불길이 주변으로 빠르게 번져 간다.
"다 조작이야." "이것들, 싹 다 북한으로 보내." "에라이, 보수 꼴통들."
"뭐? 종북좌파 놈들이." "수구 놈들아! 전쟁을 원해?" "니들이 6.25를
알아?" 붉은 띠의 중년이 노년의 태극기를 잡아 내동댕이치자, 몸싸움이
시작된다.
붉은 머리띠의 중년과 태극기의 노년들. 서로 밀고 밀치고, 노동 해방의
깃발로 후리치고, 태극기로 내리찍는 아비규환의 상황이 보여지다가…

씬 23 서울중앙지검장실 ·· 낮

박동호, 창가에 서서 저 아래 싸움판이 되어 버린 아비규환의 모습을 보며
핸드폰 통화 중이다.

박동호 (통화 중인, 단호한) 경찰 투입해. 해산이 아니라 진압이다!!
저들은 선량한 시위대가 아니라, 대낮에 도로를 점거.
난투를 벌이는, 폭도들이다.

박동호가 내려다보는 시위대. 그중의 대형 태극기가 보인다.

// 짧은 인서트
거리의 태극기와 10부 씬 1 광복군의 서명 태극기가 한 화면에 보이는

모습 위로.

박동호(소리) 태극기를 부끄럽게 만드는 자들.

// 짧은 인서트

거리의 노동 해방 깃발과 광복군의 서명 태극기가 한 화면에 보이는 모습 위로.

박동호(소리) 진보를 참칭하는 이권 카르텔 세력.

박동호 (내려다보며, 통화 중인) 같은 자들이야. 같은 유치장에 넣어. (끊는)

박동호, 돌아선다. 저만치 전화를 받고 있는 정필규에게 다가간다.

정필규 (통화 중인, 당황한) 다시 한번 더 청구를 (하는데)

박동호, 그 핸드폰을 빼앗아 끊고는, 툭 던지듯이 정필규에게 건넨다.

박동호 체포 영장은 기각됐겠지. 내란이 아니라 단순 살인으로 판단했을까. 내란범에게 세상을 청소할 시간을 줄 생각일까.

정필규 …

박동호 법원의 검토는 끝났으니, 가도 되겠지 (하며 가려는데)

그 앞을 막아서는 정필규. 경호원들이 총기를 꺼내려 하자.

박동호 (정필규를 보며, 경호원에게) 내려. 총탄도 아까운 자들이야.

정필규 … (밀리지만… 여기서 물러날 수는 없는) 다시 한번 영장을 재청구 (하는데)

박동호 (OL, 서늘한) 물지 못할 거라면, (보며) 짖지도 마.

그 말에 주춤 물러나는 정필규.

박동호, 지검장실을 나선다. 뒤따라 나가는 이장석과 경호원들.

씬 24 서울중앙지검 복도 ‥ 낮

부장검사들이 복도를 메운 채, 도열해 있다.

박동호 (귀찮은 듯, 낮게) 불은 헌법재판소에 났는데, 소방관들이 여기 모여 있음 되나.

이장석 (한쪽의 부장검사들을 보며) 공공수사부는 헌법재판소 압수 수색 영장 쳐.

부장검사들 (아직 대응이 판단 안 되는… 머뭇거리는)

이장석 (다른 쪽의 부장검사들을 보며) 반부패수사부는 헌법재판관 전원, 체포 영장 신청해. 어서!!!

부장검사들, 아직 어찌해야 할지 몰라 머뭇거리는데.

박동호 (부장검사들을 보며, 이장석에게) 장석아. 다음번엔 취조실에서 보자.

이장석 (보는)

박동호 (부장검사들을 보며, 이장석에게) 헌법재판관, 대진그룹 강회장, 조상천 의원, 정수진 총리. 다 수사하고… 취조실에 빈자리 생기면, 연락해라.

이장석 …

박동호 그땐 대통령이 아니라, 한 명의 시민으로. 여기 올 거다.

반드시 법의 심판을 받겠다는 결의와 약속을 하는 박동호.
저벅저벅 부장검사들의 대오를 향해 걸어간다.
그 기세에 벽으로 물러나는 부장검사들.
물길이 갈라지듯 생기는 길을 따라 박동호가 검찰을 벗어나고 있다.
이장석이 떠나는 친구의 뒷모습을 보고 있다.
박동호가 저벅저벅 걸어가는 그 강인한 모습에서…

씬 25 청와대 전경 ·· 밤

어둑한 밤의 청와대 전경이 잠시 보이다가…

씬 26 청와대 복도 ·· 밤

박동호가 저벅저벅 걸어오고 있다.
저만치 복도 중간에서 기다리고 서 있는 최연숙.

박동호 (복잡한 마음으로, 다가가며) 미안합니다. 험한 언덕 같이 오르게 해서.

최연숙 (보며) 오랜만에 윤동주를 읽었어요. (담담하게, 읊조리는)
괴로웠던 사나이, 행복한 예수 그리스도에게처럼,
십자가가 허락된다면…

박동호 (다가가며, 담담하게, 이어서 읊조리는, 자신의 다짐이기도 한)
모가지를 드리우고, 꽃처럼 피어나는 피를, 어두워 가는
하늘 밑에 조용히 흘리겠습니다.

최연숙 (옅은 미소를 보이며 자신의 앞에 서는 박동호를 보는)

박동호 (보며) 오염되지 않은 정치인들, 리스트 작성해 주세요.
그들은 지켜야 하니까.

최연숙 (끄덕이곤) 우리 이후에 남아야 할 것들, 모두 방주에
태울게요.

박동호 정수진의 세상에 폭우가 쏟아질 겁니다. 40일의 폭우!!!

박동호의 그 결연한 모습에서…

씬 27 몽타주 ‥ 낮

// 헌법재판소 앞

검찰 수사관들이 탄 차량 서너 대가 헌법재판소 안으로 들어서고 있다.

기자(소리) 서울중앙지검은 헌법재판소에 대한 압수 수색 영장을
발부받아, 오늘 오전 압수 수색을 실시했습니다.

// 헌법재판소 사무실 곳곳

검찰 수사관들이 헌법재판소 사무실을 압수 수색하고 있다.
압수 수색 당하는 사무실 모습이 두어 군데 컷컷 보이는 위로…

기자(소리) 사상 초유의 헌법재판소 압수 수색에 법조계는 침통한 분위기 속에 사태의 추이를 지켜보고 있습니다. 헌법재판관 전원은 오늘 출근하지 않은 것으로 알려지고 있습니다.

씬 28 청와대 대통령 집무실 + 서울중앙지검장실 ·· 낮

집무실의 박동호와 지검장실의 이장석이 핸드폰 통화 중이다.

이장석 (통화 중인, 심각한) 헌법재판관들이 소환에 불응하고 있어. 강 회장과는 만난 적이 없고, 모르는 사이라고 주장하고 있다. 동호야. 시간이 필요할 거 같아.

박동호 (통화 중인, 여유 있는, 이미 예상했던) 군사 쿠데타로 정권을 잡은 자들이 왜 경제 성장률에 집착했을까?

이장석 (의미를 모르겠는 얼굴로 듣고 있는)

박동호 국민들은 기다려 주지 않으니까. 건국 이후 수십 년. 절반 이상, 아니 더 오랜 시간 악당이 이 방의 주인이었어. 국민들은 참아 왔지. 그 시대에 필요한 악당이라고 생각했으니까.

이장석 (의미를 알겠는…)

박동호 성과가 눈에 보이지 않으면 국민들이 묻겠지. 넌 왜 아직도 그 자리에 있냐고. 장석아. 시간이 없다. 그림은 내가 그릴게. (끊는)

박동호의 옆에 서정연이 서 있다.

박동호 (서정연을 보며) 언론에 흘려. 익명의 헌법재판관이 비밀리에 검찰에 협조하고 있다고. 어서!!!

박동호의 그 결연한 모습에서…

씬 29 청와대 대통령 집무실 + 대진의료원 VIP 병실 ·· 낮

// 대진의료원 VIP 병실

강 회장, 신문을 펼쳐 든 채 보고 있다.
그 신문 제목, '검찰에 협조하는 헌법재판관 A, 누구?'이다.
그 옆에 선 강상진, 심각한 얼굴이다.

강상진 주병석 재판관은 아닐 겁니다. 오민수 재판관은 어제 통화했을 때 흔들리는 것 같긴 했는데…

신문을 보는 강 회장의 얼굴이 심각하게 굳어져 있는 데서…

// 청와대 대통령 집무실

박동호, 책상 앞 의자에 앉아, 앞의 컴퓨터 화면을 보고 있다.

그 화면 속의 사람. 교도소 특별 면회실의 강상운이다.

강상운 (화면 속의) 태풍이 불고, 해일도 치고… 이 험한 세상. 누구 손을 잡을지 생각이 참 많습니다.

박동호 (화면을 보며) 당신 아버지 강영익 회장, 아들을 팔아서 그룹을 살리려 했습니다.

강상운 (화면 속의, 불끈하는 얼굴이 되는)

박동호 아버지께 받은 사랑. 돌려드립시다.

강상운 (화면 속의) …

박동호 하나만 생각하세요. 아버지를 누구한테 팔아야 비싼 값을 받을지…

// 대진의료원 VIP 병실

강 회장, 외투를 걸치고 나갈 준비를 하며.

강 회장 세 놈 다 보자고 해. 어느 벽에서 물이 새는지 모르는데, 이 벽 저 벽 다 막아 놔야지.

강 회장, 병실을 나서는 모습에서…

// 청와대 대통령 집무실

박동호 (화면을 보며) 어딥니까? 강영익 회장이 은밀히 사람을 만나는 곳이!

박동호의 그 단호한 모습에서…

씬 30 외곽 어느 별장 거실 ‥ 밤

통창이 넓은 거실. 소파에 강 회장이 상석에 앉아 있고,

세 명의 헌법재판관과 강상진이 주변에 앉아 있다.

그 탁자 위, 재판관 앞에 하나씩 놓여진 보안 카드.

강 회장 마카오은행 비밀 금고에 곡식 좀 쟁여 놨어. 손주에 그 손주까지 끼니 걱정은 안 해도 될 거야.

재판관들 (이 상황이 답답한. 후우, 한숨을 내쉬는데)

강 회장 (따뜻하게) 대진을 창업하고 60년이야. 내 우산 쓰고 비 맞은 놈이 없어. 어깨에 비 좀 스쳤다고, 내 우산 밖으로 나갈 생각은 하지 말어. (하는데)

진동으로 울리는 강 회장의 핸드폰. 본다. 발신자 '박동호'다.

강 회장, 잠시 보다가 받는다.

박동호(F) (받자마자) 법을 아시는 분들. 법으로 처벌하는 게 참 어렵습니다.

// 인서트. 청와대 대통령 집무실

박동호 (통화 중인) 뇌물 수수는 자백과 진술 없이 입증하기 어려운 거 어찌 그리 잘 아시고… (미소 띤 채) 그래서 회장님.

박동호(F) 뇌물 공여 및 수수, 현행범으로 체포하겠습니다.

그 순간, 섬광처럼 통창으로 쏟아져 내리는 차량의 라이트 불빛!!!!
부신 눈을 손으로 가리는 순간, 문을 박차고 들어오는 검찰 수사관들.
충격의 강 회장이 본다. 수갑이 채워지는 강상진과 헌법재판관들을.
탁자 위의 은행 비밀 금고 카드가 압수당하는 모습을 황망하게 보는데…

박동호(F) 60년 넘게 경제 발전을 위해 애쓰셨습니다.

// 인서트. 청와대 대통령 집무실

박동호 (통화 중인, 여유 있게) 남은 인생. 푹 쉬세요. 감옥 안에서.

강 회장의 손에 철컥 수갑이 채워진다. 강 회장의 그 황망한 모습에서…

씬 31 교도소 복도 ·· 낮

죄수복의 강상운, 교도관의 호송을 받으며 걸어가다가, 자신도 모르게 피식 미소가 배어 나온다. 맞은편에서 교도관의 호송을 받으며 걸어오는 죄수복의 남자. 강상진이다. 찌푸리며 외면하는 강상진. 미소로 바라보며 걷는 강상운. 그런데 강상운의 얼굴이 살짝 찌푸려진다.

저만치 강상진의 뒤를 따라오는 사람이 보인다. 서정연이다.

씬 32 청와대 대통령 집무실 + 교도소 특별 면회실 ‥ 낮

컴퓨터 앞 책상에 앉은 박동호. 모니터로 영상 대화를 하는 중이다.

모니터에는 특별 면회실의 강상진의 모습이 보이고 있다.

박동호 (모니터를 보며) 대진그룹의 후계자들이 다들 감옥에 있으니. 쯔쯔.
강상운, 강상진. 먼저 출소하시는 분이 그룹 후계자가 되지 않겠습니까?

강상진 (모니터 속의. 의미를 아는. 보는)

박동호 (양손 올려 깍지를 끼곤 턱을 괴며) 북한 조달현 일가의 사망에 관해서…듣고 싶은 말이 있습니다.

박동호의 그 여유 있는 모습에서…

씬 33 달리는 차 안 ‥ 낮

도로를 달리는 차 안. 뒷좌석에 정수진과 이만길이 앉아 있다.

이만길 (심각한) 강 회장과 강상진. 구속 3일 만에 기소됐습니다.
칼날이 우리를 향하고 있습니다. 총리님

정수진 (심각한) 칼을 피할 수 없다면… 칼을 쥔 손을 바꿔야겠어.

심각한 얼굴로 창밖을 바라보는 정수진의 얼굴에서…

씬 34 일식집 밀실 ·· 낮

정수진, 들어오면, 조상천, 이미 앉아 술잔에 술을 따르고 있다.

정수진 (앉으며) 이장석 검사장. 수사에서 손을 떼게 해야겠어요. 국회에 특검안을 상정해 주세요. 박동호와 결탁한 검찰을 믿을 수 없다는 여론. 확산시켜 볼게요.

조상천 (술잔을 든 채) 아따, 해일이 요래 덮치는데 조각배 두 척이 다 성할 수 있을라나? 한 척이라도 살리야 안 되겠나.

정수진 (의미를 알고는, 미간이 찌푸려지는) 우리… 같은 배를 타고 있다 생각했는데.

조상천 (잔을 들이켜곤) 그짝 배에 사람 하나 더 태웁시다. (하는데)

그때 문을 열고 들어오는 남자. 9부의 재판관4다. (송태호, 이하 9부와의 통일성을 위해 재판관4로 표현) 재판관4, 조상천의 옆에 침통한 얼굴로 앉는 그 모습 위로.

// 플래시. 9부 씬 41 조상천 의원실

조상천 같은 고향에, 같은 학교에, 니하고 내. 공안부에서 검사질 하믄서 구른 세월이 수십 년 아이가.

조상천 (술잔에 술을 따르며) 요번 잔은 그짝이 마시소. (잔을 정수진에게 내밀며) 때가 되믄 동아줄은 던져 줄 끼구마.

그 조상천의 얼굴 위로 인서트되는.

// 인서트. 9부 씬 41 조상천 의원실의 변형

재판관4 …강영익 회장님은 연수원 시절부터 저희 생활비를… 제겐 아버지 같은 분입니다. (하는데)

진동으로 울리는 핸드폰. 발신자는 '강영익 회장'이다. 줌아웃 되면 비로소 보이는 실내. 국무총리실이다. 소파에 앉은 재판관4와 정수진.

정수진 아버지를 밟고 일어나야 진짜 어른이 되는 겁니다. (핸드폰을 가리키며) 밟으세요. (망설이는 재판관4를 보며, 냉기가 느껴질 듯 서늘한 얼굴과 톤으로) 밟힐 건데.

조상천 (잔을 정수진의 앞에 내려놓으며) 서운타 생각 마소. 그짝이나 내나 지 살자고 하는 일 아이가. (옆의 재판관4를 보며) 태호야. 단디 하자.

정수진, 분노로 조상천을 바라보고 있는 그 모습에서…

씬 35 청와대 복도 ·· 낮

조상천, 마음이 가벼운 듯 콧노래를 흥얼거리며 계단을 오르고 있다.

벽에 걸린 대통령의 사진을 품평하듯 하나하나 보면서.

계단을 오른 조상천이 집무실로 들어가는 모습에서…

씬 36 청와대 대통령 집무실 · · 낮

박동호와 조상천, 소파에 앉아 있고, 서정연, 근처에 서 있다.

박동호 (픽… 옅은 코웃음 보이고는) 정수진을 제물로 바치겠다…

조상천 송태호 재판관. 지 발로 검찰에 갈 낍미더. 정수진이가 장난질했다꼬 나발도 불 끼고.

박동호 (보는)

조상천 이기 다 정수진이 잡자고 시작한 일 아입미꺼? 고래를 잡았으믄 피라미는 고마 놔두고, 갈 길 가이소. 대통령님.

박동호 (보는)

조상천 아따. 정수진이는 우짜자고 요래 사나운 범을 건드리가꼬… 쯔쯔…

박동호 (담담하게, 보며) 자제분이 있다 들었습니다. 다행이네요. 할아버님 제사를 지낼 후손이 남았으니.

조상천 (그 말에 살짝 찌푸려지는)

박동호 조선민주주의 인민공화국 통일전선부장이 지금 모스크바에 있습니다.

조상천 (그 말에 멈칫하는)

박동호 그 앞에는 대한민국 국정원 차장이 앉아 있구요.

조상천 (당황하는) … 무… 무신… 말을…

박동호 (보며) 조달현, 조상민 일가의 죽음에 대해 할 말이 있다는군요.

그 말에 조상천, 숨이 막힐 듯한 표정으로 침을 삼키는데...

박동호 공화국 영웅의 처단을 누가 요구했는지

그 박동호의 얼굴 위로 플래시되는.

// 플래시. 7부 씬 28 고급 식당 밀실

조상천 (속삭이듯) 남쪽이 살라 카믄 북쪽이 죽어야 돼.

박동호 그 대가로 무엇을 줬는지

// 플래시. 7부 씬 30 대진의료원 VIP 병실 안

강상진 거액을 요구할 겁니다.
정수진 두 배를 주세요. 급한 일이니까.

박동호 (조상천을 보며) 아버지의 죽음으로, 그 아들이 무엇을 얻었는지!!!
조상천 (숨 막히는 경악으로 보는데)
서정연 북측이 대가로 천만 달러를 요구하고 있습니다.
박동호 (조상천을 보는 채로) 입금해. 국정원 특수활동비로.
조상천 … (덜덜 떨리는 얼굴로) 나랏돈을 …북쪽에 …흘리는 거는

(하는데)

박동호 (단호한, 보며) 범죄죠. 괜찮습니다. 대통령을 시해한 몸. 내 인생에 보탤 형량이 있을까요?

조상천, 앞에 놓인 찻잔을 들려는데, 손이 떨려… 다시 내려놓는다.

박동호 엠바고 해제 시간이 언제지?

서정연 2십니다. (하고 시계를 보면 2시 1분이다.)

서정연, 리모컨으로 티비를 켜면, 뉴스가 보인다. 속보 자막과 함께.

뉴스 조달현 일가의 사망이 조상천 의원 측의 요구로 이뤄진 것이라는 첩보가 입수됐습니다. 북한 고위층에 의하면, 조상천 의원의 제안을 받은 대진그룹이 500만 달러를 제공. 조달현 일가의 처단을 요구했다고 합니다. 국정원은 휴민트를 통해 입수한 정보를 분석 중이며, 조상천 의원의 대북 접촉과 관련된 자료 일체를 검찰로 넘길 것이라고 밝혔습니다. (뉴스가 진행되는 동안)

박동호 (조상천을 보며) 이제 떠나세요. 당신이 보내 드린, 아버지 곁으로.

조상천 (마지막 발악의 느낌으로. 그러나 기세가 꺾인) 모든 것이 이 나라를 위한 것이었어.

박동호 (가볍게) 이 나라는 당신이 필요 없습니다.

조상천 …

박동호 남은 인생. 푹 쉬세요. 감옥 안에서.

자리에서 일어나는 박동호의 모습에서…

씬 37 국회 앞 ·· 낮

국회 앞에 도착하는 차. 내리는 조상천. 몰려드는 기자들의 모습 위로…

뉴스 가족의 살해를 북측에 청부한 조상천 의원에 대해, 신한당은 출당 조치를 내렸습니다. 국회는 국회의원 제명 결의안을 상정했으며. 검찰은 긴급 체포 영장을 검토 중인 것으로 알려졌습니다.

씬 38 청와대 대통령 집무실 ·· 낮

기자들의 무리에 이리저리 흔들리며 간신히 걸어가는 조상천의 황망한 모습을 티비로 보고 있는 박동호. 그 옆에 선 서정연.

박동호 (티비 속 쓰러질 듯 위태롭게 걸어가는 조상천을 보며. 혼잣말처럼) 한 시대가 사라지고 있어. 너무나 늦게.

박동호, 깍지를 낀 팔을 책상 위에 올리곤 여유 있게 바라보는 모습에서…

씬 39 서울중앙지검장실 ·· 낮

책상 위로 툭 던져지는 서류 뭉치. 9부 씬 37의 서류다.
먼지가 아직 지워지지 않은 서류.
책상 앞에 정필규가 숨 막히는 기분으로 그 서류를 보고 서 있다.

이장석 (책상 앞 의자에서 일어나 정필규에게 가며) 헌법재판소 압수 수색 과정에서 확보한 문건입니다. 민상철 헌법재판관 가족의 오래전 재판 기록. 검찰청 창고에 있던 걸 용케도 찾아내셨네.

정필규 …

이장석 (바로 앞에 서서) 지금부터 당신은 검사가 아니야. 기밀 유출, 협박의 공범이야. 그에 맞게 대우해 주지. (책상 위의 인터폰 누르고는) 수사관 들여보내.

수사관 둘이 들어온다. 정필규의 그 황망한 모습에.

씬 40 국무총리실 ‥ 낮

정수진, 심각한 얼굴로 책상 앞 의자에 앉아 있고,
이만길, 그 앞에 서서 보고 중이다.

이만길 (심각한) 정필규 차장이 체포됐습니다. 총리님. 검찰의 수사가 우리 쪽에 집중되고 있습니다. (하는데)

책상 위. 정수진의 핸드폰이 진동으로 울린다. 발신자 '박동호'다.
정수진, 그 이름을, 입술을 깨물며 바라보는 모습에서…

씬 41 청와대 계단과 복도 ·· 낮

정수진, 계단을 오르고 있다. 그 옆 벽에 있는 대통령의 사진들.

정수진의 발걸음이 멈춰진다. 장일준의 사진 앞에서.

정수진이 바라보고 서 있다. 장일준의 사진을.

그 위로 들려오는 웃음소리…

// 인서트. 청와대 복도와 계단

취임식을 마친 날. 장일준이 양쪽에 박동호와 정수진을 어깨동무하고,

웃음을 터뜨리며 계단을 오르고 있다. 희망과 활기에 찬 세 사람의 모습.

환하게 웃으며 계단을 올라가는 그날의 정수진이

오늘의 정수진을 바라본다. 오늘의 정수진, 그 시절 자신의 모습을,

그 희망에 가득차고 부끄럼 없고 당당하게 웃고 있는 그날의 정수진을,

물끄러미 서글픈 얼굴로 바라보고 있는 모습에서…

씬 42 청와대 대통령 집무실 ·· 낮

정수진, 들어오면 박동호, 홀로 소파에 앉아 있다.

소파 상석은 비워 두고 옆에 앉은 박동호.

탁자 위에는 술병과 술잔이 놓여 있다. 박동호, 다가오는 정수진을 보며.

박동호 (술병을 들어 술잔에 따르며) 장일준의 취임식 날. 난 이 자리에 앉았지. 당신은… (하며 맞은편을 가리키는)

정수진 (맞은편 소파에 앉는)

박동호, 술을 따르다가 조금 흘렸다. 손가에 묻은 술…

정수진, 주머니에서 손수건을 꺼내 건넨다. 3부 장일준에게 받은 그 붉은 손수건. 박동호, 그 손수건으로 손을 닦으며…

박동호 기억나. 그날 당신의 건배사.

// 인서트. 청와대 대통령 집무실

장일준의 취임식 당일.

상석에 장일준이, 양옆에 박동호와 정수진이 앉아 있다.

들뜬 분위기. 흥겨운 얼굴로.

정수진 (한 손에는 잔을, 한 손에는 손수건을 쥔 채) 이 손수건으로 국민의 눈물을 닦아 주는 정치를!!!

건배하고 마시는 세 사람. 그 즐겁고 흥겨운 모습에서…

정수진 (손수건을 돌려받으며, 처연한) 해야 할 일을 했어요. 이 손수건으로

그 정수진의 얼굴 위로 플래시되는.

// 플래시. 3부 씬 30 국군수도병원 VIP 병실

장일준의 얼굴에 씌워진, 정수진의 붉은 손수건이 보이다가…

정수진 (처연한, 손수건을 움켜쥐며) 지켜야 할 것들을 지켰죠.

그 정수진의 얼굴 위로 플래시되는.

// 플래시. 3부 씬 46 영결식장

정수진 영부인의 눈물을 닦아 드리겠습니다. 아드님의 미래를 지켜 드리겠습니다.

박동호, 처연한 정수진의 모습을 잠시 보다가…

박동호 마지막 할 일을 알려 주지.
정수진 (보는)
박동호 같이 사라져. 한민호에게 정치 자금을 받은 50명의 의원과 함께! 협잡과 결탁한 헌법재판관과 같이! 정의를 참칭하고 이권을 탐하는 자들을 싣고!
정수진 …
박동호 세상의 오물과 함께 침몰한다면, 당신의 몰락. 조금은 가치 있지 않을까
정수진 …
박동호 심판은 피할 수 없어. 회개할 기회를 주는 거지.

박동호, 술을 들이켠다. 잔을 내려놓고는.

박동호 이제… 집에 가 봐.

정수진 (그 말의 의미를 알 수 없어 보는데)

진동으로 울리는 정수진의 핸드폰. 발신자 '한소연'이다. 받는다.

한소연(F) (울먹이며) 엄마… 엄마아!!!

씬 43 정수진의 자택 거실 ·· 낮

다급하게 들어서는 정수진과 이만길.
집 안은 검찰 수사관들 대여섯이 압수 수색 중이라 엉망인 상황이다.

이만길 (지나는 검찰 수사관 한 명의 팔을 거칠게 잡고는) 현직 국무총리의 자택입니다. 사전 통보 없이 압수 수색은 (하는데)

검찰 수사관 (거칠게 뿌리치곤) 체포 영장 집행할 때는, 사전 통보하겠습니다.

한소연 (저만치에서 정수진을 향해 다가오며) 엄마… (하고는 안긴다.)

정수진, 목 끝까지 다가온 박동호의 칼날을 느끼는 심정으로
집 안을 파헤치고 있는 검찰 수사관들을 보고 서 있다.
울먹이는 딸을 꼬옥 껴안은 채.

(시간 경과)

흐트러진 집 안. 소파에 정수진과 한소연이 앉아 있다.

한소연 … 아빠 떠나기 전날. 내 방에 와서 한 시간도 넘게 얘기했어.
… 아빠 닮지 말고 엄마 같은 사람이 되라고.

정수진 (울컥하는 마음을 견디며 딸을 보는)

한소연 … 아빠 마지막 부탁 들어주고 싶은데… 모르겠다.
(이런 상황이 원망스러운) …엄마는 어떤 사람이야?

정수진 (… 지금은 자신도 모르겠는, 자신도 대답할 수 없는 질문이다.)

딸을 꼬옥 껴안은 채 입술을 깨물며 생각에 잠기는 정수진의 모습에서…

씬 44 정수진의 자택 서재 ‥ 밤

컴퓨터 앞 책상에 앉은 정수진.
후우 심호흡을 하고는, 뭔가 결단을 내린 듯한 얼굴로 타이핑을 시작한다.
8부 씬 37. 눈물 그렁한 얼굴로 타이핑을 해 나가는 한민호의 모습과 현재. 비장한 얼굴로 타이핑을 하는 정수진의 모습이 빠르게 교차되며 보여진다. 다른 시간. 같은 자리에 앉은 부부. 울먹이는 한민호와 비장한 정수진의 모습이 타이핑 소리와 함께 교차되며 보여지다가…

씬 45 청와대 복도 ‥ 낮

서정연이 다급한 얼굴로 빠르게 복도를 뛰다시피 걸어오고 있다.

씬 46 청와대 대통령 집무실 ·· 낮

책상 앞 의자에 앉은 박동호. 그 앞에 선 최연숙.

최연숙 오늘 조상천과 강상진의 대질 신문이 예정돼 있습니다. 북쪽 라인을 정수진이 연결했다는 증언이 확보될 겁니다. 정필규의 조사도 진행 중입니다. 정수진이 민상철 재판관을 매수했다는 혐의도 입증될 겁니다.

박동호 (끄덕이곤) 정수진한테 다른 길은 없습니다. 홀로 침몰하든지, 함께 사라지든지. (하는데)

문이 열리고 다급하게 들어오는 서정연. 박동호에게 빠르게 다가가며…

서정연 대통령님. 정수진이… 헉헉… 정수진 총리가…

그 모습에 불길함을 느끼고 일어나는 박동호의 그 모습에서. 스틸. 끝.

11부

씬 1 국무총리 집무실 ·· 낮

이만길, 소파에 앉아, 침통하고 심각한 얼굴로 한숨 내쉬고 있다.

들어오는 정수진. 일어나 다가가는 이만길.

정수진 (책상 쪽으로 가며) 소연이 해외 유학 알아봐. 한국 언론 접촉 안 되는 곳으로.

이만길 (복잡한 얼굴로 보는)

정수진 아직 어린애야. 검찰 소환 전에 출국할 수 있도록 해 줘.

이만길 (침통한) … 주변을 정리하시는 겁니까?

정수진 (보는)

이만길 부모님 집까지 압수 수색 당했습니다. 형님 병원 계좌도 추적당하구요.

정수진 …

이만길 저는 … 저는… 어떻게 되는 겁니까?

그 초조해하는 이만길을 두고, 정수진은 뭐라 말을 하려다가 돌아선다.

이만길, 돌아선 정수진의 뒷모습을 본다. 이제 피할 수 없는 몰락이리라.

이만길, 벽의 티비를 본다. 묵음의 뉴스 화면.

'정수진 총리, 소환 임박'이라는 자막이 크게 보인다.

정수진의 침묵과 이만길의 초조함만이 가득한 공간…

이만길, 뭔가를 결심한 듯 돌아서 저벅저벅 문을 향해 걸어가는 모습에서…

씬 2 서울지검 지하 주차장 ·· 밤

엘리베이터 문이 열리고 내리는 이장석. 차량을 향해 걸어간다.
그때 울리는 핸드폰. 받는다.

이장석 (걸어가며) 이장석입니다.
이만길(F) 정수진 총리의 수행비서 이만길입니다. 저와 가족에 대한 수사, 중단해 주십시오.
이장석 (그 말에 멈추는, 거래를 제안하는 것임을 느끼고는) 플리바게닝은 불법입니다. 수사는 예외 없이 (하는데)
이만길(F) 뒤를 조심하세요. (하는 순간)

뒤에서 울리는 빵!!! 클락션 소리. 비키는 이장석. 차량은 지나간다.
이장석, 주변을 둘러본다. 전화의 상대가 근처에 있다는 생각에… 그때.

이만길(F) 앞을 보세요.

이장석, 앞을 본다. 자신의 차량. 보닛 위에 태블릿이 놓여 있다.

이만길(F) 한민호 대표의 태블릿입니다.
이장석 (그 말에 자신도 모르게 긴장이 되는데)
이만길(F) 남산 c&c를 창업한 뒤, 5년 동안의 모든 기록. 그 안에 있습니다.
이장석 …

저만치 기둥 뒤에 선 채, 이장석을 보며 통화 중인 이만길.

(통화 중인) 모든 수사. 원칙대로 하세요. 저만 빼고. (끊는)

돌아서 걸어가는 이만길.

이장석, 보고 있다. 자신의 앞에 놓인, 세상을 뒤흔들 거대한 비밀이 담긴, 조그만 태블릿을…

씬 3 청와대 복도 ·· 낮 - 10부 씬 45와 동일

서정연이 다급한 얼굴로 빠르게 복도를 뛰다시피 걸어오고 있다.

씬 4 청와대 대통령 집무실 ·· 낮 - 10부 씬 46 후반부 연결

책상 앞 의자에 앉은 박동호. 그 앞에 선 최연숙.

박동호 정수진한테 다른 길은 없습니다. 홀로 침몰하든지, 함께 사라지든지 (하는데)

문이 열리고 다급하게 들어오는 서정연, 박동호에게 빠르게 다가가며…

서정연 대통령님. 정수진이… 헉헉… 정수진 총리가…

그 모습에 불길함을 느끼고 일어나는 박동호.

서정연 검찰에… 자진 출석 중입니다.

최연숙 (놀란, 심각한) 아직 소환장도 발부되지 않았는데.

박동호 의도가 있을 겁니다. (서정연에게) 어제 정수진 동선 파악해. 누구를 만나 뭘 했는지. 검찰에 뭘 들고 가는지 알아야 (하는데)

진동으로 울리는 박동호의 핸드폰. 발신자 '이장석'이다. 받는다.

박동호 (통화 중인) 장석아, 정수진이 지금 서울지검으로 (하는데)

이장석(F) (OL, 들뜬) 동호야. 한민호 태블릿 확보했다.

// 인서트. 서울중앙지검장실

책상 앞 의자에 앉은 이장석. 다소 들뜬 얼굴과 목소리로.

이장석 (통화 중인) 남산 c&c 투자자 명단, 장일준 아들 장현수의 투자 내역까지, 다 태블릿에 들어 있어. 그리고 동호야. (잠시 말을 멈췄다가) 찾아냈다. 그놈들이 서기태를 어떻게 짓밟았는지…

그 말에 통화 중인 박동호의 눈이 빛난다.

이장석(F) 기태를 어떻게 죽음으로 몰고 갔는지… 알아냈다구.

박동호, 자신도 모르게 새어 나오는 벅찬 호흡을 한차례 내쉬는 데서…

씬 5 서울의 도로 ·· 낮

도로를 달리는 차 안. 뒷좌석에 홀로 앉은 정수진의 시선에,

저만치 서울지검 건물이 보이고 있다.

씬 6 청와대 대통령 집무실 ·· 낮

박동호, 소파 상석에 앉아 있고, 최연숙과 서정연, 양옆에 앉아 있다.

서정연 … 그 태블릿에 오빠의 진실이 담겨 있다는 말입니까?

박동호 (끄덕이는)

서정연 … 오빠는 어떤 세상을 만들고 싶었을까요?

박동호 죄를 지은 자가 부끄러워하는 세상.

서정연 …

박동호 몰랐다. 그게 이렇게 힘들 줄은.

서정연 …

박동호 정연아. 이제 청와대를 비워야 할 시간이다.

긴 숙제를 끝낸 듯한 박동호의 그 모습에서, 스틸.

타이틀 오른다. 돌풍 제11화.

씬 7 서울지검 디지털 포렌식 센터 ·· 낮

열 명 가량의 직원들, 컴퓨터 앞에 앉아 작업 중이다.

이장석, 옆에 선 직원1에게 보고를 받고 있다.

직원1 자금 투자 내역, 집행 기록, 투자자 명단, 모두 파악했습니다. 그런데 지검장님. (하며)

직원1이 마우스를 움직여 가리키는 태블릿의 파일 하나. '다이어리'다.

직원1 다이어리 파일에 락이 걸려 있습니다. 한민호의 개인 기록인 것 같습니다.

이장석 가용 인력 모두 동원하세요. 빠른 시간 안에 락을 풀어야 합니다.

이장석, 탁자 위에 놓인 태블릿을 본다. 모든 진실이 담긴 그 태블릿을.

씬 8 서울지검 복도 ·· 낮

저벅저벅 걸어오던 이장석이 멈춘다. 맞은편에서 또각또각 걸어오던 정수진. 서로를 보며 멈춘 채 잠시 바라보는 정수진과 이장석의 모습에서…

씬 9 서울중앙지검장실 ·· 낮

정수진과 이장석, 소파에 앉아 있다.

정수진 (찻잔을 든 채) 취조하고 진술까지, 오전에 마무리해요. 더 이상은 곤란해요. 오후 일정은 조정하기가 (하는데)

이장석 (OL) 내가 무엇을 가지고 있는지 알았다면, 검찰에 오기 전, 신변 정리부터 했을 텐데.

정수진 (그 날 선 말투에 힐긋 보곤, 찻잔의 향을 맡으며) 향이 좋네요. 다행이에요. (눈빛으로 찻잔을 가리키며) 대한민국 검찰에도 맘에 드는 게 하나쯤 있으니까.

이장석 한 잔 더 드릴 수도 있습니다. 감옥에 가기 전, 마지막 차가 될 거니까.

그 단호한 이장석의 얼굴 위로 선행되는.

뉴스(소리) (긴박한) 남산 c&c 한민호 대표의 태블릿 PC를 검찰이 입수했습니다.

씬 10 청와대 대통령 집무실 ·· 낮

벽면. 대형 티비에서 뉴스 속보가 나오고 있다.

뉴스 태블릿에서 대한국민당 서기태 의원을 처리하기 위한 한민호 대표와 강상운 부회장의 녹취록이 발견됐습니다.

소파 상석에 앉아 보고 있는 박동호. 양옆에 앉은 최연숙과 서정연.

뉴스 서기태 의원이 사모펀드의 위법성을 제기하자, 강상운 부회장은 서기태 의원의 친구, 가상화폐 거래소 최세원 대표에게 차용한 돈을, 정치 자금으로 조작, 뇌물 혐의로 기소되도록 했습니다.

박동호, 결연하게 일어난다. 서정연도 일어난다.

뉴스 오랜 시간 함께해 온 보좌관과 측근들마저 구속 위협을 받게 되자, 서기태 의원은 스스로 목숨을 던졌으며,

박동호, 앞장서서 저벅저벅 집무실을 나가는 그 비장한 모습에서…

씬 11 서울중앙지검장실 ·· 낮

정수진과 이장석, 소파에 앉아 있다.

진동으로 울리는 이장석의 핸드폰, 받는다.

직원1(F) 지검장님. 다이어리에 락 해제했습니다.

이장석 (통화 중인) 일자별로 써머리해서 보내. (끊는)

정수진 (통화 중인 모습을 보다가) 그이의 다이어리 락이 풀렸나 보네요.

이장석 (그 말에 멈칫해서 보는)

정수진 확인해 봐요. 다이어리에 기록된, 한민호 대표 2월 21일의 일정.

여유 있게 차를 마시는 정수진을 보는 이장석의 그 불길함에서…

씬 12 청와대 복도 ·· 낮

박동호, 저벅저벅 걷고 있고, 서정연, 그 옆을 따르고 있다.

비장하게 걸어가는 박동호의 얼굴 위로 플래시되는.

// 플래시. 법무연수원 중정. 1부 씬 39

박동호 (가슴팍에서 편지 꺼내서 건네는) 유서를 남겼어. 나한테 비문을 써 달라고. 아직 시작도 못 했다.
(중략)

박동호 (간절한, 진심의) 붓은 내가 들게. 먹은 갈아 주라. 장석아.

문 앞에 선 박동호, 잠시 숨을 고른다.

박동호 정연아. 오늘은 기태의 비문을 쓰는 날이다.

문을 열고 들어가는 박동호의 모습에서…

씬 13 청와대 춘추관 기자 회견장 ·· 낮

단상 위에 서는 박동호. 기자들 수십 명이 앉아 있다.

박동호 평생 서민을 위해 살아온 인권 변호사가 있었습니다.
젊은 날, 독재에 맞서 싸운 정치인도 있었습니다.
하지만 그들은 괴물과 싸우다가 괴물이 되어 버렸습니다.
세상의 불의에는 분노하지만, 자신의 불의에는 한없이 관대한 괴물!!!!

터지는 카메라 플래시들…

박동호 그들이 정의를 방패로 자신들의 불의를 가리려 할 때, 스스로 몸을 던져 정의를 지켜 낸 사람이 있습니다. (잠시 일별하곤) 그 친구의 이름은… 서기태입니다.

친구의 비문을 세상에, 역사에 새기는 듯한 심정의 박동호의 모습에서…

씬 14 서울중앙지검장실 ·· 낮

이장석의 핸드폰에 딩!! 수신음이 들린다. 이장석, 수신된 파일을 열어 본다. 다이어리 써머리다. 빠르게 아래로 아래로 날짜를 내려가는 이장석.

정수진 (이장석을 보며, 여유 있게) 국무총리 청문회 때, 남산 c&c 문제로 곤란을 겪고 있었어요.

그때 멈추는 이장석의 손. 그 핸드폰 화면. 써머리 내용.
'2월 21일 저녁 8시. 조상천. 대북 라인 연결 제안'.
둥!! 믿을 수 없는, 충격으로, 핸드폰을 보고 있는 이장석.

정수진 (여유 있게, 이장석을 보며) 남편으로서 미안했겠죠. 도움이 되고 싶었나 봐요.

그 정수진의 얼굴 위로 인서트되는.

// 인서트. 고급 식당 밀실. 7부 씬 28 변형

조상천 (과장되게 파안대소하고는) 빨갱이들 30년 때리잡으면서 내가 배운 게 있는데, (속삭이듯) 남쪽이 살라 카믄 북쪽이 죽어야 돼.

비로소 보이는 조상천 앞에 앉은 사람.
동의하듯 고개를 끄덕이는 한민호다!!!!

정수진 (찻잔을 들고, 여유 있게) 남편들은 왜 그리 어리석을까? 아내가 원하는 건 따뜻한 말 한마디로 공감해 주는 건데. 남편들은 문제를 해결하려고 하죠.

그 정수진의 얼굴 위로 인서트되는.

// 인서트. 고급 식당 밀실. 7부 씬 28 변형

한민호 (결연한) 전대협 의장 한민호. 대검 공안부장 조상천. (오른손 주먹으로 왼쪽 손바닥을 치며) 작품 한번 만들어 봅시다!

이장석, 뜻밖의 상황에 할 말을 찾지 못한 채 보는데…

정수진 (혼잣말처럼) 조상천 의원과 대질 신문 준비 중이랬나? (이장석을 보며) 어떡하죠? 한민호 대표는 떠나고 없는데.

이장석 …이건 …조작이야!

박동호(소리) (OL) 이것은 진실입니다!!!

씬 15 청와대 춘추관 기자 회견장 ·· 낮

연단 위에 서 있는 박동호.

박동호 강상운의 사모펀드 투자는 사실입니다. 강영익 회장의 특별 사면 요구도 사실입니다. … 서기태 의원이 누명의 덫에 걸려, 몸을 던진 것도 사실입니다.

씬 16 서울중앙지검장실 ·· 낮

일각, 켜진 티비 속 박동호를 보고 있는 정수진과 이장석.

박동호 (화면 속의) 한민호의 태블릿에 저장된 모든 기록은 진실입니다.

정수진 (여유 있게) 말하네요. 이 나라의 대통령이. 진실이라고. (일어나며) 연좌제는 없는 나라예요. 남편이 한 일, 아내가 처벌받을 순 없죠.

이장석 (분노의, 일어나 마주보며) 증거 보완해서, 다시 소환할 겁니다.

정수진 (여유 있게) 한 걸음 더 다가오면, 그땐 국민이 검찰을 소환할 거예요.

정수진, 또각또각 나간다. 이장석, 비틀하는 기분이다.

소파 옆을 잡고, 무너지는 마음을 간신히 버티고 있는 이장석의 모습에서…

씬 17 서울지검 복도 + 청와대 복도 ·· 낮

정수진이 나오면, 앞에서 대기하고 있던 이만길,

고개 숙여 정중하게 예를 표한다. 그 위로 인서트되는.

// 인서트. 국무총리 집무실. 11부 씬 1 후반부 연결

이만길, 뭔가를 결심한 듯 돌아서 저벅저벅 문을 향해 걸어가는데.

정수진(소리) 이만길!!

이만길, 그 소리에 돌아보면, 정수진, 태블릿을 들고 서 있다.

정수진 일하자. (태블릿을 내미는 데서)

이만길 박동호의 기자 회견도 예상한 겁니까?

정수진 (걸어가며) 일이란 게 그래. 최선을 다하면 행운이 찾아오거든.

이만길 (따라 걷는데)

정수진 (걸어가며) 장일준 대통령 지지자들. 그동안 숨죽이고 있었어. 알려 줘. 장일준은 결백하다고… 그러니 마음껏 분노하라고.

또각또각 걸어가며 핸드폰 버튼을 누르는 정수진.

// 청와대 복도

기자 회견을 마친 박동호와 서정연이 걸어오고 있다.
박동호의 핸드폰이 진동으로 울린다. 발신자 '정수진'이다. 받는다.

박동호 (걸어가며, 통화 중인) 결정했나? 혼자 침몰할지, 같이 몰락할지.
정수진 (걸어가며, 통화 중인) 답이 어렵네요. 문제를 바꿀려구요.
박동호 (찌푸리는데)
정수진 (걸어가며, 통화 중인) 깨끗하고 결백한 정치인. 자랑스러운 대통령 장일준을 왜 시해했죠?
박동호 (발걸음이 멈춰진다. 아직은 의미를 알 수 없는 질문이다.)
정수진 (걸어가며, 통화 중인) 어떡하죠? 당신은 문제를 바꿀 시간이 없는데. (끊는)

박동호, 본다. 맞은편에서 다급하게 달려오는 최연숙.
그 모습에 불길함을 느끼고 보는 박동호.
다가와 뭔가를 보고하는 최연숙의 모습 위로.

앵커(소리) 한민호 대표의 태블릿 PC에 저장되어 있던 다이어리를, 본지가 단독 입수했습니다. 강상운 부회장이 특별 사면을 요구하자, 장일준 전 대통령은 아들 장현수를 검찰에 수사의뢰하겠다며 격노한 것으로 알려졌습니다.

// 정수진의 자택 서재. 10부 씬 44와 동일

비장한 얼굴로 뭔가를 타이핑하는 정수진의 모습 위로…

앵커(소리) 대통령의 아들에게도 특혜는 허용될 수 없다며, 장일준 전 대통령은 사모펀드에 대한 엄정한 수사도 지시했습니다.

// 서울지검 복도

결연한 얼굴로 걸어가는 정수진의 모습 위로…

앵커(소리) 한민호 대표는 자신이 남긴 다이어리를 통해, 장일준에게는 협박도, 회유도, 통하지 않았다고 밝혔습니다.

씬 18 서울중앙지검 앞 + 청와대 대통령 집무실 ·· 낮

정수진이 나온다. 그 옆에 서는 이만길. 몰려드는 기자들.

정수진 (눈가가 젖어 있는) 위대한 지도자였습니다. 훌륭한 정치인이었습니다. 너무나 결백하고, 한 치의 부끄러움도 없는, 대통령 장일준을 우리는 알 수 없는 이유로 잃었습니다. (잠시 숨을 고르고) 박동호 대통령에게 묻습니다.

// 청와대 대통령 집무실

소파에 앉은 박동호, 최연숙, 서정연. 티비 속 정수진을 보고 있다.

정수진 (화면 속의, 마치 앞의 박동호를 보듯, 대사 이어지는) 왜 장일준 대통령을 시해했습니까? 구속 전날이었습니다. 두려웠습니까? 대통령을 시해하고 권한대행이 되면, 자신의 죄가 덮어질 거라 생각했습니까?

박동호 (터질 것 같은 분노로 화면을 보고 있는)

정수진 (화면 속의) 이제는 대답해야 합니다. 왜, 장일준을 우리에게서 빼앗아 갔는지… (한 방울 떨어지는 눈물…)

박동호 (보고 있는)

정수진 (화면 속의. 눈물 흐르는 채로) 더 이상 청와대를 더럽히지 마세요. 더 이상 역사를 조롱하지 마십시오. 더 이상!!! 우리의 자랑스러운 대통령 장일준을 모욕하지 말아야 합니다.

눈물 그렁한 정수진을 극도의 분노로 바라보는 박동호의 모습에서…

씬 19 청와대 뒷산 언덕 위 ‥ 낮

저 아래. 청와대의 평화롭고 조용한 전경이 보인다.

중천에 떠오른 태양을 보며 서 있는 박동호. 그 옆에 선 이장석.

이장석 (자책하듯) 수십 번 생각했다. 왜 태블릿을 의심하지 않았을까? 한 번만 확인했어도… 왜 다이어리에 락이 걸렸을까 의심만 했어도…

박동호 (이장석을 따뜻한 눈으로 보며) 왜 부끄러움을 아는 자들은 힘이 없을까?

그 박동호의 모습 위로 선행되는.

장일준(소리) (장쾌한 톤으로) 아따, 대낮에 광화문 네거리에 퍼질러 앉아가 똥을 싸는 꿈을 꿨는 기라.

씬 20 청와대 뒷산 언덕 위 ·· 새벽

여명의 새벽. 언덕 위에 선 박동호, 정수진, 장일준. (취임식 당일 복장. 밤을 새고, 일출을 보러 온 것) 저만치 올라오는 일출을 보며 서 있다.

장일준 (일출을 보며) 사람이 수백 명 오가는 길에서 똥을 싸는데… 크크크… 그칸데 내가 고개를 빳빳이 들고 지나가는 놈들 빤히 보믄서 똥을 싸니까. 크크크… 그노마들이 내 눈을 피하는 기라. (태양을 보며) 아따. 저 해가 내 똥만 하네.

정수진 변을 보는 꿈은 길몽이에요.

장일준 (그런 말이 아니라는 듯, 손 가로젓고는) 동호야. 사람이 우째 좋은 냄새만 풍기고 살겠노? 니도 정치를 하다 보믄 똥을 푸지게 싸는 날이 있을 끼다.
그때는 말이다.

장일준을 바라보는 박동호의 모습 위로.

박동호(소리) 장일준이 그러더라.

씬 21 청와대 뒷산 언덕 위 ‥ 낮

박동호 (대사 이어지는) 고개 숙이지 말라고. 부끄러워하지도 말라고. 그리고 말하라고. 나는 변을 본 적이 없다고. 끝까지 우기면, 언젠가는 대로변에서 나를 본 사람도… (피식, 어이없는 옅은 실소 보이곤) 자신의 기억을 의심할 거라고.

이장석 (보며) 정수진이 장일준 묘소에 참배했어. 지지자 수천 명을 데리고. 방명록에 썼더라. 장일준의 결백을 밝히겠다고.

박동호 지지자들은 믿고 싶어 하니까. 장일준이 변을 본 적이 없다고.

이장석 (낮게, 한탄하듯) 세상이 어쩌다가 (하는데)

박동호 (OL) 상관없어. 세상이 어떻든.

이장석 (보는)

박동호 문제는 이런 세상을 내가 어떻게 살아가는가니까.

이장석, 박동호를 본다. 이미 오래전, 미증유의 결단을 내린 친구를.

이장석 그날 밤 장일준을 찾아간 거. 후회한 적은 없어?

박동호 (보며) 안 해. 정수진이 바라는 건 그 무엇도.

이장석 (그 결의를 보곤, 자신도 마음을 정비하듯, 심호흡하곤) 태블릿 포렌식 지시했다. 일주일, 늦어도 열흘 안에 조작 흔적이 드러날 거야.

박동호 (차분한 말투로, 이장석을 보며) 거짓을 이기는 건 진실이 아니야. 더 큰 거짓이지.

이장석 (보는)

박동호 (보며) 근데 한 번은 믿어 보고 싶다. 진실이 이길 거라고.

이장석, 차분하지만, 이것 말고는 기댈 곳이 없어진 친구를 본다. 보다가…

이장석 대통령 사퇴 여론이 80%야. 동호야, 너 힘들 거야.

박동호 버텨 볼게.

이장석 …

박동호 포렌식 서둘러 줘. 장석아. (하는데)

진동으로 울리는 박동호의 핸드폰. 받는다.

박동호 (통화 중인) 박동홉니다.

서정연(F) (다급한) 대통령님. 정수진 총리가 국회에 특검안을 제출했습니다.

그 말에 박동호, 얼굴이 찌푸려진다.

언덕 위. 통화 중인 박동호와 그 옆의 이장석의 모습을, 저 멀리의 누군가가 찍는다. 찰칵찰칵. 박동호와 이장석의 사진이 몇 장 찍히는 모습에서.

씬 22 청와대 복도 ·· 낮

박동호, 다급하게 걷고 있고, 그 옆을 서정연이 따르고 있다.

서정연 (옆을 따르며, 다급한) 행정부 입법으로, 법무부장관을 통해서 특검안을 제출했습니다. 특검안이 통과되고, 특별검사가 임명되면 (하는데)

박동호 (OL, 다급하게, 걸어가며) 장석이를 수사에서 밀어내려는 계획이야.

서정연 (심각하게 보며, 걷는)

박동호 (걸어가며) 포렌식이 진행 중이야. 진실이 드러날 때까지 장석이를 지켜야 돼.

박동호, 집무실의 문을 열고 들어가는 모습에서…

씬 23 청와대 대통령 집무실 ·· 낮

박동호와 서정연, 들어오면, 저만치 소파에 앉아 있던 박창식, 일어나지도 않은 채 편한 자세로 앉아 있다.

박동호 (소파로 가며) 아드님 해외로 보낼 거라는 말 들었습니다.

그런 일 겪었으니 국내에서 적응이 쉽지 않겠죠. (소파에 앉는) 잊지 않았을 겁니다. 정수진이 해외 도박장에 억류된 아드님께 무슨 짓을 했는지.

박창식 (머리 긁적이며) 나이가 드니까 영… 기억이… (말간 얼굴로 박동호를 보며) 자네가 기억나게 도와주겠나?

박동호 (의도를 파악하려는 듯, 보는)

박창식 곧 대선이 시작될 거야. 서울시장 오진철이. 사모펀드에 이름 올려 줘. 도지사 송민태도.

박동호 (의도를 알았다. 역겨움으로 보는)

박창식 대선 후보라고 고개 드는 놈들, 자네가 일으킨 해일에 다 쓸려 가고 나만 남는다면… (다리 꼬고 앉으며) 정수진이 내 아들한테 한 짓 기억이 날 것도 같은데…

능청스러운 얼굴로 보는 박창식을 역겨움을 견디며 보는 박동호의 모습에서…

씬 24 국회 복도 ·· 낮

박창식, 흥겨운 마음, 산뜻한 기분이다.
콧노래까지 흥얼거리며 걸어와 문을 열고 의원실로 들어가는 데서…

씬 25 국회 박창식 의원실 ·· 낮

박창식이 들어오다가 멈칫. 책장 앞. 뒤돌아선 누군가가 책을 뒤적이고 있다. 돌아보는 누군가, 미소를 띤 정수진이다.

씬 26 국회 기표소 · · 낮

칸막이가 쳐진 좁은 기표소 안. 박창식이 가부 칸이 나눠진 투표지를 앞에 대고 낮은 한숨을 내쉰다. 밖에서 들려오는 소리.
"투표를 마친 의원님들은 착석해 주십시오." 그리고 삼삼오오 웅성이는 의원들의 작은 소음들. 그 갈등하는 박창식의 얼굴 위로 인서트되는.

// 인서트. 국회 박창식 의원실. 11부 씬 25 연결

책상 위에 놓인 사진 몇 장.
박창식 아들이 도박하는 모습이 찍힌 CCTV 스틸 사진이다.

정수진 (따뜻하게) 걱정이 많으시겠어요. 아드님이 국내에 들어와서도 도박을 끊지 못하니. 집행 유예 기간일 텐데… 이번엔 실형을 받겠네. 판돈이 커서 3년, 어쩌면 5년.

박창식 (분노로 보는)

정수진 (따뜻하게) 해외로 보내신다구요? 어쩌죠? 그 전에 출국 금지가 될 수도 있는데.

박창식 …

정수진 (따뜻하게, 정말 걱정되는 듯이) 아드님을 지키세요. 사모님 또 쓰러지세요.

박창식, 후우… 긴 한숨 내쉬곤, '가'에 기표하는 모습에서…

씬 27 국회 전광판 ·· 낮

국회 전광판에 투표 결과가 보이는 위로.

국회의장(소리) 총 투표수 375, 가 188, 부 187로, 특검안이 통과되었음을 선포합니다.

탕탕탕 소리가 의사당에 울려 퍼지는 데서…

씬 28 국무총리 집무실 ·· 낮

이만길, 놀란 얼굴로 정수진을 바라본다.

이만길 특별검사 후보로 최진수 변호사를 추천했단 말입니까?

정수진 (소파에 앉은, 여유 있는) 공안검사 출신의 극우적 인물이지. 조상천의 오른팔이기도 했고, 대진그룹의 자금을 받은 혐의로 내사를 받은 적도 있는 사람이야.

이만길 … 절대 박동호가 받아들일 수 없는 인물입니다. 거부권을 행사할 겁니다.

정수진 그럴 거야. (가볍게 끄덕이곤) 그래야지.

뭔가 계획이 있는 듯한 정수진의 그 여유 있는 모습에서…

씬 29 청와대 춘추관 기자 회견장 ·· 낮

연단 위에 선 박동호, 수십 명의 기자들 앞에서 발표 중이다.

박동호 (단호한) 대통령에게 주어진 권한에 따라, 국회에서 통과된 특검 법안의 거부권을 행사합니다. 헌법재판관 매수와 한민호의 태블릿 진위에 관한 건은 이장석 서울지검장의 지휘 아래, 검찰이 계속 수사해 나갈 것입니다.

// 인서트. 국무총리 집무실

정수진 (소파에 앉은, 이만길을 보며, 여유 있게) 수사 중인 지검장이 청와대 경내에서 대통령과 단둘이 산에 올랐어.

둥!!!! 춘추관 기자 회견장 벽면의 티비에 보이는 박동호와 이장석의 사진.
11부 씬 21 후반부에 찍힌 청와대 뒷산에서의 모습이다.
박동호, 뜻밖의 상황에 자신도 모르게 침이 삼켜진다.

기자1 (일어나, 날 선, 공격적인 말투로) 이장석 검사장을 통해, 수사를 지휘하고 있다는 의혹이 있습니다. 대통령님! 이장석 검사장에게 무슨 지시를 내렸습니까?

박동호 …

기자1 (답변을 재촉하듯, 공격적인) 대통령님!!!!

박동호, 단상을 잡은 두 손에 힘이 들어간다.
마치 벼랑에서 간신히 버티는 듯한 기분으로…

씬 30 몽타주 ·· 낮

// 국무총리 집무실

정수진 검찰의 중립성은 무너졌어. 이제 청와대가 무너질 거야.
(자리에서 일어나며) 가자. 노총으로!

// 4부 씬 22 인서트 전대협 출범식의 밤. 컷 추가

수만 학생들의 함성과 노랫소리. 쇠파이프를 땅에 두드리며 박자를 맞추는
전투조의 비장한 모습들. 천지를 울릴 듯한 북소리.
연단 위. 진군가에 맞춰 문선대 동작을 해 나가는 어린 정수진.
그녀의 근처. 두루마기를 입은 청년 한민호와 그 옆에 선,
10여 명의 전대협 의장단들. 그중의 한 명에게 카메라 줌인 한다.
두루마기를 입고 비장하게 오른팔을 내젓고 있는 20대 간부1의
얼굴에서…

// 노총 위원장실

장년이 된 간부1의 얼굴로.

자막 : 노총 위원장실

간부1, 노동 해방 조끼를 입고 책상 앞 의자에 심각한 얼굴로 앉아 있다.

정수진 (그 앞에 선) 조합비 횡령한 거. 이해해요. 애를 두 명이나 유학을 보냈으니.

간부1 (답답한 듯 후우 한숨 쉬는)

정수진 그이가 남긴 상가 건물이 있어요,

간부1 (그 말에 눈이 빛나며 보는)

정수진 그 정도면 (간부1 재킷의 '노동 해방' 글자를 보며) 선배랑 아들 딸, 평생… 노동에서 해방될 거예요.

구미가 당기는 듯한 얼굴로 침을 삼키는 간부1의 얼굴에서…

// 어느 건물 복도

또각또각 걸어가는 정수진. 그 옆을 따르는 이만길.

정수진 (걸어가며) 박동호 퇴진 때까지 총파업을 약속했어. 가자. 변협으로.

결연한 얼굴로 거침없이 걸어가는 정수진의 모습에서…

// 4부 씬 22 인서트 전대협 출범식의 밤. 컷 추가

더욱 뜨거워진 출범식의 열기. 연단 위. 노래에 맞춰,
문선대 동작을 하는 어린 정수진. 근처 한민호의 주변에 선 전대협 의장단.
그중 한 명에게 카메라 줌인 한다.
20대 간부2, 두루마기를 입은 채 힘차게 오른팔을 내젓는 그 모습에서…

// 변호사협회장실

고급스러운 양복 차림, 장년이 된 간부2가 심각한 얼굴로 소파에 앉아 있다.

자막 : 변호사협회장실

정수진 (근처에 선, 설득하는) 모욕당할 거예요. 우리가 살아온 삶이. 손가락질당할 겁니다. 우리의 젊은 날 헌신이.

간부2 (복잡한 얼굴로 마른세수를 하는데)

정수진 역사는 승자가 기록하죠. (단호한) 선배! 우리의 역사는, 우리가 기록해야 됩니다.

어쩔 수 없다는 듯 고개를 끄덕이는 간부2의 모습에서…

씬 31 기자 회견장 · · 낮

자그마한 사이즈의 기자 회견장.

벽에 걸린 플래카드. '국민 불복종 전국 연대'.

그 앞. 단상에 앉은 간부1, 간부2, 그리고 몇몇 사람들…

간부1 (비장한) 민주주의가 무너지고 있습니다. 이 나라가 붕괴되고 있습니다.

독재에 맞서고, 군사 쿠데타에 저항했던 4.19의 아들이며, 6월 항쟁의 딸들인, 자랑스러운 우리 국민은,

지금 이 시간부터, 살인자의 지배를 거부할 것입니다.

씬 32 청와대 복도 ·· 낮

서류봉투를 든 채, 또각또각 긴 복도를 걸어가는 정수진의 모습 위로…

간부1(소리) (비장한) 대통령을 시해한 살인자가 정의를 참칭하고. 불의를 심판하겠다 나서는 상황을 용납할 수 없습니다. (외치듯) 국민 여러분. 심판받아야 할 자는 박동호입니다!!!!!

씬 33 청와대 대통령 집무실 ·· 낮

정수진이 들어온다. 소파 근처에 서 있는 박동호에게 다가가며.

정수진 내일부터 전국적인 총파업이 시작될 거예요. 생산, 운송, 항만, 물류, 모든 것이 마비될 겁니다.

박동호 (최연숙에게) 비상 국무회의 소집하세요. 불법 파업은 조기에 진압 (하는데)

정수진 (서류 하나 툭 소파 앞 탁자에 던지곤, OL) 법무부장관 사직서예요. 당신을 대통령으로 인정할 수 없다는데.

박동호 (서정연에게) 행안부장관 들어오라고 해. 경찰력 총동원해서 (하는데)

정수진 (서류 하나 더 툭 소파 앞 탁자에 던지곤, OL) 행안부장관 사직원입니다. 잊었나요? 장일준이 걸음마부터 가르친 사람인데.

박동호, 견디기 힘든 분노로 정수진을 본다.

밟아도 밀어도 쓰러지지 않는 정수진을…

정수진 (한 걸음 다가가며) 공무원 노조도 동참을 선언했어요.
전국의 행정 기관이 셧다운 될 겁니다.

박동호 (터지려는 분노를 견디며) 정수진…

정수진 (한걸음 더 다가가며) 애쓰지 말아요. 대통령의 어떤
지시도 실행되지 않을 거예요.

박동호 …

정수진 (한 걸음 더 다가가며) 사라지세요. 더 이상 버티면…

박동호 …

정수진 (박동호의 얼굴 바로 앞. 숨결이 느껴질 듯한 거리에서, 서늘한)
대한민국을 멈출 거예요.

서늘한 정수진과 분노의 박동호가 서로를 보는 모습에서.

씬 34 몽타주

// 파업 현장 (낮). 자료 화면

수천의 노동자들이 집회를 열고 있는 모습이 부감으로, 뉴스 화면으로 보인다. 경찰과 물리적 충돌을 벌이는 노동자들의 모습도 뉴스 화면으로 보인다.

뉴스 (긴박한) 국민 불복종 운동 3일째인 오늘, 전국 1400여 개 공장에서 총 100만 명 이상의 노동자가 파업에 참가했습니다. 화물 연대의 고속도로 점거로 경부고속도로가 어제부터 봉쇄되고 있습니다.

// 광화문 촛불 집회 현장 (밤). 자료 화면

부감으로 찍은, 수십만 촛불의 행렬. 그리고 거대한 함성이 들리는 위로.

뉴스 (긴박한) 어젯밤. 경찰 추산 50만 명 이상의 시민이 광화문에 집결, 박동호 대통령의 즉각 사퇴를 요구했습니다.

// 시내 곳곳 (낮)

버스에서 내리는 사람들. 거리를 걷는 사람들.
그들의 가슴에 검은색 리본이 달려 있다. '국민 불복종'이라고 적힌 리본…

뉴스 (긴박한) 국민 불복종 운동은 전국적으로 번져 나가고 있으며, 대통령은 즉각 사퇴하고 법의 심판을 받아야 한다는 여론이 90%를 넘어섰습니다.

씬 35 청와대 대통령 집무실 ·· 낮

뒷짐을 진 채 창밖을 바라보고 서 있는 박동호. 그 옆에 선 최연숙.

최연숙 조계종, 천주교 사제단, 한기총… 종교계에서도 즉각 사퇴를 요구하고 있어요. … 버틸 수 있을까요? 우리.

박동호 (창밖을 보는 채로) 나치 수용소의 유태인들이 죽음의 공포를 견딜 수 있었던 건, 희망이 있었기 때문입니다. 크리스마스 전에는 집에 갈 수 있을 거라는.

최연숙 (알고 있는) 크리스마스 다음 날, 가장 많은 유태인이 자연사했어요. 희망이 사라졌으니까.

박동호 (돌아보며) 실장님. 우리에게는 아직 크리스마스가 남아 있습니다.

최연숙 (보는)

박동호 장석이가 태블릿 포렌식 중입니다. 조작만 드러난다면 (하는데)

진동으로 울리는 박동호의 핸드폰. 발신자 '이장석'이다.

박동호, 기다리던 소식일까 하는 마음에 기대로 전화를 받는다.

박동호 (통화 중인) 장석아 (하는데)

부장검사들(F) (일제히) 물러나 주십시오!!!!!

그 말에 인상이 찌푸려지는 박동호의 모습에서…

씬 36 서울중앙지검장실 ·· 낮

책상 앞 의자에 앉은 이장석. 그 앞에 도열한 10여 명의 부장검사들.

부장검사1 (맨 앞에 선, 심각한) 검찰이 정치의 도구가 되어선 안 됩니다. 지검장님. 사퇴해 주십시오.

이장석, 의자를 돌려 앉는다. 낮은 한숨을 내쉬고는.

이장석 (통화 중인) 동호야… 포렌식… 중단됐다.

씬 37 청와대 대통령 집무실 ·· 낮

이장석(F) 지검 안에… 내가 통제할 수 있는 검사는… 이제… 없다. (끊는)

박동호, 천천히… 핸드폰을 내린다.

최연숙 (그 분위기를 느끼고는) … 크리스마스가 지났습니까?

박동호 (복잡한 얼굴로, 낮게 끄덕이는)

최연숙 (자신도 모르게 새어 나오는 절망의 한숨을 내쉬는데)

문이 열리고 서정연이 다급하게 들어온다. 박동호에게 다가가며…

서정연 (다급한) 오늘 광화문 집회를 마치고, 청와대 진격 투쟁을 시도한다고 합니다. 대통령님이 청와대를 나오지 않으면, 직접 끌어내겠다고…

박동호, 그 말에 잠시 눈을 감는다. 세상이 어두워진 기분이다.

서정연 (원망의) 국민을 위해 시작한 일입니다. 근데 국민들은 왜 그걸 몰라주고 (하는데)

박동호 (OL) 아니.

서정연 (그 말에 멈추고 보는)

박동호 (눈을 뜨고는) 나는 단 한 번도 국민을 위해서 정치를 한 적이 없다.

서정연 (의미를 알 수 없어 보는)

박동호 나를 위해서였지.

서정연 …

박동호 추악한 세상을 견딜 수 없는 나를 위해서.
불의한 자들의 지배를 받을 수 없는 나를 위해서…

서정연 …

박동호 나를 위해서 한 일이야. 그러니 정연아. 누구도 원망도 하지 마라.

박동호, 다시 창밖을 보며 선다. 깊은 생각에 잠긴 얼굴이다.

최연숙 안전을 확보해야 합니다. 거처를 옮기겠습니다. 인근 안가를 준비해 두겠습니다.

박동호 (창밖을 보는 채로) 이 나라에… 지금 나한테… 안전한 곳이 있습니까?

최연숙 …

박동호 (낮은, 차분한, 그러나 결의가 느껴지는) 싸워야죠. 저한테는 아직도 버릴 게 남아 있습니다.

거대한 결단을 내린 자.

이미 각오한 자의 차분함이 느껴지는 그 박동호의 모습에서…

씬 38 국무총리 집무실 · · 낮

정수진, 책상 앞 의자에 앉아 있고,

정복 차림의 경찰청장이 그 앞에 서 있다. 주변에 서 있는 이만길.

정수진 오늘 저녁 집회가 끝나면, 시위대 50만 명이 청와대 진격 투쟁을 시도할 거예요.

경찰청장 청와대로 가는 세 방향에 기동대 포함 경찰 1만 명을 배치(하는데)

정수진 (OL) 하지 마세요. (일어나며) 경찰기동대 철수시키세요.

경찰청장 청와대가 위험합니다.

정수진 (경찰청장의 어깨를 살포시 누르며) 청장님이 위험해져요. 청와대를 지키면.

의미를 아는 경찰청장, 고개 끄덕이곤 나간다.

정수진 (최후의 승리를 확신하는, 창가로 가며) 프랑스 대혁명 때 바스티유를 공격한 시민들은 베르사유 궁전을 장악했지. 오늘 분노한 시민들이 청와대를 장악할 거야.

그때 진동으로 울리는 이만길의 핸드폰. 보면 발신자 '서정연'이다.

정수진 (창밖을 보며) 최고 권력자가 청와대에서 끌려나오겠지. 4.19 의거, 6월 항쟁. 그리고… 역사는 뭐라고 부를까? 오늘을.

창밖을 보고 선 정수진의 뒷모습. 이만길, 진동으로 계속 울리는 핸드폰이 신경 쓰여 발신자 그 이름 '서정연'을 다시 한 번 보는 데서…

씬 39 한적한 부둣가 외곽 ·· 낮

배도, 사람도, 보이지 않는 한적한 부둣가 외곽.
바닷가 인근에 폐창고가 보인다.

씬 40 폐창고 안 ·· 낮

오래도록 사용하지 않은 듯한 폐창고. 낡은 드럼통을 사이에 두고, 서정연과 이만길이 마주 서 있다. 이만길이 본다. 아래로 내린 손. 손톱을 긁으며 초조함을 감추지 못하고 있는 옛 연인의 모습을…

서정연 …공항에 갔었어. 근데 출국 금지래. 나… 해외로 나갈 방법 알아봐 줘.

이만길 (착잡하고 복잡한 마음으로 보는데)

서정연 … 당신한테도… 이 나라에도… 없었던 사람인 것처럼… 그렇게 살게.

서정연, 들고 있던 007 가방을 드럼통 위에 올린다.

서정연 … 서울시장 오진철, 도지사 송민태. 정치 자금 내역이야. 두 사람 이걸로 주저앉히면, 정수진 총리. 이번 대선에 장애물은 없을 거야.

이만길 (거래까지 제안하는 옛 연인의 다급함에, 후우 한숨 내쉬곤) 배를 알아볼게. 오늘 밤에 떠날 수 있도록.

서정연 (고맙다는 듯 고개 주억거리곤, 주머니에서 핸드폰 꺼내며) 엄마한텐 뭐라고 하지? 아주 오랫동안 못 볼 거라고. 어쩌면 영원히… (하는데, 핸드폰 배터리가 나가는 신호음이 들린다. 블랙화면이 되어 버린 핸드폰. 참았던 설움이 터지듯 눈물이 그렁해지며, 목소리가 떨려 오며) 남은 게 없다. 나한텐… 정말…

이만길 (안쓰럽게 보며, 자신의 핸드폰을 건네는. 그걸로 전화하라는)

서정연 (그 핸드폰을 받는)

이만길, 고개 숙여 007 가방을 본다.

서정연(소리) 비밀번호는 (하는데)

이만길 (007 가방을 보는 채) 알아. 너하고 나. 통장, 핸드폰, 모든 비번을 공유했지. 1207. (007 가방 다이얼을 맞추며) 그 일이 아니었다면… 우리 결혼식이 열렸을 그날. (하는데, 가방이 열리는)

이만길의 마음이 젖어 든다. 아직도… 그 번호를 쓰고 있구나.
이만길, 가방 안에 놓인 서류통투를 집어 든다.

이만길 (서류봉투를 보는 채) 범죄인 인도협정 안 돼 있는 나라로 보내 줄게. (진심의) 정연아. 잡히지 마라. 잘 살아라. 정연아 (하고는)

이만길, 서류봉투 속의 종이를 꺼내는데… 둥!!!! 아무것도 없는 백지다!!!
놀란 이만길, 고개를 들어서 본다.
저만치 문 밖에 선 채 바라보고 서 있는 서정연.

이만길 (믿을 수 없는) … 정연아…

옆으로 사라지는 서정연… 문이 닫히고 있다. 서정연이 닫고 있는 것이리라.

이만길 (다급하게 달려가며) 서정연… 정연아…

이만길이 그 앞에 도착하기 직전, 완전히 닫히는 문.
철컥 채워지는 자물쇠 소리…

이만길 (철문을 두드리며) 문 열어. 서정연. 문 열어!!!!!!

씬 41 노총 위원장실 · · 낮

간부1, 통화 중이다. 그 주변. 대여섯 명의 '노동 해방' 재킷의 사내들, 선 채로 뭔가를 의논하기도 하고, 자료를 출력하기도 하는 분주한 분위기.

간부1 (통화 중인) 6시 집회 시작이다. 문화제 한 시간. 결의대회 한 시간. (마음이 내키지 않는 듯, 고개 갸웃하며) 8시쯤에 청와대로 진격할 건데…

씬 42 국무총리실 복도 ·· 낮

걸어가며 핸드폰 통화 중인 정수진.

정수진 (통화 중인) 경찰기동대 철수했어요. 청와대로 가는 길, 막을 사람은 없을 겁니다.

간부1(F) …수진아. 근데… 청와대까지 가는 건…

정수진 (통화 중인, 허세를 북돋워 주는) 오늘 밤 선배가 레닌이에요. 역사는 기록할 겁니다. 선배를 한국의 카스트로라고.

씬 43 국무총리 집무실 ·· 낮

들어오는 정수진.

정수진 (들어서며) 비상 국무회의 소집해. (하다가)

주변을 보면, 이만길이 보이지 않는다. 정수진, 살짝 찌푸리며 핸드폰을 건다. 수신자 '이만길'이다. 몇 번 울리다가 상대가 받는다.

정수진 (통화 중인) 오늘 밤 8시 청와대가 무너질 거야. 9시에 비상 국무회의 소집해. (하는데)

박동호(F) 국무총리실이 먼저 무너질 거 같은데.

정수진 (그 말에 책상 쪽으로 걷던 발걸음이 멈춰진다.)

박동호(F) 박동홉니다.

정수진, 둥!!! 놀라는 그 모습에서…

씬 44 청와대 대통령 집무실 + 국무총리 집무실 ·· 낮

창밖을 바라보며 선 채 핸드폰 통화 중인 박동호.

박동호 (통화 중인) 수행비서 이만길의 핸드폰! 당신과 함께하면서 보았던 많은 것들이 담겨 있어. (조여 가는 듯, 빠른 말투로) 왜 장일준을 죽였는지.

그 위로 플래시되는.

// 플래시. 국군수도병원 VIP 병실. 3부 씬 28

이만길 (절망의) 이제 대통령이 깨어나도… 우리를 구할 수 없습니다.

정수진 (혼잣말처럼, 낮게) 깨어나서 구할 수 없다면… (고개 들어 이만길을 보며) 깨어나지 않는다면.

정수진, 비틀거리는 몸을 지탱하듯 책상 모서리를 잡고 버틴다.

박동호(F) (조여 가듯, 빠른 말투로) 장일준이 어떻게 죽어 갔는지…

그 말에 눈가가 떨려 오는 정수진의 얼굴 위로 짧게 플래시되는.

// 플래시. 국군수도병원 VIP 병실. 3부 씬 30

물에 적신 거즈, 붉은 손수건으로 덮인 장일준. 그 거칠어져 가는 호흡.
그 옆에서 그렁한 눈으로 보며 서 있는 정수진의 모습 짧게.

박동호(F) 시위대가 한 걸음이라도 청와대에 발을 들이면,
온 세상이 보게 될 거야.
당신이 한 일.

숨이 막히는 듯한, 그 정수진의 공포에서…

씬 45 폐창고 안 ‥ 낮

이만길, 철문을 두드리던 손이 느려진다. 그 손, 멍이 들어 있고,
어딘가 긁힌 듯 피가 스며 나오고 있다. 이만길, 뭔가 생각이 난 듯
주머니에서 자동차 리모컨키를 꺼낸다. '열림, 닫힘, 경적' 표시가 있는
리모컨키. 이만길, 경적 버튼을 연이어 누른다.
발악하듯… 절규하듯… 연이어 누르고 있다.

씬 46 한적한 부둣가 ‥ 낮

폐창고 인근. 저만치 주차된 차량. 경적음이 요란하게 울리고 있다. 듣는 이 없는 공간에 날카롭게 울려 퍼지는 경적음에서…

씬 47 달리는 차 안 ·· 낮

달리는 차 안. 뒷좌석에 앉은 정수진. 핸드폰 통화 중이다.

정수진 (통화 중인) 선배. 청와대 진격, 별도 지시 있을 때까지 보류하세요. (끊는)

정수진, 한숨을 내쉬곤, 입술을 깨문다. 승리 직전에 또다시 발목이 잡힌 분노와 초조함이 여실히 보이는 모습에서…

씬 48 청와대 주차장 + 청와대 뒷산 언덕 위 ·· 낮

도착하는 차. 다급하게 내리는 정수진. 그때 울리는 정수진의 핸드폰. 받는다.

박동호(F) 힐이 높은 구두에 정장. 산에 오르기에 불편한 복장이군.

정수진, 주변을 둘러본다. 어디선가 보고 있으리라. 멈추는 정수진의 눈. 저만치 뒷산. 박동호로 보이는 사내가 언덕 위에 서서 내려다보고 있다.

박동호 (언덕 위에서 내려다보며, 통화 중인) 올라와. 힐을 신고 산에 오르는 거. 처음은 아니잖아.

박동호, 저 아래 청와대의 전경과 주차장의 정수진을 내려다보며 서 있는 그 모습에서…

씬 49 청와대 뒷산 산길 초입 ·· 낮

높은 힐의 구두로 산길을 오르는 정수진. 어느 계단 즈음에서 멈춘다. 익숙한 길이다. 그 정수진의 얼굴 위로 인서트되는.

// 인서트. 청와대 뒷산 산길 초입 (새벽)

어슴푸레한 여명이 밝아 오는 산길. 비틀거리는 장일준이 앞장서 걷고, 그 뒤를 박동호와 정수진이 따르고 있다.

박동호 (약간 취한, 걸으며) 취임식 마치고 소주 여섯 병에. 위스키 두 병. 우리 셋이 밤새 마신 술만 (하는데)

장일준 (OL, 약간 취한, 걸으며) 희한하제. 동호 니하고 마시는 술은 안 취한데이. (하다가 비틀거리자)

근처를 따르던 경호원이 다급하게 다가온다.
장일준, 손을 저어 괜찮다는 뜻을 표하자, 경호원은 뒤로 물러난다.
장일준, 박동호와 정수진의 어깨에 팔을 하나씩 올리며 걷는 모습에서…

정수진, 홀로 산길을 오르고 있다.

땀이 나는 듯, 붉은 손수건을 꺼내 땀을 닦고는 어느 벤치 옆을 오르는데…

// 인서트. 청와대 뒷산 산길 (새벽)

그 벤치 근처를 오르는 세 사람.

장일준 (박동호와 정수진을 양쪽에 어깨동무하고는, 약간의 취기로) 임기 5년 동안, 내 부축해 줄 놈은 너거 둘뿐이다. 단디 잡고 가래이. 딴 길로 안 새고로.

박동호 (의미를 아는) 네.

장일준 (양쪽을 어깨동무한 채 오르며) 단디 챙기라. 내 안 넘어지고로.

정수진 (의미를 아는, 함께 오르며) 네!!!

정수진, 홀로 산길을 오르고 있다. 복잡한 얼굴로.
어느 인상적인 나무나 바위 옆을 지나는 모습에서 인서트되는.

// 인서트. 청와대 뒷산 산길 (새벽)

취기의 장일준, 어깨동무한 채 산을 오르며, 노래를 선창한다.

장일준 사람들은 날더러 신세 조졌다 한다.

박동호·정수진 (산길을 오르며, 따라 부르는) 동료들은 날 보고, 걱정된다고 한다. 사람들아 사람들아 나는 신세 조진 것 없네.

함께 산을 오르는 과거의 세 사람의 모습과
붉은 손수건으로 땀을 닦으며 홀로 산을 오르는 정수진의 모습이
교차로 보여지며, 장일준 등이 부르는 노랫소리가 배경으로 들려온다.

세 사람(노랫소리) 노동자가 언제는 별 볼 일 있었나. 찍혀 봤자 별 볼 일 없네. 친구들아 너무 걱정 말라. 이렇게 열심히 살아가지 않는가. 노동 운동하고 나서부터 참 삶이 무엇인지 알았네.

산길을 오르는 정수진의 뒷모습에서…

씬 50 청와대 뒷산 언덕 위 ·· 낮

정수진, 올라와 보면, 박동호, 벼랑 끝에 서서 청와대를 내려다보고 있다.

정수진 (근처의 경호원에게) 대통령님과 나눌 얘기가 있어요.
박동호 (뒤돌아선 채로, 그렇게 하라는 듯 끄덕이자)

경호원 두 명, 고개 숙여 예를 표하곤 내려간다.
정수진, 박동호에게 다가간다.

박동호 (뒤돌아선 채로) 문제는 바뀌지 않았어. 정수진! 혼자 침몰하든지, 아니면 이 세상의 오물과 함께 몰락하든지. (고개 돌려 옆에 선 정수진을 보며) 어쩌지? 당신한테도 문제를 바꿀 시간은 없는데…

차분하게, 그러나 깊게, 바라보는 박동호의 모습에서…

씬 51 한적한 부둣가 인근 ·· 낮

인근 도로를 달리던 경찰 순찰차. 날카롭게 들리는 자동차 경적음에 멈춘다. 경찰 두 명이 내린다. 갸웃하며 저만치 주차된, 경적음이 끊이지 않는 차량을 쳐다보는 경찰의 모습에서…

씬 52 폐창고 안 + 밖 ·· 낮

끼이익… 열리는 창고 문. 이만길, 다급하게 자신도 안쪽에서 열며 힘을 보탠다. 다급하게 폐창고 밖으로 나온 이만길. 두 명의 경찰을 본다.

이만길 (경찰에게, 다급한) 통화를 해야 됩니다 핸드폰. 어서요.

씬 53 청와대 뒷산 언덕 위 ·· 낮

박동호 (정수진을 보며) 광화문에 50만의 시위대가 있어. 그들이 장일준의 마지막을 알게 된다면… 분노한 시민들은 어디로 진격할까? 청와대? 국무총리실?

정수진, 이럴 수도 저럴 수도 없는 상황에 눈을 질끈 감는데, 그때 진동으로 울리는 핸드폰. 받는다.

정수진 (통화 중인) 정수진입니다.

이만길(F) (다급한) 총리님. 제 핸드폰 일주일 전에 교체했습니다. 안에 아무 내용도, 자료도 없습니다. 총리님. 헉헉…

정수진, 핸드폰을 끊는다. 똑바로 본다. 박동호를.

박동호 연락해. 분노한 시위대를 이끌고 헌법재판소로 가라고. 국회로 진격하라고.

정수진 (보는)

박동호 말했는데. 세상의 오물과 함께 몰락한다면, 당신의 침몰. 조금은 가치 있을 거라고.

정수진, 어쩔 수 없다는 듯 핸드폰 버튼을 누른다. 상대가 받았다.

정수진 (통화 중인) 선배. 집회 중단하고. (잠시 말을 멈추고, 박동호를 본다. 보다가, 단호한) 청와대로 진격하세요.

박동호 (그 말에 미간이 찌푸려지는)

정수진 (통화 중인) 경찰은 해산했어요. 경호팀도 철수할 거예요. (박동호를 보며) 이 나라에 박동호를 지키는 이는 아무도 없을 겁니다. (끊는)

박동호, 상황을 알겠다.

이미 예상했던, 그리고 결국엔 피할 수 없는 상황이었다.

정수진 안심이에요. 빈 핸드폰에 승부를 걸 만큼, 당신이 가진 게 없다는 걸 알았으니.

박동호 (분노로 보는)

정수진 (여유로 보는)

박동호 (한 음절, 한 음절, 씹듯이) 대통령 시해범 정수진!

정수진 (가벼운 미소 보이곤) 아쉽겠네요. 증거가 없으니.
장일준이 못다 한 꿈. 내가 현실로 만들 거예요.

박동호 (분노로 보는)

정수진 역사는 기록하겠죠. 장일준의 후계자는 정수진이었다고.

박동호 (분노로 보는)

정수진 세상 누구도 의심하지 않을 거예요. 나는 대통령을
죽이지 않았어요

박동호 (OL) 아니. 넌 대통령을 죽였어.

정수진, 그 말에 찌푸려지며 보는데…

박동호 (정수진에게 한 걸음 다가가며) 경호원을 물린 것으로
의도성은 입증될 거야.

정수진 (의미를 알 수 없어 보는)

박동호 (바로 앞에 선 정수진. 양손으로 정수진의 상의 양쪽을 잡아
뜯듯이 펼쳐 버린다. 사방에 떨어지는 옷의 단추. 헝클어진
정수진의 옷) 지울 수 없는 이 흔적은 정황 증거가 될 거고.

정수진 (뜻밖의 상황을 이해할 수 없어, 어떻게 대처해야 할지
모르겠는)

박동호 (정수진의 손에 쥔 붉은 손수건을 잡아채 굳게 움켜쥐곤) 이건
결정적 증거.

정수진 …

박동호 정수진! 네가 죽인 대통령은…

정수진 …

박동호 박동호다!!!

둥!! 놀라는 정수진.

박동호, 뒤로 쓰러지듯 몸을 누인다. 숨이 막히는 듯한 정수진의 얼굴.

박동호, 벼랑 아래로 떨어진다. 추락하는 순간에도 박동호의 시선은 정수진을 향해 있다. 정수진, 경악으로 본다.

박동호가 마지막 남은 자신을 던지는 순간이다.

박동호, 눈 한 번 깜빡이지 않고 최후의 순간까지 정수진을 놓치지 않겠다는 듯한 눈빛으로 바라보며, 땅으로 땅으로 추락하는 그 모습에서…

끝.

12부

씬 1 청와대 비서실장실 ·· 낮

일각에 켜진 티비에서 뉴스가 흘러나오고 있다.

집회의 자료 화면이 보이는 위로 깔리는 앵커의 소리.

앵커 (긴박하게) 국민 불복종 전국 연대가 주최하는 시위가 진행되는 광화문 광장에는, 평일인데도 불구, 수십만의 인파가 운집, 박동호 대통령의 즉각 퇴진을 요구하고 있습니다.

최연숙 앞에 절도 있게 서 있는 대여섯 명의 경호원들.

최연숙 대통령 가족부터 먼저 모시세요. 인근 보안 검색 강화하고, 경호팀 충원하세요. 오늘부터 대통령님은 삼청동에 머무실 겁니다.

최연숙, 심각한 얼굴로 티비를 본다.

앵커 (긴박하게) 잠시 후 집회가 끝나는 대로 수십만의 시민들은 청와대를 향한 진격을 시작할 예정입니다.

씬 2 청와대 계단 ·· 낮

계단을 오르는 최연숙, 핸드폰 통화 중이다. 그 핸드폰에서 들려오는.

안내음 지금은 전화를 받을 수 없으니, 삐 소리가 나면 메시지를 남겨 주세요.

최연숙 (통화 중인, 메시지 남기는) 대통령님. 가족분들 안가로 모셨습니다. 청와대는 더 이상 안전하지 않습니다. 몸을 피해야 합니다. (끊는)

최연숙, 집무실로 들어가는 데서…

씬 3 청와대 대통령 집무실 ·· 낮

최연숙, 들어와 보면, 박동호는 없다. 둘러본다. 박동호를 찾으려는 듯.
최연숙, 돌아서 나가려다가 멈칫. 본다. 소파의 탁자 위에 놓인 흰 편지봉투.
최연숙, 불길함에 다가가 편지봉투를 집어 든다. 그 안을 열어 본다.
접혀진 A4지 한 장을 꺼내 펼쳐 보는 순간!! 최연숙, 자신도 모르게 악!!
하고 새어 나오는 낮은 비명!!! 박동호의 유서다!!!
충격에 빠진 최연숙의 그 얼굴 위로 짧게 플래시되는.

// 플래시. 청와대 대통령 집무실. 11부 씬 37

박동호 (결의가 느껴지는) 저한테는 아직도 버릴 게 남아 있습니다.

최연숙, 떨려 오는 손, 떨리는 그 눈동자에서…

씬 4 청와대 복도 ·· 낮

다급하게 달려가는 최연숙. 맞은편에서 처연하게 걸어오는 서정연을 본다.

최연숙 (달려가며) 대통령님이… 대통령님이… 최후를 결심했어요. 어서 찾아야… (하며 스쳐 지나가다가)

최연숙, 뭔가에 걸린 듯 덜컥 멈춘다. 본다.

서정연이 최연숙의 팔을 붙든 것.

최연숙이 본다. 눈가가 그렁해져 있는 서정연을…

서정연 … 배웅하지 말라고 하셨습니다.

최연숙 (본다. 서정연은 박동호의 결단을 이미 알고 있었다. 믿을 수 없는 눈으로 보는데)

서정연 … 실장님과 저. 두 사람은 새로운 시대를 마중하라고…

최연숙 …

서정연 (울컥하며) 대통령님의 마지막 명령입니다.

최연숙, 고개를 가로젓는다. 받아들일 수 없다는 듯.

최연숙, 서정연이 붙들고 있던 팔을 뿌리치고 달려가는 데서…

씬 5 청와대 주차장 인근 + 청와대 뒷산 언덕 위 ·· 낮

다급하게 건물 밖으로 나온 최연숙,

불판 위에 올라가 있는 마음으로 주변을 둘러본다.

// 언덕 위. 11부 씬 53

정수진 나는 대통령을 죽이지 않았어요.

박동호 (OL) 아니, 넌 대통령을 죽였어.

최연숙이 보았다. 저만치 언덕 위의 박동호, 정수진 두 사람을.

다급하게 등산로의 들머리를 향해 달려가는 최연숙…

달려가며 헉헉 목 끝까지 차오르는 호흡으로 낮게… 말한다. "안 돼. 안 돼."

// 언덕 위. 11부 씬 53

박동호 정수진! 네가 죽인 대통령은…

정수진 …

박동호 박동호다!!!

둥!!! 놀라는 정수진.

박동호, 뒤로 쓰러지듯 몸을 누인다. 박동호, 벼랑 아래로 떨어진다.

달려오던 최연숙, 멈춘다. 본다. 추락하는 박동호를…

쿵!!!! 저 멀리 바닥에 박동호가 충돌하며 내는 소리가

과장되게 화면을 울리며 들린다. 그 소리에, 그 광경에,

털썩 무릎이 꺾이는 최연숙, 근처의 뭔가를 잡고 간신히 지탱한다.

최연숙이 본다. 증오와 분노로. 언덕 위. 경악하고 있는 정수진을 본다.

분노의 최연숙이 정수진을 올려다본다.

경악의 정수진이 넋을 잃은 듯한 얼굴로 최연숙을 내려다보는 모습에서.

스틸. 타이틀 오른다. 돌풍 제12화.

씬 6 몽타주 ·· 낮

// 청와대 헬기 이륙장

프로펠러가 돌아가며 이륙 준비 중인 헬기.

축 늘어진 채, 경호원들에 의해 헬기에 실리는 박동호.

뒤따라 헬기에 오르는 최연숙과 서정연. 헬기가 이륙한다.

그 헬기의 시점에서 보이는 청와대의 모습에서…

// 청와대 상춘재

졸졸졸… 잔에 따라지고 있는 와인. 장일준이 자신의 잔에 와인을 따르고 있다. 맞은편. 박동호의 앞에는 이미 장일준이 따라준 와인 잔이 놓여 있다.

장일준 이기 썩은 포도로 맨든 귀부와인이라 카는 기다. (잔을 살짝 흔들어 주며) 포도가 썩으믄 수분이 빠지고 당도가 올라가가 (향을 음미하곤) 아따. 향이 직이네.

박동호 (굳은 얼굴로 보고 있는)

장일준 동호야. 사람이 우째 깨끗한 물만 묵고 살겠노?

회유하듯, 설득하듯 바라보는 장일준.

그때 진동으로 울리는 박동호의 핸드폰. 박동호, 받는다.

서기태(F) 동호야.

서기태 (어느 곳. 배경 보일 필요 없음. 침통한, 통화 중인) 강상운이 어제 장일준 대통령을 만났다.

박동호, 자신이 설득할, 만류할, 단계를 넘어선 듯하다.
낮은 한숨이 새어 나온다.

서기태(F) 대진그룹 강 회장 사면 문제를 청탁한 거 같아.

박동호, 핸드폰을 끊는다. 앞을 본다.

장일준 (잔을 들고) 동호야… 썩은 와인. 한 잔만 마시자. 딱 한 잔만.

// 서울의 상공

서울의 상공을 날아가고 있는 헬기의 모습이 보이다가
그 안. 의무장교의 응급조치를 받고 있는 혼수상태의 박동호의 모습에서…

// 청와대 상춘재

건배를 권하듯 와인 잔을 드는 장일준. 박동호, 자신의 앞에 놓인 와인 잔을 집으려는 듯 손이 가다가, 멈춘다. 그리고 그 옆의 투명한 물잔을 든다.
찌푸려지는 장일준의 얼굴. 귀부와인 잔을 든 장일준.
투명한 물잔을 든 박동호가 서로를 보는 잠시.

박동호 마시죠. 각자의 잔을.

박동호, 물잔을 들이켠다. 벌컥벌컥. 시선은 장일준을 바라보는 채로…
물잔이 다 빌 때까지 장일준을 응시하는 채로 물을 들이켜는
박동호의 모습에서…

// 국군수도병원 헬기 착륙장

헬기가 착륙하고 있다, 대기 중인 의료진이 의료 병상에 옮겨진 박동호를
이송한다. 그 뒤를 따르는 최연숙과 서정연…
산소마스크를 쓴 채 옮겨지고 있는 박동호의 그 얼굴에서…

// 작은 선술집. 4부 씬 38과 동일 장소

난로 위에 올려진 주전자에서 김이 새어 나오는 따뜻하고 정겨운 풍경의
선술집. 박동호, 이장석, 서기태가 작은 테이블에 마주 앉아
막걸리를 마시고 있다. 흥겨운 이야기 중이었던 듯 정겹게 키득이는 동안,
저만치 티비에서 나오고 있는 뉴스.

뉴스 오늘 오전 박동호 국무총리는 비상 국무회의를
소집했습니다. 총리실이 독단적으로 소집한 비상
국무회의에 장일준 대통령은 격노한 것으로
알려졌습니다. 청와대와 총리실의 갈등은 일촉즉발의
상황으로 치닫고 있습니다.

박동호, 갑자기 쉿! 하곤 손을 뻗어 티비를 우아한 동작으로 가리킨다.
이장석과 서기태, 티비를 본다. 박동호의 인터뷰가 나오기 직전이다.

박동호, 친구들 앞이라 장난스레 거들먹거리듯 몸을 뒤로 젖혀 앉는다.

박동호 (티비 화면 속의, 결연한) 대진그룹과 연관된 사모펀드의 진실을 밝히는 데 행정부의 모든 역량을 집중하겠습니다.

기자1 (티비 화면 속의) 청와대가 연루되어 있다는 루머가 있습니다. 청와대도 조사할 생각입니까?

박동호 (티비 화면 속의, 단호한) 진실 앞에 성역은 없습니다.

박동호, 장난스레 엄지를 척! 치켜들어 보인다.

나 이런 사람이야…라는 듯 장난스레 으스대며 시계를 힐긋 보고는.

박동호 막걸리 일 병만 더 하고 가자. 인터뷰가 또 있네. (장난스레 거들먹거리듯) 요샌 나 없으면 뉴스를 못 만들어요. 쯧쯧, (하는데)

뉴스 한편 수사를 진행하는 이장석 검사와 사모펀드 문제를 제기한 서기태 의원은

박동호 (친구들의 이름이 나오자 티비를 보는)

뉴스 (이어지는) 공직자로서 해야 할 일을 할 뿐이라며 인터뷰를 거절했습니다.

이장석과 서기태, 말간 얼굴로 박동호를 빤히 본다.

박동호, 방금 전의 거들먹거림이 무안한 듯, 시선을 피하고,

젓가락으로 파전을 집다가 친구들의 시선을 신경 쓰다가

젓가락을 떨어뜨린다.

이장석 (한심하게 보며) 기태야. 겸손은 니가 가르쳐라.
서기태 (미소로 보며) 장석아, 젓가락질은 니가 가르쳐.

바닥에 떨어진 젓가락을 주워 옷에 슥슥 닦아 테이블에 올리며 박동호, 크크크 새어 나오는 웃음을 참지 못한다. 서로가 서로를 보고 웃는 정겨운 세 친구의 모습이 잠시 보이다가, 세 친구, 막걸리 잔을 든다.

박동호 (권주가를 선창하는) 막걸리에 깡소주
세 친구 (잔을 든 채, 흥겹게 부르는) 가진 것은 없어도 당당하게 뜨겁게 취하자!!!

서로를 정겨운 눈으로 보며, 막걸리를 들이켜는 세 친구의 모습에서…

// 국군수도병원 복도

달려가는 의료 병상. 그 옆을 따르는 주변의 의료진들.
그렁한 눈으로 따르는 최연숙. 복잡한 얼굴로 뒤따르는 서정연.
주변의 헌병들이 통행을 통제하고, 의료 병상의 길을 터 주고 있다.
산소마스크의 박동호, 의식은 없다. 미약한 호흡에서 새어 나오는 증기가 산소마스크를 뿌옇게 만들어 가고 있는 데서…

// 플래시. 4부 씬 38 작은 선술집. 후반부 동일

세 친구가 있던 그 자리에 박동호와 이장석 둘만 앉아 있다.

박동호 (미소로) 말했잖아. 기태가 보고 싶었던 세상. 내가 만들 거라고.

이장석 …동호야…

박동호 내가 무너지고… 언젠가 이 자리에 너 혼자 남게 되면…

박동호, 막걸리 잔을 들어 한 잔을 깨끗하게 비운다.

박동호 (미소로) 장석아. 내가 보고 싶었던 세상은… 니가 만들어 주라.

이장석이 본다. 미소 짓고 있지만 비장함이 묻어나는 박동호의 얼굴을.

// 국군수도병원 복도

다급하게 달려가는 의료 병상.
그 주변의 다급함과 병상 위의 박동호의 모습이 잠시 보이다가…

// 인서트. 작은 선술집. 박동호의 상상

세 친구가 앉았던 그 자리에, 이제는 이장석 홀로 앉아 있다.
이장석, 쓸쓸한 얼굴로 막걸리 잔을 든다. 빈자리들을 본다.
그 위로 들려오는… 세 친구가 힘차고 정겹게 불렀던 권주가.

세 친구(소리) 막걸리에 깡소주, 가진 것은 없어도

// 국군수도병원 수술실 앞

병상에 실려 다급하게 옮겨지는 박동호의 얼굴 위로 들려오는

세 친구(소리) (음도 박자도 맞지 않지만 흥겨운) 당당하게 뜨겁게
취하자!!!

병상 위, 박동호의 눈가에 눈물 한 방울이 맺혀 흘러내린다.
다시는 오지 못할 그 시절을 떠올리는 듯…
수술실로 들어가는 의료 병상. 의료진이 들어가 문을 닫는다.
헉헉… 최연숙, 거친 호흡으로 벽을 짚고 선다.
'수술 중'. 불이 켜지는 시그널 등.
최연숙이 본다. 돌아서서 저만치 걸어가는 서정연의 뒷모습을…

씬 7 서울의 도로 + 차 안 ·· 낮

도로를 달리는 차. 그 안. 뒷좌석. 양옆의 경호원들이
가운데 앉은 정수진의 팔짱을 낀 채 앉아 있다. 정수진이 바라보는 차창 밖.
저만치 서울지검이 보인다. 정수진, 세상이 암전된 기분이다.
입술을 깨무는 정수진의 그 모습에서…

씬 8 국군수도병원 복도 ·· 낮

걸어가던 최연숙이 본다. 저만치 기도실 현판을…

씬 9 국군수도병원 기도실 ·· 낮

서정연, 앞자리에 앉아 두 손 모으고 낮게 소리 내어 기도하고 있다.

서정연 (기도하는) 우리가 우리에게 죄 지은 자를 사하여 준 것과 같이 우리 죄를 사하여 주옵시고, 우리를 시험에 들지 않게 하옵시고

최연숙 (OL) 다만 악에서 구하옵소서.

그 소리에 서정연 돌아보면, 최연숙이 다가오고 있다.

최연숙 (다가가며, 질책은 아닌, 답답함과 황망함으로, 알고 싶은) 보고만 있었나요. 대통령님 혼자… 언덕을 오르는 모습을…

서정연, 그렁한 눈으로, 고개 가로젓는 모습에서…

씬 10 청와대 대통령 집무실 ·· 낮 - 11부 씬 44 연결

창밖을 바라보며 선·채 핸드폰 통화 중인 박동호.

박동호 (통화 중인) 수행비서 이만길의 핸드폰! 당신과 함께하면서 보았던 많은 것들이 담겨 있어. (조여 가는 듯, 빠른 말투로) 왜 장일준을 죽였는지. 장일준이 어떻게 죽어 갔는지.

근처의 서정연, 물잔에 물을 따르며 듣고 있다. 걱정되는 얼굴로…

박동호 시위대가 한 걸음이라도 청와대에 발을 들이면, 온 세상이 보게 될 거야. 당신이 한 일!

박동호, 핸드폰을 끊는다. 다가온 서정연, 물잔을 건넨다.

서정연 (걱정스러운) 핸드폰에는 영상, 사진, 저장된 것이 없습니다. 정수진이 알게 되면 (하는데)

박동호 (OL) 정수진이 알 수 있을까? 내가 뭘 버리려는지.

서정연 (의미를 알 수 없어 보는)

박동호 (서정연을 보며) 최연숙 실장한테 전해 줘. 세상을 뒤엎을 시간 주신 거. 고마웠다고.

서정연 … (의미를 알 수 없어 보는)

박동호 (서정연을 보며) 이장석한테 연락해. 정수진, 곧 체포될 거라고. 취조할 준비하라고.

서정연 (의미를 알 수 없는, 보는데)

박동호 (몸을 돌려, 창밖을 보며, 물을 한 모금 마시곤) 나는 떠난다. 남겨질 것들을 위해서.

그 결단의 박동호의 모습을 뒤늦게 깨달은,
충격으로 바라보는 서정연의 모습에서…

씬 11 국군수도병원 기도실 ‥ 낮

서정연 (그렁한 눈으로, 박동호의 말을 전하는) … 강상운의 앞에서 독주를 마실 때, 이미 포기한 미래였다고… 밀린 숙제를 할 뿐이라고…

최연숙 (낮은 탄식 뒤에) 얼마나 두려웠을까. 혼자 언덕을 오를 때…

서정연 (고개 가로저으며) … 대통령님이 두려워한 건

그 서정연의 얼굴 위로 플래시되는.

// 플래시. 청와대 인근 안가 응접실. 2부 씬 28

박동호 (쓸쓸한 미소 살짝 보이곤) 내가 지면 더 많은 사람들이 그들을 두려워하게 될 거야.

서정연 …

박동호 그게 두려워.

서정연 …

박동호 (낮은, 그러나 단호한) 정연아, 나는 이겨야겠다.

서정연 (그렁한 눈, 메어 오는 목으로) 약속드렸습니다. 이기겠다고. 마지막 명령. 반드시… 해내겠다고… (하는데)

진동으로 울리는 서정연의 핸드폰. 받는다.

상대의 말을 잠시 듣고는 핸드폰을 내리는 서정연.

서정연 (최연숙을 보며, 터지려는 눈물을 견디는 마음으로)

대통령님께서… 떠나려… 하십니다.

최연숙, 자신도 모르게 눈을 질끈 감는 모습에서…

씬 12 몽타주 ·· 낮

// 수술실 안

위급함을 알리는 바이오그래프. 분주하게 움직이는 의료진들.
수술대 위의 박동호의 모습 등이 다급한 주변 속에 보이다가…

// 청와대 뒷산 들머리 앞

박동호, 본다. 잠시 후 자신이 몸을 던질 언덕을. 심호흡 한 번 하고는,
산길을 오르기 시작한다. (경호원은 화면에 안 보였으면 합니다.)
그 박동호의 모습 위로 선행되는.

박동호(소리) 공정한 나라, 정의로운 세상.

// 플래시. 한적한 국밥집. 5부 씬 15

박동호 이 땅을 천국으로 만들겠다고 약속한 자들이 세상을
지옥으로 만들었어.

// 수술실 안

의료진이 심장 충격기를 가동한다. 30줄. 50줄. 80줄.
그러나 박동호의 바이오그래프는 호전되지 않고 있다.
전기 충격에 활어처럼 튀어 오르는 박동호의 몸. 그러나 혼수상태의
박동호. 그 모습 위로 선행되는.

박동호(소리) 미래를 약속하는 자들을 믿지 마라.

// 플래시. 한적한 국밥집. 5부 씬 15

박동호 어떤 미래가 오든, 자신들이 주인이 되려는 자들이야.

// 청와대 뒷산 산길

박동호가 언덕을 오르고 있다. 담담한 얼굴로, 저벅저벅,
자신이 오르기로 결심한 언덕을, 자신만이 오를 수 있는 언덕을,
거침없이 한 걸음 한 걸음 오르고 있다. 그 박동호의 얼굴 위로.

서정연(소리) 후보님은 다르실 겁니다.

// 플래시. 한적한 국밥집. 5부 씬 15

박동호 (보며) 미래를 포기했으니까.

// 수술실 안

의료진들, 더욱 분주하게 움직이고 있다. 심장 충격기를 가동하는 의료진의 외침 소리도 높아진다. 100줄. 150줄. 200줄!!!!!
하지만 박동호의 상태는 악화되어 가고 있다.

// 플래시. 한적한 국밥집. 5부 씬 15

박동호 박동호가 만든 세상이 오면, (보며) 그 자리에 박동호는 없을 거야.

// 청와대 뒷산 언덕 위

박동호가 올랐다. 그 언덕 위에.
평온한 얼굴의 박동호. 그 위로 들려오는 수술실의 다급한 소리들.
의료진의 "250줄!!! 300줄!!!" 등의 외침과, 바이오그래프의 위급함을 알리는 날카로운 스타카토의 시그널 소리들. 그 소리들과는 다른 세상에 있는 듯,
담담한 얼굴의 박동호가 본다. 저 아래의 청와대를. 저 멀리 서울을.
그리고 눈이 부시도록 맑은 하늘을… 그때 띠이이…
바이오그래프의 시그널이 평탄화된 음을 내며 최후를 알린다.
너무나 담담한 얼굴로 서울의 하늘을 보는 그 박동호의 모습 위로,

의사1(소리) (사망 선고를 하는, 침통한) 7월 31일 18시 45분. 박동호 대통령님이 서거하셨습니다.

언덕 위, 담담하게 세상을 바라보는 박동호의 그 얼굴에서… 화면

암전된다.

씬 13 서울의 도로 ·· 낮

도로를 달리는 차 안. 최연숙이 뒷좌석에 앉아 있다.
차 안. 라디오를 통해 들려오는 뉴스.

뉴스(소리) 박동호 대통령의 갑작스러운 서거에 국민들은 충격에 빠져 있습니다. 유력한 용의자로, 현장에서 체포된 정수진 총리는 현재 서울지검에서 조사를 받고 있습니다.

최연숙, 차창 밖으로 본다. 저만치 보이는 서울지검 건물을…

씬 14 국무총리 집무실 + 서울지검 취조실 ·· 낮

이만길, 집무실 책상 위 일반 전화로 통화 중이다. 심각한 얼굴이다.

정수진(F) (다급한) 청와대 내부 CCTV 확보해.

// 서울지검 취조실

정수진, 홀로 있다. 불판에 올라가 있는 마음이다.
길 잃은 짐승처럼, 주변을 서성이며 핸드폰 통화 중이다.

정수진 (통화 중인) 본관 앞, 주차장에 수십 개의 보안 카메라가 있어. 하나쯤은 언덕 위를 비추는 게 있을 거야. 찾아내야 돼. 어서!!!

그 초조한 정수진의 모습에서…

씬 15 서울지검 복도 ‥ 낮

침통한 얼굴로 서 있는 이장석.

저만치서 노트북 가방을 들고 걸어오는 최연숙.

이장석 (다가온 최연숙에게) 참고인 조사에 응해 주셔서 고맙습니다.

최연숙 (당연히 해야 할 일이라는 듯) 시해 현장의 목격자니까요. (보며) 참고인 조사 전에 부탁이 있어요. 지검장님.

씬 16 취조실 매직미러 안 ‥ 낮

매직미러를 통해 취조실을 보고 있던 수사관 서넛.

이장석이 들어오자, 일어나 목례를 한다.

이장석 식사부터 하지.

그 말에 매직미러 밖으로 나가는 수사관들. 홀로 남은 이장석이 본다.

매직미러 창으로 통해 보이는 취조실의 정수진을.

취조실의 문이 열리고 들어서는 최연숙이 보인다.

이장석, 스위치를 눌러 매직미러를 닫는다. 취조실은 이제 보이지 않는다.

씬 17 서울지검 취조실 + 청와대 대통령 집무실 · · 낮

최연숙, 정수진의 맞은편에 앉는다.

노트북 가방에서 노트북을 꺼내 부팅을 하며···

최연숙 손수건에서 너의 DNA가 확인됐어. 언덕 위에 떨어진 단추랑 (정수진의 뜯어진 옷을 보며) 그 옷은 몸싸움의 흔적이고, 경호원들 물린 것으로 시해의 고의성은 입증됐어.

정수진 (몰리는 상황이지만, 밀리지 않으려는 듯, 팽팽하게 보며) 밝힐 거예요. 시해가 아니라는 거.

최연숙 목격자가 있어.

정수진 (그 말에 미간이 찌푸려지며 보는)

최연숙 (노트북 키보드를 툭 툭 두드려 뭔가를 실행하며) 내가 봤어. 총리가 대통령을 벼랑에서 밀치는 모습.

정수진 (그 말에 격분하는) 실장님!!! (하는데)

박동호(소리) 정수진 총리.

둥!!! 뜻밖의 소리에 놀라는 정수진.

최연숙, 노트북 화면을 정수진 쪽으로 돌린다.

그 화면, 박동호가 보인다.

노트북 화면 속의 박동호, 집무실 책상 앞 의자에 앉아 있다.

박동호, 마치 눈앞에 정수진을 보고 있는 것처럼…

박동호 (화면 속의) 처음으로 당신한테 어울리는 자리를 찾았군. 검찰청 취조실.

정수진, 마치 살아 있는 듯한 박동호를 대면하는 충격에,
자신도 모르게 침이 삼켜지는 데서…

// 청와대 대통령 집무실

집무실 앞 책상에 앉은 박동호,
노트북 화면에 녹화되는 자신의 모습을 보며 녹화 중이다.

박동호 내가 동아줄을 내려 주지. 당신이 나를 시해하지 않았음을 입증할 유일한 증거. (책상 위에 있던 흰 편지봉투를 들어 보이며) 나, 박동호의 유서!

취조실. 유서를 든 박동호의 모습을 보는 정수진의 컷 짧게!!!

박동호 이 유서가 공개되면 당신은 시해 혐의에서 벗어날 거야. 내가 스스로 몸을 던진 사실이 드러날 거니까. (옅은 미소로, 화면을 보며) 갖고 싶나? 이 유서!

정수진, 박동호가 들고 있는 화면 속의 유서를 본다.
이 늪에서 자신을 구원할 유일한 동아줄을!!!

박동호 (노트북 화면 속의) 이제 선택할 시간이야. 홀로 침몰하든지, 함께 몰락하든지.

정지되는 노트북 화면. 최연숙, 노트북을 덮는다.
잠시의 정적. 침묵이 흐른 뒤에…

정수진 나를 도구로 쓸 생각이군요.

최연숙 잊었니? 젊은 날. 우리 모두 도구가 되기로 맹세했었지. 민주화의 도구. 평화의 도구. 개혁의 도구.

정수진 …

최연숙 입관 때까지 진술하지 않으면, 유서는 관 속에 넣으라는 지시가 있었어.

정수진 …

최연숙 너의 진실이 드러나지 않으면, 시해의 진실도, 대통령님이 품고 가시겠다고…

정수진 …

최연숙 (일어나, 정중하게) 정수진 총리님. 대통령님의 입관은 내일 오전입니다.

숨 막히는 기분을 견디며, 차갑게 응시하는 최연숙을 바라보는 정수진의 모습 위로 선행되는.

성가대(소리) (처연하게, 성가를 부르는) 해보다 더 밝은 저 천국, 믿음만 가지고 가겠네

씬 18 장례식장 입관실 ·· 낮

입관식이 진행되고 있다. 열 명가량의 성가대. 성가복을 입은 채, 일각에 서서 찬송가 606장 「해보다 더 밝은 저 천국」을 실제보다 더 처연하게 부르고 있다. 관 속의 박동호. 저만치 서 있는 사람들. 아내 김도희와 아들 박한결은 오열하고 있다.
최연숙과 서정연은 침통하게 서 있다. 지인들과 친척으로 보이는 이들이 한 명씩 관 앞으로 다가와 국화를 바치고 있다.
성가대의 찬송가 소리는 계속 처연하게 이어지고 있다.

씬 19 국무총리 집무실 ·· 낮

이만길, 집무실 책상 위 일반 전화로 통화 중이다.

이만길 (통화 중인) 청와대 언덕 위를 비추는 보안 카메라는 없습니다. (침통한) 유일한 목격자의 CCTV 영상이 있습니다. 보내겠습니다.

씬 20 서울지검 취조실 ·· 낮

정수진의 핸드폰에 파일 수신음이 들린다. 정수진, 초조한 마음에 다급하게 그 파일을 여는데, 둥!!! 그 영상 속 목격자는 바로 최연숙이다.
12부 씬 5, 분노로 언덕을 올려다보던 최연숙을 핸드폰 영상으로 보는 정수진의 얼굴 위로 플래시되는.

// 플래시. 12부 씬 17 서울지검 취조실

최연숙 내가 봤어. 총리가 대통령을 벼랑에서 밀치는 모습.

정수진, 자신도 모르게 눈을 질끈 감는다. 그 위로 플래시되는.

// 플래시. 12부 씬 17 청와대 대통령 집무실

박동호 갖고 싶나? 이 유서.

정수진, 두 손으로 얼굴을 감싼다. 벼랑의 끝에 선 기분이다.
그 위로 플래시되는.

// 플래시. 12부 씬 15 서울지검 취조실

최연숙 입관 때까지 진술하지 않으면, 유서는 관 속에 넣으라는 지시가 있었어.

정수진, 눈을 뜬다. 낮은 한숨을 내쉰다.
이제… 더 이상 버틸 방법은… 없다.

씬 21 장례식장 입관실 ·· 낮

성가대의 노래는 처연하게 계속되고 있다. 아내 김도희와 아들 박한결이 박동호의 관 앞에 국화를 바치곤 오열하다가 물러난다.

그 모습을 보던 최연숙, 이제 자신의 차례다. 박동호의 관 앞으로 다가간다.
국화를 바친다. 그리고 가슴속에서 흰 편지봉투, 박동호의 유서를 꺼내
관 속, 박동호의 가슴팍에 놓으려는데, 진동으로 울리는 핸드폰.
받는다. 받는 순간, 들려오는.

정수진(F) 구영관 의원! 조동희 의원!

최연숙, 기다리던 순간이 다가왔다.
자신도 모르게 유서를 쥔 손에 힘이 들어가는 데서…

// 인서트. 서울지검 취조실

검사 앞에 앉은 정수진, 검사도 아닌, 수사관도 아닌,
마치 허공을 보는 듯한 시선으로 강상운의 돈을 받은, 한민호가 돈을 건넨,
50명의 비리 국회의원들의 이름을 진술하고 있다.

정수진 송민규 의원, 최승석 의원,

매직미러 안. 이장석이 핸드폰을 든 채 취조실의 정수진을 바라보며
서 있다. 그 핸드폰 화면에 보이는 수신자 '최연숙'이다.

정수진 (이장석이 바라보는 시점의) 최진영 의원, 장윤준 의원,

정수진(F) 차경민 의원, 정훈기 의원

최연숙, 핸드폰을 끊는다. 후우… 심호흡을 하고는 관 속의 박동호를 본다.
그 평온한 박동호의 얼굴을 보며…

최연숙 (마지막 보고를 하는, 결연한) 대통령님. 이제 돌풍이 시작될 겁니다.

해야 할 일을 마치고, 자신의 몫을 다하고 떠난 관 속의 박동호.
그 외로웠던 사나이, 박동호의 모습 위로 성가대의 성가는
계속 처연하게 장중하게 울려 퍼지고 있다.

씬 22 몽타주 ·· 낮

// 국회 복도

10여 명의 검찰 수사관들이 다급하게 복도를 걸어가고 있다.
주변을 지나가던 의원들과 보좌관들, 겁먹은 얼굴로 벽으로 비켜서며
피하는 모습들 위로…

뉴스(소리) (긴박한) 불법 정치 자금을 받은 50명의 국회의원 명단을 검찰이 확보했습니다. 강상운 부회장의 비자금으로 조성된 수백억 원대의 정치 자금은 지난 총선과 전당대회 시기에 집중적으로 살포된 것으로 보입니다.

// 어느 국회의원실

거침없이 서류며, 컴퓨터 본체를 압수 수색하는 수사관들의 모습들,
바닥에 툭 떨어지는 국회의원 명패 위로…

뉴스(소리) (긴박한) 국회는 상임위와 본회의가 취소되는 등,
사실상 국민의 전당으로서의 기능이 마비됐습니다.

// 국무총리실 복도

서정연이 꽃다발과 종이가방을 든 채, 걸어오고 있다. 그 위로.

뉴스(소리) 분노한 국민들은 국회의원 총사퇴와 조기 총선을
요구하고 있습니다.

씬 23 국무총리 집무실 ·· 낮

이만길, 소파에 허탈한 얼굴로 앉아 있다.
그때 문이 열리고 들어오는 서정연.

서정연 (소파로 다가오며) 생일 축하해. 죽도록 미운데, 해마다
생일 챙기던 습관은 안 바뀌네.

이만길 (분노로) 너 때문이야. 네가 핸드폰만 안 가져갔어도
(하는데)

서정연 (OL, 소파에 앉으며) 꾸준하네. 남 탓하는 거. 한땐 그
일관성이 좋았는데.

이만길 (분노로 보는데)

서정연 (종이가방에서 꽃병을 꺼낸다.) 사람 참 안 바뀌는데, 정수진 총리는 바뀔까?

이만길 (분노로 보는)

서정연, 꽃다발의 꽃을 꽃병에 하나씩 꽂기 시작한다.

서정연 (꽃을 꽂으며) 자기가 져야 할 짐, 옆 사람한테 얹으면서 버텨 온 사람이잖아.
장일준의 아들 장현수, 검찰 수사를 막은 건 정수진 총리였는데.

그 서정연의 얼굴 위로 인서트되는.

// 인서트. 서울지검 취조실

정수진 (진술 중인) 장현수 문제는 강상운 부회장이 처리했어요.

서정연 (꽃을 꽂으며) 강상운 부회장이 투자하는 자리에 정수진도 아마 같이 있었지.

그 서정연의 얼굴 위로 인서트되는.

// 인서트. 서울지검 취조실

정수진 (진술 중인) 몰랐어요. 남편이 무슨 돈을 받았는지…

서정연 (핸드폰을 꺼내 뭔가를 검색하며) 정수진 총리 곧 석방될 거야.

이만길 (믿을 수 없는) … 시해 혐의를 벗기가 쉽지는… (하는데)

서정연 (핸드폰을 건넨다.)

이만길, 핸드폰을 보는데, 둥!!! 놀란다. 속보다. '박동호 대통령 유서 발견', '압박감에 스스로 몸을 던진 것으로 추정' 등의 포탈 메인 뉴스가 보인다.

서정연 정수진 총리. 큰 선물을 받았어. 아마 더 큰 걸 주지 않았을까?
(꽃꽂이를 마무리하며) 맹수한테 쫓길 때 살아남는 법을 아는 사람이야. 정수진 총리.

이만길 …

서정연 (이만길을 보며) 자기보다 약한 자를 먹잇감으로 내주는 거.

이만길 (자신이 모르는 뭔가가 벌어지고 있다는 것을 느낀다.)

서정연 (미소로 보며) 조심해, 마지막 생일이 될까 봐 걱정이 돼서… 진심이야. (하며)

서정연, 꽃병을 이만길의 앞에 내미는 모습에서…

씬 24 서울지검 복도 ·· 낮

문이 열리고 정수진이 나온다. 그 앞 복도에 서 있는 이장석.
그 뒤에 서 있는 검찰 간부 두엇.

이장석 (분노를 누르며) 시해 혐의는 벗었지만, 정치자금법 위반. 헌법재판관 매수 혐의는 계속 수사할 겁니다. 구속 영장도 청구될 겁니다. 곧 다시 뵙겠습니다.

정수진 (픽, 실소 보이곤) 잊었나요? 헌법 제71조

이장석 (보는)

정수진 대통령이 직무를 수행할 수 없을 때에는 국무총리가 그 권한을 대행한다.

이장석 (둥!!! 끝까지 포기하지 않는 정수진을 분노로 보는)

정수진 여기에서 나가는 순간, 나는 이 나라의 대통령 권한대행이에요.

(이장석을 보며) 기억나요. 오래전 그쪽 친구가 한 말.

그 정수진의 얼굴 위로 플래시되는.

// 플래시. 국군수도병원 기도실. 1부 씬 30

박동호 헌법 제84조. 대통령은 재직 중 형사상의 소추를 받지 아니한다. 이는 권한대행에게도 동일하게 적용된다.

이장석 (분노로) 성역은 없습니다. 수사는 계속될 겁니다.

정수진 (여유 있는) 박동호 대통령한테 많은 걸 배웠어요.

그 정수진의 얼굴 위로 플래시되는.

// 플래시. 국군수도병원 기도실. 1부 씬 30

박동호 대통령 권한대행은 법무부장관을 통해 검찰을 지휘하지. 당신 취조실에서 내가 검찰을 지휘한다면, 그 첫 번째 명령은… 뭐가 될까?

이장석 (분노의) 정수진!!!

정수진 (OL, 서늘한) 대통령 권한대행입니다. 예를 갖추세요.

그 정수진의 서늘한 기세에… 이장석의 뒤에 선 간부들,
고개 숙여 예를 표한다. 분노로 보고 있는 이장석.
정수진, 차가운 냉소를 보이곤 돌아서 걸어간다.
견딜 수 없는 분노로 그 정수진의 뒷모습을 보고 있는 이장석의 모습에서
회상으로 넘어가는…

씬 25 서울중앙지검장실 + 청와대 뒷산 언덕 위 ·· 낮 - 회상

티비 화면 시위 현장의 모습과 '시위대, 곧 청와대로 진격'이라는 자막이
보인다. 묵음의 뉴스가 진행 중인 것.
이장석, 그 화면을 보며 핸드폰 통화 중이다.

이장석 (통화 중인) 동호야. 청와대는 위험해. 안가로 옮기든지, 아니, 내가 갈게. 내 차 타고 (하는데)

박동호(F) (OL) 아니.

박동호, 언덕 위에 서서 서울을 보며, 핸드폰 통화 중이다.

박동호 (통화 중인) 장석아, 내가 있을 곳은 여기다.

박동호, 저 멀리 하늘을 본다. 보다가…

박동호 (통화 중인) 보고 싶다. 장석아…

이장석 (울컥하는 마음으로, 통화 중인) 내가 갈게. 본관 쪽은 위험하니까, 별관 뒤로 (하는데)

박동호(F) (OL) 장석아, 아직도 믿어? 거짓을 이기는 건 진실이라고…

이장석 (대꾸를 하지 못하고, 서 있는데)

박동호 (단호한, 확신의) 거짓을 이기는 건, 더 큰 거짓이야.

씬 26 서울지검 복도 · · 낮

이장석, 분노로 저만치 걸어가는 정수진의 뒷모습을 보고 있다.
그 위로 인서트되는.

// 인서트. 청와대 뒷산 언덕. 12부 씬 25 뒷부분 연결

박동호 (통화 중인) 장석아. 한 번만… 검사 말고, 내 친구가 돼 주라.

이장석, 그 박동호의 부탁에, 이제야 응답하듯,
고개를 끄덕이며 낮게 혼잣말처럼 뇌까린다. "그래. 동호야." 하고는

이장석 (뒤에 선 간부들에게) 기자들 불러. 언론에 알려야 할 긴급한 사안이 있다.

뭔가를 결단한 이장석의 그 단호한 모습 위로.

뉴스(소리) 남산 c&c 한민호 대표가 남긴 다이어리의 미공개 내용이 입수됐습니다.

씬 27 국무총리 집무실 · · 낮

이만길, 소파에 앉아 황망한 얼굴로 티비 뉴스를 보고 있다.

뉴스 (다급한) 국군수도병원에 입원 중이던 장일준 전 대통령이 병실에서 시해되었다는 충격적 내용이 밝혀졌습니다.

이만길 (그 말에 찌푸리는. 뭔가 드러나지 않아야 할 것이 드러나고 있음을 느끼는)

뉴스 (다급한) 한민호 대표의 다이어리에 의하면, 장일준 전 대통령의 사인은 질식사이며, 범행을 저지른 사람은 국무총리실 이만길 비서관으로 밝혀졌습니다.

그 말에 둥!!! 놀라서 벌떡 일어나는 이만길의 모습에서…

씬 28 국무총리실 복도 · · 낮

정수진, 다급한 얼굴로 비장하게 또각또각 걸어온다.

발걸음이 점점 더 빨라지고 있다. 그 위로…

뉴스(소리) 이만길 비서관은 사모펀드 수사로 정치적 위기를 느끼자, 장일준 대통령 추모 분위기로 국면을 전환하기 위해 범행을 저지른 것으로 알려졌습니다.

씬 29 국무총리 집무실 ‥ 낮

정수진, 다급하게 들어오며.

정수진 (들어온 그 속도로 걸어가며) 비상 국무회의 소집해. 검찰이 움직일 거야. 그전에 국정을 장악해야 (하는데, 들려오는)

뉴스 정수진 총리도 검찰 조사에서 이만길 비서관이 장일준 전 대통령을 시해했다는 사실을 인정한 것으로 알려졌습니다.

정수진, 티비를 본다. 이해할 수 없는 상황이다.

허망한 분노로 정수진을 보고 있는 이만길.

정수진 무… 무슨…

뉴스 검찰은 장일준 전 대통령 시해범 이만길 비서관을 체포하기 위해 수사관을 긴급 파견했으며 (하는데)

들고 있던 리모컨으로 티비를 끄는 이만길.

툭 소파에 리모컨을 함부로 던진다. 해명을 요구하듯 바라보는 이만길.

아직 상황을 알 수 없어 황망한 모습의 정수진.

두 사람이 서로를 보고 있는 잠시. 그 이만길의 뒤. 어디 즈음에 놓인 꽃병.

그 꽃병 어딘가에 보이는 초소형 렌즈에서…

씬 30 청와대 대통령 집무실 ·· 낮

최연숙과 서정연, 소파에 앉아,

티비로 나오는 총리실의 화면을 보고 있다.

정수진 (화면 속의) 이만길… 이건… 조작이야.

이만길 (화면 속의) 압니다. 한민호 대표의 다이어리 총리님이 조작한 거잖아요.

서정연 (최연숙에게, 긴장한) 유튜브로 송출 중입니다. 곧 언론도 받아 갈 겁니다.

최연숙, 끄덕인다. 박동호가 보고 싶었지만 못 본,

그러나 박동호가 만든 상황을 보고 있다.

씬 31 국무총리 집무실 ·· 낮

이만길, 분노로 일그러진 얼굴, 억울함에 눈가가 그렁해진 모습으로

정수진을 보며 서 있다.

이만길 장일준이 깨어나 우리를 구할 수 없다면 깨어나지

않아야 한다고 말한 것도 총리님입니다.

정수진 …

이만길 지켜볼 자신 없으면 병실에서 나가 있으라고 한 것도 총리님이라구요.

정수진 …

이만길 (터지듯) 장일준을 죽인 것도 총리님이잖아요!!!

정수진, 흥분한 이만길을 다독이려는 마음이다.

정수진 이만길. 알아내야 돼. 그들이 왜 이런 일을… 뭘 하려는 건지 (하는데)

이만길 (OL) 자수하세요. 내가 아니라고. 이만길이 아니고, 총리님이 장일준을 죽였다고.

정수진 (달래듯이) 우리가… 우리가 어떻게 여기까지 왔는데… 무슨 짓까지 하면서 여기까지 왔는데…

이만길 (눈가가 붉어진 채, 사정하듯) 자수하세요. 제발. 난… 아니잖아요. 총리님이 (하는데)

정수진 (OL, 냉정함으로 제압하려는) 그래. 내가 죽였어.

이만길 (보는)

정수진 (서늘하게, 차가운 톤으로) 내 손으로. 그분이 준 손수건으로. 내가 장일준을… 떠나보냈어.

// 인서트. 어느 식당

식사 중이던 사람들이 충격으로 티비를 보고 있다.

정수진 (티비 화면 속의) 내 손으로 그분을 보내면서 약속했어.
장일준을 죽이고, 장일준의 정신을 살리겠다고,

// 인서트. 역, 또는 대형 전광판이 있는 곳 (기존 찍은 것 중 적당한 것)

모여든 사람들, 충격으로 화면을 보고 있다.

정수진 (화면 속의) 그분의 장례식에서 조사를 읽으면서
다짐했어. 우리의 꿈. 우리가 살았던 시간. 자랑스러운
역사로 만들겠다고.

// 서울중앙지검장실

이장석, 책상 앞 의자에 앉아 굳은 얼굴로 티비를 보고 있다.

정수진 (화면 속의) 정신 차려. 이만길. 나 대통령 권한대행이야.
박동호 장례식 집행위원장을 맡을 거야. 박동호의
장례식을 나의 정치적 부활의 기회로 만들어야 돼.

이장석, 전화기를 든다. 상대가 받았다.

이장석 (통화 중인) 대기 중인 수사관들, 진입하세요.

정수진 (이만길에게 다가가며, 설득하듯) 장일준을 보낸 이 손으로,
이만길, 꼭 만들어 내자. 새로운 역사를… (하는데)

진동으로 울리는 정수진의 핸드폰. 받는다.

한소연(F) (울먹이며) 엄마… 티비… 티비에…

딸의 그 목소리에 불길함을 느낀 정수진, 리모컨을 들어 티비를 켠다.
둥!!!! 총리실 내부가 생중계되고 있는 티비 화면.
자신과 이만길의 모습이 화면에 보이고,
그 아래 자막 '정수진, 장일준 시해 자백'.
털썩, 소파에 쓰러지듯 앉는 정수진.
이만길, 다급하게 달려간다. 꽃병을 향해. 그 안에 보이는 렌즈.
화가 난 이만길, 꽃병을 바닥에 내던진다. 깨지는 꽃병.
동시에 티비 화면에 송출이 중단된 듯, 지지직거리며 암전이 된다.
그때 문을 박차듯, 열고 들어오는 검찰 수사관들.

수사관1 정수진 총리. 대통령 시해 혐의로 긴급 체포합니다.

철컥!!! 정수진의 손에 채워지는 수갑.
정수진, 자신의 손에 채워진 수갑을
차마 믿을 수 없는 얼굴로 바라보는 모습 위로… 선행되는.

합창단(소리) (노래 부르는) 내 머리는 너를 잊은 지 오래,
내 발길도 너를 잊은 지 너무도 오래.*

* 김지하, 「타는 목마름으로」, 『타는 목마름으로』(창비, 1993).

씬 32 박동호의 영결식장 ·· 낮

일각에선 수십 명의 합창단. 장중하게 노래를 합창하고 있다.

카메라, 옆으로 이동, 연단 위를 비춘다.

연단 가운데, 박동호의 영정이 보이는 모습 위로.

합창단(소리) 오직 한 가닥 타는 가슴속, 목마름에 기억이 네 이름을 남몰래 쓴다.

씬 33 몽타주 ·· 낮

// 구치소 복도

죄수복의 정수진, 양쪽 교도관의 호송 속에 이동하고 있다.

그 위로.

합창단(소리) 타는 목마름으로, 타는 목마름으로, 민주주의여 만세.

// 구치소 감방 안. 30년 전

어린 정수진, 피멍 든 입술, 상처 입은 손으로, 구석에 기대앉아

울 것 같은 얼굴로, 그러나 끝내 지지 않겠다는 각오로,

어디선가 구한 펜촉으로 벽에 뭔가를 새기고 있다. 그 위로.

합창단(소리)　살아오는 저 푸르른 자유의 추억, 되살아오는
끌려가던 벗들의 피 묻은 얼굴

// 구치소 복도

교도관, 감방 문을 연다. 그 안으로 들어가는 정수진. 그 위로.

합창단(소리)　떨리는 손, 떨리는 가슴

// 구치소 감방 안

정수진, 둘러보다가 뭔가 낯익은 기분에 다급하게 주변을 둘러본다.
그 위로.

합창단(소리)　치 떨리는 노여움으로 신새벽에 남몰래 쓴다.
타는 목마름으로 타는 목마름으로 민주주의여 만세.

정수진, 혹시… 설마 하는 얼굴로 구석으로 간다. 그 벽을 본다.
순간, 털썩 무릎이 꺾이듯 주저앉는 정수진.
거기 보이는 글자. 30년 전. 자신이 새겼던 그 글씨다. '민주주의여 만세'.
그 위로.

합창단(소리)　타는 목마름으로, 타는 목마름으로. 민주주의여 만세.

정수진, 울음이 터진다.

새끼 잃은 짐승이 울부짖듯, 폐부 깊숙이에서 새어 나오는 통곡 같은, 절규 같은, 울음을 정수진이 울고 있다.
다시는 돌아갈 수 없는 그 시절. 가서는 안 되는 길을 걸었던 정수진이, 30년 전의 자신에게 바치는 눈물을… 오래도록… 오래도록… 울고 있다.

씬 34 몽타주 ‥ 낮

// 장례식장 근처 발인 장소

군악대의 조곡이 흐르는 가운데, 국군 의장대가 박동호의 관을 차량 쪽으로 운구하고 있다. 관이 차량에 실리기 전, 다가오는 최연숙. 박동호의 관 위에 펼쳐서 올린다. 광복군의 태극기를…
(10부 씬 3의 그 태극기)
그 태극기의 모습에서 플래시되는.

// 플래시. 청와대 춘추관 브리핑룸. 3부 씬 53

박동호 (연단 위에 선) 어둠은 빛을 이길 수 없다는 말이 있습니다. 하지만 이 나라에 빛은 없습니다. 어둠이 더 짙은 어둠에 맞서며 스스로 빛을 참칭하고 있을 뿐입니다.
저는 왼쪽의 어둠을 걷어 내고, 오른쪽의 어둠을 부수고, 새로운 빛을 만들겠습니다.

// 서울의 도로

장례 차량들이 도로를 달리고 있다.

맨 앞. 박동호의 대형 영정을 세운 차가 선두에 서 있다. 도로는 한산하다.

지나는 시민들도 보이지 않는다. 뜨겁게 분노했고 차갑게 사랑했던 이 땅을

마지막으로 지나가는 박동호의 대형 영정에서… 플래시되는…

// 플래시. 청와대 대통령 집무실. 11부 씬 37

박동호 나는 단 한 번도 국민을 위해서 정치를 한 적이 없다.
나를 위해서였지.
추악한 세상을 견딜 수 없는 나를 위해서.
불의한 자들의 지배를 받을 수 없는 나를 위해서…
나를 위해서 한 일이야.

// 화장장 화구 앞 + 화구 안

박동호의 관이 화구 안으로 들어가고 있다.

오열하는 아내 김도희와 박한결의 모습이 묵음으로 보인다.

최연숙, 이장석, 서정연이 떠나는 박동호의 관을 향해

그렁한 눈으로 고개를 숙인다.

화구 안으로 들어간 박동호의 관. 그 광복군 태극기의 모습에서

플래시되는.

// 플래시. 청와대 춘추관 기자 회견장. 10부 씬 2

박동호 (단호한) 저 박동호는 이 세상의 오물들과 함께 역사의

무대에서 사라지겠습니다.

(벽면. 화면 속 세 얼굴을 보며) 저들을 심판하는 것이,

대한민국 대통령으로서 저의 마지막 소임입니다.

// 화장장 화구 안

불이 들어온다. 순식간에 불이 옮겨 붙는 광복군 태극기.

화면 슬로우되며…

광복군 태극기가 구석에서부터 불타는 모습이 보인다.

이루지 못한 광복군의 꿈들이 서서히 슬로우로 불타다가…

광복군 태극기의 거의 전부가 불타고…

마지막 남은 부분. 10부 씬 3 박동호가 썼던 그것.

'돌풍 박동호'만이 남는다.

화면 스틸된다.

화면 가득 보이는 '돌풍 박동호'. 그 위로.

박동호(소리) (12부 씬 10) 나는 떠난다. 남겨질 것들을 위해서.

'돌풍 박동호'. 그 글씨가 점점 더 선명해지는 데서… 「돌풍」 끝!

작가의 말*

「돌풍」은 어떤 작품인가?

「돌풍」은 '박동호'의 위험한 신념과 '정수진'의 타락한 신념이 정면충돌하여, 대한민국 정치판을 무대로 펼쳐지는 활극입니다.

「돌풍」의 기획 및 집필 의도는?

이미 낡아 버린 과거가 현실을 지배하고, 미래의 씨앗은 보이지 않는, 답답하고 숨 막히는 오늘의 현실을 리셋하고 싶은 갈망에서 시작한 작품입니다.

'권력 3부작'으로 큰 사랑을 받았는데, '권력'이라는 소재에 끌렸던 이유가 있다면?

외부에서 바라보는 작가와 작가 자신이 바라보는 작가가 다른 경우가 자주 있습니다. 사람들은 제가 '권력을 비판하는 드라마'를 쓴다고 말을 합니다. 하지만 저는 그런 드라마를 쓰겠다 의도하고 시작한 적은 없습니다. 저는 단지 제 마음을

* 다음의 인터뷰는 넷플릭스 '박경수 작가 일문일답' 보도자료 중 일부를 발췌하여 재구성한 것이다.

울리는 인간을 그릴 뿐입니다. 섬마을 소년을 그리면 섬마을이 배경일 수밖에 없듯이, 제가 그리는 인간이 21세기 초반의 대한민국을 살아가기에 지금의 대한민국이 배경일 수밖에 없습니다. 저의 드라마에 권력 비판적 요소가 있다면, 제 마음을 울리는 주인공이 살아가는 21세기 대한민국이 불합리하기 때문일 것입니다. 시대와 국가와 무대와 직업은 배경일 뿐. 작가가 그리는 것은 오직 그 인간의 본질입니다. 가난한 청년의 욕망, 재능 있는 자가 선택한 쉬운 길, 가치보다 이익을 선택한 자들 등등 저는 천 년 전에도 있었고, 천 년 뒤에도 있을, 변하지 않는 인간의 그 무엇을 그리려고 노력하는 작가입니다. 저는 사회를 고발한다는 말에 조금의 거부감이 있습니다. 나이 마흔이 넘으면 자신이 사는 세상에 책임이 있다는 말이 있습니다. 이 사회에 문제가 있다면, 그건 저의 책임입니다. 이 세상의 불합리는 내 안의 악마가 만들거나, 침묵하거나, 묵인한 결과입니다. 그래서 아픕니다. 나의 침묵으로 만들어진 불합리한 세상을 나의 주인공이 살아가기 때문입니다.

덧붙이자면, 저는 권력이 아니라 '몰락'을 그립니다. 「추적자 THE CHASER」의 강동윤, 「황금의 제국」의 장태주, 「펀치」의 박정환. 모두 몰락하는 인물들입니다. 불가능한 꿈을 꾸었지만 현실의 벽 앞에서 포기하지 않고 질주하다가 몰락하는 자들에게 저는 관심이 많습니다. 이카루스적 인간을 좋아하는 것입니다. 작가로서 저는 모든 몰락하는 것을 사랑합니다. 안전한 삶을 포기하고 불온한 꿈을 꾸는 자들. 하지만 현실에서 이루어질 수 없기에 끝내 몰락하는 자들을 앞으로도 더욱 깊이 있게 그려 낼 수 있도록 노력하겠습니다.

전작들과 비교해서 「돌풍」의 특별한 점이 있다면?

「추적자」, 「황금의 제국」, 「펀치」에는 모두 약자를 짓누르는 강자들에 대한 분노의 정서가 깔려 있습니다. 이 세 드라마에서 분노는 글을 쓰게 하는 동력이었으며, '분노는 나의 힘'이었죠. 「돌풍」의 다른 점은 '나의 분노는 정당한가'라는 성찰에서 시작했다는 점입니다. 조상천은 분단현실에서 북한과 빨갱이에 분노합니다. 정수진은 독재와 반민주에 분노합니다. 박동호는 그들 모두의 위선에 분노합니다. 그들 각각의 입장에서 자신의 분노는 너무나 정당합니다. 그렇기에 상대를 압박, 제거하기 위한 어떠한 행동도 정당화되는 것이지요. '성찰 없는 분노'는 그들 모두를 괴물로 만들어 버린 것입니다. 그래서 물었습니다. 나 박경수의 분노는 정당한가? 그 답을 내릴 수 없는 질문 속에서 고통스러워하며 부끄러워하며 써 내려간 대본이 「돌풍」입니다. 이 드라마를 보면서, 우리가 한 번쯤 자신의 분노는 정당한지. 생각해 볼 수 있다면 너무나 고마운 일일 것입니다.

픽션과 팩션 사이의 경계에서 시청자 및 독자들이 어떤 마음가짐으로 작품을 바라보길 원하는지?

시청자들과 저는 같은 세상, 같은 시대를 살고 있습니다. 따라서 시청자들과 제가 보고 느낀 현실 정치의 여러 모습들이 드라마 속에 어떤 형태로든 스며들 수밖에 없습니다. 시해, 대통령의 투신, 시청자들 각각이 응원하는, 또는 비난하는 다양한 형태로 타락한 정치인들의 모습들. 하지만 이 모든 것은 재료일 뿐. 이 재료 하나하나에 신경쓰지 말고 이 재료를 섞어서 요리한 음식 그 자체를 봐 주기를 바랍니다. 모두 그 정도의 성숙도는 있을 거라고 믿습니다.

작품의 제목을 '돌풍'으로 정한 이유는?

극중 '서기태'의 대사는 제 진심입니다. "다시 시작하고 싶다, 숨 막히는 오늘의 세상 다 쓸어버리고."

대본을 집필하실 때 작가님만의 비결이나 원칙이 있는지?

저는 항상 이번 화가 마지막화라고 생각하고 대본을 씁니다. 다음 화를 염두에 두고 쓰면, 주인공이 빠져나올 수 있을 만한 상황에서 멈추게 됩니다. 주인공을 도저히 빠져나올 수 없는 덫에 집어넣고, 그 화를 끝냅니다. 그리고 다음 화의 스토리 고민을 시작합니다. 물론 후회도 합니다. 내가 미쳤지. 왜 전 화의 엔딩을 이렇게 했을까. 도저히 방법이 없는데… 하지만 찾고 또 찾다 보면 또다시 활로가 생깁니다. 제가 쓴 작품의 다음 화가 궁금한 이유는 작가도 다음 화를 모르고 그 화의 엔딩을 쓰기 때문입니다.

'박동호'를 통해 어떤 점을 보여 주고자 했는지?

비록 '위험한 신념'을 가졌지만, 자신의 미래를 포기한 자가 주어진 시간 동안 세상을 청소하고 국가를 포맷하려는 그 숨 가쁜 진격의 템포가 현시대를 살아가는 시청자들에게 작은 메시지라도 던질 수 있길 바랐습니다.

'정수진'을 통해 어떤 점을 보여 주고자 했는지?

정수진은 작가인 나의 모습과 가장 닮아 있는 인물입니다. 한때의 나였고, 지금도 나의 흔적이 진하게 배어 있는 정수진은 제가 가장 아프게 그린 인물입니다. 젊은 날의 투쟁이 정당했기에, 지금의 행동도 모두 정당하다고 믿는, 괴물을 잡으려다 괴물이 되어 버린 나의 오랜 친구와도 같은 인물입니다. 그녀는 신념이 있습니다. 저는 생각합니다. 욕망보다 신념이 더 위험합니다. 욕망은 사적으로 보이고, 신념은 공적으로 보이는 느낌이 있지만, 아닙니다. 어떤 신념은 더욱더 사적이며, 심지어 정의라는 외피까지 쓰게 되면 통제 불능의 괴물이 되어 버립니다. 욕망은 법으로 통제할 수 있지만 신념은 통제마저 어렵습니다. 그 위험성을 정수진을 통해 보여 주고 싶었습니다.

동호의 친구인 '이장석' 캐릭터, 그리고 '죽음'과 '부재'로 이 이야기의 시작점에 있는 '서기태' 캐릭터에 대해서도 소개한다면?

이장석은 남에 대한 잣대와 자신에 대한 잣대가 동일한 인물입니다. 「돌풍」에서 '내로남불'하지 않는 유일한 인물이지요. 정의를 구현하기 위해서는 그 방법도 정의로워야 한다고 믿고 행동하는 인물입니다. 하지만 현실에서는 무기력할 수밖에 없지요. 드라마에서도 그가 그런 주장을 할 수 있는 이유는 박동호가 받쳐 주었기 때문입니다. 현실에서 존재할 수 없기에, 드라마에서라도 존재하기를 간절히 바라는 인물입니다.

서기태는 평생을 올바르게 살아왔지만, 단 한 번의 자금 수수가 부끄러워, 그마저도 정치적으로 왜곡된 수사였지만, 스스로 몸을 던진 인물입니다. 박동호는 동일한 상황에서 대통령을 시해하고 권력을 잡으려는 위험한 시도를 하지만 서기태는 자신을 던졌지요. 서기태는 선을 넘지 못한 박동호입니다.

그 밖에도 많은 캐릭터들이 등장합니다. 특별히 언급하고 싶은 캐릭터가 있다면?

장일준은 아들과 가족이라는 시험대에서 불의한 선택을 한 인간입니다. 그 시험대에 서지 않았다면 위대한 정치인의 길을 계속 걸어갔을 것입니다. 인간적으로 안타까움과 연민이 들지만 반드시 심판받아야 하는 인물입니다.

조상천은 개발 독재 시대의 표상입니다. 집안의 가난은 벗어나게 했지만 그 과정에서 흠결이 너무나 많은, 우리네 부끄러운 아버지와도 같은 인물입니다. 마찬가지로 안타깝고 연민이 들지만 반드시 심판받아야 하는 인물입니다.

넷플릭스를 통해 작품을 선보였습니다. 한꺼번에 모든 회차를 전 세계에서 선보인 소감은?

유럽의 어느 노인이, 아프리카의 어느 청년이, 미국의 어느 주부가, 심지어 중동의 어느 반군까지도 드라마 「돌풍」을 볼 수 있다 생각하니 많이 두렵고 조금은 설레는 마음입니다. 내 마음을 울리는 이야기는 남의 마음도 울린다는 생각으로 드라마를 써 왔습니다. 제 마음을 울린 박동호의 인생이 같은 시대 다른 나라에서 살아가는 그들의 마음도 조금이나마 울리기를, 간절히 바랍니다.

「돌풍」 대본집을 선보이게 된 소감은?

활자를 세상에 내보인다는 것은, 속살을 드러내는 것만큼 부끄러운 일입니다. 부족함이 많은 대본임에도 출판을 결심한 것은, 지금의 저로서는 최선을 다한 대본이기 때문입니다. 감사합니다.

돌풍

1판 1쇄 찍음 2024년 7월 22일
1판 1쇄 펴냄 2024년 7월 29일

지은이 박경수
발행인 박근섭, 박상준
펴낸곳 (주)민음사

출판등록 1966. 5. 19. 제16-490호
주소 서울특별시 강남구 도산대로1길 62(신사동)
강남출판문화센터 5층 (우편번호 06027)
대표전화 515-2000 | 팩시밀리 515-2007
홈페이지 www.minumsa.com

ISBN 978-89-374-5698-5 03810